ハヤカワ・ミステリ文庫
〈HM⑦-9〉

チャンドラー短篇全集3

レイディ・イン・ザ・レイク

レイモンド・チャンドラー

小林宏明・他訳

JN281985

早川書房

6183

THE LADY IN THE LAKE
AND OTHER STORIES

by

Raymond Chandler

1938 ~ 1939

目次

レイディ・イン・ザ・レイク

赤い風

Red Wind

加賀山卓朗=訳

1

その夜は砂漠の風が吹いていた。山間《やまあい》を吹きおろしてくる熱く乾いたサンタ・アナで、髪を巻き上げ、神経を苛立たせ、皮膚をチクチクさせる。こんな夜には、酒の入ったすべてのパーティが喧嘩で終わる。ふだんはおとなしく可愛い妻が肉切りナイフの刃を指でなぞり、夫の首をじっと見つめる。どんなことでも起こりうる。カクテルバーで、グラスの縁まで満たされたビールが出てくることすらある。

私は自分の住まいのアパートメントの道向かいにある、しゃれた新装の一軒で、そんなビールにありついていた。開業して一週間ほどで、まだとても商売になっていない。バーカウンターの向こうにいる二十歳そこそこの若者は、人生で一度も酒を飲んだことがないように見えた。

ほかにいる客はひとりだけで、ドアに背を向け、バースツールに腰かけている飲んだくれだった。自分のまえに二ドル分ほどの十セント硬貨をきれいに積み上げていた。ショットグラスでライウィスキーのストレートを飲んでいて、完全に自分だけの世界に浸っていた。

私はカウンターの端のほうに坐り、ビールのグラスを手にして言った。「よく泡を切ってるな。見上げたものだ」

「オープンしたてですから」若者は言った。「お客を増やしていかないと。まえにも来られましたよね、ミスター?」

「来た」

「家はこのあたりですか?」

「通りの向かいのバーグランド・アパートメンツだ」私は言った。「名前はフィリップ・マーロウ」

「ごひいきに、ミスター。ぼくはルー・ペトロールです」磨かれたダークウッドのカウンターで私のほうに身を乗り出した。「あの人、知ってます?」

「知らない」

「そろそろ家に帰ってもらったほうがよさそうだ。タクシーを呼んで送ってもらいましょうかね。来週の分の酒まで早々と飲んじまってる」

「こんな夜だ」私は言った。「放っておいてやれよ」

「本人のためになりません」若者はしかめ面をして言った。

「ライだ！」飲んだくれが顔も上げずにしわがれ声で言った。カウンターを叩いて十セント硬貨の山を崩さないように、指を鳴らした。

若者は私を見て肩をすぼめた。「出すべきですか？」

「誰の胃だ？　おれのじゃない」

若者はライウィスキーをまたストレートでついでやった。カウンターの下でこっそり水を加えたと思う。グラスを出したときに、自分の祖母さんを蹴ったかのようにやましそうな顔をしていた。飲んだくれは一向に気にとめなかった。脳腫瘍の手術をおこなう一流外科医の慎重さで、硬貨の山からそっと数枚を持ち上げた。

若者が戻ってきて、私のグラスにビールをつぎ足した。外では風が吠えていた。ときおりステンドグラスのドアを何インチか押し開けるほどだ。重いドアなのに。

若者は言った。「ぼくは第一に酔っ払いが好きじゃない。第二に連中がここで酔っ払うのが好きじゃない。第三にやっぱり酔っ払いが好きじゃない」

「ワーナー・ブラザースが使いそうな台詞だ」私は言った。

「もう使ってます」

ちょうどそのとき、別の客が現われた。外でタイヤの軋る音がして、スウィングドアが開いた。いくらかあわてた様子の男が入ってきた。ドアを押さえ、無表情な輝く黒い眼で店のなかを見まわした。体格がよく黒髪で、唇を引き結んだ細面のハンサムな男だった。服の色も黒く、胸ポケットから白いハンカチが遠慮がちにのぞき、冷めていながらどこか緊張感も漂わせていた。たぶん熱風のせいだ。私自身も似たような感じだった。冷めてはいなかったが。

彼は飲んだくれの背中を見た。飲んだくれは空けたグラスでチェッカーをしていた。新しい客は私を見て、店の反対側に並ぶブース席に眼をやった。ブース席にはひとりもいない。入ってきて、体を揺らしながらひとり言をつぶやいている飲んだくれのうしろを通りすぎ、バーテンダーの若者に話しかけた。

「ここに女がひとり来なかったか？　すらりとした美人で、茶色の髪、青い縮緬のシルクのドレスの上にプリント地のボレロ。ビロードのリボンのついた、つばの広い麦わら帽をかぶってる」緊迫した声が私の気に入らなかった。

「いいえ。そんな人は入ってきませんでしたよ」若者は言った。

「そうか。スコッチをストレートで。早くな」

若者がスコッチを出し、その男が金を払ってぐいとあおり、出ていこうとした。三、四歩行ったところで立ち止まり、飲んだくれと向かい合った。飲んだくれはにやにやしていた。どこからか銃を取り出したが、あまりに速い動きだったので霞んで見えた。銃を構えた彼は私ほども酔って見えなかった。背の高い黒髪の男はぴたりと止まり、頭をぴくっと引いて、また動かなくなった。

　店の外を一台の車が猛スピードで走っていった。飲んだくれの銃は二二口径のオートマティックで、大きな照星がついていた。二度鋭く弾けるような音を立て、わずかに硝煙がたなびいた――ほんのわずか。

「あばよ、ウォルド」飲んだくれが言った。

　そして銃を若者と私に向けた。

　黒髪の男が倒れるまでに一週間もかかったようだった。よろめき、体を立て直し、片腕を振り、またよろめいた。帽子が落ち、彼は顔から床に倒れた。倒れたあとは、これだけの騒動を起こしたにもかかわらず、流しこまれて固まったコンクリートのように微動だにしなくなった。

　飲んだくれはストゥールからすべりおり、十セント硬貨を集めてポケットに入れ、ドアに移動しはじめた。横向きになり、体を横切るように腕を伸ばして銃をこちらに向けていた。私は銃を持っていなかった。ビール一杯飲むのに銃が必要になるとは思わなかったのだ。カウンターの向こうの若者は動かず、ほんのわずかな音も立てなかった。

　飲んだくれはわれわれを見すえたまま、肩でそっとドアを押し、向こうに押し開けた。ドアが大きく開くと、風が勢いよく吹きこんできて、床に倒れた男の髪をなびかせた。飲んだくれは言った。「ウォルドもかわいそうに。おれのせいで鼻血が出たな」

ドアがこちらに揺れて閉まった。私はそこへ突進した——長年まちがったことをしつづけてきた習性で。しかしこの場合には関係なかった。外の車はすでに轟音を立てて走り去り、私が歩道に出たときには、すぐ近くの角を曲がっていく赤いテールライトがちらっと見えただけだった。ナンバープレートの番号は、百万ドルの収入と同様、手に入らないものだった。

いつものようにその界隈を人や車が行き交っていた。誰も銃が発射されたことに気づいていないようだった。風の音がうるさく、立て続けに撃った二二口径の鋭い銃声は、たとえ誰かの耳に入ったとしても、勢いよく閉められたドアの音のように聞こえただろう。私はまたカクテルバーに戻った。

若者はまだ動いていなかった。ただ立ってカウンターに両手をつき、いくらか身を乗り出して黒髪の男の背中を見下ろしていた。黒髪の男も動いていなかった。屈んで頸動脈に触れてみた。もうこの男が動くことは二度とないだろう。

若者の顔は切り取った丸いステーキ肉と同じくらい無表情で、それとほぼ同じ色合いだった。眼はショックを受けたというより怒っていた。

私は煙草に火をつけ、天井に煙を吐き出して短く言った。「電話しろ」

「死んでないかもしれない」若者が言った。

「二二口径を使う連中はミスはしない。電話はどこだ?」

「置いてないんだ。そうでなくても経費がかさむから。まったく、八百ドルをどぶに捨てたようなもんだ！」

「この店を所有してるのか？」

「こんなことになるまではね」

若者は白い上っ張りを脱ぎ、エプロンをはずしてカウンターのなかから出てきた。

「戸締まりをしておくよ」と鍵を取り出しながら言った。

彼は外に出てドアを閉め、ボルトがカチッとはまるまで外側から鍵を回した。私は屈んで、ウォルドを仰向けにした。最初は弾が入った場所さえわからなかった。やがてわかった。上着の心臓の上あたりに小さな穴がふたつ空いていた。シャツに少し血がにじんでいる。

飲んだくれは望みうるものすべてを備えていた――殺人者として。

八分ほどして巡回中の警官たちが入ってきた。若いルー・ペトロールはもうカウンターの向こうに戻っていた。また白い上っ張りを着て、レジの金を数え、ポケットに入れながら小さな手帳に数字を控えていた。

私はブース席の端に腰かけ、煙草を吸いながら、ウォルドの顔がますます死人めいてくるのを見つめていた。プリント地のボレロを着た女とは誰だろう。なぜウォルドは外に停めた車のエンジンをかけたままにしていたのだろう。なぜあんなにあわてていたののか。あの飲んだくれは彼を待っていたのだろうか、それともたまたま出くわしただけなのか。

入ってきた警官たちは汗をかいていた。例によって図体が大きく、ひとりは帽子の下に花を一輪はさみ、その帽子を少し斜めにずらしてかぶっていた。死んだ男を見ると、花を捨て、屈んでウォルドの脈をとった。

「死んでるようだ」彼は言い、さらにいくらかウォルドの体を転がした。「ああ、弾の入ったところがわかった。ずいぶん手際がいいな。あんたたちふたりは殺しを見たのか?」

私は見たと答えた。カウンターの若者は何も言わなかった。私は起きたことを話し、殺人者はウォルドの車に乗って去ったようだと言った。

警官はウォルドの財布を引き出し、すばやくなかを検《あらた》めて口笛を吹いた。「金はたんまり入ってるが、免許証がない」財布をもとに戻した。「オーケイ。われわれは手を触れなかった、いいな? 身元を確認して無線で手配できるかどうか、免許証を探しただけだ」

「触れてないなんてよく言うよ」ルー・ペトロールがつぶやいた。

警官はお定まりの眼つきで若者を睨んだ。「わかったよ、相棒」と低い声で言った。

「触れたとも」

若者はきれいなハイボールのグラスを手に取って磨きはじめた。そのあとわれわれがいるあいだじゅう磨いていた。

一分とたたないうちに殺人課のワゴン車がサイレンを鳴らして駆けつけ、ドアの向こうでタイヤを軋らせて停まると、四人の男が入ってきた。刑事がふたりと、写真担当と鑑識の技術者だ。私はふたりの刑事を見たことがなかった。探偵稼業を長いことやっていても、大都市の警察で働く人間全員を知っているとはかぎらない。

ひとりは背が低く、洗練され、肌が浅黒く、静かでにこやか、カールした黒髪と穏やかで知的な眼をしていた。もうひとりは長身痩軀で顎が長く、静脈の浮いた鼻とどんよりした眼の持ち主だった。大酒飲みのようだ。タフに見えるが、本人は実際よりタフだと思っていそうだ。彼は私を壁際のブース席に追い立てた。彼のパートナーは入口近くの若者に話しかけた。制服警官はみな出ていった。指紋採取の技術者と写真担当が仕事に取りかかった。

検死官が到着して、しばらくいたあと機嫌を損ねた。死体保管所の車を呼びたいのに、電話がなかったからだ。

背の低い刑事がウォルドのポケットをさらい、財布も空《から》にして、入っていたものをすべて、ブース席のテーブルに広げた大きなハンカチの上に落とした。大量の金、鍵、煙草、別のハンカチ。ほかはないに等しい。

大柄の刑事がブースの奥に私を押しやり、「話を聞かせろ」と言った。「おれはコパーニク。警部補だ」

私は財布を彼のまえに置いた。コパーニクはそれを見て、なかを確かめ、ぽんと放ると、手帳にメモをとった。

「フィリップ・マーロウか、え？　私立探偵。仕事でここに来たのか？」

「飲む仕事だ」私は言った。「通りを渡ったバーグランドに住んでる」

「あの若者をまえから知ってるのか？」

「開店以来、一度来ただけだ」

「いまの彼に不審な点は？」

「ない」

「あの若さにしては落ち着き払ってると思わないか？　答えなくていい。話を聞かせてくれ」

私は話した——三度も。概略で一度、くわしく一度、私がきちんと憶えているか確かめるために一度。これすべて彼のためだ。ついに彼が言った。「その女が気になるな。それに殺人犯はこいつをウォルドと呼んだが、ウォルドが入ってくるとはまったく思っていなかった様子だ。つまり、女がいることをウォルドが確信していなかったとすると、彼がここに来ることは誰にも予測できなかったはずだ」

「じつに深い洞察だ」私は言った。

彼は私を見つめた。私は微笑んでいなかった。「怨恨がらみのようだ。だろう？　計画してたとは思えない。ここから逃げられる保証はないんだから。この街で車をロックせずに置いておくやつはあまりいない。しかも犯人はふたりの目撃者のまえで堂々と犯行に及んだ。気に入らんな」

「証人になるのは嫌だな」私は言った。「謝礼が少なすぎる」

彼はにやりとした。歯がまだら模様だった。「犯人はほんとうに酔っ払ってたのか？」

「あの射撃で？　まさか」

「同感だ。まあ、簡単に片づくだろう。そいつには前科があるだろうし、指紋をいっぱい残してる。いま顔写真がなくても、数時間で身元が判明するさ。ウォルドに何か恨みを抱いていたが、今晩ウォルドに会う予定はなかった。そこへウォルドがたまたま立ち寄って、デートの約束はしたが連絡が途絶えた女について尋ねた。暑い夜にこの風。女の顔には致命的だ。たぶんどこかに入って待つだろうな。で、殺人犯はウォルドの急所に二発撃ちこんで出ていき、あんたらのことはまったく心配しなかった。いたって単純だ」

「ああ」私は言った。

「単純すぎてぷんぷんにおう」コパーニクは言った。

フェルト帽を脱ぎ、貧相なブロンドの髪をくしゃくしゃにして、頭のうしろで両手を組んだ。長くて卑しい馬面だ。ハンカチを出してその顔と首のうしろ、両手の甲をふいた。櫛を出して髪を梳き――櫛を入れるといっそう見苦しくなった――また帽子をかぶった。

「ちょっと考えたんだが」私は言った。

「ああ、なんだ？」

「このウォルドってやつは女の服装を知っていた。だから今晩すでにいっしょにいたにちがいない」

「だからなんだ？　トイレに行ったのかもしれん。帰ってみたら女はいなかった。女がこいつに対する考えを変えたのかもしれん」

「そうだな」私は言った。

しかしそんなことはまったく考えていなかった。頭にあったのは、ふつうの男が思いつきもしないようなことばを使って、ウォルドが女の服装を描写したことだった。青い縮緬のシルクのドレスの上にプリント地のボレロ。私はボレロが何かさえ知らない。青い縮緬のシルクのドレス、よくて青いシルクのドレスぐらいなら言うかもしれないが、青い縮緬のシルクのドレスとはぜったいに言わない。

しばらくして、ふたりの男が死体を運ぶ籠を持って入ってきた。ルー・ペトロールはまだグラスを磨きながら、背が低く浅黒い刑事と話していた。

私たちはそろって警察本部に行った。

ルー・ペトロールは調べた結果、潔白だとわかった。父親がコントラ・コスタ郡アンティオクの近くにブドウ園を持っていて、ルーに開店資金の千ドルを与えていた。ルーはそこからきっかり八百ドルを使って、カクテルバーの内装やらネオンサインやらを整えたのだった。

警察は、もう指紋採取の必要はないと彼らが判断するまでバーを閉めておくようにと言い渡して、ルーを釈放した。ルーは一同と握手してまわり、にやっと笑って、結局この殺人は商売のためになるかもしれないと言った。新聞記事を信じる者などいない。みなバーにやってきて、彼の話を聞きながら酒を飲むだろうと。

「何が起ころうと心配しない輩がいるものだ」若者がいなくなると、コパーニクが言った。「他人がどうなろうと」

「ウォルドも気の毒に」私は言った。「指紋は使えそうか？」

「ちょっとぼやけてる」コパーニクは不機嫌そうに言った。「だがとにかく分析して、今晩ワシントンにテレタイプで照会する。それで何も出てこなかったら、あんたにはまた来てもらって、階下《した》の写真保管庫で一日すごしてもらわなきゃならない」

私はコパーニクと彼のパートナー――イバーラという名だった――と握手して立ち去った。彼らはまだウォルドの素性も突き止めていなかった。ポケットの所持品からは何もわからなかった。

2

午後九時ごろ、自宅の通りに戻った。バーグランドに入るまえに、区画の前後を見渡した。カクテルバーは後方の通りの向かい側、なかは暗く、ガラスに鼻をつけている人間がひとりふたりいるが、人だかりというほどではない。警察と死体保管所の車は見たが、店内で何が起きたかまだ知らないのだ。ただ、角のドラッグストアでピンボールをしている連中がいる。彼らは仕事を得る方法以外、なんでも知っている。

風はまだ吹いていた。オーブン並みに熱い風が埃を巻き上げ、壁の破れた貼り紙をはためかせている。

アパートメント・ハウスのロビーに入り、自動エレベーターに乗って四階に上がった。エレベーターの扉を引き開けて出ると、背の高い女が、箱が来るのを待って立っていた。波打つ茶色の髪の上につばの広い麦わら帽をかぶっていた。帽子にはビロードのリボンが巻かれ、ゆったりとした結び目がついている。大きな青い眼で、まつげが驚くほど長い。縮緬のシルクにも思える青いドレスを着ていた。ラインはシンプルだが、女らしい曲線を余さず表現している。その上にはおっているのはプリント地のボレロかもしれない。

私は言った。「それはボレロ？」

女は遠い眼で私を見やり、通り道のクモの巣を打ち払うような仕種をした。

「ええ。よろしいかしら——ちょっと急いでるの。わたし——」

私は動かなかった。体でエレベーターの入口をふさいで彼女を通さなかった。しばらく互いに見つめ合っていると、相手の顔にゆっくりと赤みが差した。

「その服で外に出ないほうがいい」私は言った。

「なぜ、どうしてあなたにそんなこと——」

エレベーターがガタンと鳴り、下へおりはじめた。彼女が何を言うかわからなかった。その声にはビアホールのウェイトレスのキンキンした華やかさがない。春の雨のように、柔らかく軽い響きだった。

「口説いてるんじゃない」私は言った。「あなたはトラブルに巻きこまれている。もし彼らがエレベーターでここに上がってきたら、この階を離れる時間はあまりない。まず帽子とボレロを脱ぎなさい——早く！」

女は動かなかった。うっすらと刷《は》いた化粧の奥で顔が少し青ざめたようだった。

「警官があなたを探している。その服を着た女性を。チャンスをくれれば説明しよう」

彼女はさっと振り返って、通路の先まで確かめた。これだけの美人だ。もう一度虚勢を張ったとしても責められない。

「あなた、失礼よ。誰だか知らないけれど。わたしはミセス・ルロイ。三一号室に住んでいます。ぜったいに――」

「だったら階をまちがえてる」私は言った。「ここは四階だ」エレベーターが下で停まっていた。扉を開ける音がシャフトから伝わってきた。

「早く！」私は厳しい声で言った。「いますぐ脱いで！」

女は帽子を取り、すばやくボレロを脱いだ。私はそれらをつかむと、くしゃくしゃに丸めて脇にはさんだ。彼女の肘を取って振り向かせ、ふたりで通路を歩きはじめた。

「おれは四二号に住んでいる。あなたのちょうど一階上の向かい側、正面寄りだ。どちらか選ぶといい。もう一度言うが、口説いてるわけじゃない」

女は羽づくろいをする小鳥のようにすばやく髪の毛をなでおろした。一万年の練習の賜だ。

「わたしの部屋に」と彼女は言い、バッグを小脇に抱えて足早に通路を歩いた。ひとつ下の階でエレベーターが停まった。それとともに彼女も立ち止まった。振り返って私を見た。

「階段はエレベーターの裏だ」私は穏やかに言った。

「部屋はないの」

「だろうと思った」

「彼らはわたしを探してるの？」

「そうだ。だがこの近所をしらみつぶしに捜査しはじめるのは明日になってからだ。それも、ウォルドの身元が明らかにならなかった場合だけ」

　女は私を見つめた。「ウォルド？」

「ほう、ウォルドを知らないのか」私は言った。

　彼女はゆっくりとかぶりを振った。エレベーターがまたおりはじめた。水面に立つさざ波のように、彼女の青い眼にパニックが兆した。

「知らないわ」息もつかずに言った。「でもとにかくここから連れ出して」

　ほとんど私のアパートメントのまえだった。私は鍵を差し、回して、ドアを内側に押し開けた。なかに手を伸ばして明かりのスイッチを入れた。彼女は波のように私の横をすり抜けていった。白檀の香りがほんのわずか漂った。

　ドアを閉め、自分の帽子を椅子に投げて、女を見た。彼女はカードテーブルに歩いていって、私が解けずに並べておいたチェスの詰め問題を見下ろしていた。なかに入り、ドアの鍵を閉めたことでパニックは収まったようだ。

「チェスをするのね」彼女が言った。私の銅版画でも眺めにきたかのように、慎重な声音だ。実際にそんな訪問だったらよかったのにと思った。

ふたりとも立ったまま、エレベーターの扉を開け閉めする遠い金属音と、足音を聞いた――遠ざかっていく。

私はにやりとしたが、うれしいからではなく、緊張したからだった。台所に入り、グラスを二個取り出そうとして、まだ彼女の帽子とボレロを脇に抱えていることに気がついた。収納式のベッドの奥にある更衣室に入り、それらを箪笥の抽斗に押しこんで、また台所に戻り、特上のスコッチを掘り出してハイボールを二杯作った。

飲み物を持って部屋に戻ると、女が銃を持っていた。真珠色のグリップのついた小型のオートマティック。銃口がさっとこちらを向き、眼には恐怖がたたえられていた。

私は立ち止まり、両手にグラスを持ったまま言った。「この熱風であなたもおかしくなったのか。おれは私立探偵だ、よかったら証拠を見せるけど」

彼女はわずかにうなずいた。顔色を失っていた。私はゆっくりと近づいて、グラスを一個そばに置き、また戻って自分のグラスを置き、角の折れていない名刺を一枚取り出した。彼女は腰をおろしながら、左手で膝にかかった青いドレスを伸ばし、右手で銃を構えていた。私は彼女のグラスの横に名刺を置き、坐って自分のグラスを取った。

「相手をそこまで近寄らせないことだ」私は言った。「もしその銃をほんとうに使う気なら。それに安全装置がかかったままだ」

女はちらっと下を見て身を震わせ、銃をバッグに戻した。ひと息でハイボールを半分まで飲み、グラスを勢いよく置くと、名刺を拾い上げた。

「この酒は大勢の人間に出すわけじゃない」私は言った。「それだけの余裕がないんだ」

女の唇がゆがんだ。「お金が欲しいのね」

「え？」

何も言わなかった。手がまたバッグに近づいた。

「安全装置を忘れないように」私は言った。女の手が止まった。私は続けて言った。「おれがウォルドと呼んだ男はかなり背が高く――五フィート十一インチといったところかな――痩せて黒髪、よく光る茶色の眼をしている。鼻は細すぎ、唇は薄すぎる。ダークスーツを着て、白いハンカチをのぞかせ、あわてた様子であなたを探していた。思いあたる節は？」

女はまたグラスを手に取った。「それがウォルドなのね。彼がどうかしたの？」声に少し酔った鋭さが生じた。

「まあ、めったにないことが起きた。通りを渡ったところにカクテルバーがあって……

ところで、あなたはひと晩じゅうどこにいた？」

「自分の車のなかにいたわ」冷たく言った。「ほとんどの時間」

「通りの先の騒ぎに気づかなかった？」

気づかなかったと眼で言おうとして失敗した。唇が言った。「何か事件があったのはわかったわ。警官がいて、赤いサーチライトがついていた。誰かが怪我をしたんだと思った」

「誰かがね。そしてこのウォルドは、そうなるまえにあなたを探していた。あのカクテルバーで。あなたの人相や服を説明して」

女の眼が鋲のようにぴたりと止まり、鋲と同じくらい無表情になった。唇が震えはじめ、震えが止まらなくなった。

「そのときおれはなかにいた」私は言った。「あそこを経営してる若者と話をしていた。ストゥールに腰かけた飲んだくれと若者とおれ以外には誰もいなかった。飲んだくれは何にも注意を払っていなかった。そこへウォルドが入ってきて、あなたのことを尋ね、われわれは、知らない、見ていないと答えた。彼は立ち去りかけた」

私はひと口酒を飲んだ。演出効果が好きなのは人みな同じだ。彼女の眼は私に嚙みつかんばかりだった。

「立ち去ろうとしたときだった。それまで誰にも注意を払っていなかった飲んだくれが彼をウォルドと呼んで、銃を取り出し、二発撃った」――二回指を鳴らした――「こんなふうに。彼は死んだよ」

彼女は私の意表を突いた。ふいに笑いだしたのだ。「夫があなたを雇ってわたしを偵察させてるのね」と言った。「最初から作り話だと気づくべきだったわ。あなたも、あなたのウォルドも」

呆気にとられて彼女を眺めた。

「夫が嫉妬するとは夢にも思わなかった」彼女は突き放すように言った。「お抱えの運転手だった男に嫉妬するなんて。もちろん、スタンのことは多少気になったでしょうけど――それは当たりまえよ。でもジョゼフ・コーツなんて――」

私は宙に手を振った。「レディ、おれたちのどちらかが本のまちがったページを開いている」不機嫌に言った。「スタンにしろ、ジョゼフ・コーツにしろ、聞いたこともない名前だ。助けてもらえないか。あなたが運転手を雇っていたことさえ知らなかった。このあたりに住む人間にはそれだけの金がないから。夫について言えば――そう、夫がいることもあるな。それほど多くはないが」

彼女はゆっくりと首を振った。手はまだバッグの近くにあり、青い眼が光を宿している。「お粗末だわ、ミスター・マーロウ。ほんとにお粗末。あなたがた私立探偵のことはわかってます。みんな腐ってる。あなたはわたしを騙して自分のアパートメントに招き入れた――もしこれがあなたのアパートメントだとしたらだけど。もっとありそうなのは、ここが数ドルでなんでも誓うようなおぞましい男のアパートメントだってこと。そしてあなたはわたしを脅そうとしている。強請るつもりなのね。おまけに夫からも金をせしめて。わかりました」息せき切って言った。「いくら払えばいいの？」

私は空のグラスを脇に置き、椅子の背にもたれた。「煙草を吸わせてもらうよ。神経がまいってる」

煙草に火をつけるあいだ、女はじっと私を見つめていた。ほんとうに罪を犯しているなら感じるであろう恐怖をほとんど表に出していない。「すると彼の名前はジョゼフ・コーツなのか」私は言った。「カクテルバーで彼を殺した男はウォルドと呼んでいたが」

彼女は少しうんざりし、それでも寛大なところを見せるように微笑んだ。「ぐずぐずしないで。さあ、いくらなの？」

「どうしてそのジョゼフ・コーツと会おうとしてたんだ？」

「彼がわたしから盗んだものを買い戻そうとしていたの。決まってるでしょう。世間一般の眼で見ても価値のあるものよ。一万五千ドル近くもする。愛していた男がくれたの。彼は死んだ。そう、死んだの！　燃える飛行機のなかで。さあ、夫のところへ戻って、そう報告なさいよ、このいやらしいチビのちくり屋！」

「おれはチビではないし、ちくり屋でもない」私は言った。

「でもいやらしいわ。別に夫に報告してくれなくてもいい。わたしが自分で言うから。たぶんあの人はもう知ってる」

私はにやりとした。「それは賢い。ところで、おれは何を見つけるはずだったのかな？」

彼女は自分のグラスをつかみ取り、残っていた酒を飲み干した。「彼はわたしがジョゼフとつき合ってると思ってるのね。ええ、つき合ってたかもしれない。でも愛し合うためじゃないわ。運転手と愛し合うわけがない。彼はわたしが玄関先で拾って仕事を与えた宿なしなんだから。そこまで落ちぶれる必要はないわ、かりに遊びまわりたいと思ったとしても」

「レディ」私は言った。「あなたはそんなことは思わない」

「もう帰るわ」彼女は言った。「止められるものなら止めてみなさいよ」バッグからまたさっと真珠色のグリップの銃を取り出した。私は動かなかった。

「この薄汚い役立たずの馬の骨」大声で食ってかかった。「あなたが私立探偵だなんてどうしてわかる？　詐欺師かもしれないでしょう。こんな名刺、なんの証明にもならないわ。誰だって印刷できるんだから」

「もちろんだ」私は言った。「そしておれはずる賢いから、今日ここにあなたを引きこめるように二年間住んだ。通りの向かいでウォルドと呼ばれて殺されたジョゼフ・コーツという男とつき合っていないことで、あなたを強請るためにね。その一万五千ドルのものを買い取る金を持ってきたのか？」

「ああ！　脅して奪い取るつもりなのね！」

「ああ！」彼女のまねをした。「今度はホールドアップ強盗呼ばわりか、え？　レディ、お願いだからその銃をしまうか、安全装置をはずしてくれないか。いかした銃がばかにされているようで、プロ意識が傷つく」

「あなた、わたしの嫌いなところだらけ」彼女は言った。「そこをどいて」

私は動かなかった。彼女も動かなかった。ふたりでただ坐って、互いに近づきもしなかった。

「出ていくまえに、秘密をひとつ明かしてもらえないかな？」私は言った。「いったいなんのために下の階のアパートメントを借りてる？　男とただ会うために？」

「ばかなこと言わないで」ぴしゃりと言った。「ちがうわ。嘘を言ったの。彼のアパートメントなのよ」

「ジョゼフ・コーツの？」

鋭くうなずいた。

「さっきのウォルドの描写がジョゼフ・コーツに当てはまる？」

また鋭くうなずいた。

「わかった。これでようやくひとつ事実をつかんだ。ウォルドは撃たれるまえにあなたの服を説明していた──あなたを探していたときだ。その説明は警察に伝わっている。彼らはウォルドが何者か知らず、その服を着た女性を探し出して捜査を手伝わせようと思っている。そういうことがわからないのか？」

突然、手に持った銃が震えはじめた。女はやや上の空でそれを見下ろし、ゆっくりとバッグにしまった。

「ばかだったわ」とつぶやいた。「あなたにこんな話をするだけでも」長いこと私を見つめ、大きく息を吸った。「彼は自分の住所をわたしに教えてたの。怖れる様子はなかった。強請屋はああなんでしょうね。通りで会うことになってたんだけど、わたしが遅れたの。来てみたら、そこらじゅうに警察がいた。だから自分の車に戻って、しばらくなかに坐ってた。それからジョゼフのアパートメントに上がってノックした。また車に戻って待った。全部で三度ここに来たの。最後にエレベーターに乗ろうと、一階歩いて上がった。三階で二度も顔を見られてたから。そこであなたに会った。それだけよ」

「夫について何か言っただろう」私は不機嫌に言った。「彼はどこにいる？」

「会議に出かけてるわ」

「ほう、会議にね」意地悪く言った。

「とても重要な人だから、しょっちゅう会議があるのよ。水力発電の技術者なの。世界じゅうを飛びまわってるわ。言っておくけど――」

「もういい」私は言った。「いつか彼を昼食に誘って、本人の口から聞くよ。ともかく、ジョゼフがあなたの何を知っていたにしろ、それはもう手の届かないところへ行った。ジョゼフ自身と同じように」

「ほんとに死んだの?」囁くように言った。「まちがいなく?」

「死んだ」私は言った。「死んだ、死んだ、死んだ。レディ、彼は死んだんだ」

ようやく彼女は信じた。まさか信じるとは思わなかった。ふたりで黙っていると、エレベーターが私の階で停まった。

通路を歩いてくる足音がした。人にはみな虫の知らせがある。私は唇に人差し指を当てた。彼女は動きを止めた。顔の表情が凍りついた。大きな青い眼が、その下の隈と同じくらい翳った。閉じた窓に熱風が激しく打ちつけた。熱かろうが熱くなかろうが、サンタ・アナが吹くときには窓を閉めなければならない。

近づいてくる足音は、ひとりの男が何気なく立てるふつうの音だった。が、それは私のアパートメントのまえで止まり、誰かがドアを叩いた。

私はベッドの奥の更衣室を指差した。女はバッグを体の脇にしっかり抱え、音を立てずに立ち上がった。私はまた指差した――彼女のグラスを。彼女はさっとそれを取り上げると、カーペットをすばやく横切り、更衣室に入って静かに引き戸を閉めた。

私はなんのためにこんな苦労をしているのか、まったくわからなかった。

またノックの音がした。両手の甲が汗で湿った。椅子を軋ませて立ち上がり、大きなあくびの音を立てた。それから歩いていき、ドアを開けた——銃を持たずに。それがまちがいだった。

3

最初は誰かわからなかった。おそらくウォルドが彼を認識しなかったのと正反対の理由からだ。彼はカクテルバーでずっと帽子をかぶっていたが、いまはそれを脱いでいた。ちょうど帽子が始まるところで髪の毛が完全に終わっていた。帽子の線から上は、硬く白い皮膚が汗もかかずにむき出しで、かさぶたか何かのようにてかてかしていた。二十歳老けて見えるだけでなく、まったくの別人だった。

しかし、彼の持っている銃に見憶えがあった。大きな照星のついた二二口径のオートマティック。眼もわかった。明るく、危なっかしく、トカゲのように平たい眼。

彼はひとりだった。私の顔にほんの軽く銃を当て、歯の隙間からしゃべった。「そう、おれだ。なかに入ろうぜ」

私は彼が望むと思われる分だけ後退して止まった。あまり動かずなかに入り、ドアを閉められる距離だ。眼つきでそうしろというのがわかった。

怖くはなかった。体が麻痺していた。

ドアを閉めると、男は私をさらにうしろに下がらせた。ゆっくり下がっていくと、脚のうしろに何かが当たった。男の眼が私の眼をのぞきこんだ。

「カードテーブルだ」彼は言った。「どこかのまぬけがチェスをやるようだな。おまえか？」

私は唾を呑んだ。「チェスをするというより、駒を弄んでいるだけだが」

「ふたりいるってことか」しわがれた低い声で言った。拷問めいた取り調べで、どこかのお巡りにブラックジャックで喉笛をつぶされたかのように。

「問題を解いてるんだ」私は言った。「対局ではなく。駒を見てくれ」

「見たってわからん」

「とにかく、おれひとりだ」と言った。声がそれとわかるほど震えた。

「別に変わるわけじゃねえ」彼が言った。「どっちにしろおれは終わってる。どこかのイヌがおれを警察に売るさ。明日になるか、来週になるかはわからんが。おれはただおまえの面が気に入らねえんだよ。それとバーの制服を着たあのホモ野郎な。フォーダムだかどこかでレフトタックルをやってたとかいう。おまえらみんな地獄に堕ちろ」

私は話しも動きもしなかった。大きな照星が私の頬を軽く引っかいた。愛撫するかのように。男は微笑んだ。

「むずかしい仕事でもなかったな」彼は言った。「これは念のためだ。おれみたいな古株の悪党からはあまりいい指紋が採れない。おれを犯人と特定できるのはふたりの目撃者だけだ。くたばりやがれ」

「ウォルドはあんたに何をした？」ただ震えを止めたいだけでなく、本気で知りたがっているような口調にしようと努めた。

「ミシガンでやった銀行強盗のことを垂れこみやがって、おかげでおれは四年のお務めだ。本人は訴えを取り下げてもらった。ミシガンの四年は夏のクルーズってわけにはいかねえ。死刑のないああいう州じゃ矯正が厳しいからな」

「どうやって彼があそこに来ることを知った？」私はかすれた声で訊いた。

「知らなかった。ああ、もちろんやつを探してたさ。会いたいとは思ってた。おとといの夜、あの通りでちらっと見かけたが、見失っちまったんだ。そのときから真剣に探すようになった。いかしたやつだろ、ウォルドってのは。やつはどうなった？」

「死んだよ」私は言った。

「おれはまだ腕が立つ」くっくっと笑った。「酔っていようと素面だろうと。まあ、もう人を撃って生活はできねえが。警察じゃおれの身元が割れてるのか？」

答えるのが遅すぎた。男は銃を私の喉元に突きつけた。私は息ができなくなり、本能的に銃をつかもうとした。

「だめだめ」彼は穏やかに警告した。「やめとけ。おまえはそこまでばかじゃない」

私は両手を体の横に戻した。開いた手のひらを彼のほうに向けた。たぶんそうするのが望みだろう。彼は私に触れていなかった。銃で触れただけだ。私が銃を持っているかどうかも気にしていないようだった。気にならないのだろう――たったひとつの目的のために来たのなら。

そもそもこの界隈に戻ってきたことからして、どんなこともあまり心配していないようだ。熱風のせいかもしれない。風は埠頭の下に打ち寄せる波のように、閉じた窓にぶつかっていた。

「指紋は採取したようだ」私は言った。「どのくらい鮮明かわからないが」

「鮮明だろうな。だがテレタイプじゃ埒があかねえ。照合するには航空便でワシントンに送り、返事が来るまで時間がかかる。なぜおれがここへ来たか言ってみな、相棒」

「若者とおれがバーで話しているのを聞いたんだろう。おれは彼に名前と住んでいる場所を教えた」

「それはどうやってだ。おれはなぜと訊いたんだ」彼は微笑んだ。もしこれが見納めになるなら最悪の微笑みだった。

「やめろよ」私は言った。「絞首刑執行人はなぜ自分がここに来たかなんて訊かないだろう」

「なかなかタフだな。おまえのあとであの小僧のところへ行く。あいつを家から警察まで尾けたんだが、まずおまえから片づけることにした。おれはあいつを市庁舎から家まで尾けた。ウォルドが借りてた車でな。警察本部からだぞ。笑えるお巡りどもだ。こっちが膝の上に乗ったって誰だかわかりゃしない。路面電車を追いかけてマシンガンをぶっ放し、一般人をふたり殺しちまう――タクシーのなかで寝てた運転手と、家の二階でモップをかけてた年寄りの掃除女を。でもって、追いかけてた犯人は逃しちまうんだから。笑うしかない最低のお巡りどもだ」

私の喉に押しつけた銃口をひねった。それまで以上に眼に狂気が感じられた。

「時間はある」彼は言った。「ウォルドのレンタカーがすぐ突き止められることはない。あいつの身元もすぐにはわからない。おれはウォルドを知っている。利口なやつだった。抜かりのねえやつだよ、ウォルドは」

「吐きそうだ」私は言った。「銃を喉からはずしてくれないと」

彼は微笑んで、銃口を私の心臓までおろした。「このあたりでいいか？　止まれと言ってくれ」

私は思ったより大声でしゃべっていたのだろう。収納式のベッドの奥にある更衣室のドアがわずかに開いて暗がりが見えた。隙間が一インチ、やがて四インチになった。眼がのぞいたが、私はあえてそちらを見なかった。代わりに禿頭の男の眼を見すえた。食い入るように。彼の眼をこちらに惹きつけておきたかった。

「怖いのか？」男が低い声で訊いた。

私は銃に体を押しつけ、震えはじめた。震えるのを見れば喜ぶだろうと思った。女がドアから出てきた。自分の銃をまた持っている。彼女のことがひどくかわいそうになった。きっと出口に向かおうとするか、叫んでしまうだろう。どちらにしても終わりだ――われわれふたりにとって。

「ひと晩じゅうこうしていないでくれ」私は泣きついた。自分の声が通りの向かいで鳴るラジオのように遠くから聞こえた。

「こうしてるのが好きなんだよ、相棒」彼は微笑んだ。「おれはこういう人間だ」

女が彼のうしろの宙を漂った。この世の何より音のしない動きだった。だとしても役には立たない。彼女相手にこの男が手加減するはずがない。たった五分間、眼をのぞきこんだだけだが、生まれてこのかたずっと彼を知っているような気がした。

「おれが叫んだらどうだ？」私は言った。

「ほう、叫ぶのか。早く叫べよ」また殺し屋の笑みを浮かべて言った。

彼女はドアのほうへ行かなかった。彼のすぐうしろにいた。

「じゃあ、これから叫ぶぞ」私は言った。

それが合図になったかのように、彼女は男の脇腹に小さな銃を強く押しつけた。ひとつも音を立てずに。

男は思わず反応した。膝の反射のようなものだった。口をあんぐり開き、両腕を体の脇からさっと上げて、わずかに背を反らした。銃口が私の右眼のほうに上がった。

私は身を屈め、全力をこめて膝で彼の股間を蹴り上げた。

顎が落ちたところを殴りつけた。最初の大陸横断鉄道の線路に、最後の犬釘を打ちこむように拳を叩きつけた。いまでも拳を握りしめると、あのときの感触が甦る。

銃が私の顔の横を引っかいたが、発射はされなかった。すでに男はぐったりしていた。もがきつつ体の左側から床に倒れ、うめいた。私はその右肩を思いきり蹴った。銃が飛び、カーペットを横切って椅子の下に入った。うしろのどこかでチェスの駒が床にカラカラと落ちた。

女は彼を見下ろすように立っていた。やがて恐怖に満ちた大きな暗い眼が上を向き、私の眼で止まった。

「おかげで助かった」私は言った。「おれのものはすべて、あなたのものだ――これから永遠に」

彼女は私のことばを聞いていなかった。緊張のあまり眼を見開いているので、あざやかな青い虹彩の下に白眼が見えた。小さな銃を構えたまま、ゆっくりとドアのほうに後退し、うしろ手にノブを探りあて、回した。ドアを引き開けて外に出た。ドアが閉まった。

帽子もかぶらず、ボレロも着ていかなかった。銃だけを持って、それもまだ安全装置がかけられているので発射できなかった。

風は吹いているが、部屋のなかは静かだった。やがて男が床の上であえいだ。顔は青ざめ、緑がかっていた。うしろにまわり、体を叩いてほかの銃を探したが、見つからなかった。店で買った手錠を机の抽斗から取り出し、男の両手を体のまえに持ってきて、手錠をはめた。かなりの力で振らないかぎりはずれないだろう。

男の眼は苦痛をにじませていたが、それでも私の棺桶の寸法を測っていた。まだ体の左側を下にして床のまんなかに横たわっている。ゆがんでしなびた禿頭の小男が唇を反らし、安物の銀の詰め物が点々と並ぶ歯を見せていた。開いた口は黒い穴のようで、痙攣するように息を吸っては詰まらせ、止め、また吐き、不規則にそれを続けた。

私は更衣室に入り、箪笥の抽斗を開けた。彼女の帽子とボレロがシャツの上にのっていた。それらを抽斗の奥の底近くに入れ、その上にシャツを並べた。それから台所に出てウィスキーをたっぷり注ぎ、壜を置いて立ったまま、熱風がうなって窓ガラスに打ちつける音をしばらく聞いていた。ガレージの扉がバタンと鳴り、碍子《がいし》と碍子のあいだにたるみを持たせすぎた電線が建物の横に当たって、誰かがカーペットを叩いているような音を立てていた。

ウィスキーが効いた。リビングルームに戻り、窓を開けた。床の男は彼女の白檀の香水を嗅ぎつけなかったが、ほかの人間が気づくかもしれない。

また窓を閉め、手のひらの汗をぬぐって、警察本部に電話をかけた。

コパーニクがまだいた。利口ぶった声が言った。「ん？　マーロウ？　当てようか。何か考えがあるんだろう」

「殺人犯の身元はわかったか？」

「それは話せない、マーロウ。まったく申しわけないな。ここがどういうところかわかるだろう」

「なるほど。別に誰だろうとかまわない。さっさとここに来て、アパートメントの床から犯人を連れていってくれ」

「なんだと！」そこであわてて声が低くなった。「ちょっと待て。待ってろよ」遠くでドアの閉まる音が聞こえた気がした。またコパーニクの声がした。「話してくれ」と穏やかに言った。

「手錠をはめてる」私は言った。「あんたに進呈するよ。膝蹴りするしかなかったが、そのうち回復する。目撃者を消すためにここに現われたんだ」

また間ができた。次の声はたっぷりと蜜を含んでいた。「いいか、聞くんだ。ほかに誰がいる?」

「ほかに? 誰もいない。おれだけだ」

「そのままでいろ。誰にも言うな。わかったな?」

「近所の連中がこぞって見物にくるのを、おれが歓迎するとでも思ってるのか?」

「いいから落ち着けよ。なあ。おとなしく坐って何もするな。すぐにそっちに行く。何にも触れるなよ。わかったか?」

「ああ」時間を節約するために、住所とアパートメントの番号をもう一度教えてやった。骨張った大きな顔が輝くのが眼に浮かんだ。二二口径の銃を椅子の下から拾い、持ったまま坐っていると、外の通路に足音が響き、ドアを拳で静かに叩く音がした。

コパーニクはひとりだった。私がドアを開けるなり入口をふさぐように立つと、緊張した笑みを浮かべて私をなかに押し戻し、ドアを閉めた。ドアに背を向けて立ち、右手を上着の左側に入れていた。平たく残忍な眼をした、長身痩軀の威張り屋だ。

その眼をゆっくりと下に向け、床に倒れた男を見た。男は首を少しひねった。その眼が短く刺すように動いた——病んだ眼だ。

「こいつにまちがいないのか?」コパーニクがしわがれ声で言った。

「確かだ。イバーラはどうした？」

「ああ、あいつは忙しい」そう言ったときに私のほうを見なかった。「これはおまえの手錠か？」

「そうだ」

「鍵をよこせ」

投げてやった。コパーニクはすぐに殺人者の横に片膝を突き、手首から手錠をはずすと、横に放った。腰から自分の手錠をはずし、禿頭の男の両手を背中のうしろにまわして、はめた。

「お手柄だな、このカス野郎」殺人者が抑揚のない声で言った。

コパーニクはにやりとして拳を握り、手錠をかけられた男の口にすさまじい一撃を加えた。折れるかと思うほど男の首がうしろに撥ねた。下を向いた口の端から血が流れた。

「タオルを持ってこい」コパーニクが命じた。

ハンドタオルを取ってきて渡した。コパーニクはそれを手錠の男の歯のあいだに乱暴に押しこむと、立ち上がって、骨張った指で汚らしいブロンドの髪を梳いた。

「よし。話せ」

話した――ただ、女のことはすべて省略した。いくらかたどたどしくなったが、コパーニクは私を見つめ、何も言わなかった。静脈の浮いた鼻の横をこすり、櫛を取り出して、その夜の早いうちにカクテルバーでやったように髪を整えた。

私は彼に近づき、銃を渡した。コパーニクは何気ないそぶりでそれを見ると、上着の横のポケットに入れた。眼に意味ありげな表情が浮かび、顔が動いて大きく強張《こわば》った含み笑いになった。

私はひざまずき、チェスの駒を拾って箱に入れはじめた。箱を炉棚に置き、一本曲がったカードテーブルの脚をまっすぐにして、しばらく時間をつぶしていた。その間、コパーニクはずっと私を見ていた。何か考えついてくれと私は思っていた。

ついに思いついたようだ。「この男は二二口径を使う」彼は言った。「これだけ小さくても用が足りるほど腕が立つからだ。つまり、すご腕だ。おまえのドアを叩き、銃をおまえの腹に突きつけて部屋に押し戻し、永遠に口を封じるために来たと言う。なのにおまえはこいつをやっつけた。銃も持っていないのに、ひとりで取り押さえた。なかなかどうして、おまえもすご腕じゃないか」

「いいか」と私は言い、床に眼を落とした。チェスの駒をまたひとつ拾い、指のあいだで弄んだ。「おれはチェスの問題を解いていた。いろいろなことを忘れようと思って」

「何かあるな、相棒」コパーニクが低い声で言った。「熟練のお巡りを騙そうなんて思わないよな、え?」

「こいつは申し分のない逮捕で、それをあんたに進呈しようっていうんだ」私は言った。

「ほかにいったい何を望む？」

床の男がタオルのあいだからあいまいな音を発した。禿頭が汗で光っていた。

「どうした、相棒？　何かあったのか？」コパーニクがほとんど囁くように言った。

私は一瞬彼に眼をやり、またそらした。「わかったよ。おれひとりでは取り押さえられなかった。あんたにはよくわかってる。彼はおれに銃を向けてたし、狙いははずさないやつだ」

コパーニクは片眼をつぶり、もう片方の眼を愛想よくすがめて私を見た。「続けな。おれもそのことは考えた」

また少しそわそわと歩いた――それらしく見せるために。私はゆっくりと言った。

「ボイル・ハイツで仕事をした若いやつがここにいたんだ。強盗だ。失敗したがな。ガソリンスタンドのつまらないホールドアップ強盗だった。おれは彼の家族の知り合いだ。根は悪いやつじゃない。小遣いをせびりにここへ来てた。そこでノックの音がしたんで、あそこへ隠れた」

収納式のベッドとその向こうのドアを指差した。コパーニクがさっと首をめぐらし、また戻した。またウィンクをした。「で、そいつが銃を持っていた」彼は言った。

私はうなずいた。「この男のうしろから近づいた。勇気がいることだ、コパーニク。あいつを見逃してやってくれ。今回のことに巻きこまないでくれ」

「その若いのに逮捕状は出てるのか?」コパーニクは静かに訊いた。

「まだだと言ってる。出るんじゃないかと怖れてる」

コパーニクは微笑んだ。「おれは殺人課の人間だ。そんなことは知らないし――気にもしない」

手錠をはめられ、タオルを嚙まされた床の上の男を私は指差した。「彼はあんたが捕まえた。だろう?」慎重に言った。

コパーニクは微笑みつづけていた。大きな白っぽい舌が出てきて、分厚い下唇をなぞった。「どうするかな」と囁いた。

「ウォルドから銃弾は回収したのか?」

「もちろん。二二口径の長いやつだ。ひとつが肋骨を砕き、もうひとつが命中した」

「あんたは緻密な男だ。どんな手がかりもおろそかにしない。おれのことを知る必要があった。そこで立ち寄って、おれがどんな銃を持ってるか調べることにした」

コパーニクは立ち上がり、もう一度殺人者の横に膝を突いた。「聞こえてるか、え?」床の男に顔を近づけて訊いた。

男が何かもごもご言った。コパーニクは立ち、あくびをした。「こいつが言うことなんて誰が気にする? 続けてくれ、相棒」

「おれが何か持ってるとは思わなかったが、とにかくアパートメントを見ておきたかった。そしてあそこを探っていたときに」――更衣室を指差した――「おれはたぶん機嫌が悪くて、むっつり黙りこんでいた。そのときドアにノックの音がして、こいつが入ってきた。しばらくしてあんたが出てきて、彼を取り押さえた」

「なるほど」コパーニクは馬ほど多くの歯を見せて、大きくにやりと笑った。「それでいこう。おれはこいつを殴り、膝で蹴り、捕まえた。おまえは銃を持っておらず、こいつはおれに激しく立ち向かったが、おれは左フックをかまして完全にのした。これでいいな？」

「いい」私は言った。

「本部でもそう話すんだな？」

「話す」

「なら守ってやる。そっちが礼儀を示すなら、おれはいつもフェアにやる。若いやつのことは忘れな。保釈が必要になったら言ってくれ」

コパーニクが近づいてきて手を差し出した。私はそれを握った。死んだ魚のようにじっとりした手だった。じっとりした手とその持ち主には吐き気をもよおす。

「あとひとつだけある」私は言った。「あんたのパートナー――イバーラだが、あんたがこの件で仲間に入れなかったら気を悪くするかな？」

コパーニクは髪をかき、黄ばんだ大きなシルクのハンカチで、帽子の下の額をふいた。

「あのイタ公が？」とあざ笑った。「知るか！」顔に息がかかるほど私に身を寄せた。「しくじるなよ、相棒——おれたちの話だが」

彼の息はくさかった。くさくて当然だ。

4

コパーニクが事件の説明をしたとき、警部のオフィスにいたのはわれわれ五人だけだった。速記者、警部、コパーニク、私、そしてイバーラだ。イバーラは横の壁際に坐り、椅子を心持ちうしろに倒して、背もたれを壁に当てていた。帽子を目深にかぶっているが、眼の柔らかな光はつばの陰に入っていてもわかり、端整なラテン系の唇の端には静かな微笑みが浮かんでいた。彼はコパーニクを直接見ていなかった。コパーニクのほうは彼をまったく見ていない。

そのまえに部屋の外の廊下で、コパーニクと握手する写真を撮られた。コパーニクは帽子をまっすぐかぶり、銃を持ち、厳格で固い決意を表わす顔をしていた。

彼らはウォルドの素性はわかったが、私には教えられないと言った。わかっているとは思えなかった。警部の机にウォルドの死体写真がのっているからだ。じつにうまく撮れていた。髪を梳かしつけ、ネクタイをまっすぐに締め、眼がちょうど輝くように光を当てている。胸に弾を二発撃ちこまれて死んだ男の写真だとは誰も思わないだろう。ダンスホールで、相手をブロンドにするか赤毛にするか決めようとしている色男のように見えた。

帰宅したのはほぼ真夜中だった。建物の入口には鍵がかかっていて、手元でその鍵を探しているときに、暗がりから低い声が呼びかけた。

ただひと言、「お願い！」だけだったが、すぐにわかった。振り返ると、荷積み場所のすぐ横に暗い色のキャディラックのクーペが停まっていた。ライトはつけていない。通りの光が、女の眼を明るく照らし出した。

私は歩いていった。「あなたはとんでもない愚か者だ」

彼女は言った。「乗って」

乗ると彼女は車を発進させ、一区画走って、フランクリン通りを半分行ったところで曲がってキングズレー・ドライヴに入った。熱風はまだ燃え盛り、荒れくるっていた。あるアパートメント・ハウスの開いた日除けつきの横窓から、軽快なラジオの音楽が流れていた。車がたくさん停まっていたが、彼女はパッカードの真新しい小型のカブリオレのうしろに、空いた場所を見つけた。パッカードのフロントガラスには販売代理店のステッカーがついていた。車を縁石に寄せると、彼女は手袋をはめた手をハンドルにのせたまま、車の隅にもたれかかった。

上から下まで黒かダークブラウンの装いで、妙な形の小さな帽子をかぶっていた。白檀の香水のにおいがした。

「わたし、あなたに失礼な態度をとったでしょう?」彼女は言った。

「ただおれの命を救っただけだ」

「あのあとどうなったの?」

「警察に電話して、気に食わないお巡りにひとつふたつ嘘を教え、逮捕はすべてやつの手柄にしてやった。それだけだ。あなたがおれから引き離してくれた男は、ウォルドを殺したやつだ」

「つまり――わたしのことは彼らに言わなかったの?」

「レディ」私はくり返した。「あなたはただおれの命を救っただけだ。ほかに何をしてほしい? なんでも喜んでするし、できるように努力する」

彼女は何も言わなかった。動きもしなかった。

「あなたが何者か、おれからは話さなかった」私は言った。「たまたまおれ自身も知らないが」

「わたしはミセス・フランク・C・バーサリー。住所は、二四五九六、オリンピア、フリーモント・プレイス二一二番地。それが知りたかったの?」

「ありがとう」私はつぶやき、火のついていない乾いた煙草を指で回した。「どうして戻ってきた？」そして左手の指を鳴らした。「帽子とボレロか。アパートメントに戻って取ってくるよ」

「それだけじゃないの」彼女は言った。「真珠のネックレスも必要なの」私は少し飛び上がったかもしれない。真珠などなくとも、もういいと言うほどいろいろなことがあったのだ。

一台の車が制限速度の倍の速さで通りすぎた。街灯の光のなかで、眼を刺す薄い土煙が立ち昇り、渦を巻いて消えた。女はすぐに車の窓を閉めた。

「わかった」私は言った。「真珠の話をしてくれ。これまでに殺人があり、謎の女性、いかれた殺人者、勇敢な人助け、騙されて嘘の報告書を作るはめになった刑事、と続いた。今度は真珠だ。さあ、話を聞こう」

「五千ドルで買い戻すことになってたの。あなたがウォルドと呼び、わたしがジョゼフ・コーツと呼ぶ男から。彼が持ってたはずなのよ」

「真珠はなかった」私は言った。「ポケットから出てきたものを見たんだ。金はたくさん入っていたが、真珠はなかった」

「彼のアパートメントに隠されてるってことは？」

「ありうる」私は言った。「おれの知るかぎり、彼自身のポケットを除いて、カリフォルニアのありとあらゆる場所に隠せたはずだ。ミスター・バーサリーはこんな暑い夜にどうしてる？」

「まだダウンタウンで会議中よ。でなければ、わたしは外に出られなかった」

「連れてきてもよかったのに」私は言った。「補助席に坐ることもできた」

「まあ、それはどうかしら」彼女は言った。「フランクは体重が二百ポンドあって、かなり立派な体格だから。補助席に坐りたがるとは思えないわ、ミスター・マーロウ」

「われわれはいったい何の話をしてるんだ？」

彼女は答えなかった。手袋をはめた手で細いハンドルの縁を軽く、じれったそうに叩いた。私は火をつけていない煙草を窓から放り捨て、体を少し横に向けて、彼女を抱きしめた。

腕の力を抜くと、彼女はできるだけ私から離れて車体に身を寄せ、口に手袋の甲をこすりつけた。私は黙って坐っていた。

ふたりともしばらく何もしゃべらなかった。やがて彼女がきわめてゆっくりと言った。

「わたしがあなたに仕向けたのよね。でもいつもこうじゃないの。スタン・フィリップスが飛行機事故で死んで以来よ。もしあの事故がなかったら、わたしはいまごろミセス・フィリップスになっている。スタンが真珠のネックレスをくれたの。一万五千ドルしたと言ってたわ。白い真珠が四十一個、いちばん大きな粒は直径三分の一インチほど。

重さはわからない。鑑定してもらったことがないし、宝石商に見せたこともない。だからそういうことはわからない。でもスタンの形見としてとても大事にしてた。わたしはスタンを愛してた。生涯一度というほどに。わかっていただける？」

「あなたのファーストネームは？」

「ローラ」

「話を続けて、ローラ」ポケットからまた新しい煙草を取り出し、手持ちぶさたを紛らすために指で回した。

「二枚刃のプロペラの形をした、シンプルな銀の留め金がついてるの。まんなかに小さなダイヤモンドがあしらわれていた。フランクには、わたし自身が店で買ったネックレスだと説明した。彼は見てもちがいがわからないから。見分けるのはそう簡単じゃない。ともかく、フランクはとても嫉妬深いの」

暗がりで彼女が近寄ってきた。体の横と横が触れ合った。しかし私は今度は動かなかった。風がうなり、木々が揺れた。私は指で煙草を回しつづけていた。

「あなたも読んだことがあるでしょう」彼女は言った。「妻が本物の真珠を持っていて、夫には偽物だと言う話」

「ああ」私は言った。「モームだ」

「わたしはジョゼフを雇った。そのとき夫はアルゼンチンにいたわ。寂しかったの」

「寂しくて当然だ」私は言った。

「ジョゼフと何度もドライヴに出かけた。軽く何か飲むこともあった。でもそれだけよ。決してつき合ったり——」

「あなたは彼に真珠のことを話した」私は言った。「で、彼はアルゼンチンから帰国した二百ポンドの巨漢に蹴り出されたときに、真珠を持ち去った。本物だと知っていたからだ。そして五千ドルで返すとあなたに言ってきた」

「そう」あっさりと言った。「もちろん警察には行きたくなかった。そしてもちろんこういう状況で、ジョゼフはわたしが彼の居場所を知っていようと怖れなかった」

「ウォルドも気の毒に」私は言った。「ちょっとかわいそうになるな。まさにここぞというときに、昔の恨みを抱いた友人に偶然出くわすとは」

靴の裏でマッチをすり、煙草に火をつけた。熱風で乾ききっていた煙草は草のように燃えた。女は両手をまたハンドルにのせ、私の横に静かに坐っていた。

「女の気持ちはわからない——飛行士か」私は言った。「あなたはまだ彼を愛している。あるいは、愛していると思ってる。真珠はどこに保管してた？」

「化粧台のロシアのクジャク石の宝石箱に。ほかのアクセサリーといっしょに入れてた。身につけたいと思うなら、そこに入れておくしかなかったのよ」

「一万五千ドルの価値のものをね。その真珠をジョゼフが自分のアパートメントに隠してるかもしれないと思うわけだ。三一号に。そうだね？」

「ええ」彼女は言った。「たいへんなことをお願いするわけだけど」

私はドアを開け、車から出た。「それだけのことはしてもらった」と言った。「見てくるよ。あのアパートメントのドアはあまり頑丈じゃない。警察はウォルドの写真を公開して住まいを突き止めるだろうが、それは今晩じゃないだろうから」

「ほんとにやさしいのね」彼女は言った。「ここで待ちましょうか？」

私は車の踏み板に片足をのせて立ち、車内に身を屈めて彼女を見た。質問には答えなかった。ただそこに立って、彼女の眼の輝きを見つめた。それから車のドアを閉め、フランクリン通りのほうへ歩きはじめた。

顔がしなびるほど風が吹いていても、まだ彼女の髪の白檀のにおいがした。彼女の唇を感じることもできた。

バーグランドのドアの鍵を開け、静かなロビーを横切ってエレベーターに乗り、三階に上がった。足音を忍ばせて静かな通路を渡り、三一号のアパートメントの敷居の隙間を見下ろした。光はもれていない。ドアを叩いた——大きな笑みを浮かべ、酒壜の入る深いポケットつきのズボンをはいた昔の酒の密輸業者がする、軽くひそやかなノックだ。返事はない。財布の運転免許証入れのカバーを装っている、厚く硬いセルロイドの板を抜き取り、ドアの錠と側柱のあいだに差し入れた。ノブに体重をかけ、力をこめて蝶番のほうに押した。セルロイドの端がスプリング錠の斜面に引っかかり、氷柱が折れたような小さな音とともにそれを弾いた。ドアが開き、私は薄暗がりに足を踏み入れた。街灯の光が室内に入りこんで、そこここの高い位置を照らしていた。

ドアを閉め、明かりのスイッチを入れて、その場にたたずんだ。妙なにおいが漂っている。すぐに思いついた――乾燥加工した煙草のにおいだ。探しながら窓辺の灰皿スタンドまで行き、なかを見ると、茶色の吸い殻が四本入っていた。メキシコか南米の煙草だ。

私のアパートメントのある上の階で、誰かがカーペットを横切ってバスルームに入る足音がした。トイレを流す音がした。私は三一号のバスルームに入ってみた。ゴミが少々、ほかには何もない。何かを隠す場所も。台所にはもっと時間がかかったが、あまり熱心には探さなかった。このアパートメントに真珠がないことはわかっていた。ウォルドは逃げる途中で、急いでいて、何かに悩まされていた。そのとき振り返って、昔の友人から弾を二発撃ちこまれたのだ。

リビングルームに戻り、収納式のベッドを少し広げ、鏡のついた面の向こうの更衣室を使っている形跡はないかと見やった。さらにベッドを広げたときには、もはや真珠を探していなかった。私は男を見ていた。

小柄な中年男だった。こめかみの髪は鉄灰色、肌は非常に色が濃く、淡い褐色のスーツを着て、ワイン色のネクタイを締めている。清潔で小さな手が力なく体の左右に垂れていた。ぴかぴかで先の尖った靴をはいた小さな足は、ほとんど床を指していた。

男は首に巻きつけられたベルトで、ベッドの金属の枠からぶら下がっていた。口から私の想像をはるかに越える長さの舌が飛び出していた。

男が少し揺れたのが嫌だったので、ベッドをまた閉じた。彼は二個の枕のあいだに静かに収まった。私はまだその体に触れていなかった。氷のように冷たいことを確かめるのに、わざわざ触れる必要はない。

そこをまわって更衣室に入り、自分のハンカチを使って簞笥の抽斗を開けた。室内はすっかり片づけられていて、ひとり住まいの男が出すゴミがいくらかあるだけだった。

部屋を出て、男の確認にとりかかった。財布はない。ウォルドが取って捨てたのかもしれない。ぺちゃんこの煙草の箱。煙草が半分入っていて、金色の文字の印刷がある――〝ルイス・タピア商会、モンテビデオ、一九、パイサンドゥ通り〟。〈スペツィア・クラブ〉のマッチ。ザラザラした黒革の肩かけホルスター、なかには九ミリ口径のモーゼル。

モーゼルを使うのはプロだから、心はそれほど痛まなかった。あまり優秀でないプロだったのだ。さもなくば、壁をも撃ち抜くモーゼルを肩かけホルスターから抜きもせずに、素手で殺されるわけがない。

少しわかってきたが、それほど多くはない。茶色の吸い殻が四本あるということは、待っていたか、議論していたということだ。そのどこかでウォルドが小男の喉をつかみ、うまく力を加えて数秒で気絶させた。モーゼルは爪楊枝ほども役に立たなかった。ウォルドはベルトで男を吊した。おそらくそのころにはもう死んでいただろう。それでウォルドが急いでいたことも、アパートメントを掃除していることも、女の心配をしていたことも説明がつく。カクテルバーの外に車をロックせずに停めていた理由も。

ただそれは、ウォルドがこの男を殺したと仮定してだ。ここが実際にウォルドのアパートメントで、私が騙されていないと仮定してだ。

男のポケットをもう少し調べた。ズボンの左側に、いくらか銀も使った金のペンナイフが入っていた。左の尻のポケットには、たたんで香水をかけたハンカチ。右の尻にも一枚あって、こちらはたたんでいないがきれいだった。ズボンの右のポケットには、四、五枚のティッシュペーパー。清潔好きな小男だ。ハンカチで鼻をかみたくなかったようだ。その奥に小さな新しいキーホルダーが入っていて、鍵が四ついていた――みな車のキーだ。ホルダーに金で押された文字は〝謹呈。〈パッカード・ハウス〉R・K・フォーゲルザンク社〟。

見つけたものをすべてもとの場所に戻し、ベッドをたたみ、ノブやほかの突起物、平らな場所に触れるのに自分のハンカチを使い、明かりを消して、ドアから顔をのぞかせた。通路には誰もいなかった。通りに出て、キングズレー・ドライヴの角を曲がった。キャディラックは動いていなかった。

　車のドアを開け、なかに身を屈めた。彼女も動いていないかのようだった。顔の表情を読み取るのはむずかしかった。眼と顎以外、ほとんど何も見えないが、白檀の香りを嗅ぐことはむずかしくなかった。

「この香水」私は言った。「助祭もまいらせるほどだ……真珠はなかった」

「そう。でもありがとう」彼女は低く柔らかな震える声で言った。「耐えられるわ。わたし……わたしたち……これから……？」

「あなたは家に帰る」私は言った。「何が起きようと、おれには一度も会ったことがない。何が起きようとだ。そしてこれからも、二度と会わない」

「つらいわ」

「幸運を祈るよ、ローラ」私は車のドアを閉め、うしろに下がった。

　ライトが煌々とつき、エンジンがかかった。建物の角で吹く風をものともせず、大型のクーペは蔑むようにゆっくりと向きを変えて走り去った。私は空いた場所に立っていた。彼女の車が停まっていた縁石の横に。

　あたりはいっそう暗くなっていた。ラジオが鳴っていたアパートメントの窓も明かりが消えていた。新車のように見えるパッカードのカブリオレの後部を見つめた。さっきも見た――アパートメントに上がるまえだ。同じこの場所、ローラの車の正面に、暗く、静かに停まっていた。ぴかぴかのフロントガラスの右端に青いステッカーが貼ってある。

心のなかで別のものを見ていた。四本の真新しい車のキーがついたホルダー。刻印された文字は〈パッカード・ハウス〉――三階で死んでいた男のポケットに入っていた。

カブリオレの正面に近づいて、青いステッカーに小さな懐中電灯の光を当てた。やはり同じ販売代理店だ。社名と売り文句の下に、インクで住所と名前が記されていた――西ロサンジェルス、アーヴィエダ通り、五三一五、ユージニー・コルチェンコ。

まったく驚きだ。三一号のアパートメントに引き返し、また同じようにドアの錠をこじ開け、収納式のベッドの裏にまわった。ぶら下がる小ぎれいな茶色の死体のズボンのポケットから、キーホルダーを抜き取った。五分とたたないうちに通りに戻り、カブリオレの横に立っていた。キーは見事に一致した。

5

そこはソーテルの先の渓谷の縁に建つ、小さな家だった。前庭にはねじ曲がったユーカリの木が円形を描くように植えられていた。家の向こうの通りの向かい側で、たいへんなパーティが開かれていた。イェール大学がプリンストン大学相手にタッチダウンを決めたときのような歓声を上げながら、人が飛び出してきて、酒壜を歩道に叩きつけて割っている。

めざす番地には、針金のフェンスとバラの木、石畳の小径があった。ガレージの扉が大きく開いているが、なかに車はない。家のまえにも停まっていない。私は呼び鈴を鳴らした。長い間ができたあと、いきなりドアが開いた。

私は彼女が予想していた訪問者ではなかった。化粧で縁取った輝く眼に、それが見てとれた。ふいにその眼からいっさいの表情が消えた。彼女はただ突っ立って私を見ていた。ひょろりと背が高く、欲深そうなブルネット。頰紅を刷き、豊かな黒髪をまんなかで分け、三枚重ねのサンドイッチを食べるための口をして、珊瑚色と金色のパジャマにサンダルという恰好だった——足の爪も金色だ。両方の耳たぶから小さな梵鐘が下がり、微風でかすかに揺れて鳴った。野球のバットほど長いホルダーに入れた煙草を、ゆっくりと偉そうに振った。

「さあて、何かしら？　何か欲しいものでもあるの？　通りの向こうのすばらしいパーティからはぐれてきたの、え？」

「ハ、ハ」私は言った。「たしかにすごいパーティだ。ちがいます。あなたの車を届けにきたんです。なくされましたよね？」

通りの向こうの前庭で、誰かがとてつもない錯乱状態に陥った。ごちゃまぜのカルテットが夜の名残を引き裂くような音楽を演奏し、力のかぎりみじめな雰囲気を作り出していた。それが進行しているあいだ、異国情緒のブルネットはせいぜいまつげをひとつ動かしただけだった。

美人ではなかった。きれいですらないが、彼女のまわりでものごとは起きるといった雰囲気を漂わせている。

「なんて言った？」焦げたトーストの表面のようになめらかな声で、ようやく言った。

「あなたの車です」肩越しに示しながら、眼は彼女から離さなかった。ナイフを使いそうなタイプに見えたのだ。

長い煙草ホルダーがゆっくりと体の脇におり、煙草が落ちた。私はそれを踏み消し、その足で玄関に入った。彼女は避けるようにうしろに下がり、私はドアを閉めた。

玄関から伸びる廊下は、安普請の集合住宅の長い廊下のようだった。鉄製の笠に包まれたピンクの電灯が光っていた。突きあたりにビーズのカーテンが下がり、床にトラの皮が敷かれていた。この女にぴったりの家だ。

「あなたはミス・コルチェンコ？」相手が何もしないので、私は訊いた。

「ええ、ミス・コルチェンコよ。なんの用？」

私を見ていた。まるで私が不都合な時間に窓ガラスをふきに来たかのように。

左手で名刺を取り出し、彼女に差し出した。彼女は受け取らずに文字だけ読んだ。頭を最小限しか動かさなかった。「探偵?」息を吸った。

「ええ」

激しい調子の外国語で何か言った。そして英語に切り替えた。「入って! この風、肌がティッシュペーパーみたいに乾くから」

「もう入ってる」私は言った。「ドアも閉めた。さあ、話してもらおうか、ナジモヴァ(ロシア出身の女優で、サイレント期に活躍した)。彼は誰だ? あの小柄な男は?」

ビーズのカーテンの向こうで男が咳払いをした。女はオイスターフォークで刺されたかのように飛び上がった。微笑もうとしたが、うまくいかなかった。

「お礼が欲しいのね」女は低い声で言った。「ここで待っててくれる? 十ドルでいいでしょう?」

「だめだ」私は言った。

女にゆっくりと人差し指を突きつけて言った。「彼は死んだ」

女は三フィートほど飛び上がって叫んだ。

椅子が激しく軋んだ。ビーズのカーテンの向こうで足音がして、大きな手が現われ、カーテンをかき分けたかと思うと、険しい顔のブロンドの大男が立っていた。パジャマの上に紫色のローブをはおり、右手をポケットに突っこんで何かを握っていた。カーテンをぐぐったその場所に根が生えたように黙って立ち、顎を突き出していた。生気のない眼は灰色の氷のようだ。ルール違反のタックルをしても倒すのがむずかしそうな相手に見えた。

「どうした、ハニー?」訛った太い声だった。足の爪を金色に染めた女とつき合う男らしい、だらしない声だ。

「ミス・コルチェンコの車を届けにきた」私は言った。

「帽子をとってもいいんじゃないか」男が言った。「ちょっとした運動に」

私は帽子をとって失礼を詫びた。

「オーケイ」男は言った。相変わらず紫色のポケットの奥深くまで右手を入れている。「で、きみはミス・コルチェンコの車を届けにきた。話を続けたまえ」

私は女を押しのけて彼に近づいた。女は壁に寄って身を縮め、両手をそこにぺたりとつけた。まるで高校の学芸会だ。空っぽの長いホルダーが爪先のあたりに落ちていた。

大男から六フィートの場所まで近づくと、彼が気軽な調子で言った。「そこからでも聞こえる。落ち着きたまえ。私はこのポケットに銃を持っている。使い方は嫌でも学んだ。さあ、車がどうした?」

「借りた男は返しにくることができなかった」と私は言い、まだ持っていた名刺を男の鼻先に突きつけた。彼はほとんど眼もくれず、私に視線を戻した。

「だから？」と言った。

「いつもこんなにタフなのか？」私は訊いた。

「それともパジャマを着ているときだけか？」

「どうして彼は自分で車を返せなかったんだ？」男は訊いた。「それと、くだらないおしゃべりはやめろ」

ブルネットの女が私のすぐ横で息の詰まったような音を立てた。

「大丈夫だ、ハニー」男が言った。「ここは私がなんとかするから。さあ、続けて」

女はわれわれふたりの脇を抜けて、さっとビーズのカーテンの向こうに消えた。

私はしばらく待った。大男はぴくりともしなかった。日光浴をするヒキガエルほども心配していないようだった。

「返せなかったのは、誰かが彼を殺したからだ」私は言った。「さあ、あんたになんとかできる話かな？」

「ほう」彼は言った。「証拠として彼を運んできたのか？」

「いや。だがあんたがネクタイを締めてクラッシュハットをかぶったら、その場所へ連れていって見せてやるよ」

「きみは何者だと言った？」

「口では言ってない。字くらい読めるだろうと思ったんだ」さらに名刺を突き出した。

「ああ、なるほど」男は言った。「フィリップ・マーロウ、私立探偵。なんとなんと。で、私はきみと誰を見にいくんだね？　そもそもなぜ？」

「彼は車を盗んだのかもしれない」私は言った。

大男はうなずいた。「それもひとつの考えだ。おそらく盗んだんだろう。そいつは誰だね？」

「あの車のキーを持っていた茶色の肌の小柄な男だ。バーグランド・アパートメンツの角を曲がったところに停めていた」

男はそのことについて考えた。見たところ困惑した様子はない。「まるきりでたらめでもなさそうだ」と言った。「根拠はあまりないが、いくらかはある。今晩は警官が署内パーティで出払っているにちがいない。だからきみが彼らの代わりにあらゆる仕事をしている」

「は？」

「名刺には私立探偵とある」彼は言った。「外にお巡りがいるが、恥ずかしくて入ってこられないとか？」

「いや、おれはひとりだ」

男はにやりとした。陽焼けした顔に歯茎の痩せた白い歯が浮き上がった。「つまりきみは死んだ男を発見し、キーを取り、車を見つけ、ここまで乗ってきた——たったひとりで。お巡りはいない。そういうことか？」

「そうだ」

男はため息をつき、「なかに入ろう」と言った。ビーズのカーテンをよけて私の通り道を作った。

私は男の横を通りすぎた。「どうやらきみの考えを聞いたほうがよさそうだ」

彼は振り返り、重いポケットをまだこちらに向けていた。そこまで近づいて初めて彼の顔に玉の汗が浮いていることに気がついた。熱風のせいかもしれないが、私はそうだとは思わなかった。

そこはリビングルームだった。

われわれは坐り、暗い色の床をはさんで見つめ合った。床の上にはナヴァホ族の敷物とトルコの敷物が何枚かずつ敷かれ、よく使いこまれた、詰め物の入った家具と調和して部屋を飾っていた。暖炉、小さなグランドピアノ、中国の衝立、チークウッドの台座のついた背の高い中国の提灯がある。格子窓には金色のレースのカーテンがかかっている。南向きの窓は開いていた。網戸の向こうで、漆喰のように白い幹を持った果樹がしなって跳ね返り、通りの向こうの騒ぎにさらに音を加えていた。

大男は錦織の椅子の背にもたれ、スリッパをはいた足をストゥールにのせていた。会ったときからずっと右手は同じ場所にある——銃に。

ブルネットは物陰にいた。壜から液体をつぐ音がして、彼女の両耳の梵鐘がチリチリと鳴った。

「大丈夫だ、ハニー」男は言った。「あわてることは何もない。誰かが誰かを殺して、この人はわれわれが興味を持つだろうと思っている。坐ってのんびりしていなさい」

女は頭をのけぞらせ、タンブラー半分のウィスキーを飲み下した。ため息をついて、さりげなく「くそっ」と言い、大きなソファの上で丸くなった。ソファは彼女でいっぱいになった。脚がやたらと長い。暗い部屋の隅で彼女の金色の爪がちらちらと光った。彼女はそれからずっと黙っていた。

私は撃たれることなく煙草を取り出し、火をつけ、話を始めた。すべて真実ではなかったが、真実も混じっていた。バーグランド・アパートメンツのこと、自分はそこに住み、ひとつ下の階の三一号にウォルドが住んでいたこと、仕事の関係で彼を監視していたこと。

「ウォルドのあとはなんという名だね?」ブロンドの男が割りこんだ。「仕事の関係とは?」

「ミスター」私は言った。「あんたには秘密はないのか?」男はいくらか顔を赤らめた。

バーグランドの向かいのカクテルバーと、そこで起きたことについて話した。プリント地のボレロと、それを着ていた女のことは伏せておいた。話のなかで彼女にはいっさい触れなかった。

「秘密の監視活動だ——おれの立場からすると」私は言った。「言いたいことはわかるかな？」男はまた顔を赤らめ、歯を嚙みしめた。私は続けた。「おれはウォルドを知っていたことは誰にも言わずに、市庁舎から戻った。その晩、ウォルドが住んでいた場所をまだ警察は突き止められないだろうと判断して、彼のアパートメントに入らせてもらい、ゆっくり調べた」

「何を探した？」大男はかすれ声で訊いた。

「ある手紙だ。ところが行ってみると手紙などなく、あったのは死体だった。首を絞められ、収納式のベッドの上の端から吊されて——わからないように隠されていた。小柄な男で、歳は四十五くらい、メキシコ人か南米人、身なりはよく、薄い褐色の——」

「もういい」大男は言った。「ひとつ訊くが、マーロウ、きみは強請について調べていたのかね？」

「そうだ。不思議なのは、その浅黒い小柄な男がホルスターにとんでもない銃を持っていたことだ」

「その彼は、もちろん、ポケットに二十ドル紙幣で五百ドル持っていなかっただろうね？　それとも持っていた？」

「金はなかった。だがウォルドは、カクテルバーで殺されたときに七百ドル以上の現金を持っていた」

「私はそのウォルドという男を見くびっていたようだ」大男は静かに言った。「彼は私の送りこんだ男を殺し、金から銃からすべて奪った。ウォルドは銃を持っていた？」

「いや、持ってなかった」

「酒をついでくれ、ハニー」大男は言った。「そう、私はたしかにウォルドという男を、バーゲン品のシャツほど安く見ていた」

ブルネットが脚をほどき、ソーダと氷入りの酒をふたつ作った。自分には何も加えない酒をグラスに注ぎ、またソファの上に乗った。きらきら光る大きな黒い眼が私を真剣に見つめた。

「さあ、乾杯だ」大男は言い、グラスを掲げた。「私は誰も殺していないが、これから離婚訴訟に取りかからなければならない。きみも、いまの話を信じるなら誰も殺していないが、警察本部で爆弾を落とした。かまうものか！　人生は見渡すかぎりトラブルだらけだ。それでも私にはこの恋人がいる。上海で出会った白系ロシア人だ。金庫のように安全だが、たった五セントで人の喉をかき切るように見える。そこが好きなんだ。危険なしで魅力を味わえるところが」

「ばかなことばかり言って」女が吐き捨てるように言った。

「きみは話がわかる男のようだ」大男は彼女を無視して続けた。「つまり、のぞき屋にしては、ということだが。解決策はあるかね？」

「ある。ただ少し金がかかる」

「だろうと思った。いくら？」

「あと五百ドルとしておこうか」

「ちくしょう。この熱い風のせいで、愛の燃えかすみたいに干からびちまう」ロシアの女が苦々しく言った。

「五百ドル、よかろう」ブロンドの男は言った。「それで私は何を得る？」

「おれがうまくやれば——あんたのことは表に出ない。うまくいかなければ——金は払わなくていい」

彼は考えこんだ。顔のしわが増え、疲れているように見えた。短いブロンドの髪のなかで小さな汗の玉が光った。

「この殺人で、きみはしゃべらざるをえない」不満げに言った。「二件目の殺人のことだが。そして私は買うつもりだったものを手に入れていない。沈黙なら、自分で直接買うことができる」

「浅黒い小柄な男は誰だったんだ？」私は訊いた。

「名前はレオン・バレサノス、ウルグアイ人だ。こいつも私が外国から連れてきた。いろんな場所に出張する仕事をしているものでね。彼はチズルタウンの〈スペツィア・クラブ〉で働いていた。ほら、ビヴァリーヒルズの隣のサンセット大通りだ。ルーレット台で働いていたと思う。私は彼に五百ドルを預け、あのウォルドという男のところへ使いに出した。ミス・コルチェンコが私のつけで買ってここに送らせたものの請求書を、何枚か買い戻すためだ。あまり利口なやり方ではなかった。だろう？　その請求書をブリーフケースに入れていたところ、あのウォルドが機会を見て盗み出したのだ。何が起きたか、きみの考えは？」

私は酒を少し飲みながら、グラス越しに彼を見た。「おそらくあんたのウルグアイの友人が乱暴な口を利いて、ウォルドの機嫌を損ねた。友人は議論の役に立つかもしれないとモーゼルを出したが、ウォルドは彼の手に負えないほどすばやかった。ウォルドが進んで人を殺す人間だったとは思わない。強請屋はたいていそうじゃない。思わずカッときて、小男の首を長く絞めすぎたんだろう。そこで逃げざるをえなくなった。が、別の待ち合わせがあって、そちらのほうが大金が得られるはずだった。だから相手を探して近所をまわり、たまたま、彼を恨んでいて銃をぶっ放すほど酔っ払った昔の友人に行きあたった」

「この事件では偶然が重なりすぎてるな」大男が言った。

「熱い風のせいさ」私はにやりとした。「今晩は誰もがいかれてる」

「五百ドルで表沙汰にならないと約束するんだな？　私のことがもみ消されなかったら、きみは金を受け取らない。そういうことだな？」

「そうだ」私は相手に微笑みながら言った。

「まさしくいかれてる」と彼は言い、ハイボールを飲み干した。「交渉成立だ」

「問題がふたつある」私は椅子から身を乗り出して、低い声で言った。「ウォルドは殺されたカクテルバーの外に逃亡用の車を停めていた。ロックせず、エンジンをかけたまま。彼を殺した男がそれに乗って逃げた。その方向から情報がもれる可能性はある。つまり、ウォルドは持ち物をすべて車のなかに入れていたはずだから」

「私の請求書と、きみの手紙を含めて」

「そう。だが警察はこういうことには融通を利かせてくれる――あんたが彼らの宣伝の役に立たないならね。もしそうなら、おれが警察本部にいる悪いのを抱きこんで、穏便にすますことができる。一方、あんたの名前が使えるとなったら――それが二番目の問題だ。名前はなんと言った？」

答が出てくるまでに長い時間がかかった。聞いたときにも、思ったほどの興奮を覚えなかった。ふいに、考えてみれば当たりまえのような気がした。

「フランク・C・バーサリーだ」彼は言った。

しばらくして、ロシアの女がタクシーを呼んでくれた。私が去るとき、通りの向かいのパーティは、パーティでなしうることをすべてしているところだった。家の壁はまだ崩れていない。それが残念だった。

6

バーグランドのガラスの玄関ドアの鍵を開けると、警官のにおいがした。腕時計を見た。朝の三時近く。ロビーの暗い隅で男が椅子に坐り、新聞紙を顔の上に広げて眠っていた。大きな両足を体のまえに突き出している。新聞の端が一インチほど持ち上がり、また下がった。それ以上動かなかった。

廊下の先のエレベーターに乗り、自分の階まで上がった。足音を立てないように通路を進み、アパートメントの鍵を開け、ドアを大きく開いて明かりのスイッチに手を伸ばした。

チェーンのスイッチがカチッと鳴り、安楽椅子の横に立つ照明がまぶしくともった。手前のカードテーブルにはまだチェスの駒が並んでいる。

コパーニクが不快な硬い笑みを浮かべて安楽椅子に坐っていた。小柄で黒髪のイバーラが、私の左手、部屋の反対側の椅子に静かに坐り、例によってうっすらと笑っていた。

コパーニクが馬のように大きな黄色の歯をさらにのぞかせて言った。「よう。久しぶりだな。女の子たちとデートか？」

私はドアを閉め、帽子を脱ぎ、首のうしろをゆっくりと、何度も手でぬぐった。コパーニクはにやにやしつづけ、イバーラは柔和な黒い眼で何も見ていなかった。

「まあ坐れよ、相棒」コパーニクが間延びした口調で言った。「くつろいでくれ。ちょっとおしゃべりしよう。こんな夜に捜査するのはまったく嫌なんだがな。酒がなくなりかけてるのに気づいてたか？」

「気づいてもよかったな」と私は言い、壁にもたれた。

コパーニクはまだにやにやしていた。「昔から私立探偵は大嫌いだったが」彼は言った。「今晩みたいに締め上げるチャンスはいままでなかった」

面倒くさそうに椅子の横に手をおろし、プリント地のボレロを拾い上げて、カードテーブルの上に軽く放った。また手を伸ばし、つばの広い帽子をその横に置いた。

「おまえさんがこいつを身につけたら、さぞ可愛らしくなるだろう」彼は言った。

私は背もたれのまっすぐな椅子をつかんでくるりと回し、上にまたがった。腕を組んで背もたれにのせ、コパーニクを見た。

コパーニクはきわめてゆっくりと立ち上がった。わざと念入りに時間をかけ、部屋を横切ってきて私の正面に立ち、上着のしわを伸ばした。そして空いた右手を振り上げると、私の顔を横ざまに殴りつけた。猛烈な一発だった。激痛が走ったが、私は動かなかった。

イバーラは壁に、床に眼をやり、何も見ていなかった。

「恥を知れ、相棒」コパーニクはだるそうに言った。「こんなにしゃれた代物をどう扱っていたか。おまえの古シャツのあいだに押しこんでただろう。おまえらのぞき屋のやることには毎度吐き気がする」

しばらく私のまえに立っていた。私は動きもしゃべりもしなかった。相手のどんよりした酔っ払いの眼を見つめていた。コパーニクは体の横で拳を握りしめたが、肩をすくめ、くるりとうしろを向いてまた椅子に戻った。

「オーケイ」彼は言った。「あとはまた今度だ。これをどこで手に入れた？」

「あるレディのものだ」

「ほう、あるレディのものか。頭が少し足りないんじゃないか？　どのレディのものか教えてやろうか。通りの向こうのバーで、ウォルドという男が探してた女のものだ――撃ち殺される二分ほどまえにな。そんなことは忘れてたか？」

私は何も言わなかった。

「おまえ自身、彼女に気があったんだな」コパーニクは依然、嘲笑を浮かべていた。「だがおまえはずる賢かった。騙されたよ」

「あんたを騙したからといって、賢いことにはならない」私は言った。

コパーニクは突然顔を引きつらせ、立ち上がろうとした。イバーラが突然笑った。低く、声を忍ばせるように。コパーニクの眼がさっとそちらに向き、とどまった。やがて生気のない眼で私のほうに向き直った。

「このイタ公はおまえが好きなんだ」彼は言った。「おまえを優秀だと思ってる」

イバーラの顔から笑みが消えたが、別の表情は現われなかった。完全な無表情になった。

コパーニクは言った。「あの女が誰か、おまえはずっと知っていた。ウォルドが誰か、そしてどこに住んでいるかも。この下の階の通路の向かい側だ。ウォルドって男が人を殺し、逃げだそうとしていたことも知っていた。ただ女がどこかでやつの計画に割りこみ、やつは姿をくらますまえにどうしても女に会いたいと思っていた。だがそのチャンスはなかった。東部から来たアル・テッシローレという名の泥棒が、ウォルドを片づけてしまった。そこでおまえは女と会い、彼女の服を隠したうえで逃がしてやり、罠をしかけた。おまえら探偵はそうやって小銭を稼ぐ。ちがうか？」

「そう」私は言った。「ただし、おれがそういったことを知ったのは最近だ。ウォルドはどういうやつだった？」

コパーニクは私に歯をむいた。土色の頬に見る見る赤い斑紋が浮いた。イバーラが床を見つめたまま、ごく静かな声で言った。「ウォルド・ラティガン。テレタイプでワシントンから連絡があった。お粗末なこそ泥で何度か短い刑期を務めたことがある。デトロイトで銀行強盗の車の運転手をしていた。あとで仲間を売って、自分の訴えは取り下げてもらった。その仲間のひとりがアル・テッシローレだ。本人はまだひと言もしゃべっていないが、通りの向かいの店でウォルドに会ったのはまったくの偶然だったとわれわれは考えている」

イバーラは低く抑制された穏やかな声で話した。音に意味を感じさせる人間のしゃべり方だった。私は言った。「ありがとう、イバーラ。煙草を吸ってもいいかな？　それとも口にくわえた途端、コパーニクが蹴り落とすか？」

イバーラは突然にっこり笑った。「もちろんいいとも」

「イタ公のお気に入りだな、別にかまわんが」コパーニクがあざ笑った。「イタ公が誰を気に入るかなんてわかるわけがない。だろう？」

私は煙草に火をつけた。イバーラがコパーニクを見て、しごく穏やかに言った。「イタ公ということばを使いすぎだ。口を開くたびにそう呼ばれるのは気に食わんな」

「おまえが気に食わなくても知ったことか、イタ公」

イバーラはさらに微笑んだ。「あんたはまちがいを犯している」と言い、小さな爪やすりを取り出して、下を向いて使いはじめた。

コパーニクががなり立てた。「最初からおまえはくさいと思ってたんだ、マーロウ。だから犯罪者ふたりの身元の確認にあたって、イバーラとおれはここへ立ち寄っておまえともう少し話してみようと思った。死体保管所で撮ったウォルドの写真を一枚持ってきた。よく撮れてる。眼にきちんと光が入ってて、ネクタイはまっすぐ、白いハンカチが胸ポケットからちょうどよくのぞいている。立派な仕事だ。上がってくる途中、お定まりの仕事としてここの管理人を叩き起こし、ライトの下で写真を見せた。そしたら知ってると言うじゃないか。A・B・フンメルの名で入居していて、部屋は三一号。で、入ってみたら死体があった。そのあとあちこち訊いてまわったが、誰もこの住人のことを知らない。だが例のベルトにはっきりと指の跡がついていて、それがウォルドの指にぴったり当てはまったそうだ」

「それはすごい」私は言った。「ことによるとおれが彼を殺したんじゃないかと思ってた」

コパーニクは長いこと私を見つめた。にやにや笑いが消え、たんに野蛮で険しい顔つきになっていた。「ああ。ほかにもすごいことがある」彼は言った。「ウォルドの逃亡用の車を押収して、そのなかに彼が持っていこうとしていたものを見つけた」

私はつかえたように煙を吐き出した。風が閉まった窓を叩いた。部屋のなかの空気が汚れていた。

「おれたちも冴えてるよな」コパーニクは鼻で笑った。「おまえがここまで肝の坐ったやつだとは思ってもみなかった。これを見ろ」

骨張った手を上着のポケットに入れ、ゆっくりと引き出したものをカードテーブルの端にのせて、緑の天板の上で横に引いていった。テーブルに広がったそれが輝いた。二枚刃のプロペラのような留め金のついた、白い真珠のネックレス。濃い煙の立ちこめた空気のなかで、その光が柔らかく揺らめいた。

ローラ・バーサリーの真珠。飛行士が彼女に贈った真珠だった。死んだ男、彼女がまだ愛している男。

私はネックレスを見つめたが、動かなかった。長い間ができたあと、コパーニクは重々しさすら感じさせる口調で言った。「きれいだろう、え？　そろそろ話をする気になりましたか、ミスター・マーロウ？」

私は坐っていた椅子を押して立ち上がり、ゆっくりと歩いていって、立ったまま真珠を見下ろした。いちばん大粒なのは直径三分の一インチほどもある。どれも真っ白で虹色に輝き、落ち着いた柔らかな雰囲気だ。カードテーブルの彼女の服の横からネックレスをゆっくりと持ち上げた。重く、なめらかで、上等だった。

「すばらしい」私は言った。「山のようにトラブルをもたらしたものだ。ああ、こうなったら話すよ。こいつにはたいへんな価値があるんだろうな」

うしろでイバーラが笑った。とても穏やかな笑い声だった。「百ドルほどだ」彼は言った。「よくできた偽物だ。だが偽物にはちがいない」

私はもう一度真珠を持ち上げた。コパーニクのどんよりした眼が満足げに私を見た。

「どうしてわかる？」私は訊いた。

「真珠を見る眼があるのさ」イバーラが言った。「よくできてるよ。女たちが保険代わりにわざわざ作らせる類の品物だ。だがガラスのようにつるつるだ。本物の真珠は歯で嚙むとざらつく。嚙んでみな」
二、三個を歯のあいだにはさみ、前後左右に動かしてみた。食いこむ感じがない。硬くなめらかだった。
「そう、じつによくできている」イバーラは言った。「いくつかには小さなでこぼこや平らな個所まである、本物の真珠みたいに」

「一万五千ドルするだろうか——もし本物だったら？」私は訊いた。

「する《シ》、たぶんな。言いきるのはむずかしい。多くの条件に左右されるから」

「ウォルドって男もそれほどの悪じゃなかったな」私は言った。

コパーニクがさっと立ち上がったが、手を振り上げるのは見えなかった。私はまだ手元の真珠を見ていた。彼の拳が顔の横の臼歯のところに当たった。たちまち血の味がした。私がうしろによろめいたので、実際より効いたように見えた。

「さっさと坐って話をしろ、この野郎！」ほとんど囁くような声だった。

私は坐り、ハンカチを頬に当てた。口のなかの切り傷に舌で触れた。また立ち上がり、歩いていって、コパーニクが私の口から弾き飛ばした煙草を拾い上げた。それを灰皿でもみ消し、また坐った。

イバーラは爪にやすりをかけ、明かりに指をかざして出来映えを眺めていた。コパーニクの眉根に汗が浮いていた。

「あんたたちはウォルドの車で真珠を見つけた」私はイバーラのほうを見ながら言った。「書類は何も見つからなかった?」

イバーラは顔を上げずにかぶりを振った。

「あんたを信じよう」私は言った。「こういうことだ。あの晩、ウォルドがカクテルバーに入ってきて女のことを訊くまで、おれは彼に会ったことはなかった。知ってたことはすべて話したんだ。帰宅してエレベーターから出ると、プリント地のボレロ、つばの広い帽子、青い縮緬のシルクのドレスという、すべてウォルドが描写したとおりの女が、まさにこの階でエレベーターを待っていた。人のよさそうな女に見えた」

コパーニクがばかにして笑った。それでも私の態度は変わらなかった。私は完全にコパーニクの弱みを握っていた。彼はそれを知るだけでいい。いますぐにも知ることになる。

「彼女が警察の重要参考人という窮地にいるのは知っていた」私は言った。「そのほかにも何かあると感じたが、彼女にやましいところがあるとは、ほんの片時も思わなかった。困った事態に陥った、いい人というだけだ。本人は困った事態になっていることさえ知らなかった。だからここにかくまった。彼女はおれに銃を向けたが、使う気はなかった」

コパーニクがまったく急に背筋を伸ばし、唇を舐めはじめた。顔の表情が消え、濡れた灰色の石のようになった。彼はもの音ひとつ立てなかった。

「ウォルドは彼女の運転手だった」私は続けた。「当時、彼の名前はジョゼフ・コーツといった。彼女はミセス・フランク・C・バーサリー。夫は成功した水力発電の技術者。ある男が彼女に真珠を贈り、彼女は夫にただの模造真珠だと言った。しかしウォルドはその裏にロマンスがあることを知り、バーサリーが南米から家に帰ってきて、ハンサムすぎるからと彼を馘にすると、こっそりその真珠を持ち出した」

イバーラがふいに顔を上げ、白い歯が輝いた。「ウォルドは偽物だと知らなかったということか？」

「おれは、ウォルドが本物を売り払って偽物を作ったのだと思っていた」私は言った。

イバーラはうなずいた。「ありうるな」

「彼はほかのものも盗んだ」私は言った。「バーサリーのブリーフケースから、彼がほかの女をブレントウッドに囲っていることを示すものを盗んだ。そうして、互いに相手の秘密を知らなかった妻と夫の両方を強請っていた。ここまではいいか？」

「わかる」コパーニクが結んだ唇のあいだから荒々しく言った。その顔はまだ濡れた灰色の石だった。「早く次に移れ」

「ウォルドはふたりを怖れていなかった」私は言った。「自分が住んでいる場所を隠そうとしなかった。そこは愚かだが、危険を覚悟すれば、あれこれごまかす手間はかなり省ける。で、あの夜、女が真珠を買い戻すために五千ドルを持ってここに来た。が、ウォルドは見つからなかった。彼を探しながら、下におりるまえにひとつ上のこの階まで来た。抜け目なくやろうと女らしく考えたわけだ。そこでおれに会った。おれは彼女をなかに入れた。彼女はアル・テッシローレが目撃者を消そうとここに来たときに、あの更衣室に隠れていた」更衣室のドアを指差した。「そして小さな銃を構えて出てきて彼の背中に当て、おれの命を救ってくれた」私は言った。

コパーニクは動かなかった。その顔には何かすさまじいものがあった。イバーラが爪やすりを小さな革のケースに収め、ゆっくりとポケットに戻した。

「それだけか？」彼は静かに訊いた。

私はうなずいた。「あとは彼女がウォルドのアパートメントの場所を教えてくれたこと、おれがそこへ行って真珠を探したことだけだ。おれは死体を見つけた。そいつのポケットには新しい車のキーが入っていた。パッカードの販売代理店のケースに入ったやつだ。おれは通りの向こうでパッカードを見つけ、もとあったところへ届けにいった。

そこにバーサリーが女を囲っていた。バーサリーはウォルドから何かを買い取るために〈スペツィア・クラブ〉から友人を送りこんでいた。その友人はバーサリーから預かった金ではなく、自分の銃でそれを手に入れようとした。そしてウォルドに逆にやられた」

「それだけか？」イバーラが低い声で言った。

「それだけだ」私は頬の内側の傷を舐めながら言った。

イバーラはゆっくりと言った。「で、あんたはどうしたい？」

コパーニクの顔が痙攣した。彼は長く硬い自分の腿をばしんと叩いた。「こいつは優秀だ」と冷笑した。「迷った女にうつつを抜かして、ありとあらゆる法律を破った。なのにおまえはこいつにどうしたいと訊く。いいとも、望みのものを与えてやろうじゃないか、イタ公！」

イバーラはゆっくりと頭をめぐらし、コパーニクを見た。「そんなつもりはないんだろう」と言った。「だがあんたは彼を無罪放免にし、ほかに彼が望むものをなんでも与えなきゃならない。彼のほうはあんたに警察の仕事の教訓を与える」

コパーニクは長いこと動かず、音も発しなかった。三人の誰も動かなかった。やがてコパーニクが前屈みになり、上着のまえがはだけた。肩かけホルスターに収まった銃のグリップが見えた。

「で、何が望みなんだ」彼は私に訊いた。

「カードテーブルの上にあるものだ。ボレロと帽子、そして偽の真珠。それから新聞にいくつかの名前を明かさないこと。求めすぎか？」

「ああ、求めすぎだ」コパーニクはやさしいともとれる口調で言った。体が横に揺れたかと思うと、銃がすんなりと手のなかに収まった。前腕を腿の上に置き、銃口を私の腹に向けた。

「逮捕妨害でおまえが腹に一発食らうほうがいいな」彼は言った。「なぜならおれはアル・テッシローレの逮捕で報告書をでっち上げて、まずいことになったから。そろそろ刷られる明日の朝刊におれの写真がいくつか載るだろうから。そしておまえがこの計画を嗤うまえに死んじまうほうが気分がいいから」

突然、口のなかが熱く乾いた。遠くで風がうなった。まるで銃声のようだった。

イバーラが床の上で足を動かし、冷たい声で言った。「あんたはふたつの事件を完全に解決したことになるんだぞ。余計なものをここに置いていって、新聞にいくつかの名前を伏せておくだけで。つまり地方検事に知らせないということだ。もし何かの拍子に知られたら、あんたにとって不運だったということになる」

コパーニクは言った。「おれの解決策のほうがいいな」彼の手のなかの青い銃は岩の塊のようだった。「それを支持しないなら、おまえは神に救いを祈ったほうがいい」

イバーラは言った。「女が表に出たら、あんたは警察の報告書に嘘を書き、パートナーを騙したことになる。一週間で本部の誰もあんたの名前を出さなくなるだろう。口にした途端に吐き気をもよおすだろうから」

コパーニクの銃の撃鉄がカチッと起こされた。私は彼の太い指がさらに深く引き金にかかるのを見つめた。

イバーラが立ち上がった。銃がさっとそちらを向いた。イバーラは言った。「イタ公にどれだけ根性があるか見てみようじゃないか。さあ、その銃をしまえ、サム」

彼はコパーニクのほうに足を踏み出した。平然と四歩進んだ。コパーニクは微動だにしなかった。石の像だった。

イバーラがさらに一歩踏み出すと、突然銃が震えはじめた。

イバーラが落ち着いた声で言った。「しまうんだ、サム。冷静でいさえすれば、すべてがいまのままなんだ。冷静を失えば——あんたは終わりだ」

さらに一歩進んだ。コパーニクの口が大きく開き、あえぐような声を発した。彼は頭を殴られたかのように椅子に沈みこんだ。両眼のまぶたが閉じられた。

イバーラはその手からさっと銃を奪い取った。あまりに速く、動いたことさえわからなかった。そして銃を体の横に低く持ち、すばやく後退した。

「熱風のせいだよ、サム。忘れよう」イバーラはやはり冷静で、上品ともとれる声音で言った。

コパーニクはがっくりと肩を落とし、両手で顔を覆った。「わかった」と指のあいだから言った。

イバーラは静かに部屋を横切ってドアを開けた。気だるそうな、半分閉じた眼で私を見た。「おれも命を救ってくれた女にはできるだけのことをしてやるよ」と言った。

「あんたの提案には乗るが、警官として満足しているとは思わないでくれ」

私は言った。「ベッドの小男はレオン・バレサノスという名だ。〈スペッツィア・クラブ〉のクルピエだった」

「わかった」イバーラが言った。「行こう、サム」

コパーニクは大儀そうに立ち上がり、部屋を横切って、開いたドアから外に出、見えなくなった。イバーラがそのあとから出ていき、ドアを閉めようとした。

私は言った。「ちょっと待ってくれ」

イバーラはゆっくりとこちらを向いた。左手でドアを押さえ、青い銃を持った右手を体の横に下げている。

「おれは金で動いてるんじゃない」私は言った。「バーサリー夫妻はフリーモント・プレイスの二一二番地に住んでる。真珠はあんたから彼女に届けてもらってもいい。バーサリーの名前が新聞に出なければ、おれは五百ドルを手にする。警察基金に寄付するよ。

おれはあんたが考えるほど賢くはない。たまたまこうなっただけだ――そしてあんたのパートナーは悪党だった」

イバーラは部屋の奥のカードテーブルに置かれた真珠のネックレスを見た。その眼が輝いた。「持っとけよ」彼は言った。「五百ドルの件は承知した。たしかに、もらってもいい金だと思う」

彼は静かにドアを閉めた。ほどなくエレベーターの扉の音が響いた。

7

窓を開け、風のなかに顔を突き出し、パトカーがゆっくりと遠ざかっていくのを見つめた。風が激しく吹きこんできた。それでも窓を開け放していた。壁の絵が落ち、チェスの駒が二個、カードテーブルの上を転がって落ちた。ローラ・バーサリーのボレロの生地が持ち上がって揺れた。

台所に歩いていき、スコッチをいくらか飲んで、リビングルームに引き返し、彼女に電話をかけた――ひどく遅い時間だが。

本人がすぐに電話に出た。声に眠気はまったく感じられなかった。

「マーロウだ」私は言った。「そちらは大丈夫かな？」

「ええ……ええ」彼女は言った。「わたしひとりよ」

「見つかったものがある」私は言った。「まあ、警察が見つけたんだが。だがあなたは悪党に騙されたようだ。いまここに真珠のネックレスがある。偽物だ。やつは本物を売ってしまったんだと思う。そしてもとの留め金だけ借用して、あなたのために本物そっくりのネックレスを作った」

彼女は長いこと黙っていた。そしてかすかな声で言った。「警察が見つけたの？」

「ウォルドの車で。だが彼らは公表しない。おれと取引した。朝刊を見れば理由がわかるよ」

「もう何も言うことはなさそう」彼女は言った。「留め金は返してくださる？」

「いいとも。クラブ・エスクワイアのバーで明日四時に会えるかな？」

「あなた、ほんとにいい人ね」彼女は疲れ果てた声で言った。「行くわ。フランクはまだ会議に出かけてるから」

「会議ばかりでへとへとになるだろうな」私は言った。そこで互いに挨拶して電話を切った。

西ロサンゼルスの電話番号にかけた。彼はロシアの女とまだそこにいた。

「朝になったら五百ドルの小切手を送ってもらえるかな」私は言った。「もしよければ警察救済基金宛てで。どっちみちそこに寄付するから」

コパーニクの話が朝刊三面に載っていた。写真二枚と、よくできた一段の半分の記事からなるものだった。三一号室にいた茶色の肌の小男のことは何も書かれていなかった。アパート協会にもなかなか政治力がある。

朝食のあと外に出ると、風はすっかりやんでいた。大気は穏やかで涼しく、少し霧がかかっていた。気持ちのいい灰色の空が近かった。大通りまで車で出かけ、通り沿いで最高級の宝石店を見つけて、真珠のネックレスを黒いビロードのマットの上に置いた。ウィングカラーのシャツを着てストライプのズボンをはいた店員が、明るく青いライトに照らされたそれをもの憂げに見下ろした。

「どのくらいの価値がある？」私は訊いた。

「申しわけございませんが、こちらでは鑑定はいたしません。鑑定士をご紹介することはできますが」

「からかわないでくれ」私は言った。「まがいもの《ダッチ》だろう」

店員はライトをさらに調節し、背中を屈めて、ネックレスを数インチ弄んだ。

「これとそっくりのネックレスが欲しい。この留め金を使って。急いでくれ」私はつけ加えた。

「そっくりとは、どのように？」店員は眼を上げなかった。「それにこれはオランダの《ダッ》も《チ》のではありません。ボヘミアのものです」

「わかった。複製を作れるか？」

彼は首を振り、穢らわしいものに触れたかのようにビロードのパッドを押しやった。

「三ヵ月いただければ、おそらく。この国ではこういうガラスを作っておりませんので。粒ぞろいをご希望でしたら、少なくとも三ヵ月かかります。しかも当店ではその種のことはやっておりません」

「そこまで気どってふるまえると、さぞ気分がいいだろうな」と私は言い、彼の黒い袖の下に名刺を突きつけた。「できる店を教えてくれ。三ヵ月じゃだめだ。そっくりでなくてもかまわない」

店員は肩をすくめ、名刺を持って奥に消えると、五分で戻ってきて名刺を私に返した。裏に何か書かれていた。

メルローズ通りに年寄りのレバント人が営む店があった。がらくた屋で、ウィンドウにはありとあらゆるものが並んでいた。折りたたみ式の乳母車からフレンチホルン、色褪せたフラシ天のケースに入った真珠色のオペラグラスから、祖父たちがタフだった西部の警官のためにまだ作られている四四口径シングルアクションの六連発銃まで。

年寄りのレバント人はスカルキャップをつけ、二重レンズの眼鏡をかけ、顎全体にひげを生やしていた。私の持ちこんだ真珠を見ると、悲しげに首を振って言った。「二十ドルで同じくらいいいのができる。まあ、これほどよくはないがね。わかるだろう。こういうガラスはないから」

「どのくらい似たものができる？」

がっしりして力の強そうな両手を広げた。「ほんとうのことを言おう」彼は言った。「赤ん坊も騙せんよ」

「作ってくれ」私は言った。「この留め金をつけて。もちろんもとのネックレスは返してもらう」

「わかった。二時にできる」彼は言った。

レオン・バレサノス――ウルグアイ出身の浅黒い小柄な男――のことが夕刊に載った。名もないアパートメントで首を吊っているところを発見され、警察が捜査している。

四時に私はクラブ・エスクワイアの奥行きのあるひんやりしたバーに入り、並んだブース席に沿って歩き、女がひとりで坐っているのを見つけた。縁がやたらと広い浅いスープ皿のような帽子をかぶって、きわめて男らしいシャツにネクタイを締め、仕立てた茶色のスーツを着ていた。

彼女の隣に坐り、座席の上で包みを押しやった。「開けないでくれ」私は言った。「いっそそのまま焼却炉に放りこんでもらってもいい。そうしたいなら」

彼女は疲れた黒い眼で私を見た。ペパーミントの香りのする細いグラスを指でひねった。「ありがとう」顔はひどく蒼白かった。

私はハイボールを注文した。ウェイターが去った。「新聞は読んだ？」

「ええ」

「あなたの役を盗んだコパーニクという男のことがわかっただろう？　ああいうわけで警察は話を変えなかったし、あなたを引きこみもしなかった」

「もうどうでもいいの」彼女は言った。「でもありがとう。お願い――お願いだからそれをわたしに見せて」

ポケットにあったティッシュペーパーで軽く包んでいた真珠のネックレスを取り出し、彼女のほうへすべらせた。店の壁の明かりで、銀のプロペラの留め金がきらりと光った。小さなダイヤモンドがまたたいた。真珠は白い石鹸のように濁っていた。粒もそろっていない。

「あなたの言うとおり」彼女は抑揚のない声で言った。「わたしの真珠じゃないわ」

ウェイターが私の飲み物を持ってくると、彼女はネックレスの上にハンドバッグを巧みに置いて隠した。いなくなると、また真珠をゆっくりと指でなぞり、バッグのなかに落として、私に乾いた苦々しい笑みをよこした。

私は片手をしっかりとテーブルにのせて、じっとしていた。

「あなたが言ったように――留め金は取っておく」

私はゆっくりと言った。「あなたはおれのことを何も知らない。あの晩、おれの命を救い、おれたちはしばらくいっしょにいたが、それもほんのわずかのことだ。あなたはまだおれについて何も知らない。警察にイバーラという刑事がいる。質《たち》のいいメキシコ人だ。この事件を担当していて、ウォルドのスーツケースで真珠を見つけた。もし確かめたいなら――」

彼女は言った。「ばかなこと言わないで。もうみんな終わったこと。思い出よ。わたしは思い出に浸るには若すぎる。万事収まるべきところに収まったのかもしれない。わたしはスタン・フィリップスを愛してた。でも彼はいなくなった――はるか昔に」

私は彼女を見つめ、何も言わなかった。

彼女は静かにつけ加えた。「今朝、夫がわたしの知らなかったことを話したの。わたしたち、別れるわ。だから今日は笑えることがほとんどない」

「残念だ」私は弱々しく言った。「言うべきことがない。またいつかあなたに会うかもしれない。会わないかもしれない。あなたの交際範囲におれが入ることはあまりないからね。幸運を祈る」

私は立ち上がった。われわれはしばらく見つめ合った。「あなた、まだ飲み物に触れてないわ」彼女が言った。

「飲んでくれ。そのペパーミントのやつを飲むと気分が悪くなるぞ」

片手をテーブルについてまだ立っていた。

「もし誰かに煩わされるようなことがあったら」私は言った。「連絡してくれ」

彼女を振り返らずにバーから出て、車に乗り、サンセット大通りをコースト・ハイウェイに突きあたるまで西に走った。途中の庭はみな熱風に灼かれて、黒くしおれた葉や花で埋め尽くされていた。

しかし海は涼しげで気だるく、まったくいつもどおりだった。マリブの近くまで車を走らせ、停めて、誰かの針金の柵のなかにある大きな岩にのぼって腰をおろした。潮はなかほどまで満ち、さらに高くなりつつあった。海藻のにおいがした。しばらく海を眺めたあと、ポケットからボヘミアガラスの模造真珠を取り出し、結び目を切ってひと粒ずつはずした。

左手にばらばらになったすべての粒が入ると、そのまま握りしめ、いっとき考えた。考えることなど何もない。それはたしかだった。

「ミスター・スタン・フィリップスの思い出に」私は大声で言った。「もうひとりのいかさま師《フォー・フラッシャー》に」

そこここに浮かんでいるカモメを狙って、彼女の真珠をひと粒ずつ海に投げ入れた。投げるたびに小さなしぶきが散り、カモメたちは飛び立って、しぶきめがけて舞い降りた。

黄色いキング

The King in Yellow

田村義進=訳

1

ジョージ・ミラーは〈カールトン・ホテル〉の夜間のフロント係で、身体つきは針金のように細く、背は低い。りゅうとした身なりで、声はナイトクラブの歌手のように甘くて、深い。交換台の送話口に向かって発せられる声は低くおさえられているが、目は尖り、怒りの色が宿っている。「何度もご迷惑をおかけして、申しわけございません。すぐに係の者をやります」

ミラーはヘッドホンをはずして交換器の上に置くと、石目ガラスの仕切りの後ろから出て、エントランスのほうへ歩いていった。もう一時を過ぎているし、客の三分の二は長期滞在者だ。低い三段の階段を降りたところにあるメイン・ロビーは、明かりが消え、夜勤のベルボーイたちの仕事も終わっている。広い空間に調度や分厚い絨毯がぼんやりと見えるだけで、人けはまったくない。遠くのほうからラジオの音がかすかに聞こえてくる。ミラーは階段を降りて、音のするほうへつかつかと歩きだした。アーチ状の戸口を抜けたところに、ホテル中の余分なクッションを全部敷いたのではないかと思えるような黄緑のソファーがあった。その上にひとりの男が寝そべっている。身体を横にして、うっとりとした目つきで、二ヤードほど離れたところにあるラジオを聞いている。

ミラーは言った。「おいおい。きみは警備員なのか、それともネコなのか」

スティーヴ・グレイスはゆっくりと首をまわして振り向いた。年は二十八。黒い髪を長くのばしている。くぼんだ目は涼しく、口は優しい感じがする。親指がラジオのほうに向き、口もとに微笑が浮かぶ。「キング・レオパーディだよ、ジョージ。あのトランペットの音色に耳を傾けてみろよ。天使の翼みたいに軽やかじゃないか」

「ばかばかしい。もういっぺん上へ行って、連中を部屋にひっこませるんだ！」

顔に驚きの表情が浮かんだ。「なんだって。またかい。とっくに寝たと思っていたが」

スティーヴは足を床に降ろして、立ちあがった。ミラーより少なくとも一フィートは背が高い。

「八一六号室の客はそう言っていない。レオパーディはふたりのバンド仲間といっしょに廊下に出ている。黄色いショートパンツ姿で、トロンボーンを持って、廊下でジャムセッションをしているんだ。クィランが八一一号室に入れた娼婦のひとりも、いっしょになって騒いでいるらしい。もう一度だ、スティーヴ。今度はきっちりかたをつけてこい」

スティーヴは口もとを歪めた。「どっちにしても、やつはこのホテルにふさわしい人間じゃない。クロロフォルムを嗅がせようか、それとも警棒を使おうか」

長い脚が薄緑の絨毯の上を歩き、アーチ状の戸口を抜け、メイン・ロビーを横切る。エレベーターは一基だけ明かりがつき、扉が開いている。スティーヴはそれに乗りこむと、扉を閉め、八階まであがって、廊下に出た。

轟音が壁に反響し、突風のように襲いかかる。いくつかの部屋のドアが開いて、バスローブ姿の客が憤懣やる方なげな顔を突きだしている。

スティーヴはてきぱきと言った。「ご心配なく、みなさん。もうだいじょうぶです。ゆっくりお休みください」

角を曲がると、熱い音楽に足をさらわれそうになった。壁を背にして三人の男が並んでいる。そのそばのドアはあけっぱなしになっていて、部屋の明かりがあふれでている。中央にいるのは、六フィートの大男で、トロンボーンを持っている。極細の口ひげを生やしていて、たくましいなかにも、繊細さを感じさせる。顔は真っ赤になり、目はアルコールの光を宿している。左側に黒いイニシャルが大きく刺繍された黄色いショートパンツをはいている。それ以外は裸だ。上半身は日焼けして、褐色になっている。

ほかのふたりはパジャマ姿で、見てくれはそれなりだが、これといった特徴はない。どちらも酔っぱらっているが、足もとがおぼつかないほどではない。ひとりはクラリネットを、もうひとりはテナーサックスを狂ったように吹いている。

男たちの前で、メタリック・ブロンドの女が音楽にあわせて身体を揺すり、腕をしならせたり、眉を吊りあげたり、真っ赤な爪が腕につきそうになるほど指をそらせたりして、カササギのように忙《せわ》しなげに踊っている。喉から絞りだす調子っぱずれな金切り声は、本人の眉のように不自然で、爪のように鋭い。かかとの高いサンダルをはき、長い紫色の飾り帯がついたパジャマを着ている。

スティーヴはつと足をとめると、手を鋭く振りおろす仕草とともに言った。「もう充分だ。わかったな。ショーはおしまいだ。いますぐ中止しろ。部屋に戻れ。いますぐに！」

レオパーディがトロンボーンを口から離していった。「警備員の旦那のためにファンファーレを！」

三人の酔っぱらいの楽器が壁を震わせるような音を立てる。女が馬鹿笑いをして、足を蹴りあげてみせる。片方のサンダルが飛んでくる。スティーヴはそれを胸の前で受けとめると、女に飛びかかって、手首をつかんだ。

「ちょっと手荒な真似をさせてもらうぞ。まずはおまえからだ、シスター」

「そうはいかねえ！」レオパーディが叫んだ。「この野郎を床に這いつくばらせろ！頭で踊らせてやれ！」

スティーヴは小荷物のように軽々と女を抱きかかえて、いきなり走りだした。女は脚をばたつかせた。スティーヴは笑って、明かりのついた戸口へちらっと目をやった。ビューローの下に、男物の茶色い靴が置かれている。その前を通りすぎて、次の明かりのついた部屋へ飛びこむと、ドアを足で蹴って閉める。すぐさま振り向いて、鍵穴に刺さっていた番号札つきのキーをまわす。と、ほとんど同時にドアをこぶしで叩く音が聞こえた。気にすることはない。

女の背中を押しながら、短い通路を進み、バスルームの前を通り過ぎたところで、手を離す。女はよろけて、ビューローにもたれかかり、荒い息をつきながら、憎々しげに目を吊りあげた。汗に濡れた偽のブロンドが一房、目の上に垂れさがっている。首が激しく左右に動き、歯がむきだしになる。

「警察に突きだされたいのか」

「冗談じゃないわ！」女は唾を吐きかけた。「いいこと。キングはあたしの友だちなのよ。余計な手出しをしないでくれる」

「きみは連中といっしょにドサまわりをしているのかい」

女はまた唾を吐きかけた。

「連中がここに泊まってることをどうやって知ったんだ」

ベッドの上には、もうひとりの若い女が、壁に頭をもたせかけて横たわっていた。乱れた黒髪が白い顔にかかっている。パジャマの脚の部分はびりびりに破れている。力なく、うめいている。

スティーヴはつっけんどんに言った。「おやおや、破れパジャマのお芝居か。あいにくだが、ここじゃそんなものは通用しない。いいか、ふたりとも、ベッドで朝まで静かにしているか、追いだされるか、どっちがいいか決めろ」

黒髪の女はうめいた。ブロンドの女が言う。「ここから出ていってちょうだい、この糞ったれ警備員」

ブロンドの女は後ろへ手をのばし、手鏡をつかんで、投げつけた。スティーヴはすばやく頭をさげた。鏡は壁にぶつかり、割れずに床に落ちた。黒髪の女が寝返りを打って、けだるそうに言った。「いい加減にしてよ。わたしは気分が悪いのよ」

目は閉じているが、まぶたはひくひく震えている。

ブロンドの女は尻を振りながら部屋を横切り、窓ぎわのテーブルの前に行って、そこにあったコップにスコッチを半分ほど注いだ。制止する間もなく一気に飲みほす。ひどくむせて、グラスを手から落とし、床に四つん這いになる。

スティーヴはしかつめらしい口調で言った。「顔面を蹴られるのと同じだ」

女はしゃがみこんだまま首を振った。またむせて、真っ赤な爪を口もとにやる。立ちあがろうとしたが、足の踏んばりがきかず、横向きに倒れ、そのまま眠りこんでしまう。スティーヴはため息をついて、窓辺に歩み寄った。窓を閉め、錠をおろす。黒髪の女の身体の下から毛布を抜き取り、枕を頭の下に敷いてやる。ブロンドの女を床から抱えあげると、ベッドの上に寝かす。それから、ふたりに毛布をかけ、顎まで引っぱりあげる。換気用の上窓をあけ、天井の明かりを消してから、ドアの錠をあける。外に出ると、マスター・キーでまた錠をおろす。

「やれやれ。因果な稼業だ」と、ひとりごちる。

廊下にもう人けはなかった。明かりが洩れているドアはひとつしかない。女たちの部屋からふたつ目の八一五号室だ。そこからトロンボーンの音が聞こえてくる。そんなに大きな音ではないが、午前一時二十五分にしては小さな音でもない。

その部屋に入り、肩でドアを閉め、バスルームの前を通り過ぎる。キング・レオパーディは部屋にひとりでいた。

かたわらに霜のついたトール・グラスを置き、トロンボーンを持って、安楽椅子に寝そべっている。トロンボーンの先端は小さな円を描き、その上で明かりが踊っている。

スティーヴは煙草に火をつけて、その煙ごしに、賞賛と軽蔑の念のまじった目で相手を見つめた。

「明かりを消せ、キング。あんたのトランペットは最高だし、トロンボーンも悪くない。でも、ここでは駄目だ。さっきも言っただろ。ここではおとなしくしていろ。楽器は出すな」

口もとが不敵に歪み、トロンボーンが悪魔の嗤笑のような吃音を立てる。

「ふざけちゃいけない。おれは好きなところで、好きなときに、好きなことをする。誰にも邪魔はさせない。引っこんでな」

スティーヴは肩をすくめ、浅黒い長身の男に近づき、噛んでふくめるように言った。

「そのバズーカ砲をおろせ。みんな眠ろうとしているのに、眠れなくて困っているんだ。たしかにあんたはその世界じゃいっぱしの人物かもしれない。でも、ほかの場所では、ほかの人間とどこも変わらない。ただ金を持っていて、まわりにマイアミでも嗅げるくらいの強烈な悪臭を漂わせているだけだ。おれにはしなきゃならない仕事がある。今度ここで楽器を鳴らしたら、それを首のまわりに巻きつけてやる」

レオパーディはトロンボーンを下に降ろして、酒を大きく一飲みした。目はぎらぎらと光っている。またトロンボーンを唇に持っていくと、肺に空気を満たして、壁を揺るがすような大きな音を響かせる。それからふいに立ちあがり、トロンボーンをスティーヴの頭に振りおろす。

「警備員っていうのはどうも虫が好かん。公衆便所の臭いがする」

スティーヴは半歩後ろにさがり、頭を振った。それから、横目で相手を見据えて、一歩前へ進みでると、すばやく平手打ちを食わせた。加減をしたつもりだったが、レオパーディは部屋の向こうまでよろめいていった。ベッドの前で膝を折り、床にへたりこむと、開いたままのスーツケースのなかに右手を突っこむ。

ひとしきりどちらも動かなかった。スティーヴはトロンボーンを蹴飛ばし、煙草をガラスの灰皿で揉み消した。黒い目にはなんの表情もないが、口もとには白い歯が覗いている。

「トラブルをお望みなら、こっちはその道の専門家だ」スティーヴは言った。

レオパーディはこわばった小さな笑みを浮かべた。スーツケースから出てきた右手には、拳銃が握られていた。親指で安全装置をはずし、拳銃の狙いを定める。

「だったら、これでも食らえ」と言って、引き金をひく。

閉めきった室内に、すさまじい轟音が響く。ビューローの鏡が割れ、ガラス片が飛び散る。スティーヴの頬にかみそりの刃で切ったような傷ができる。血が皮膚に細長い線をつくる。

スティーヴは飛びかかっていった。右肩をレオパーディの裸の胸にぶつけ、左手で拳銃をベッドの下にはたき落とす。すばやく右のほうへ身体を倒し、転がりながら膝をつく。

「相手が悪かったな」と、かすれた低い声で言う。

それからレオパーディに近づき、左手で髪の毛をつかんで、力いっぱい引っぱり起こす。レオパーディはうなり声をあげて、顎に二発のパンチを見舞ったが、スティーヴは笑いながら黒い艶やかな長髪をひねりあげた。手首をかえすと、レオパーディの頭もそれといっしょにまわり、三発目のパンチは肩にあたった。その手首を取って、ひねると、レオパーディはうめき声をあげて、床に膝をついた。スティーヴはまた髪の毛をつかんで、引っぱり起こし、三発の強烈なショート・ジャブを腹に食いこませた。髪から手を離すと、四発目のパンチは手首が埋もれるくらいに深く腹に突き刺さった。

レオパーディは力なく膝をついて、嘔吐した。

スティーヴはそこから離れて、バスルームへ入り、ラックからタオルを取った。それをレオパーディに放ってやると、スーツケースをベッドの上にあげて、荷物をそのなかへ詰めこみはじめた。

レオパーディはタオルで顔を拭いて、むせながら立ちあがった。よろけて、ビューローの端によりかかる。顔はシーツのように白い。

スティーヴは言った。「服を着ろ、キング。いやなら、そのままでもいい。どっちでもお好きなように」

レオパーディは目が見えない者のように壁を伝いながらバスルームに入った。

2

エレベーターの扉が開いたとき、ミラーはカウンターの後ろで身をこわばらせていた。青ざめ、怯えていて、黒く短い口ひげは唇の上の染みのように見える。まず最初にレオパーディがエレベーターから降りてきた。マフラーを首に巻き、薄手のコートを腕にかけ、帽子を斜めにかぶっている。背中は丸まり、目は虚ろで、歩き方はぎごちない。血の気が失せた顔は緑色がかっている。

そのあと、スティーヴ・グレイスがスーツケース一個を持って続き、最後に夜勤のベルボーイのカールがスーツケース二個と黒革の楽器のケースを持って降りてきた。スティーヴはフロントに行って、つっけんどんに言った。「ミスター・レオパーディがお発ちだそうだ。未払いなら、勘定をしてくれ」

ミラーは大理石のカウンターごしに目をこらした。「ま、まさか、スティーヴ」

「いいんだ。承知の上だ」

レオパーディは苦々しげな薄笑いを浮かべて、ベルボーイが支えている真鍮の枠のドアのほうへ向かった。ホテルの前には、二台のタクシーが待機していた。その一台がエンジンをかけて、ひさしの下にやってくると、ベルボーイは荷物をトランクに積みこんだ。レオパーディはタクシーに乗りこむと、前かがみになり、開いている窓に顔を近づけた。そして、濁《だ》み声でゆっくりと言った。「気の毒だな。おまえはもうおしまいだ」

スティーヴは後ろへさがり、無表情のまま見つめかえした。タクシーは通りへ出て、角を曲がって走り去った。スティーヴは踵をかえし、ポケットから二十五セント玉を取りだして、上に放りあげた。そして、それをベルボーイの手に押しつけた。

「キングからの心づけだ。とっておいて、孫に見せてやるといい」

スティーヴはホテルに戻ると、ミラーには目もくれずに、またエレベーターで八階までのぼった。マスター・キーを使ってレオパーディの部屋に入る。内側からドアに鍵をかけ、壁ぎわからベッドを引き離し、そのあいだに身体をこじいれる。絨毯から三二口径のオートマティックを拾いあげて、ポケットに入れる。次は床の上に落ちた空の薬莢だ。それは屑かごのそばに落ちていた。手をのばし、腰をかがめ、なんの気なしに屑かごのなかを覗きこむ。唇がすぼまる。薬莢を拾うと、無造作にポケットに入れる。それから屑かごのなかに手を突っこんで、紙の切れ端をつまみあげる。そこには切り抜いた活字が貼りつけられていた。屑かごを取ると、ベッドを壁ぎわに戻し、中身をベッドの上にあける。

紙くずやマッチのなかから、活字が貼りつけられた紙切れを選り分ける。それを持ってテーブルの前に行き、そこの椅子にすわる。紙切れをジグソーパズルのように組みあわせていくと、数分のうちに、雑誌から切りぬいた単語や文字からなる文章ができあがった。

レオ　パーディ、木曜日　の　夜、クラブ・シャロットで　公演が始まる翌日までに　一万ドルを　持ってこい。さもないと、命は　ない。女の　兄より

「おそれいったよ」スティーヴは紙切れをホテルの封筒に入れ、上着の内ポケットにしまって、煙草に火をつけた。「なかなかいい度胸をしている。その点とトランペットの腕前だけは認めざるをえないな」

部屋に鍵をかけて、静かな廊下に出ると、しばらく耳をすませてから、ふたりの女が泊まっている部屋へ歩いていく。そっとノックしてから、ドアに耳をつける。椅子がきしみ、戸口へ歩いてくる音が聞こえた。

「誰なの？」冷ややかな声で、寝ぼけた感じではない。ブロンドの女ではないようだ。

「ホテルの者だ。ちょっと話したいことが……」

「話してるじゃないの」

「ドアごしに、じゃなく」

「合鍵を持ってるんでしょ。自分であけたら」

足音が遠ざかっていく。スティーヴはマスター・キーで錠をあけると、静かになかへ入って、ドアを閉めた。テーブルの上のスタンドが、飾りひだのついたシェードごしに、柔らかい光を投げている。ベッドの上では、もうひとりの女がメタリック・ブロンドの髪に片手を突っこみ、大いびきをかいて眠っている。黒髪の女は窓ぎわの椅子に腰をおろして、男のように脚を直角に組み、虚ろな目でスティーヴを見つめている。

スティーヴはそこへ歩いていって、パジャマの脚の大きな裂け目を指さした。「あんたは気分が悪いわけでもなければ、酔っぱらっているわけでもない。その裂け目はずっとまえにできたものだ。いったいなんのつもりなんだ。キングをゆすろうってわけか」

女は何も言わなかった。冷ややかに目をこらし、煙草を吹かしただけだった。

「キングは出ていった。おかしなことをしようと思っても、もう何もできない」スティーヴの黒い目は鷹のように鋭く、微動だにしない。

「頭にくるわね、この糞ったれ野郎！」女は憤懣やる方なげに言うと、とつぜん立ちあがって、バスルームへ入り、ドアを閉めて、錠をおろした。

スティーヴは肩をすくめ、ベッドの前へ行って、眠っている女の手首に指を当てた。脈拍は大きく、ゆっくりしている。泥酔しているようだ。

「あわれな女だ」と、低い声でつぶやく。

ビューローの上に紫色の大きなバッグがのっていたので、それを手に取る。また唇がすぼまる。手を離すと、バッグは鉛が入っているみたいにガラスの天板の上で大きな音を立てた。すばやく口金をあけて、手を突っこむ。指が拳銃の冷たい金属に触れる。バッグを大きくあけて覗きこむ。二五口径の小さなオートマティックだ。その横に一枚の紙切れがある。それをつまみとって、明かりにかざす。家賃の領収書で、名前と住所が記されている。それをポケットに入れて、バッグを閉め、窓ぎわに歩いていったとき、黒髪の女がバスルームから出てきた。

「いつまであたしに付きまとうつもり？　警備員が夜中に合鍵を使って女の部屋へ入ったりしたら、どんなことになるかわかってるんでしょうね」

スティーヴはさらりと答えた。「ああ。やっかいなことになるだろうな。もしかしたら撃ち殺されるかもしれない」

女は厳しい顔になった。目が横に動いて、紫色のバッグを見つめる。スティーヴはそれを見逃さなかった。

「サンフランシスコでレオパーディと知りあったのかい。前回この街で仕事をしたのは二年前のことだ。そのときはヴェイン・ユーティゴーという三流楽団の無名のトランペット吹きでしかなかった」

女は口もとを歪め、スティーヴの前を擦り抜けて、また窓ぎわの椅子にすわった。顔は青ざめ、こわばっている。投げやりな口調で言う。「ブラッサムが仕組んだのよ。このベッドに寝ている女よ」

「レオパーディが今日このホテルに来ることを知っていたのか」

「それがあんたの仕事となんの関係があるの？」

「ここは静かなホテルだ。レオパーディのような男が来るところじゃない。レオパーディをゆすろうって人間が来るところでもない」

「考えるのは、よその場所にして。あたしは眠くって仕方がないのよ」

「わかったよ、スイートハート。ドアに鍵をかけるのを忘れないように」


カウンターの向こうで、ミラーは依然として青ざめ、怯えていた。そのそばで、痩せたブロンドの髪の男が、大理石のカウンターを細い指でこつこつと叩いていた。ダークグレーのスーツを着て、上着の襟の内側にスカーフを巻き、起きぬけのような顔をしている。スティーヴがエレベーターを降りたとき、青緑色の目がゆっくりとそっちのほうに動いた。スティーヴはカウンターの前まで来て、番号札のついたキーを放り投げた。

「レオパーディの部屋のキーだ、ジョージ。部屋の鏡が割れ、絨毯の上に晩メシがぶちまけられている。大半はスコッチだ」それから痩せた男のほうを向いて、「何かご用ですか、ミスター・ピーターズ」

な鋭い声だった。

「いったい何があったんだね、ミスター・グレイス」嘘をつかれるのを前提にしたよう

「レオパーディは仲間のふたりといっしょに八階の部屋に泊まっていました。ほかの楽団員は五階で、彼らはすぐに眠りにつきました。ところが、レオパーディのふたつ隣の部屋には、ふたりの娼婦が泊まっていたんです。娼婦のひとりはレオパーディに近づき、みんなで廊下へ出て、どんちゃん騒ぎを始めました。それをやめさせるのに、ちょっと手荒な真似をしなきゃならなかったんです」

「頬に血がついているぞ」ピーターズは冷ややかに言った。「拭きたまえ」

スティーヴはハンカチで頬を拭った。細い糸のような血はもうすでに乾いている。

「女は部屋に連れ戻しました。ふたりのバンド仲間もおとなしく部屋に戻りました。でも、レオパーディは客がまだトロンボーンを聴きたがっていると思っていたようです。わたしはトロンボーンを首に巻きつけてやるぞと言いました。すると、レオパーディはそのトロンボーンでわたしを殴りつけたんです。わたしが平手打ちを食わせると、拳銃を取りだして発射した。これがその拳銃です」ポケットから三二口径のオートマティックと空の薬莢を取りだし、カウンターの上に並べて置く。「それで、少し痛い目にあわせてから、追っぱらったんです」

ピーターズはカウンターを叩いた。「証拠があればそれでいいと、きみは思っている

ようだな」

「向こうは発砲したんですよ」スティーヴは相手から目をそらすことなく、冷静な口調で繰りかえした。「この拳銃を撃ってきたんですよ。弾丸には勝てません。当たりはしなかったが、当たったらどうなっていたと思います。わたしの胃袋はいまのままでいい。入口がひとつ出口がひとつで充分です」

ピーターズは茶色の眉を寄せ、慇懃無礼な口調で言った。「われわれがきみを事務員として雇っているのは、用心棒という呼称が穏やかでないという判断からだ。が、事務員であれ、用心棒であれ、わたしに一言もなく客を追っぱらうのはよくない。ひじょうにまずい」

「やつはわたしを撃ったんですよ。拳銃で。わかりますか。そんなことをされて黙っていろと言うんですか」スティーヴの顔は少し青ざめている。

「もうひとつ考慮してもらいたい点がある。ミスター・ホールシ・G・ウォルターズはこのホテルの大株主であると同時に、レオパーディが水曜日の夜から出演することになっている〈クラブ・シャロット〉のオーナーでもある。つまり、ミスター・レオパーディは親切心から当ホテルをひいきにしてくださったということだ。ほかに訊きたいことはあるかね」

「いいえ。わたしはお払い箱ということですね」スティーヴは苦々しげに言った。

「そのとおりだよ、ミスター・グレイス。では、おやすみ」

ピーターズはエレベーターのほうに歩いていき、夜勤のベルボーイに付き添われて上にあがっていった。

スティーヴはミラーのほうを向いた。「ジャンボ・ウォルターズ。タフで、利口な男だと聞いている。それほど利口な男なら、このホテルと〈クラブ・シャロット〉の客層が同じだなどと思うわけがない。ピーターズが呼んだのかな」

「たぶん、そうだろう」ミラーは低く、陰気な声で言った。

「だったら、どうして最上階のスィートにしなかったんだろう。一日二十八ドルで、専用バルコニーまでついているのに。そこなら好きなだけ踊ることができる。どうして普通の狭い部屋にしたんだろう。さらに言うなら、どうしてクィランは娼婦をレオパーディのすぐ近くの部屋に入れたんだろう」

ミラーは黒い口ひげをひっぱった。「節約を旨としているってことじゃないのか。女のことはわからない」

スティーヴはてのひらでカウンターを叩いた。「酔っぱらいどもは八階を売春宿と射的場がわりに使おうとしていた。それをやめさせたら、あっさりお払い箱だ。冗談じゃない。こんなところは、こっちから願いさげさ」

「きみがいなくなるのは寂しいよ、スティーヴ」ミラーは静かに言った。「でも、一週間は気をまぎらすことができる。明日から一週間ほど休みをとることになってるんだ。弟がクレストラインに山小屋を持っていてね」

「弟がいたとは知らなかったな」スティーヴはなかば上のそらで答えて、大理石のカウンターの上で手を握ったり開いたりした。

「あまり街へは出てこないんだ。大男でね。ボクサーをしていたこともある」

スティーヴはうなずいて、カウンターから身体を離した。

「じゃ、おれは最後の一仕事をしてくる。ソファーの上で。この拳銃はどこかにしまっといてくれ、ジョージ」

スティーヴは冷ややかな笑みを浮かべて歩み去った。階段を降りて、薄暗いメイン・ロビーを横切り、ラジオのある部屋に入る。黄緑のソファーの上のクッションを叩いて、かたちを整える。それから、ふいにポケットに手を突っこみ、黒髪の女の紫色のバッグのなかにあった紙切れを取りだす。それは一週間分の家賃の領収書だった。コート通り一一八番地リッジランド・アパートメント二一一号室という住所と、ミス・マリリン・デロームという名前が入っている。

それを財布に突っこむと、沈黙を守っているラジオをひとしきり見つめてから、心のなかでひとりごちる。「新しい仕事ができたかもしれないぞ、スティーヴ。今回の一件はどうも臭い」

部屋の隅にあるクロゼットに似た電話ボックスに入ると、五セント玉を投げこんで、オールナイトの放送局の番号をまわす。四回目にやっと《ふくろうの時間》のアナウンサーにつながった。

「キング・レオパーディの《ソリテュード》をもう一度かけてくれないか」

「ほかにもリクエストがいっぱい来てるんです。《ソリテュード》はもうすでに二回もかけましたよ。あなたはどういうひとなんです」

「スティーヴ・グレイス。〈カールトン・ホテル〉の夜間従業員だ」

「なるほど。お仕事中の方ですか。では、特別に」

スティーヴはラジオのスイッチを入れ、ソファーに寝そべって、手を頭の後ろに組んだ。

十分後に、キング・レオパーディの身に浸みるような甘いトランペットの音が、ラジオから流れてきた。ささやきかけるように小さくなったり、ハイCの上のE音が信じられないほど長く続いたりする。

「すごい」レコードが終わると、スティーヴはつぶやいた。「こんな音が出せる者がいるなんて。ちょっと手荒く扱いすぎたかな」

3

コート通りは古くからあるイタリア移民の街であり、悪徳の街であり、芸術家気どりの街だ。バンカー・ヒルのいただきに拡がっていて、あらゆる種類の人間が揃っている。尾羽打ち枯らしたグリニッチ・ヴィレッジの元住人から、逃走中の犯罪者や、娼婦まで。郡の補助金で細々と食いつないでいる者から、渦巻模様のポーチや、寄木細工の床や、ホワイト・オークとマホガニーと胡桃材を組みあわせた手すりがある古い大きな邸宅に住む女家主まで。

かつてはのどかな場所であり、よき時代のなごりとして、〝舞いあがる天使〟と呼ばれる小さなケーブルカーがヒル通りに沿った黄色い土の斜面を昇り降りしている。スティーヴがたったひとりの乗客としてそのケーブルカーから降りたときには、昼を過ぎていた。長身、広い肩幅、長い手足、仕立てのいい紺のスーツ。日ざしのなかを歩きはじめる。

コート通りを西に折れると、番地を注意深く見ていく。探していた家は、角から二軒目にあった。通りの向かいは、パオロ・ペルギーニ葬儀社という金色の看板がかかった赤煉瓦づくりの斎場になっていて、浅黒い肌をしたモーニング姿のイタリア人が、カーテンの引かれた戸口の前に立って、葉巻をくゆらせながら、誰かが死ぬのを待っている。

一一八番地にあったのは、三階建ての木造のアパートメントだった。薄汚れたレースのカーテンがかけられたガラス戸、幅十八インチの細長いカーペット、くすんだペンキで部屋番号が記されたドア。建物のなかほどに、階段があった。廊下の薄暗がりのなかで、真鍮の手すりが光っている。

階段をあがり、廊下を進んで、通りの側へ戻ってくる。ミス・マリリン・デロームの二一一号室はつきあたりの右手にあった。軽くドアをノックし、しばらく待って、もう一度ノックする。廊下もドアの向こうも静まりかえっていて、動くものは何もない。廊下の反対側の部屋で、誰かが咳をし、むせた。

廊下の薄暗がりのなかで、スティーヴ・グレイスは思案をめぐらせた。自分はどうしてここに来たのか。ミス・デロームは拳銃を持っていた。レオパーディは脅迫状のようなものを受けとり、それを破り捨てた。ミス・デロームはレオパーディが〈カールトン・ホテル〉を出ていったという話をした一時間後にチェックアウトした。が、それにしても――

革のキーホルダーを取りだして、ドアの鍵穴をチェックする。合うものがありそうだ。ためしにさしこむと、カチッと音がして、ボルトが滑った。静かに部屋に入りこむ。ドアを閉めても、錠は自動的に閉まらないようになっている。

通りに面したふたつの窓には、カーテンがかかっていて、室内は薄暗い。空気はおしろいの匂いがする。薄い色あいの家具、折りたたみ式のダブル・ベッド。寝具は乱れておらず、その上には、雑誌が一冊のっている。かたわらの椅子には、吸い殻でいっぱいのガラスの灰皿と、半分からになったウィスキーの一パイント壜と、グラスが一個。ふたつの枕が背もたれがわりに使われていて、まんなかの部分がへこんでいる。

ドレッサーの上には、安物でもないが高級品でもない化粧品、黒い毛がからんだ櫛、マニキュア・セットのトレイなどがあり、おしろいがこぼれている。バスルームには何もない。ベッドの後ろのクロゼットには、多くの服と二個のスーツケース。靴はみな同じサイズだ。

スティーヴはベッドの脇に立ち、顎をひねりながら、心のなかでつぶやいた。「ここに住んでいるのは、破れパジャマを着ていた黒髪のマリリンだけだ。ブロンドの唾吐き女、ブラッサムはいっしょじゃない」

ドレッサーの前へ戻り、引出しをひとつひとつあけていく。いちばん下の引出しの底は二重になっていて、壁紙の内張りの下に、二五口径の銅ニッケル合金の薬莢が入っていた。灰皿の吸い殻を見ると、すべてに口紅がついている。また顎をひねり、ボートの漕ぎ手がオールを操るように空中でてのひらをかえす。

「行こう。時間の無駄だ、スティーヴ」

戸口へ行って、ドアをあけようとしたが、思いなおして、ふたたびベッドの前に戻り、フレームをつかんで持ちあげる。

マリリン・デロームはそこにいた。

ベッドの下の床に横ざまに倒れ、長い脚を走っているときのように交差させている。片方の足にはサンダルをはいているが、もう一方は裸足だ。ストッキングの上のガーターと皮膚がむきだしになっている。そこに青あざができている。四角い襟ぐりの、袖の短い、あまり清潔とは言えないワンピースを着ている。喉もとには紫斑がある。

顔は黒ずみ、目には死者に特有の鈍い光がある。口を大きくあけているので、顔は短く見える。身体は氷のように冷たいが、まだ硬直してはいない。死後少なくとも二、三時間、長くて六時間といったところだろう。

その横で、紫色のバッグが持ち主と同じように大きな口をあけている。中身は床にぶちまかれている。拳銃や紙切れは見あたらない。

持ちあげていたベッドを床に降ろすと、室内をひとまわりして、手を触れたものや、手を触れたかどうか思いだせないものをていねいに拭いてまわる。

戸口で耳をすませ、それから外へ出る。廊下はやはりがらんとしていた。向かい側の部屋の男はあいかわらず咳きこんでいる。階段を降り、郵便受けをチェックしてから、一階の廊下を後戻りし、手前の部屋のドアの前で立ちどまる。

ドアの向こうでは、椅子が単調なきしみ音を立てている。ノックすると、女の甲高い声がかえってきた。ハンカチごしにノブをつかみ、ドアをあけて、なかに入る。

部屋のまんなかで、中年の女が古いロッキングチェアを揺すっていた。いかにもけだるげで、身体に骨がないのではないかと思えるくらい力がない。土気色の顔、ごわごわの灰色のコットンの靴下。バンカー・ヒルのアパートメントの管理人の条件をすべて備えている。来訪者にはなんの興味もなさそうで、死んだ金魚と同じ目をしている。

「あんたがここの管理人かい」

女は椅子を揺するのをやめた。「ちょいと、ジェイク。お客さんよ!」と精いっぱいの声を張りあげると、また椅子を揺すりはじめる。

半開きになった奥のドアの向こうで、冷蔵庫の扉が閉まる音がし、見あげるような大きな男が缶ビールを手に持って、部屋に入ってきた。パン生地のような間抜け面、てっぺんに薄い一房の髪だけが残った頭、獣のように太い首、大きい顎。連れあいと同じ、表情のない茶色い小さな目。髭は前日から剃っていない。開襟シャツの下から、毛むくじゃらの分厚い胸が覗いている。大きな金めっきのバックルつきの緋色のサスペンダーをしている。

男は缶ビールを女のほうへさしだした。女はそれをひったくると、けだるそうな声で言った。「なんだかくたびれちまって、なんにもする気が起きないんだよ」

「なるほど。だから、廊下があんなに汚いのか」
「これでも、できるだけのことはやってるのよ」女は言い、喉を鳴らしてビールを飲んだ。

　スティーヴは大男のほうを向いて訊いた。「ここの管理人だな」
「ああ、そうだ。ジェイク・ストヤノフっていうんだ。正味の体重は二百八十六ポンド
ある。腕力はまだ衰えちゃいねえ」
「三一一号室には誰が住んでいるか教えてくれないか」
　大男は少し前かがみになって、サスペンダーをはじいた。目の表情は少しも変わらな
い。大きな顎の皮膚がほんの少しこわばっただけだ。「女だよ」
「ひとりで住んでるのかい」
「さあな。ほかに訊くことは？」大男は言って、汚れた木のテーブルの端から葉巻を取
って、火をつけた。葉巻の先端がまだらに赤くなる。ドアマットが燃えているような臭
いがする。口がいやがっているみたいだったが、葉巻は容赦なくそこに突っこまれる。
「いま訊いているんだ」
「よかろう。台所で話そう」
　大男は振り向いて、ドアをあけた。スティーヴは台所に入った。
　大男は椅子のきしむ音を締めだすようにドアを蹴って閉めると、冷蔵庫をあけて、二

本の缶ビールを取りだした。蓋をあけ、一本をさしだす。

「おめえさんはデカかい」

スティーヴはビールを一口飲んで、缶を流し台に置くと、その日の朝刷りあがったばかりの名刺を財布から取りだして渡した。

大男は名刺に目をやり、流し台の上に置き、だがまた手に取って、あらためて読みかえした。「デカの同類だな」ビールを飲みながら言う。「あの女、今度は何をやらかしたんだ」

スティーヴは肩をすくめた。「破れパジャマのお芝居は十八番のようだな。でも、今回はタダじゃすまなかった」

「というと？ そいつを調べてるのかい。なかなかおもしろそうだな」

スティーヴはうなずいた。

大男は口から煙を吐いた。「だったら、行って調べてきな」

「面倒なことになってもいいのか」

大男は腹の底から笑い、いかにも愉快そうに言った。「ばかばかしい。おめえさんは私立探偵だ。表沙汰にしたくないってことだろ。いいとも。行って、揉み消してこいよ。たとえ警察沙汰になったとしても、おれにとっちゃ、一クォートのミルクと同じさ。気にすることはなんにもねえ。好きなようにすればいい。どの部屋へでも行けばいい。おまわりなんか糞食らえさ」

　スティーヴは何も言わずに大男を見つめた。

　大男は調子づいて、葉巻を振りながらまくしたてた。「それに、おれは気立ての優しい男でな。女を売るようなことはしねえ。女を泣かせたりしちゃいけねえ。よほどのことがないかぎりはな」ビールを飲みほして、缶を流し台の下の屑かごに投げこむ。片手を上にあげて、大きな親指を隣の二本の指にこすりつける。金を出せば、応じてもいいということだ。

　スティーヴは静かに言った。「ずいぶん大きな手をしているじゃないか。あんたならやれる」

「えっ？」小さな茶色い目が動きをとめ、スティーヴを見据える。

「そりゃ、あんたは無関係かもしれない。でも、そんな手をしていたら、警察につけまわされても仕方がない」

　大男は流し台から離れて、少し左へ動いた。右手はだらりと横に垂れている。口もとがこわばり、葉巻が鼻にくっつきそうになる。

「いったいなんのことだ。何が言いたいんだ。まさか――」

「もういい。彼女は絞め殺されたんだ。扼殺だ。ベッドの下の床に転がっていた。殺されたのは午前中のなかごろだろう。大きな手で絞め殺されていた。あんたのような手だ」

　大男はすばやく腰の拳銃を抜いた。まるで手のなかから拳銃が生えてでたのではないかと思うような早業だった。

　スティーヴは眉をしかめたが、身動きはしなかった。

　大男は値踏みするようにスティーヴを見つめた。「おめえさんはタフな男だ。おれは長いことリングで闘っていたから、相手を見きわめる目に狂いはねえ。おめえさんはたしかに強い。でも、鉛の玉には勝てないはずだ。どういうことか教えてもらおうじゃねえか」

「ドアをノックしたが、返事はなかった。錠は簡単に開いた。それで、なかに入っていったんだ。ベッドは折りたたみ式だが、そのときは折りたたまれていなかった。だから、もう少しで見逃がすところだった。そのとき女はベッドに腰かけて、雑誌でも読んでいたんだろう。争ったあとはなかった。部屋を出るまえに、ふと思いついてベッドを持ちあげてみたら、その下に死体があったんだ。拳銃をしまえ。おまわりなんか糞食らえだと、さっき言ったじゃないか」

「そりゃそうだが、警察はあんまり好きじゃない。それより、おれの手のことを何か言ってたな」

　スティーヴは首を振った。「冗談さ。殺された女の首には、爪のあとが残っていた。

あんたの爪は短く切られている。あんたに嫌疑はかからない」

大男は自分の指を見ようともしなかった。ひどく青ざめている。唇の下の黒い切り株のような髭のあいだには、玉の汗が浮かんでいる。身をこわばらせて前かがみになったとき、台所のドアの向こうの玄関から、ノックの音が聞こえた。椅子のきしみ音がやみ、女が鋭い声で言った。「ちょいと、ジェイク。またお客さんよ！」

大男は顔をあげた。「あの糞ババア、家が火事にでもならないかぎり、腰をあげようとはしねえ」

大男は戸口を抜けると、外からドアに鍵をかけた。

スティーヴはすばやく台所を見まわした。流し台の上に小さな窓と、下のほうに残飯を捨てるための跳ね蓋があるだけで、ドアはない。大男が流し台の上に置いていった自分の名刺を取って、ポケットに入れる。それから、ホルスターがわりに使っている左の内ポケットに手を突っこみ、短銃身のディテクティヴ・スペシャルを取りだす。

そこまでしたとき、壁ごしに銃声が聞こえた。くぐもってはいたが、それでもすさまじい轟音で、四発がひとつの音にまざりあって聞こえた。

スティーヴは少し後ろにさがって、ドアを思いきり蹴った。頭のてっぺんと腰の関節に、しびれるような衝撃が走る。だが、ドアはびくともしない。悪態をつきながら、部屋の端までさがり、助走をつけて、左肩でドアに体当たりする。今度は成功した。居間へ飛びこんだとき、女はロッキングチェアから身を乗りだしていた。頭を横に傾け、薄汚れた髪の束が骨ばった額に垂れかかっている。

「バックファイアの音かしら」女は間の抜けた声で言った。「どっか近くのようね。裏通りかもしれないわ」

スティーヴはすばやく部屋を横切り、ドアをあけて、廊下へ飛びだした。

廊下の十フィートほど先に、大男はまだ立っていた。裏通りに向かって開いている網戸のほうを向いて、壁を引っ掻いている。拳銃は足もとに転がっている。左膝が折れ、身体がその上にのしかかる。

廊下に面したドアのひとつが開いて、仏頂面の女が首を出し、だがすぐまたぴしゃりとドアを閉めた。その向こうで、ラジオの音量が急にあがる。

大男は身体を起こそうとしたが、脚はズボンのなかで激しく震えている。結局、両膝をつき、拳銃を拾って、そのまま網戸のほうへいざりはじめたかと思うと、とつぜん頭から床に突っこむ。今度は、廊下の細長いカーペットに顔をこすりつけながら這いはじめる。

だが、それも一瞬のことで、すぐにまったく動かなくなる。身体から力が抜け、拳銃を持った手から力が抜ける。拳銃が転がりでる。

スティーヴは網戸を抜けて、裏通りへ出た。グレーのセダンが速度をあげながら走り去っていく。立ちどまって、足を踏んばり、拳銃を構えたときには、車はもうすでに角を曲がっていた。

裏通りの向かいのアパートメントから、住人のひとりが血相を変えて飛びだしてきた。スティーヴは走りながら、手ぶりでその男を制止し、前方を指さしてみせた。なおも走りながら、拳銃をポケットに戻す。裏通りの角まで来たときには、もう車の姿はなかった。壁伝いに進んで、歩道へ出ると、速度を緩め、しばらく歩いたところで立ちどまる。半ブロックほど先で、誰かが車から降り、歩道を横切って、軽食堂へ入っていった。それを見て、スティーヴは帽子をかぶりなおし、そっちのほうへ歩いていった。

店に入ると、カウンター席にすわって、コーヒーを注文する。しばらくしてサイレンの音が聞こえてきた。

コーヒーを飲みほし、おかわりを頼み、それも飲みほす。煙草に火をつけ、バンカー・ヒルの長い斜面をゆっくり降りて、〝舞いあがる天使〟の始発点へ戻ると、五番通りに出て、自分のコンヴァーティブルを駐車場から出す。

そこから西へ車を走らせて、ヴァーモント通りを抜け、その日の朝予約を入れておいた小さなホテルへ向かう。

4

〈クラブ・シャロット〉のフロア・マネージャーのビル・ドッカリーは、明かりがつくまえのエントランスに立ち、身体を揺すりながら、あくびをしていた。いまはまったく商売あがったりの時間帯だ。カクテル・アワーには遅すぎ、ディナーには早すぎ、店の本来のビジネスであるギャンブルにはもっと早すぎる。

濃紺のタキシード。襟には海老茶色のカーネーション。漆のような黒い髪、幅二インチの額。やや太りぎみだが、端正な顔立ち。鋭い茶色の目。カールした長い睫毛。たちの悪い酔客にからまれたときには、この睫毛を下げて待つ。

制服姿のドアマンがエントランスのドアをあけ、スティーヴ・グレイスがなかに入ってきた。

「やれやれ」ドッカリーはつぶやいて、指先で歯を軽く叩き、身体の重心を前に移した。ゆっくりとロビーを横切り、客を迎えにいく。

スティーヴは戸口を抜けたところに立って、ロビーを見まわしていた。天井は高く、壁には乳白色の曇りガラスが張りめぐらされている。ガラスの表面には、帆船や、ジャングルの野獣や、タイの仏塔や、ユカタンの寺院などの絵が刻まれていて、その向こうから柔らかい光が当たっている。ドアには写真のフレームのようなクロムの四角い枠がついている。どこまでも優美で、左側のラウンジから聞こえてくるざわめきも耳障りなほどではない。バックに流れるスペイン風の音楽は、透かし彫りの扇のように繊細だ。

ドッカリーはそこに歩いていくと、艶やかな髪の頭をほんの少し下げた。「いらっしゃいませ」

「キング・レオパーディは来ているかい」

ドッカリーは頭をあげた。興味は失せたみたいだった。「バンド・リーダーの？　開演は明日ですよ」

「来ていると思ったんだがね。リハーサルか何かで」

「お友だちですか」

「知りあいだ。念のために言っておくが、おれは仕事を探しているわけでもないし、曲を売りこみにきたわけでもない」

ドッカリーはかかとに重心をかけて身体を揺すった。音楽にはまったく無関心で、レオパーディの名前などピーナッツの袋ほどの価値もないと言いたげだ。「さっきはラウンジにいたんですがね」と、小さな笑みを浮かべて言い、四角い岩のような顎をしゃくってみせる。

スティーヴはそっちのほうへ歩いていった。ラウンジは暖かく、快適で、暗すぎも明るすぎもしない。席は三分の一ほどふさがっている。アーチの下で小編成のスパニッシュ・バンドが低く奏でる蠱惑的なメロディは、音楽というより思い出に近い。ダンス・フロアはない。長いカウンターにはすわり心地のよさそうなストゥールが並び、メイン・フロアには小さな丸い金属のテーブルが程よい距離をとって配され、部屋の三方の壁ぎわにはボックス席がしつらえられている。ウェイターたちが蛾のようにテーブルのあいだを忙しげにまわっている。

レオパーディは奥の隅の席にいた。女連れだ。両隣の席は空いている。女はノックアウト級だ。

背は高く、髪は砂煙ごしに見る山火事のような色をしている。黒いベルベットのベレー帽を気どって斜めにかぶっている。ベレー帽には、ふたつの尖った部分があり、水玉模様の羽根でつくった二匹の蝶が長いシルバーのピンでとめられている。ドレスはバーガンディのウールで、肩にかけたブルーフォックスの毛皮は幅二フィート以上ある。目は大きく、くすんだブルーで、退屈そうに見える。手袋をはめた左手で、テーブルの上の小さなグラスをゆっくりまわしている。

レオパーディは女と向かいあい、前かがみになって、なにやら話をしている。肩は毛足の長いクリーム色のジャケットのせいでとても大きく見える。褐色のうなじには、長い髪の毛がかかっている。スティーヴがそこに歩いていくと、テーブルごしに笑いかけた。自信たっぷりの嘲りの笑いだ。

スティーヴは立ちどまり、隣のテーブルの後ろにまわった。レオパーディはその動きを目で追った。それといっしょに首がまわる。顔にはいらだちの色がある。目は大きく見開かれ、ぎらぎらと輝いている。身体全体が機械仕掛けの玩具のようにゆっくりとまわる。

かたちのいい小ぶりの手が、テーブルの上のハイボールのグラスにあてがわれる。口もとに微笑が浮かぶ。レオパーディは椅子を引いて、立ちあがった。芝居がかった仕草で手をあげ、極細の口ひげを撫でる。ゆっくり、だがはっきりした口調で言う。「この腐れキンタマ野郎！」

近くのテーブルにいた男が振り向いて、顔をしかめる。こっちに向かってきつつあったウェイターも途中で足をとめ、ほかのテーブルのあいだに消えていく。女はスティーヴを見つめ、それから座席のクッションにもたれかかった。手袋をはめていない右手の指先に息を吹きかけて、栗色の眉を撫でる。

スティーヴは微動だにしない。頬がほんの少し赤らんだだけだ。しばらくしてから穏やかな口調で言う。「あんたは昨夜ホテルに忘れ物をした。放っておいたら、まずいことになるかもしれない。これだ」

スティーヴはポケットから折りたたんだ紙を取りだした。一枚の黄色い用紙の上に白い紙の切れはしを貼りつけたものだ。レオパーディはそれを受けとり、なおも微笑みながら、開いて読んだ。それから、紙を丸めて、足もとに落とした。

と、すばやく一歩前へ踏みだし、先ほどよりも大きな声で繰りかえす。「この腐れキンタマ野郎！」

さっき振りかえった男がだしぬけに立ちあがり、語気鋭く言った。「わたしの妻がいるところで、そのような言葉を使うのはやめてもらえないかね」

レオパーディは振りかえりもしないで答えた。「きさまも、きさまの女房も、糞食らえだ」

男の顔が赤黒くなる。連れの女は立ちあがり、バッグとコートをつかんで、歩きだした。男は一瞬のためらいののち、女のあとを追った。そのときにはラウンジの全員の視線が一点に集まっていた。先ほどテーブルのあいだに姿を消したウェイターは、足早に戸口を抜け、ロビーに出ていった。

レオパーディは先ほどよりも大きく一歩踏みだすと、こぶしでスティーヴの顎を殴りつけた。スティーヴはよろめき、あとずさりし、二人連れの客がいるテーブルに手をついた。そのとき、テーブルの上にあったグラスが倒れたので、振り向いて謝ろうとしたとき、レオパーディが突進してきて、今度は耳の後ろを殴った。

ドッカリーが戸口の向こうから姿を現わし、歯をむきだしにして近づいてきた。ふたりのウェイターをバナナの皮をむくように掻き分ける。

　スティーヴは息を詰まらせ、頭をそらした。それから向きなおって、しわがれ声で言った。「ちょっと待て、馬鹿野郎。まだ話はすんでいない。話を最後まで――」

　レオパーディがまた向かってきて、今度は口もとに一発食わせた。唇が切れ、口の端から血が流れ、顎を伝う。赤毛の女は顔面蒼白になり、ハンドバッグを取って、椅子から立ちあがりかけた。

　レオパーディはとつぜん後ろを向いて歩きはじめた。ドッカリーが手をのばして立ちどまらせようとしたが、その手を振り払って歩きつづけ、ラウンジから出ていく。

　赤毛の女はハンドバッグをテーブルに戻すと、わざとハンカチを床に落とした。それから、黙ってひとしきりスティーヴを見つめる。「顎の血を拭いたほうがいいわ。シャツが汚れるわよ」ハスキーで、柔らかい、よく響く声だ。

　ドッカリーは厳しい表情でやってくると、スティーヴの腕を取って引っぱった。「もういい。お引きとりねがいましょう」

　スティーヴは何も言わず、足を踏んばり、女の顔をじっと見つめた。自分のハンカチで口もとを拭い、にやっと笑う。結局、一インチも動いていない。ドッカリーは手を離し、ふたりのウェイターに合図を送った。ウェイターはすばやくスティーヴの背後にまわったが、手を出しはしなかった。

スティーヴは唇にそっと手をやり、ハンカチについた血を見つめ、それから振りかえって、後ろの客に言った。「悪かったね。ちょっとバランスを崩したもので」

グラスを引っくりかえされた女は縁飾りつきの小さなナプキンでドレスを拭いていた。口もとに微笑が浮かぶ。「お気になさることはありませんわ」

ふたりのウェイターがとつぜん背後からスティーヴの腕をつかむ。ドッカリーは首を振り、ふたりが手を離すと、しかつめらしく尋ねた。「あなたが先に手を出したんですか」

「いいや」

「殴られるようなことを何か言ったんですか」

「いいや」

赤毛の女が、落としたハンカチを拾おうとして身をかがめた。やや手間どったが、ようやくハンカチを拾いあげると、またテーブルの後ろに戻り、冷めた口調で言った。

「このひとの言うとおりよ、ビル。キングはファン・サービスが苦手なの」

「わかりました」ドッカリーは言って、太い首をまわした。それから、口もとをほころばせて、スティーヴのほうを向いた。

スティーヴは苦々しげに言った。「三発ももらったんだぜ。一発は後ろからだが、おれは殴りかえさなかった。あんたもヤワな男には見えない。同じような芸当ができるかどうか試してみるかい」

ドッカリーは相手を値踏みし、あっさりと答えた。「あなたの勝ちです。わたしにそんな芸当はできない」それから、ふたりのウェイターのほうを向いて、語気鋭く命じる。「きみたちはさがっていろ」ふたりが姿を消すと、襟にさしたカーネーションの匂いを嗅ぎ、それから穏やかな口調で言う。「ここじゃ喧嘩はご法度なんですよ」また女のほうへ微笑みかけると、踵をかえす。客に声をかけながら歩み去り、ラウンジのドアを抜けていく。

スティーヴはハンカチで唇を軽く叩いた。ハンカチをポケットに戻すと、視線を床の上にやる。

赤毛の女は静かに言った。「お探しのものは、たぶんわたしが持ってると思うわ。ハンカチのなかよ。おかけにならない？」

どこかで聞いたことのあるような、耳になじみのある声だ。

スティーヴはレオパーディがいた席にすわって、赤毛の女と向かいあった。

「飲み物はわたしがおごるわ。レオパーディはわたしの連れだったんだから」

スティーヴはウェイターに言った。「コークにビターを垂らしてくれ」

「そちらさまは、マダム？」ウェイターは尋ねた。

「ブランデーのソーダ割りを。ブランデーは少なめに」ウェイターが頭をさげて立ち去ると、女は愉快そうに言った。「コークにビター？　だから、わたしはハリウッドが好きなのよ。みな神経症を患っている」

　スティーヴは女の目を覗きこみ、低い声で言った。「おれは下戸《げこ》なんだ。ビールを一杯飲むだけで、目が覚めたら、髭ぼうぼうでシンガポールにいる」

「一言たりとも信じられないわ。レオパーディとは古くからのお知りあい？」

「ゆうべ会ったばかりだ。仲よくはなれなかった」

「それはなんとなくわかったわ」女は笑った。低くて豊かな笑い声だ。

「その紙をくれないか、レディ」

「あら、せっかちなひとね。時間はたっぷりあるわ」くしゃくしゃの黄色い紙を包んだハンカチは、手袋をはめた手に強く握られている。中指がまた眉を撫でる。「あなたは俳優じゃないようね」

「もちろんちがう」

「わたしもちがう。わたしは背が高すぎる。天下の二枚目が、女を抱きしめるために、竹馬に乗らなきゃならなくなるわ」

　ウェイターが飲み物を置き、ナプキンを品よく一振りして、立ち去る。

　スティーヴは穏やかだが執拗だった。「その紙をくれ、レディ」

「レディってのはやめてくれない。おまわりと話してるみたいだから」

「きみの名前を知らないからだよ」

「わたしもあなたの名前を知らないわ。レオパーディとはどこで会ったの?」

スティーヴはため息をついた。小編成のスパニッシュ・バンドが奏でる音楽は、憂いを帯びた短調になり、ギターのくぐもった響きに支配されている。

スティーヴは頭を横に傾けた。「Eの弦を半音あげている。しゃれた感じがするのはそのためだ」

女の目には新たな興味の色が浮かんでいた。

「気がつかなかったわ。これでもわたしは歌手のはしくれなのよ。まあいい。あなたはまだわたしの質問に答えてないわ」

「昨夜までは〈カールトン・ホテル〉の警備員をしていた。名目上は事務員だが、実際は用心棒だ。レオパーディはゆうべそこに泊まっていたんだが、あまりにもお行儀が悪すぎたので、叩きだしたら、その場でクビになってしまった」

「なるほど。ようやく事情がのみこめてきたわ。彼はキングを演じ、あなたはタフな用心棒を演じたってわけね」

「そんなところだ。それより頼むから――」

「まだ名前を聞かせてもらってないわ」

スティーヴは財布から刷りたての名刺を一枚抜きとって、テーブルごしに渡した。女がそれを読んでいるあいだ、酒を一口飲む。

「いい名前だわ。でも、住所はあまりよくない。〝私立探偵〟というのもダメ。左下に〝調査〟とだけ書いておけばいいのよ。うんと小さな字で」

スティーヴは微笑んだ。「充分に小さいつもりだがね。それより――」

女はいきなり手をのばして、くしゃくしゃになった紙をさしだした。

「読んではいないわ。読みたかったけど。信じてもらえるわね」また名刺に目をやって、「オフィスはサンセット・アベニュー八十番地あたりのジョージ王朝風か、でなきゃ、とびきり近代的なビルのなかにあったほうがいい。それも二間続きの部屋よ。服装はもっと派手に。もっともっと派手に。この街で目立たないのは、破産した金持ちだけよ」

スティーヴは微笑んだ。くぼんだ黒い瞳には、明るい光が宿っている。女は名刺をハンドバッグにしまい、毛皮の肩掛けをあげて、グラスの中身を半分ほどあけた。「そろそろ帰らなきゃ」

ウェイターを呼んで、勘定をすませる。ウェイターが歩き去ると、椅子から立ちあがる。

「すわれ」スティーヴはぴしゃりと言った。

女は怪訝そうな顔をした。それから、また椅子にすわりなおし、壁にもたれかかり、目をこらす。

スティーヴはテーブルの上に身を乗りだした。「きみのほうはどうなんだ。レオパーディとどういう関係なんだ」

「ここ何年間か付かず離れずってところかしら。でも、あなたの知ったことじゃないわ。わたしに横柄な口をきくのはやめてちょうだい。横柄な男は嫌いよ。レオパーディといっしょに仕事をしたこともあるけど、長くは続かなかったわ。歌をうたうだけじゃすまなくなるからよ。どういう意味かわかるわね」

「さっきまでいっしょに酒を飲んでいたようだが」

女は軽くうなずいて、肩をすくめた。「レオパーディは明日の夜からここで演奏することになってるのよ。そこで、もう一度歌ってみないかと誘われてたの。いやだと言ったんだけど、たぶん断わりきれないと思うわ。少なくとも一週間か二週間は共演ってことになりそう。わたしと契約を結んでいる男が、この〈クラブ・シャロット〉のオーナーであり、わたしが出ているラジオ局のオーナーなのよ」

「ジャンボ・ウォルターズか。辣腕だが、筋は通す男だという話を聞いている。面識はないが、一度会ってみたい。ここにメシの種が転がっているかもしれないんだ。読んでみてくれ」

スティーヴはまた手をのばして、テーブルの上に紙を落とした。

「きみの名前は？」

「ドロレス・キオッザ」

スティーヴはその名前をゆっくりと繰りかえした。

「いい名前だ。同じようにきみの歌もいい。よく聴いているんだ。金のために歌を安売りしないのもいい」その目はきらきらと輝いている。

ドロレスはテーブルの上に紙をひろげ、表情を変えずにゆっくり読んだ。それから静かに言った。「誰が破いたの」

「たぶんレオパーディだろう。昨夜、見つけたんだ。ホテルの部屋の屑かごのなかに入っていた。それを貼りあわせたら、こんなふうになったんだ。よほど肝っ玉がすわっているんだろう。でなきゃ、よくあることなので、慣れっこになっているのかもしれない」

「あるいは、単なる悪ふざけと思ったか」ドロレスは言って、テーブルごしに冷ややかに目をこらし、それから紙を折りたたんでかえした。

「可能性はある。でも、もしレオパーディが噂どおりの男なら、何があっても不思議じゃない。もしかしたら、ただの脅しじゃないかもしれない」

「たしかにあいつは噂どおりの男よ」

「誰かにつけねらわれる可能性はある。そのなかには拳銃を持った女がいるかもしれない」

ドロレスの目はスティーヴから離れない。「そうね。そういう女性に頼まれたら、みんな喜んで手を貸すはずよ。もしわたしがあなたなら、何も知らないふりをするわ。レオパーディが保護を求めたら、ジャンボ・ウォルターズは警察以上に警備を厳重にするはずよ。でも、もし保護を求めなかったら？　知ったことじゃないわ。少なくとも、わたしは何もしない。指一本動かさないわ」

「ひとによっちゃ、情け容赦はないってことだね」

返事はかえってこなかった。顔が少し青ざめ、厳しい表情になっただけだった。

スティーヴは酒を飲みほすと、椅子を引き、帽子を持って立ちあがった。「ごちそうさま、ミス・キオッザ。会えてよかったよ。きみの歌を聴けるのがこれまで以上に楽しみになってきた」

「急にわざとらしいことを言いだすのね」

スティーヴはにっこり笑った。「じゃ、さようなら、ドロレス」

「さようなら、スティーヴ。探偵業の成功を祈ってるわ。何か話を聞いたら——」

スティーヴは振り向き、テーブルのあいだを縫って、ラウンジをあとにした。

5

爽やかな秋の夕暮れどき、ハリウッドとロサンジェルスの街の灯がスティーヴにまたたきかけている。サーチライトの光が爆撃機を探しているように雲ひとつない空を掃いている。

スティーヴは駐車場から車を出し、サンセット・アベニューを東に向かった。フェアファックス通りの交差点で夕刊を買うと、車を歩道わきに寄せて、記事にざっと目を通す。コート通り一一八番地のことは何も出ていない。

また少し車を走らせ、ホテルのそばの小さなコーヒーショップで夕食をとり、映画館に入る。映画館を出たときには、《トリビューン》紙の市内版の早刷りが店頭に並んでいた。それには出ていた。ふたりとも出ていた。

警察はジェイク・ストヤノフが女を殺害したと考えている。レイプはされていない。女は速記者だが、現在は失業中らしい。写真は出ていない。ジェイク・ストヤノフのほうは警察で撮られた顔写真に修正を施したものが出ている。撃ち殺される直前に、誰かと話をしていたらしい。黒っぽい服を着た長身の男だったという複数の供述がある。警察がつかんでいる——少なくとも公表している情報は、それだけだ。

苦々しげに笑って、もう一度コーヒーショップに入る。そこでコーヒーを飲んでから、ホテルに戻り、自分の部屋に向かう。もう十一時前だ。部屋の鍵をあけたとたん、電話が鳴りはじめた。

ドアを閉め、暗がりのなかで電話があったところを思いだす。闇のなかを猫のように歩いていき、安楽椅子にすわって、小さなテーブルの下の棚に手をのばす。受話器を取り、耳にあてる。「もしもし」

「スティーヴ?」ハスキーで、低い、よく響く声だ。だが、そこには張りつめたものがある。

「ああ、スティーヴだ。きみの声はわかる。きみが誰かもわかる」

乾いた小さな笑い声が聞こえた。

「あなたは探偵としてやっていけそうよ。どうやらわたしが最初の依頼人になりそうなの。いますぐわたしの家まで来てちょうだい。レンフルー通り二四一二番地。北側。南側には何もないわ。ファウンテン通りを半ブロックほど行ったところ。袋小路の住宅地で、いちばん奥にあるのがわたしの家よ」

「わかった。何があったんだい」

少し間があった。ホテルの外の通りから、クラクションの音が聞こえてくる。急カーブの坂道をのぼっていく車の白い光が天井をよぎる。低い声がゆっくりと言う。「レオパーディよ。追っ払えなくなってしまったの。ベッドの上で、なんていうか、倒れているの」そのあとまた笑い声が聞こえた。そこには、奇妙に不自然な金属的な響きがある。ふと気がつくと、手が痛くなるほど強く受話器を握りしめていた。暗がりのなかで歯が鳴る。出てくる言葉は冷たく、平板で、気の抜けたものにしかならない。「わかった。料金は二十ドルだ」

「いいわ。お願いだから急いでちょうだい」

スティーヴは受話器を置くと、荒い息をつきながら、暗い部屋のなかにしばらくすわっていた。それから、帽子を頭の上のほうにあげ、またぐいとひっぱりおろし、大きな声で笑いだした。「やれやれ。そういう女だったのか」

レンフルー通り二四一二番地は、六軒の家が一列に並んでいるだけで、住宅地というほどのものではなかった。玄関はすべて同じ方向を向いているが、隣人の目を気にしなくてもいいよう、たがいちがいに奥まったところにつくられている。裏には煉瓦壁があり、その向こうに教会が見える。手入れの行き届いた芝生が、月の光に銀色に照らしだされている。

二段の石段をのぼると、左右に軒灯がともった玄関があった。ドアには、鉄格子のはまった覗き窓がついている。ノックをすると、そこに若い娘の小さな卵形の顔が現われた。キューピッドの弓のような口、三日月形の細い眉、ウェーブのかかった茶色の髪。目は色艶のいい、採りたての栗のように見える。

スティーヴは煙草の喫いさしを足で揉み消した。「スティーヴ・グレイスという者だ。ミス・キオッザに会いたい。来てくれと言われたんだ」

「ミス・キオッザはもうおやすみになりました」唇が歪み、ひとを馬鹿にしたような表情になる。

「ふざけるな。聞こえなかったのか。来てくれと頼まれたんだ」

覗き窓がぴしゃりと閉まる。スティーヴは顔をしかめ、月の光が降り注ぐ芝地から通りを見ながら待った。まあいい。それならそれでいい。月下のドライブだけでも二十ドルの価値はある。

錠がカチッと鳴って、ドアが大きく開く。スティーヴはメイドの前を擦り抜けた。部屋は暖かく、気取りがなく、木綿サラサのせいで古風に見える。ランプは古くも新しくもなく、必要な数だけしかるべきところに配されている。銅板のファイア・ガードがついた暖炉のそばには、ソファーがある。部屋の隅のカウンターの上には、ラジオが置かれている。

「失礼しました。ミス・キオッザから何も聞いていなかったものですから。どうぞおかけになってください」メイドは慇懃に言った。小さな声で、身構えているような感じがする。短いスカート、薄いシルクのストッキング、四インチのスパイクヒールという格好だ。

メイドが歩き去る。スティーヴはソファーにすわり、帽子を膝の上にのせて、壁を睨みつけ、ドアが音を立てて閉まると、煙草を箱から一本抜きだした。それを指のあいだでくるくるまわし、握りつぶす。白い紙と煙草の葉がぺしゃんこになると、ファイア・ガードに投げつける。

ドロレス・キオッザが部屋に入ってきた。緑のベルベットのガウンを着ている。金色のフリンジのついた長い腰ひもの端を投げ縄のように振りまわしている。口もとには、無理をしてつくった笑みが浮かんでいる。顔は洗ったばかりのように清潔だが、まぶたは青白く、痙攣している。

スティーヴは立ちあがって、歩いてくるドロレスの足もとを見やった。ガウンの下から、緑色のモロッコ革のスリッパが覗いている。近くまで来ると、ようやく目をあげ、けだるそうな声で言う。「やあ」

ドロレスは目を据え、よく通る高い声で言った。「こんな遅い時間にどうかと思ったけど、あなたは夜ふかしに慣れているでしょ。だから電話をしたのよ。おかけになって」

ドロレスの首がほんの少し横に傾く。何かに耳をすましているように見える。

「二時前にベッドに入ることはない。だいじょうぶだよ」スティーヴは言った。

ドロレスは暖炉の前に歩いていって、呼び鈴を押した。すぐにメイドがアーチ型の戸口を抜けてやってきた。

「氷を持ってきてちょうだい、アガサ。すっかり遅くなってしまったけど、今日はこれで帰っていいわ」

「わかりました」メイドは答えて、姿を消した。

それからしばらくのあいだ、底深い静寂が垂れこめた。ドロレスはなかば上のそらで煙草を取って、口にくわえた。スティーヴは靴でマッチを擦ってやった。煙草の先端が炎のなかにさしこまれる。ドロレスのくすんだブルーの目がスティーヴの黒い瞳に注がれる。頭がかすかに左右に動く。

メイドが銅のアイスバケットを持って戻ってきた。真鍮のロー・テーブルをソファーの前に引っぱってきて、アイスバケットをその上に置き、酒の用意をする。ソーダの壜、グラス、スプーン、三角形の酒壜。酒壜は銀の網細工で覆われ、ストッパーがついていて、それだけで上等のスコッチが入っていることがわかる。

「お酒をつくってもらえるかしら」ドロレスはあらたまった口調で言った。

スティーヴはふたつのグラスに酒をつくり、かきまわして、ひとつをさしだした。

ドロレスはそれに口をつけて、首を振り、「薄すぎるわ」と言った。ウィスキーを注ぎたして渡すと、「よくなったわね」と言って、ソファーの隅に深々と身体を沈める。

メイドがまた部屋に入ってきた。ウェーブのかかった茶色の髪に洒落た赤い帽子をかぶり、高価そうな毛皮で縁どられたグレーのコートを着ている。ブロケード織りの黒いバッグは、冷蔵庫の中身を全部詰めこむことができそうなくらい大きい。

「おやすみなさい、ミス・ドロレス」

「おやすみ、アガサ」

メイドは家を出て、静かに玄関のドアを閉めた。私道にハイヒールの音が響く。遠くのほうで車のドアが開いて閉まる。エンジンがかかる。エンジン音が次第に小さくなっていく。まわりはしんと静まりかえっている。

スティーヴはグラスを真鍮のテーブルの上に置き、正面からドロレスを見つめながら、気むずかしげに言った。「人払いをしたってわけだな」

「そう。自分の車で家に帰るのよ。今夜みたいにスタジオへ行かなきゃならないときには、わたしの車の運転もしてくれる。わたしは自分で運転するのが嫌いなの」

「それで何が言いたいんだい」

ドロレスの目はファイア・ガードの向こうの火のついてない薪にこらされている。頬の筋肉がひくひく動いている。

しばらくしてからようやく言った。「おかしいわね。ウォルターズではなく、あなたに助けを求めるなんて。あなたよりウォルターズのほうが頼りになるはずなのに。でも、ウォルターズが信じてくれるとは思わない。あなたなら、もしかしたら、信じてくれるかもしれない。じつを言うと、レオパーディはわたしに呼ばれてここに来たんじゃないの。彼がここにいることを知っているのは、わたしたちふたりだけよ」

その声には、スティーヴの背筋をぴんとのばさせるものがあった。

ドロレスは緑のガウンの胸ポケットから小さなハンカチを取りだして、口もとにあてがった。身体がとつぜん音もなく木の葉のように震えはじめる。

「どうしたんだい。あの程度の男なら、尻ポケットのなかでひねりつぶすことができる。昨夜と同じように。昨夜は拳銃を持っていて、それをぶっぱなしさえした」

首がまわる。目は大きく見開かれていて、動かない。「でも、それはわたしの拳銃じゃなかった」その声には生気がまったくない。

「ああ。そりゃそうだ。だから、どうだと言うんだい」

「今夜のはわたしの拳銃なのよ」ドロレスは言って、スティーヴを見つめた。「あなたはこんなふうに言ったでしょ。ああいう男は拳銃を持った女につけねらわれてもおかしくないって」

スティーヴは見つめかえしただけだった。その顔は青ざめ、言葉は喉の奥であいまいな音にしかならない。

ドロレスは静かに言った。「レオパーディは酔いつぶれているんじゃないのよ、スティーヴ。死んでいるの。黄色いパジャマ姿で。わたしのベッドの上で。手にわたしの拳銃を持って。あなただって、酔いつぶれているだけだと思ってたわけじゃないでしょ、スティーヴ」

スティーヴはすばやく立ちあがり、しばらく微動だにせずドロレスを見つめていた。唇を舌で湿し、しばらくしてようやく言った。その声はかすれていた。「見にいこう」

6

寝室は左側の奥にあった。ドロレスがポケットからキーを取りだして、部屋のドアをあける。テーブルの上に低いスタンドがあり、窓のブラインドは閉まっている。スティーヴは先に立って、猫のような忍び足で部屋に入った。

レオパーディはベッドのまんなかにまっすぐ横たわっていた。その大きな身体はぴくりとも動かない。肌は滑らかで、蠟細工のように人工的に見える。口ひげまで作り物のようだ。目は半分開いているが、おはじきのように無表情で、いままで何も見たことがないのではないかと思ってしまう。敷布の上に仰向けに横たわり、掛け布はベッドの足もとに落ちている。

折り襟の黄色いシルクのパジャマを着ている。頭からかぶって着るタイプのもので、ゆったりしていて、薄い。胸のところの布地が吸取紙のように血を吸って黒ずんでいる。日に焼けた首筋にも少し血がついている。

スティーヴは死体を見つめたまま、抑揚をつけずに言った。「黄色いキング。そんなタイトルの本を読んだことがある。よほど黄色が好きだったんだろう。ゆうべ、ホテルでやつの荷物をスーツケースに詰めたんだ。でも、本人は臆病《イエロー》じゃなかった。ああいった連中にしては珍しいことだ。そう思わないかい」

ドロレスは部屋の隅へ行って、低い椅子にすわり、床を見つめた。気取りのない居間と比べて、そこはモダンな感じのする部屋だった。カフェオレ色をしたシェニール織りの絨毯、象嵌細工の鋭角的な家具。机と同じように両袖に引出しがある鏡台。壁には木の枠におさめられた鏡がかけられ、その上にはシリンダー状の曇りガラスのウォールライトが取りつけられている。部屋の隅には、ガラスのテーブルがあり、その上に、クリスタルでできたグレイハウンドの置き物と、いままで見たこともないような深いドラム型のシェードのついたスタンドがのっている。

スティーヴは部屋を見まわすのをやめ、死体に視線を戻した。パジャマをそっとまくって、傷口をたしかめる。それは心臓の真上にあり、皮膚が焦げて、まだらになっている。出血はそんなに多くない。即死だろう。

ふたつある枕のひとつの上に投げだされた右手には、モーゼルの小型オートマティックが握られている。

「見事なお手並みだ」スティーヴは言って、指さした。「芸術的と言ってもいい。典型的な接射傷だ。わざわざパジャマをまくりあげてさえいる。自殺する者はよくそういうことをするらしい。拳銃はモーゼルの七六三あたりだろう。それは間違いなくきみのものなんだな」

「ええ」ドロレスは答えたが、目は床から離れない。「居間の机に入れてあったのよ。弾丸《たま》といっしょに。べつに深い理由はないわ。以前、誰かにもらったから置いてあっただけ。実際のところ、弾丸のこめかたさえ知らないわ」

スティーヴは微笑んだ。ドロレスはふいに顔をあげ、スティーヴの微笑を見て、身体をぶるっと震わせた。「やっぱり信じてもらえそうもないわ。警察に連絡したほうがよさそうね」

スティーヴは上のそらでうなずき、レオパーディに殴られたあとが残っている唇に煙草をくわえて、上下に動かした。親指の爪でマッチを擦り、細い煙を吐きだしながら、静かに言う。「いや。警察に連絡するのはあとでいい。とにかく話を聞かせてくれ」

「わたしはKFQC局で歌っているの。一週間に三夜ずつ。自動車会社提供の十五分番組よ。今夜もそうで、アガサといっしょに帰宅したのは、ええっと、十時半近かったかしら。玄関の前で、ソーダを切らしていることを思いだしたので、三ブロック先の酒屋へアガサを買いにやらせ、わたしはひとりで家に入ったの。そのとき、なんか変な臭いがした。よくわからないけど、家のなかに数人の男がいたって感じの臭いよ。寝室に入ると、あの男が倒れていた。いまとまったく同じ状態で。手には拳銃を持っていた。それで、近づいて見ると、とんでもない窮地に立たされたことがわかった。どうしたらいいのか見当もつかない。たとえ警察で嫌疑を晴らすことができたとしても――」

「レオパーディはどうやって家に入ったんだろう」

「さあ、わからないわ」

「話を続けてくれ」

「それからすぐに部屋のドアに鍵をかけ、バスルームへ行き、シャワーを浴びたの。なんとか考えをまとめなきゃならないと思って。そのあと部屋を出て、外からまたドアに鍵をかけた。ベッドの上の死体はそのままにして。そのときには、アガサも家に帰っていたけど、たぶん何も見ていないはずよ。とにかく、シャワーのおかげで、気持ちは少し落ち着いた。それで、お酒を一杯飲んでから、この部屋へ戻ってきて、あなたに電話をかけたの」いったん言葉を切り、指先に息を吹きかけて、左の眉を撫でる。「これでおしまいよ、スティーヴ。これで全部話したわ」

「メイドというのは詮索好きなものと相場が決まっている。おれの目に狂いがなければ、アガサという娘も例外じゃないはずだ」戸口へ歩いていき、ドアの鍵穴を覗きこんで、「この錠をあけられる鍵は、この家に三、四本はあるはずだ」次に窓辺に歩み寄ると、掛け金を調べ、ガラスごしに網戸をチェックする。それから、さりげなく肩ごしに訊く。「レオパーディはきみに惚れていたのかい」

怒気をはらんだ鋭い声がかえってきた。「あの下種野郎が誰かに惚れるなんてことはありえないわ。二年前に、サンフランシスコでいっしょに仕事をしていたころ、根も葉もない噂が立ったことはある。それがまたここで復活し、新聞ダネにまでなったの。レオパーディの公演の前人気を煽るためよ。それで、今日の午後、はっきり言ってやったわ。冗談じゃない、そんな目で見られるのはまっぴらだって。あの男の私生活はほんとにめちゃくちゃなのよ。悪臭がぷんぷん漂っている。業界の人間ならみんな知ってるわ。この業界に身持ちのいい女はそんなに多くいない」

「レオパーディが入れなかった寝室は、ここだけだったってことだね」

ドロレスは赤毛の付け根まで真っ赤になった。

「ぶしつけな質問かもしれないけど、いろいろな角度から考えなくちゃならないんだ。要するにそういうことなんだね」

「ええ、そういうことよ。わたしだけかどうかは知らないけど」

「きみはもうここにいないほうがいい。居間へ行って、酒でも飲んでいてくれ」

ドロレスは立ちあがって、ベッドごしにスティーヴを見つめた。「わかってちょうだい。わたしが殺したんじゃない。家に入れもしなかったのよ。ここへ来るなんて思ってもいなかったし、来る理由もなかった。信じてもらえるかどうかわからないけど、絶対に納得がいかないわ。あれほど人生をおもしろおかしく過ごしている男が、どうして自殺なんかしなきゃならないの」

「わかっている。とにかくきみは居間で一杯やっていてくれ。レオパーディは何者かに殺された。その上で、ジャンボ・ウォルターズに事件を揉み消させるための隠蔽工作が行なわれたんだ。きみはこの部屋にいないほうがいい」

スティーヴはしばらく動かずに立っていた。やがて、居間から物音が聞こえ、ドロレスがそこに行ったことがわかると、ポケットからハンカチを取りだした。レオパーディの右手から拳銃を取り、その表面をハンカチで注意深く拭く。弾倉を抜いて、それも拭く。弾丸も一発ずつていねいに拭く。薬室にあった一発もはじきだして拭く。それから弾丸を装塡しなおして、レオパーディの右手に戻す。指を折って銃把を握らせ、人さし指を引き金にかけさせる。そのあと、その手を自然な角度でベッドの上に戻す。

掛け布を探って、空の薬莢を見つけると、それもハンカチで拭い、元の場所へ戻す。ハンカチを鼻先に持っていき、臭いを嗅ぐ。それからベッドのまわりをまわって、クロゼットの前へ行き、扉をあける。

「服にもう少し注意を払うべきだったな」と、小さな声でひとりごちる。

フックには、クリーム色のカジュアルなジャケットと、トカゲ皮のベルトがついたダークグレーのズボンがかかっている。そのそばに、黄色いサテンのシャツと、ワイン色のネクタイがぶらさがっている。上着の胸ポケットからは、ネクタイと同じ色のハンカチが、四インチほど覗いている。床には、ナツメグ色のガゼル革のスポーツ・シューズと男物の靴下が置かれている。その横に、黒い大きなイニシャルが入った黄色いサテンのショートパンツが落ちている。

ダークグレーのズボンを注意深く探ると、革のキーホルダーが見つかった。部屋を出る。廊下の先に、台所の分厚いドアがある。鍵穴にキーがさしこまれたままになっている。それを引きだして、キーホルダーのキーを全部試してみたが、合うのはひとつもない。元のキーをさしこんで、居間へ入る。そこにいたドロレスには一瞥だにくれずに、居間を横切り、玄関のドアをあけ、外へ出て、ドアを閉める。そこでもキーを試してみる。このときは合うのが見つかった。それでまた家へ入り、寝室に戻って、キーホルダーをダークグレーのズボンのポケットへ戻す。それからふたたび居間へ向かう。

ドロレスは身をこわばらせて、ソファーにうずくまっていた。

スティーヴは暖炉にもたれかかって、煙草に火をつけた。「スタジオできみはアガサとずっといっしょにいたんだね」

首が縦に動く。「そうよ。レオパーディは鍵を持っていたの？　あなたはいまそれを調べていたんでしょ」

「ああ。アガサはここで働きはじめてからどれくらいになるんだい」

「一年くらいかしら」

「手癖は悪くないかい。何かちょっとしたものをくすねるとか」

ドロレスはいらだたしげに肩をすくめた。「それがどうしたって言うの。メイドって、そういうものじゃないの。たしかにいろんなものがなくなるわ。フェイス・クリームとか、おしろいとか、ハンカチとか、ストッキングとか。でも、取るに足りないものばかりよ。本人も悪いことをしているとは思ってない」

「困ったもんだ」

「時間的にもずいぶん無理をきいてもらっている。夜の仕事だから、帰りがとても遅くなるのよ。メイドの仕事だけじゃなく、衣裳係の仕事もしてもらっている」

「ほかに何かおかしなことはないかい。コカインとかマリファナとかは？　アルコールは？　急に笑いだしたりするようなことは？」

「ないわ。いったいあの子が何をしたっていうの、スティーヴ」

「この家の鍵を誰かに売ったんだよ。間違いない。きみはレオパーディに鍵を渡していない。家主が渡したとも思えない。としたら、アガサしかいない。ちがうかい」

 目に驚きの色が宿る。唇が小さく震える。酒は口をつけられないまま、かたわらに置かれている。スティーヴは身を乗りだして、それを一口飲んだ。

「時間の無駄だわ、スティーヴ。警察に電話しなきゃ。わたしたちにできることは何もないわ。わたしはもうおしまいよ。人間としても、女としても。たとえ、痴話喧嘩のあげくにレオパーディを撃ち殺したと思われるのはまず間違いない。そうじゃないとわかったとしても、わたしのベッドの上で自殺したってことになれば、どっちみちわたしのキャリアはおしまいになる。じたばたしても始まらない」

「見ていろ。おふくろがよくおれにしてくれたことだ」

 スティーヴは唇に指をあて、身を乗りだして、その指をドロレスの唇の同じ個所に押しあてた。そして微笑んだ。

「ウォルターズのところへ行くんだ。きみひとりで。ウォルターズに頼んだら、おまわりが夜中にサイレンを鳴らしながら、新聞記者を膝の上にのせてやってくるようなことはない。警察は令状の送達人のように静かにやってくる。ウォルターズにまかせておけば間違いない。おれはいまからアガサに会いにいく。誰に鍵を売ったかを知りたいんだ。おれに二十ドルの借りがあるってことを忘れないでくれ」

 言っておくが、おれは仕事でここに来たんだ。できるだけ早く。

ドロレスは笑いながら立ちあがった。「あなたって、おもしろいひとね。でも、レオパーディが誰かに殺されたと言いきれる根拠はなんなの」

「自分のパジャマを着ていないからだよ。レオパーディのパジャマにはイニシャルが入っている。ゆうべ、やつをホテルから叩きだすまえに、荷物をスーツケースに詰めたときに見たんだ。さあ、服を着がえて、アガサの住所を教えてくれ」

スティーヴは寝室に戻ると、シーツを引っぱりあげ、蠟細工のような顔の上で一瞬手をとめ、それからそこにシーツをかぶせた。

「さようなら、キング。あんたは下種野郎だ。でも、音楽の才能はたしかに持っていた」


それは小さな木造家屋で、ジェファーソン通りにほど近く、ブライトン・アベニューに面し、まわりには玄関の前にポーチがついた古めかしい家が並んでいる。狭いコンクリートの私道は、月の光のせいで白く見える。

スティーヴは石段をのぼって、通りに面した大きな窓に目をやり、カーテンが明かりに縁どられているのをたしかめてから、ドアをノックをした。足を引きずるような音がし、ドアが開き、フックでとめた網戸の向こうに女の顔が現われた。灰色の縮れ毛の、ずんぐりした中年女だ。身体の線がまったくわからないだぶだぶの服を着て、足から脱げそうなくらい大きなスリッパをはいている。テーブルのそばには籐の椅子があり、そこにひとりの男がすわっている。頭はつるつるに禿げあがり、目は白濁している。両手を膝の上に置き、ぼんやりと指の関節をいじっている。ドアのほうへは目を向けようともしない。

スティーヴは言った。「ミス・キオッザの使いの者です。アガサのお母さんですね」

女は暗い声で言った。「ええ。あいにくだけど、娘はまだ帰ってきてませんの」

男がどこからかハンカチを取りだして、洟をかんだ。口もとが気むずかしげに歪む。

スティーヴは言った。「ミス・キオッザは気分がすぐれないようでしてね。娘さんにもう一度来てもらいたいと言っているんです」

男の口もとがまた気むずかしげに歪む。

女は言った。「本当にどこをほっつき歩いているのやら。いつまでたっても、家に帰ってこないんですよ。わたしたちはずっと起きて待ってるんですけど。本当に身が持ちませんわ」

男が甲高い声を張りあげた。「このままじゃ、いつか警察のごやっかいになる日が来る」

「このひとは目が悪くて、ほとんど何も見えませんの。そのせいもあって、いつもいらいらしているんですよ。よろしかったら、お入りになってください」

スティーヴは首を振り、西部劇に出てくる内気なカウボーイのように、手に持った帽子をまわした。「なんとかして娘さんを見つけたいんです。心当たりはありませんか」

「どこかで酒でもくらってるんだろうよ。ネクタイのかわりに絹のハンカチを首に巻いてるような、にやけた野郎といっしょに。この目が見えさえしたら、足腰が立たなくなるまで打ち据えてくれるんだが」

男は椅子のアームを強くつかんだ。手の甲の筋肉が盛りあがる。白濁した目に涙があふれ、白い不精ひげを伝いはじめる。女はそこへ行って、夫の手からハンカチを取り、それで顔を拭いてやった。そのハンカチで自分の洟をかんでから、戸口へ戻ってくる。

「どこにいるか見当もつきません。小さな街なら、まだ探しようがあるんですけど」

「あとで電話します。娘さんが戻ってきたら、引きとめておいてください。ここの電話番号は?」

女は肩ごしに夫に訊いた。「ねえ、何番だったっけ」

「知るもんか」

「そうそう。思いだしたわ。南の一二四五四です。いつでもかけてきてください。ふたりとも外出しなきゃいけない用事はありませんから」

スティーヴは礼を言って、白い私道から通りへ出た。そこから半ブロックほど歩いて、車をとめておいたところへ戻る。なにげなく通りの向こうへ目をやり、車に乗りこもうとして、ドアに手をかけたとき、急に動きがとまった。ドアから手を離すと、三歩横へ動き、口をかたく結んで、通りの反対側を見つめる。

その界隈の家はみな似たり寄ったりで、かわりばえしない。だが、すぐ向かいの家の正面の窓には〝貸家〟の札が貼りつけられ、前の小さな芝地には不動産屋の広告板が立てられている。ひとの気配はなく、がらんとしているが、車まわしには黒い小さなクーペがとまっている。

スティーヴは心のなかでつぶやいた。「どうも臭いぞ、スティーヴ。たしかめたほうがいい」

埃っぽい広い通りをゆっくり横切る。手はポケットのなかの拳銃の固い金属に触れている。車の後ろにまわると、立ちどまって、耳をすます。静かに車の左側へまわり、後ろを振りかえってから、あけっぱなしになった左側前部の窓を覗きこむ。

娘は車を運転しているような姿勢ですわっていた。だが、それにしては、頭が隅のほうに傾きすぎている。頭に小さな赤い帽子をかぶり、身体は毛皮の縁取りがついたグレーのコートに包まれている。反射した月の光のなかで、口がひきつったように開いている。そこから舌が突きでている。栗のような瞳は車のルーフを睨んでいる。

手を触れはしなかった。手を触れたり、顔を近づけたりしなくても、首筋にひどい傷があることはわかる。

「女に対しても情け容赦はないようだな」

助手席には、ブロケード織りの黒い大きなバッグが投げだされ、持ち主の口と同じように大きく開いている。そういえば、マリリン・デロームの口や、マリリン・デロームの紫色のバッグもそうだった。

あとずさりして、車まわしの手前にある小さな棕櫚の木の下に立つ。通りは終演後の劇場のようにひっそり閑としている。それをまた横切って、自分の車に乗りこむ。車を出す。

なんということはない。夜遅くひとりで家路をたどっていた娘が、自宅から少し離れたところで暴漢に襲われ、絞め殺されたというだけの話だ。単純きわまりない。パトカーがここを通りかかり、巡査が居眠りをしていなかったら、〝貸家〟の札が出た家の前にとまっている車をチェックしないわけはない。アクセルを踏みこんで、その場をあとにする。

ワシントンとフィゲロワの通りの角に、終夜営業のドラッグストアがあった。そこに車をとめて、奥の電話ボックスに入り、ドアを閉める。五セント玉を入れて、市警本部の番号をまわす。

受付係に言う。「いまから言うことを書きとめてくれ。ブライトン通り三二〇〇番地の西側、空き家の車まわし。書きとめたか」

「ええ。それがどうかしたんですか」

「そこにとまっている車のなかに、女の死体がある」スティーヴは言って、受話器を置いた。

7

クィランは〈カールトン・ホテル〉の昼間のフロント担当のアシスタント・マネージャーだが、夜間勤務のミラーが一週間の休暇をとっているので、この日は夜に出勤していた。夜中の一時半を過ぎ、まわりはしんと静まりかえっている。退屈だった。ホテル勤務は二十年になる。するべき仕事はとうにすませてしまっている。することはもう何もない。

夜勤のベルボーイはもうすでに後片づけを終えて、エレベーターのそばの控え室に引っこんでいる。エレベーターはいつものように一基だけ明かりがつき、扉が開いている。メイン・ロビーは整然としていて、照明はしかるべきところまで落とされている。すべてが平常どおりだ。

クィランはずんぐりむっくりの体型の持ち主だ。ガマガエルのような目は明るく澄んでいて、実際にはなんの表情もないときでも、親しみやすそうに見える。髪は淡い砂色で、薄い。青白い手は大理石のカウンターの上で組まれている。カウンターに身体を預けていても、そこにへばりついているように見えないくらいの背丈はある。エントランスの向こうの壁に視線をやっているが、本当は何も見ていない。目は大きく見開かれているが、実際は半分眠っている。ベルボーイが控え室でマッチを擦ったら、びっくりして目を覚まし、あわててカウンターの上の呼び鈴を押すにちがいない。

真鍮の枠のドアが開き、スティーヴ・グレイスが入ってきた。薄手のコートの襟を立て、帽子を目深にかぶっている。口の端から煙草の細い煙が出ている。さりげなく、鷹揚に見えるが、警戒は怠っていない。歩いていって、カウンターを指で叩く。

「起きろ!」

目が一インチほど動く。「通りに面したバスつきの部屋なら空いています。でも、八階でパーティを開くのは禁止ですよ。やあ、スティーヴ。お払い箱になったらしいな。なんの落ち度もなかったのに。でも、それが人生ってものさ」

「ああ。新しい警備員は雇ったのかい」

「必要ない。わたしに言わせるなら、必要だったためしは一度もない」

「娼婦をまたレオパーディのような男の近くに泊めたら、必要になるはずだ」

クィランは目を閉じ、これまでと同じように大きく開いてから、さあらぬ態で答えた。

「わたしじゃない。でも、誰にだって間違いはある。ミラーの本業は経理だ。フロントじゃない」

スティーヴは身体を起こした。顔にはなんの表情も浮かんでいない。煙は煙草の先端にまとわりついている。目は黒いガラス玉のように見える。口もとに、思わせぶりな笑みが浮かぶ。

「だったら、レオパーディはなぜ最上階の二十八ドルの部屋でなく、八階の八ドルの部屋に泊まったんだろう」

クィランは微笑んだ。「部屋を決めたのも、わたしじゃない。本人がそれを望んだんじゃないのか。前もってそういうリクエストを入れてたんだろう。倹約家はどこにでもいる。ほかに質問は、ミスター・グレイス」

「ある。ゆうべ八一三号は空いていたのか」

「ああ、空いていた。修繕中とのことだった。水道工事か何かだろう。次は?」

「修繕中のしるしは誰がつけたんだい」

クィランは答えなかった。深く明るい目に好奇の色が浮かび、視線がすわる。

スティーヴは言った。「つまり、こういうことだ。レオパーディは八一五号室に、女たちは八一一号室に部屋をとっていた。そのあいだにあるのは八一三号室だけだ。そこの鍵を持った者なら、八一三号室に入って、連絡ドアの差し錠をはずすことができる。その両側の部屋からも、同じように連絡ドアの差し錠をはずしたら、三室は続き部屋になる」

「だから、どうだというんだい。八ドルの宿代を取りそこねたということかね。べつに珍しいことじゃない。もっと高級なホテルでも、よくあることだ」目がまた眠たげになる。

「ミラーがやった可能性はある。でも、それじゃ筋が通らない。ミラーはそんなことをするような男じゃない。一ドルの袖の下で仕事を棒に振るなんて愚の骨頂だ。ミラーがそんなことをして小銭を稼いでいるとは思えない」

「よかろう。だったら、本当のところはどんなふうに考えているんだい」

「八一一号室の女のひとりは拳銃を持っていた。昨日レオパーディは脅迫状を受けとっている。どこで、どうやって受けとったのかは知らない。でも、レオパーディは意に介さず、脅迫状を破いて捨てた。それが部屋の屑かごに捨てられていたんだ。レオパーディの一党はみなもうすでにここを引き払ったんだな」

「もちろん。ノーマンディーへ移ったよ」

「だったら、ノーマンディーへ電話して、レオパーディを呼びだしてくれないか。もしそこにいたら、いまもまだ仲間たちといっしょに酒壜を握りしめているはずだ」

「どうしてわたしがそんなことをしなきゃいけないんだい」

「あんたは親切な男だから。レオパーディが出たら、すぐに電話を切ってくれ」少しの間のあと、スティーヴは顎を強くひねった。「もしそこにいなかったら、どこに行ったか訊きだしてくれ」

クィランは身体を起こし、ひとしきり黙ってスティーヴを見つめてから、石目ガラスの仕切りの向こうへ姿を消した。スティーヴは片手を握りしめ、もう一方の手で大理石のカウンターを優しく叩きながら、静かに待った。

三分ほどで、クィランは戻ってきて、またカウンターによりかかった。「いなかった。ノーマンディーでは、豪華なスイートをとったらしい。連中はそこでまたパーティを開いている。受話器の向こうから、どんちゃん騒ぎの音が聞こえてきたよ。でも、電話に出た男は、まだそんなに酔っぱらっちゃいなかった。なんでも、十時ごろレオパーディに電話がかかってきたらしい。女からだ。それで、めかしこんで出かけた。こんなおいしい話はないとかなんとか言いながら。相手はほろ酔い気分だったので、話を聞きだすのはわけもなかったよ」

「あんたはおれのかけがえのない友人だ。でも、これ以上のことは話せない。ここでの仕事は楽しかったよ。といっても、仕事らしい仕事はほとんどしていなかったが」

スティーヴはエントランスのドアのほうに向かって歩きだした。真鍮のハンドルに手をかけたとき、呼びとめられたので、振りかえって、ゆっくりと戻っていく。

クィランは言った。「きみはレオパーディに撃ち殺されかけたそうだな。でも、みんな知らんぷりをしている。フロントにはなんの報告も入っていない。ピーターズは八一五号室の鏡が割れているのを見て、はじめて事の重要性がわかったみたいだ。もし戻ってくる気があるのなら、スティーヴ——」

スティーヴは首を振った。「気持だけをありがたく受けとっておくよ」

「発砲事件というと、思いだすことがある。二年前、八一五号室で娘が拳銃で自殺したんだ」

身体が跳ねあがりそうに見えたくらいに急に背中がのびる。「娘というと？」

クィランはきょとんとした顔をしていた。「さあね。名前すら覚えちゃいない。男にさんざんもてあそばれて、耐えられなくなり、清らかなベッドで死にたくなったって話だ」

スティーヴは手をのばして、クィランの腕をつかんだ。「ホテルのファイルを見たい。そこには、新聞の切り抜きか何かが保管されているはずだ」

長い間のあと、クィランは言った。「きみがどんなゲームをしているのかは知らないが、余計な危険をおかす必要はない。わかるな。夜は長い。ちょうどわたしは暇をもてあましていたところなんだ」

クィランは手をのばして、カウンターの上の呼び鈴を押した。エレベーターのそばのドアが開き、ベルボーイがロビーを横切ってやってきた。スティーヴを見ると、にっこり笑って会釈をした。

クィランは言った。「しばらくここの番をしていてくれ、カール。わたしはミスター・ピーターズのオフィスに行ってくる」

そして、金庫の前に行き、鍵束を取りだした。

8

その家は高い山の中腹にあり、鬱蒼と茂った松や樫や杉の木立を背にして立っていた。石造りの煙突、こけら板で葺かれた屋根。造りがしっかりしているので、山の斜面にあっても不安定な感じはしない。昼の光の下では、屋根は緑、側面は沈んだ赤褐色、窓枠とカーテンは赤く見えるにちがいない。十月なかばの山の月は気味が悪いほど明るく、建物の色はわからないが、輪郭は細部まではっきり見える。

それは道路が途切れるところにあり、四分の一マイル以内には一軒の家もない。午前五時、ヘッドライトを消したまま、スティーヴはカーブを切り、めざす家が見えると、すぐに車をとめた。砂利敷きの道の両側に生えた野生のアイリスの絨毯の上を静かに歩きはじめる。

ポーチに通じる急な坂道の手前に、粗削りのパイン材張りの車庫があった。鍵はかかっていない。ゆっくりドアをあけると、手探りで奥に進み、黒っぽい車体の前に出て、ラジエターの上端に手を触れる。まだあたたかい。ポケットから小さな懐中電灯を取りだして、光を車にあてる。埃まみれになったグレーのセダンだ。ガソリンのゲージを見ると、残量はわずかしかない。懐中電灯を消して、車庫の扉をゆっくり閉め、かんぬきがわりに木片をさしこむ。それから山荘に通じる坂道をあがっていく。

赤いカーテンごしに、明かりがともっているのがわかる。高いポーチには、皮がついたままの杜松《ネズ》の薪が積みあげられている。玄関のドアの鍵穴の上には、錆びたハンドルがついている。

ここからは足音に注意を払うこともなく、普通の足取りで階段をあがっていく。ポーチを横切ると、手をあげ、大きなため息をついてから、ノックをする。上着のポケットのなかで、手が拳銃のグリップに触れる。だが、結局は空手のままポケットから出す。

椅子がきしり、足音が床を横切り、低い声が聞こえた。「どちらさん？」ミラーの声だ。

スティーヴはドアに口を近づけて言った。「スティーヴだ、ジョージ。もう起きているのかい」

錠がまわり、ドアが開く。〈カールトン・ホテル〉の夜間のフロント係ジョージ・ミラーは、いつものようには垢抜けて見えなかった。このときのいでたちは、古ぼけたズボン、厚ぼったい丸首の青いセーター。それに、畝織りのウールの靴下と、フリースの裏地がついたスリッパをはいている。黒い短い口ひげは、白い顔についた汚れのように見える。高い天井の下に渡された梁には、ふたつの裸電球がぶらさがっている。卓上スタンドのシェードは、革張りの大きな肘掛け椅子のほうに傾けられている。大きな暖炉には、柔らかい灰の山ができ、火がとろとろと燃えている。

ミラーは低く、しわがれた声で言った。「びっくりしたよ、スティーヴ。よく来てくれたね。どうやってここがわかったんだい。とにかく入ってくれ」

スティーヴが戸口を抜けると、ミラーはドアに錠をおろした。

「街の習慣でね。山じゃ誰も鍵なんかかけないんだが。すわって、足をあたためてくれ。こんな時間じゃ、外はずいぶん寒かっただろ」

「ああ、けっこう冷えるね」

スティーヴは肘掛け椅子に腰をおろして、帽子とコートを後ろの木のテーブルの端に置いた。前かがみになって、暖炉の火に手をかざす。

「どうやってここがわかったんだい」ミラーはあらためて訊いた。

スティーヴは前を向いたまま答えた。「そんなに簡単じゃなかった。ゆうべ、あんたは弟さんが山小屋を持っているという話をしただろ。だから、ふと思いたって、朝メシを呼ばれにきたんだよ。どうせすることはないんだし。最初はクレストラインの酒場で訊いたんだが、客は通りすがりの余所者《よそ》ばかりだから、誰がどこに山荘を持っているかなどといったことを知っている者はひとりもいない。そのあと、自動車の修理工場へ寄ったんだが、やはりミラーという名前に心当たりはないと言う。それからしばらくして、石炭や材木置き場が並んでいるところを走っていたとき、道の向こうから一台の車が走ってきた。その車に乗っていたのは、森林監視員と保安官助手を兼ねた男でね。ほかにも薪やガソリンの小売り商といった半ダースほどの職業を持っているらしい。サン・バーナーディーノまでガス・タンクを買いにいく途中だと言っていた。ずいぶん頭の回転のいい男でね。あんたの弟がボクサーだったという話をした瞬間、それが誰かわかった。そのおかげで、ここにたどりつけたんだよ」

ミラーは口ひげに手をやった。奥のほうでベッドのスプリングがきしむ音がした。

「そうなんだ。弟はまだリング・ネームで通してる。ガフ・タリーだ。起こしてくるから、いっしょにコーヒーでも飲もう。われわれは同業者だ。いつも夜に仕事をしているので、どうしても寝つきが悪くてね。今日はまだ一睡もしてない」

スティーヴはミラーに目をやり、それから目をそらした。後ろのほうから、ぶっきらぼうな声が聞こえた。「おれは起きてるぜ。誰と話をしてるんだい、兄き」

スティーヴはゆっくり立ちあがった。振りかえって、まず最初に見たのは、その男の手だった。見ずにはいられなかった。大きな手で、汚れてはいないが、無骨で、醜い。関節のひとつが潰れている。大柄で、髪は赤っぽい。ネルのパジャマの上から、バスローブをだらしなくはおっている。無表情で、顔は革を貼りつけたように見える。頬骨と眉の上と口の端に、白く細い傷痕がある。鼻はひしゃげている。顔全体にパンチのあとが残っている。目以外は、兄とどこも似ていない。

ミラーは言った。「こちらはスティーヴ・グレイス。ホテルの警備員だ。昨日の夜まではね」口もとには、曖昧な笑みが浮かんでいる。

ガフが近づいてきて、握手をした。「よろしく。着がえをすませたら、すぐに朝メシをつくるよ。ゆうべはよく寝た。でも、兄きは眠れなかったようだな。同情するよ」

ガフはあともどりしかけたが、戸口の前で立ちどまると、古い蓄音機の前で腰をかがめ、積みあげられたレコードの後ろに手を入れた。そこで動きがとまった。

「新しい勤め先は見つかったかい、スティーヴ」ミラーは言った。「それとも、まだ探していないのかい」

「見つかるには見つかった。笑われるかもしれないが、私立探偵業を始めるつもりでいるんだ。なんの宣伝もしていないから、仕事が入ってくるあてはないがね」スティーヴは肩をすくめ、それから静かに言った。「キング・レオパーディが殺された」

ミラーは大きく口をあけた。その状態が一分近く続いた。口をあけたまま、微動だにしない。ガフ・タリーは蓄音機によりかかるようにして見ている。顔にはなんの表情も浮かんでいない。

しばらくしてミラーはようやく言った。「殺された？　どこで？　まさか――」

「幸いなことに、ホテルじゃない。女の家で殺されたんだ。おかしな女じゃない。つまり、その女がレオパーディを家に引っぱりこんだのじゃないってことだ。自殺のように見えるが、それは単なる見せかけでしかない。その女がおれの最初の依頼人なんだ」

ミラーは動かなかった。ガフも同じだった。

スティーヴは暖炉の石に肩をもたせかけて、穏やかな口調で話を続けた。「昨日の午後、おれは〈クラブ・シャロット〉へ行ったんだ。レオパーディに一言詫びを入れておこうと思ってね。理屈にあわない話であることはわかっている。こっちにはなんの非もないんだから。レオパーディは女といっしょにラウンジにいた。おれがそこに行くと、いきなり三発のパンチをくれて、そのまま出ていった。女はそれを見て、露骨にいやな顔をしていた。で、酒を飲みながら、話をすると、なんというか、妙に気が合ってね。それで、今夜、いや、もう昨夜になるが、その女からさっそく電話がかかってきた。レオパーディが家に来て、酔いつぶれ、追っ払えないと言うんだ。行ってみると、酔いつぶれているんじゃなくて、死んでいた。ベッドの上で。黄色いパジャマ姿で」

ガフは左手をあげ、髪に指を走らせた。ミラーはテーブルの端にゆっくりと手をついた。まるで手を切るのを恐れているみたいに。黒く短い口ひげの下で、唇がひくひくと震えている。

「ひどい」と、かすれ声で言う。

「こぼれたミルクは戻ってこないさ」と、ガフ。

「だが、着ていたパジャマは本人のものじゃなかった。本人のものには、黒い大きなイニシャルが入っていた。シルクじゃなくて、サテンだ。その手には、拳銃が握られていた。しかも、さっきの女の拳銃だ。でも、自殺じゃない。警察で調べたら、すぐにわかることだ。あんたたちは知らないかもしれないが、ランド・テストといって、固形パラフィンを使って、その拳銃が最近使用されたかどうかを調べる方法がある。本来なら、殺しは昨夜〈カールトン・ホテル〉の八一五号室で行なわれるはずだった。八一一号室にいた黒髪の女が手を下すはずだった。だが、そのまえにおれがレオパーディを追っぽりだしたから、計画はおじゃんになってしまった。そうだろ、ジョージ」

「さあ。どういう意味かよくわからないね」

「いいや、あんたにはよくわかっているはずだ、ジョージ。レオパーディが八一五号室で殺されていたら、それはまさしく正義の裁きになっていただろう。なぜかと言うと、そこは二年前に娘が自殺した部屋だったからだ。その娘の名前は、宿帳ではメアリー・スミス。通称はイヴ・タリー。本名はイヴ・ミラーだ」

ガフは蓄音機の上に身を乗りだしたまま濁み声《だ》で言った。「おれはまだ寝ぼけてるのかな。悪い冗談を聞かされているとしか思えない。おれたちにはイヴという妹がたしかにいた。〈カールトン・ホテル〉で自殺したのも事実だ。それがどうしたと言うんだ」

スティーヴは口もとをかすかに歪めた。「いいかい、ジョージ。女たちを八一一号室に入れたのはクィランだとあんたは言った。でも、それはちがう。そうしたのはあんただ。あんたの話だと、レオパーディが最上階のスイートではなく、八階に部屋をとったのは、節約のためとのことだった。それもちがう。レオパーディにしてみたら、女が手に入るところなら、どの部屋でもよかったんだ。あんたはそれを見越して、お膳立てを整えた。さらには、ピーターズをけしかけて、サンフランシスコの〈ローリー・ホテル〉に滞在していたレオパーディに手紙を書かせ、この街へ来たら、〈カールトン・ホテル〉を使うようにと依頼させた。〈カールトン・ホテル〉と〈クラブ・シャロット〉のオーナーは同一人物だ。ジャンボ・ウォルターズのような人間はバンドマンの宿泊場所にも口を出したがるものだと思わせるのは、さほどにむずかしいことじゃない」

ミラーは表情を失い、死人のように青ざめている。声はひび割れている。「いったいなんの話をしているんだ、スティーヴ。どうしてわたしが――」

「すまない。あんたといっしょに仕事をするのは楽しかった。おれはあんたに好意を持っていた。いまでもそうだ。でも、女を絞め殺すようなことが許されるわけはない。復讐のための殺人を隠蔽するために、女に罪をおっかぶせようとするなどもってのほかだ」

スティーヴは手をあげかけたが、途中でとめた。

「動くんじゃない。これを見ろ」ガフは言った。レコードの山の後ろから、手が現われた。その手には、四五口径のコルトが握られている。嚙みしめた歯のあいだから、低い声が出てくる。「おれは前々からホテルの警備員ふぜいにろくな人間はいないと思っていた。でも、そうじゃなかった。あんたは利口な男だ。ということは、コート通りの一一八番地へも行ってみたんだろうな」

スティーヴはからっぽの手を下におろし、コルトをまっすぐ見すえた。「もちろん。そこには娘の死体があった。首にはあんたの指のあとが残っていた。警察がそれを見逃すようなことはない。ドロレス・キオッザの使用人を同じ手口で殺したのはまずかった。ふたつの指のあとを照合し、黒髪の女が昨夜〈カールトン・ホテル〉にいたことを突きとめたら、筋書は簡単に見抜ける。ホテルで話を聞けば、間違えるようなことはまずない。逃げる気なら、二週間の猶予をやる。急いだほうがいい」

ミラーは乾いた唇を舌で湿し、穏やかな口調で言った。「いいや、スティーヴ。何もあわてることはない。やるべきことはやった。いたらないところもあったし、きれいなやり方でもなかった。でも、仕方がない。そもそもがきれいな仕事じゃないんだから。

レオパーディは最低の下種野郎だ。あいつのせいで、かわいい妹はぼろぼろにされてしまった。あのような遊び人にかかっちゃ、年端もいかない純真な小娘はひとたまりもない。あの野郎はちょっと名前が売れると、すぐに自分にお似あいの別の女に乗りかえた。赤毛のシンガーだ。妹は捨てられ、傷心のあまり自殺した」

スティーヴは辛辣だった。「なるほど。で、そのあいだ、あんたたちは何をしていたんだい。指の爪の手入れに余念がなかったと言うのか」

「そのとき、われわれは近くにいなかったんだ。何があったのかわかったのは、しばらくたってからのことだ」

「それで四人も殺したのか。ドロレス・キオッザについて言うなら、あのときだって、あのあとだって、レオパーディとねんごろになったことは一度だってない。それなのに、あんたたちは彼女をくだらない復讐劇に巻きこもうとした。胸が悪くなるよ、ジョージ。あんたのタフな弟に殺人ごっこを続けるように言ったらどうだい」

ガフはにやりと笑った。「おしゃべりはもうたくさんだ、こいつが拳銃を持ってないかどうか調べてくれ、兄き。でも、真後ろや真正面には立たないように。このハジキはふたりの人間の身体を軽くぶち抜ける」

スティーヴは大男の四五口径をじっと見つめていた。その表情は白い陶器のように硬い。唇はかすかに歪み、目は冷たく暗い。

フリースの裏地がついたスリッパがゆっくり動きだす。ミラーはテーブルの端をまわって、スティーヴの横に立つと、手をのばしてポケットを叩いた。それから一歩あとずさりして指さす。「そこだ。そこにある」

スティーヴは静かに言った。「おれは馬鹿だったよ。その気になれば、あんたを殺すこともできたんだぜ、ジョージ」

ガフが声を張りあげた。「そいつから離れてろ」

それから、つかつかと部屋を横切り、コルトをスティーヴの腹に強く押しつけた。左手をあげ、上着の内ポケットからディテクティヴ・スペシャルを取りだす。目は鋭くスティーヴを見つめている。手に持った拳銃を背中の後ろにまわして言う。「これを持っててくれ、兄き」

ミラーは拳銃を受けとると、またテーブルの向こうへまわって、いちばん遠いところの角に立った。

ガフも後ろへさがる。「おまえはもうおしまいだ。わかるな。生きて、この山から出ていくことはできない。時間はたっぷりある。それに、おまえはこの話をまだ誰にもしてないんだろ」

スティーヴは岩のように動かなかった。顔は青白く、唇の端は歪んでいる。拳銃を見つめている目には、かすかにとまどいの色がある。

「ほかに方法はないのか、ガフ」ミラーは言った。その声に普段の陽気さはない。低く、しわがれている。

スティーヴは首をまわして、ミラーのほうを向いた。「ないようだな、ジョージ。結局のところ、あんたたちはチンケな悪党でしかなかった。男に手ごめにされた娘の復讐劇を演じる醜悪なサディストでしかなかった。とんだ茶番さ。そして、いまは単なる冷血漢だ。血も涙もない冷血漢だ」

ガフは笑って、リボルバーの撃鉄を親指で起こした。「祈りの言葉を唱えていないな」

スティーヴはしかつめらしく言った。「そんなものでおれを殺すつもりなのか。弾丸は入っていないぜ。女をやるときのように、手を使ったほうがいいんじゃないのか」

目が曇り、ちらっと下を見る。それから、また笑う。「やれやれ。そんな一フィートもの手垢にまみれた古い手が通じると思ってるのか。見ていろ」

拳銃を床に向け、引き金をひく。撃鉄がカチッと乾いた音を立てる。薬室はからっぽだ。顔がひきつる。

しばらく誰も動かなかった。ガフはゆっくり身体の向きを変え、兄の顔を見つめた。

「もしかしたら……」

ミラーは唇をなめ、唾をのみこんだ。少し口を動かしたあと、ようやく言葉が出てくる。「そういうことだ、ガフ。スティーヴが車を降り、車庫へ入っていったとき、わたしは窓辺に立って見ていたんだ。車がまだあたたかいってことはわかっていた。人殺しはもういい、ガフ。もうたくさんだ。だから弾丸《たま》を抜いておいたんだよ」

親指が動いて、ディテクティヴ・スペシャルの撃鉄を起こす。ガフは目を丸くして、短銃身の拳銃を見つめた。それから、弾丸の入ってない拳銃を振りまわしながら、そっちのほうへ猛然と向かっていった。ミラーは足を踏んばり、微動だにせず、老人のように弱々しい声で言った。「さようなら、ガフ」

小さなきれいな手のなかで、拳銃が三度跳ねあがる。銃口から煙が立ちのぼる。暖炉のなかで燃えている薪が倒れる。

ガフは奇妙な笑みを浮かべて、腰を折り、そこで動きをとめた。拳銃が足もとに落ちる。大きな手で腹をおさえ、かすれた声でゆっくりと言う。「いいんだ、兄き。いいんだよ。おれは……おれはもう……」

声は尻すぼまりになり、両方の脚がねじれはじめる。スティーヴはすばやく静かに三歩前に進んで、ミラーの顎を強く殴った。ガフのほうは木が倒れるときのようにゆっくりと崩れ落ちつつある。

ミラーは部屋の端まで吹っ飛ばされ、奥の壁にぶつかった。棚から青と白の皿が落ちて割れる。手から拳銃が滑り落ちる。スティーヴはそこへ行って拳銃を拾いあげた。ミラーはうずくまったまま弟を見つめている。

ガフは頭を垂らし、両手を床につっぱらせ、だが、急に力尽きたように静かにくずおれた。それからはなんの物音も立てなかった。

赤いカーテンの周囲から朝日がさしこんできた。炉床の脇の薪が割れて、くすぶりはじめる。あとは柔らかな灰の山になっていて、芯だけがかすかに赤い。

スティーヴは小さな声で言った。「あんたのおかげで、ジョージ、おれは命を救われた。少なくとも、余計な撃ちあいにならなくてすんだ。おれがこんな危険をおかしたのは証拠がほしかったからだ。そこの机で一部始終を書面にしたため、署名をしてくれ」

「弟は死んだのか」ミラーは訊いた。

「死んだ。あんたが殺したんだ、ジョージ。それも書いておいてくれ」

「おかしな話だよ。わたしは自分の手でレオパーディを殺したかった。やつが得意の絶頂にいるとき、絶望のどん底に突き落としてやりたかった。そうしたら、あとはどうなってもよかった。ところが、ガフはうまく罪を免れようとした。一度もパンチをよけようとしたことのない無教養な荒くれ者が、小細工を弄し、器用に立ちまわろうとした。もっとも、そういう計算高いところがなければ、ジェイク・ストヤノフが管理人をしていたコート通りのアパートメントのオーナーにはなれなかっただろうがね。ドロレス・キオッザの使用人をどうやって殺したかは知らない。でも、それが大きな問題になるとは思えない」

「その旨も書いておいてくれ。あんたは電話で女の声音を使ってレオパーディを呼びだした。ちがうか」

「そうだ。そのことも書いておくよ。署名しおわったら、一時間ほど猶予をくれないか。頼む、スティーヴ。一時間だけでいい。きみとは長い付きあいだ。それぐらいの頼みはきいてくれたっていいだろう」ミラーは微笑んだ。力のない、弱々しい微笑だ。

スティーヴは床に倒れている男のかたわらに膝をついて、頸動脈に手をやり、それから顔をあげた。「完全に死んでいる……よかろう。一時間の猶予をやる。ただし全部書きおえたらだ」

部屋の隅に、色あせた真鍮の釘が打たれた、背の高いオークのライティング・ビューローがあった。ミラーはそこへ静かに歩いていき、垂れ板をおろして、その前の椅子にすわった。ペンを取り、インク壜の蓋をあけ、いかにも経理係らしいていねいな筆跡で書きはじめる。

スティーヴ・グレイスは暖炉の前にすわり、煙草に火をつけて、灰を見つめた。拳銃を持った左手は膝の上に置かれている。外で小鳥がさえずりはじめた。屋内ではペンを走らせる音しか聞こえない。

9

　スティーヴが山小屋のドアに鍵をかけて、急な坂道を降り、狭い砂利道を車のほうへ歩きはじめたとき、日はもうすでに高くのぼっていた。車庫はからっぽで、そこにグレーのセダンはなかった。近くの山小屋から立ちのぼる煙が、そこから半マイルほど離れた松や樫の林の上に棚引いている。車を出すと、カーブを曲がり、二台の古い有蓋貨車を改造した住居の前を抜け、中央分離帯のある主要道路に出る。そこからクレストラインの丘をのぼりはじめる。

〈世界の果て〉という小さなホテルの前で車をとめ、カウンターでコーヒーを一杯飲む。それから、人けのないラウンジの奥の電話ボックスに入る。長距離のオペレーターが出ると、ロサンジェルスのジャンボ・ウォルターズの自宅の番号を聞きだし、そこにつないでもらう。

「ウォルターズ宅でございます」絹のように滑らかな声がかえってきた。

「スティーヴ・グレイスという者だ。ミスター・ウォルターズにかわってくれ」

「少々お待ちくださいませ」

カチッという音がし、今度はさほどに滑らかではない、どちらかというと耳障りな声が聞こえた。「どちらさん」

「スティーヴ・グレイスという者だ。ミスター・ウォルターズにお話ししたいことがある」

「悪いが、あんたの名前には聞き覚えがない。それにまだ時間が早すぎる。用件は？」

「ミスター・ウォルターズはミス・キオッザのところへ行ったかい」

「なんだって？」少し間があった。「なるほど。探偵さんか。わかった。切らずに持っていてくれ」

次に聞こえたのは、かすかにアイルランド訛りのある、ものうげな声だった。「ウォルターズだ。話を聞かせてもらおう」

「わたしはスティーヴ・グレイスという者で――」

「わかっている。ミス・キオッザのことなら心配ない。いまはうちの二階で眠っている。それで？」

「わたしはいまクレストラインにいる。アローヘッド坂のてっぺんだ。ふたりの男がレオパーディを殺害した。ひとりはジョージ・ミラーという、〈カールトン・ホテル〉の夜間のフロント係だ。もうひとりはその弟で、ガフ・タリーというボクサーあがりだが、もう生きていない。兄に撃たれて死んだ。ミラーは逃げたが、わたしの手もとには、署名入りの自供書が残っている。完全なもので、細部まで仔細に書きとめられている」

「きみはずいぶん利口な男のようだ。でなかったら、単なる狂人だ。いますぐこっちに来てくれ。殺害の動機はわかっているのか」

「連中には妹がいた」

「妹？……犯人のひとりは逃げたと言っていたな。田舎者の糞まじめな保安官や、名前を売りたがっている地方検事に余計なことを嗅ぎまわられたくないんだが」

「心配することはない、ミスター・ウォルターズ。どこへ行ったかは見当がついている」

　スティーヴはそこで朝食をとった。腹が減っていたからではない。食べないと、力が出ないと思ったからだ。ふたたび車に乗りこむと、クレストラインからサン・バーナーディーノに向かうなだらかな坂道を下りはじめる。それは切りたった深い崖に沿って走る広い舗装道路で、絶壁に面したところには白い防護柵がめぐらされている。

　それを二マイルほど下ったところが現場だった。道路は山の斜面に沿って鋭いカーブを描いている。道路わきの砂利の上に数台の車がとまっていた。パトカーやレッカー車も来ている。防護柵は突き破られ、人々はそこから崖の下を見おろしている。

　その八百フィート下には、グレーのセダンの残骸が朝日を受けて静かに横たわっていた。

ベイシティ・ブルース

Bay City Blues

横山啓明=訳

1　シンデレラの自殺

　隣の〈マンション・ハウス〉ホテルのカフェから、魚の臭いが漂ってきて、その上にガレージを建てられるほど濃厚だったので、おそらく金曜日のことだろう。その臭いを別にすれば、暖かい春の日は気持ちよく、太陽は西へ傾いていき、これで一週間、仕事にあぶれたことになる。わたしは、いつものようにデスクにかかとを載せ、くさび形に差し込む太陽の光に足首をさらしていると電話が鳴った。電話機にかぶせていた帽子をとり、送話口に向かってあくびをした。

　相手が言った。「聞こえたぞ。恥を知れよ、ジョニー・ダルマス。オーストリアン事件のことは聞いているか？」

　保安官事務所殺人課のヴァイオレッツ・マッギーだ。とてもいいやつだが、ひとつだけ悪い癖がある――さんざん引きずりまわされた揚げ句、中古のコルセットさえ買えない安い報酬の仕事しかよこさないのだ。

「いや」

「ありふれた事件なんだが、場所がビーチ、つまり、ベイシティでな。あのちっぽけな街は、この前の市長選でまた悪臭を撒き散らしたって話だし、おまけに保安官があそこに住んでるんで、機嫌をとっておきたいんだよ。おれたちは選挙には関係してないぜ。どうやら、賭博関係の兄さんたちが、選挙資金として三万ドル献金したようで、おかげで、安レストランじゃあ、メニューと一緒に競馬新聞も席まで持ってきてもらえるようになった」

わたしはもう一度あくびをした。

マッギーはどら声をあげた。「おい、また聞こえたぞ。興味がないなら勝手にしな。すべてなかったことにする。あいつの話だと、ちょっとした金になりそうなんだがな」

「あいつってのは誰だ？」

「マトスンってやつで、死体を発見したのさ」

「死体？」

「オーストリアン事件のことは、なにも知らないんだな？」

「そう言わなかったっけな？」

「さっきからあくびと質問ばかりだ。よし、説明しよう。このままだと、やつは哀れにもあの世行きで、あとは市警の殺人課の手を煩わせることになる。いまこの街にいるんでね」

「あの世行きって、そのマトスンってやつがか？　誰が消すんだ？」

「なあ、それがわかってれば、やつだって探偵を雇おうなんて気にはならんだろう。ついでに言っておくと、ちょっと前にどじを踏むまでマトスンは、あんたと同業だったんだよ。ところが今じゃあ、銃を持った連中が、目を光らせてるんで、外を歩くことすらできないでいる」

わたしは言った。「こっちに来ないか。左手が疲れてきた」

「勤務中だ」

「下の酒屋まで、V・Oスコッチのクォート瓶を買いに行くところなんだ」

「ドアにノックの音が聞こえたら、おれだよ」マッギーは言った。

三十分もしないうちにマッギーはやってきた――陽気な顔をした大柄な男で、髪は銀色、顎にへこみがあり、小さな口は赤ん坊にキスをするためにすぼめたみたいだ。ぱりっとアイロンのかかった青いスーツ、先が四角い靴は磨き込まれ、腹を横切る金鎖にはヘラジカの歯がぶらさがっている。

太った男のご多分に漏れず、注意を払いながら腰をおろすと、ウィスキーの蓋をあけ、真剣な顔をして匂いをかぎ、バーでやっているように、高い酒の瓶に安酒を入れていないか確かめた。それからタンブラーになみなみと注ぐと、口に含んで舌先に転がしながら、わたしのオフィスを眺めた。

「座ったまま仕事を待っているのも道理だ。最近じゃあ、見てくれもだいじだからな」

「ちょっとは気前のいい仕事をまわしてくれよ。それで、マトスンとオーストリアン事件だが」

マッギーはタンブラーをからにすると、お代わりを注いだが、今度は控えめだった。わたしがタバコをもてあそんでいるのをじっと見つめる。

「排ガス自殺だよ。オーストリアンって名前のブロンド女で、ベイシティに住む医者の女房だ。旦那は、ハリウッドの飲んだくれへぼ役者どもが朝飯のときにはしゃんとできるように、ひと晩じゅう駆けずりまわっている。それで女房は、遊び歩いてたってわけだ。自殺した夜は、ビーチ北側の丘にあるヴァンス・コンリードのクラブにいた。この店は知っているか？」

「ああ。昔、ビーチ・クラブだったところだろう。こざっぱりとしたプライヴェート・ビーチを見下ろして、脱衣所の前にはハリウッド一きれいなおみ脚が並んでたもんだ。で、その女はそこにルーレットをしに行ったんだろう？」

マッギーは答える。「この郡に賭博場があるとしたら、〈クラブ・コンリード〉はそのひとつだろうし、ルーレットだってあるにちがいない。となれば、ルーレットをやったんだろうな。聞くところによると、コンリードとこっそりと楽しむほうが好きなようで、ルーレットは余興みたいなものだったらしい。それで、負けちまった。ルーレットってのは、勝てないようにできてるんだ。その晩、彼女は有り金すっちまって頭に血がのぼり、大騒ぎをしでかした。コンリードは私室へ連れていって、時間外医師連絡センターに電話して医者、つまり旦那を呼んだ。それで、旦那が来ると――」

「ちょっと待ってくれ。なにもかも見てきたような口ぶりだが、証拠があるなんて言わないでくれよ――この郡に賭博組織があるとして、やつらが尻尾をつかませるわけないだろう」

マッギーは哀れむようにこちらを見た。「女房の弟が、ベイシティの三流新聞社で働いている。彼女の死因審問は行なわれなかった。とにかく、旦那はコンリードのクラブに駆けつけ、腕に注射針を突きたてて落ち着かせた。ところが、〈ブレントウッド・ハイツ〉に住む若い女を診察しなければならず、女房を家に連れ帰ることができなかったんだ。そこで、ヴァンス・コンリードが自家用車で家へ送り届け、そのあいだに旦那は診療所の看護婦に電話して、落ち着くまで付き添うように頼んだ。ことはそのように進み、コンリードはクラブへ帰り、看護婦はオーストリアンの女房がベッドで寝入るのを見届けて家をあとにし、メイドも寝床へ戻った。これがおそらく真夜中か、もう少し遅い時間だ。

さて、それで夜中の二時頃、このハリー・マトスンって男が、たまたま医者の家の前を通りかかる。マトスンはあの近辺で夜警派遣会社をやっていて、あの晩は、自ら勤務についていたのさ。オーストリアンの家の前を歩いていると、暗いガレージのなかでエンジン音が響いているのに気づき、調べになかへ踏み込んだ。すると、ブロンドのきゃしゃなご婦人が、すけすけのパジャマを着て、室内履きをつっかけただけの姿で仰向けに倒れ、イグゾーストパイプから噴き出す煤に髪の毛を黒く染めてたのさ」

マッギーはここで言葉を切り、ウィスキーを少し口に含むとふたたびオフィスを見まわした。夕日の名残が、路地に面した窓の下枠にたゆたい、外の細長い闇へ落ちていく。

「それで、あの馬鹿はなにをしたか」マッギーはシルクのハンカチで唇をぬぐいながら言った。「女が死んでいると決め込んだ。まあ、おそらくそのとおりだったんだろうが、ガス中毒ってのは、速断してはならない。例のメチレンブルーを投与するという新しい治療が――」

「なあ、それで、そいつはなにをやらかしたんだ？」

マッギーは顔をしかめながら言った。「警察に連絡しなかったんだよ。車のエンジンを切り、懐中電灯を消すと、数ブロック離れた家へ駆け戻った。自宅からドクター・オーストリアンに電話し、しばらくしてふたりでガレージに踏み込んだのさ。旦那が死亡を確認した。それからマトスンに家の通用口からなかに入ってもらい、地元の警察署長の自宅に電話をさせた。マトスンは言われたとおりにし、しばらくすると警察署長はふたりの部下を引き連れて現場に到着し、前後するように葬儀屋から男が死体を引き取りにやってきた。葬儀屋が検死官代理を務める週に当たっていたんだ。死体を運び出し、鑑識が血液を採取して調べたところ、血液中に一酸化炭素が大量に溶け込んでいることが判明した。検死官が許可して遺体は火葬され、一件落着」

「じゃあ、なにが問題なんだ？」

マッギーは二杯目を飲み干すと、お代わりを注ぐか迷っていた。まず葉巻を吸うことにしたようだ。わたしは葉巻をやらないのでここには一本もなく、マッギーはちょっと顔をしかめたが、自分の懐から一本取り出して火をつけた。

マッギーは煙の向こうで落ち着き払い、目をしばたたいてわたしを見た。「おれは一介のおまわりだ。ほんとうのところは、わからないのさ。ただ、このマトスンはとっちめられて探偵許可証を取り上げられ、街を逃げ出して脅えてるってことしか知らない」

「だからなんだっていうんだ。おれなんか、この前、ちっぽけな町の八百長試合に首を突っ込んだときに、頭をかち割られたよ。マトスンにはどうやって連絡をすればいい？」

「おまえの電話番号を教えておく。向こうからなにか言ってくるだろう」

「やつのことは、よく知っているのか？」

マッギーは答えた。「おまえの名前を教える程度にはな。なにか問題が起こったら、もちろん、調査に乗り出し――」

「当然だろう。おまえさんのデスクに厄介ごとを持ち込んでやるよ。お代わりはバーボンにするか？　それともライがいいか？」

マッギーは言った。「馬鹿野郎。スコッチに決まってるだろうが」

「それでマトスンというのは、どんな男だ？」

「中背でぜい肉たぷたぷだ。身長百七十センチ、体重八十キロ弱、灰色の髪をしている」

マッギーは三杯目を一気にあおると帰っていった。

わたしはさらに一時間そこに座ったまま、何本ものタバコを灰にした。暗くなり、喉が渇いた。誰からも電話がかかってこなかった。壁際まで歩いていって照明のスイッチを入れ、手を洗うとグラスにウィスキーを少し注いで飲み干し、ボトルの蓋を閉めた。食事の時間だ。

帽子をかぶり、ドアをあけて廊下へ出ると、〈グリーン・フェザー〉社の配達人が部屋番号を確かめながらこちらへ歩いてくる。目当てはわたしの部屋だった。受取書にサインし、クリーニング店で使うような薄っぺらな黄色い紙に包まれた不規則な形をした荷物を受け取った。小包をデスクに置き、紐を切る。なかにはティッシュペーパーと封筒が入っており、封筒からはメモが一枚と平らな鍵が出てきた。メモはいきなりこうはじまっていた。

保安官事務所の友だちから、信用できる男として名前を聞いた。おれは逃亡中の身で、にっちもさっちもいかなくなった。なにがなんでも、この窮地を抜け出なければならない。暗くなったら、六番街近くのハーヴァードにある〈テニスン・アームズ・アパート〉五二四号室を訪ねてほしい。おれがいないときは、同封の鍵でなかに入ってくれ。管理人のパット・リールには気をつけるように。おれはやつを信用していない。包みに入っている室内履きは、安全な場所に保管して、盗まれないようにしてもらいたい。追伸：保安官事務所の友だちは、ヴァイオレッツと呼ばれているが、理由はわからない。

わたしは知っている。マッギーはヴァイオレットの香りのする口中清涼剤を使っているからだ。メモに署名はなかった。少しぴりぴりしているような書きぶりだ。ティッシュペーパーをかきわけた。4Aサイズほどの、白い子ヤギの革を裏張りしたグリーンのヴェルヴェットのパンプスの片方が出てきた。中底の白い革に金色の筆記文字で流れるように〈ヴァースコイル〉と店名が刻印されていた。端のほうには、耐水性インクでとても小さな数字が書かれている――S465――ここは靴のサイズが記される場所だが、この数字が別なものだと知っている。ハリウッドのチェロキー通りにある〈ヴァースコイル〉は、客の靴型から手造りした靴、演劇用の靴、乗馬ブーツだけを扱う店だ。

わたしは椅子の背に寄りかかってタバコに火をつけ、考え込んだ。しばらくしてから、電話帳に手を伸ばし、〈ヴァースコイル〉の番号を調べるとダイヤルした。数回呼びだし音が鳴ったあと、陽気な声が聞こえてきた。「はい、もしもし」

「ヴァースコイルさんをお願いできるかな。こちらは、確認調査局のピーターズという者だが」なんの確認調査局か言わなかった。

「ああ、ミスター・ヴァースコイルは帰宅いたしました。もう、閉店しましたので。店は五時半に閉まるんです。わたしは、経理のミスター・プリングル。わたしでよろしければ――」

「ああ、お願いするよ。盗品のなかにお宅で造った靴が一足入っていたんだ。S、4、6、5と記されている。これでなにかわかるかな？」

「はい、もちろんです。それは靴型の番号ですね。お調べいたしましょうか？」

「ぜひとも」わたしは答えた。

彼はあっという間に電話口に戻ってきた。「ええ、それはミセス・リーランド・オーストリアンの番号ですね。住所はベイシティのアルテア通り七百三十六番地。ミセス・オーストリアンの靴はすべて手前どもで造らせていただいておりました。お気の毒です。はい。二カ月ほど前、エメラルド色のヴェルヴェットのパンプスを二足お造りしました」

「お気の毒というのは、どういうことかな？」

「それが、お亡くなりになったんですよ。自殺でした」

「へえ、それはそれは。パンプス二足って言ったかな？」

「はい、まったく同じものを二足。微妙な色の靴をお造りになるときは、どのお客様もたいてい二足注文なさいます。しみや汚れがついてしまったときのためにです――ドレスにあわせて靴をお造りになるようですので――」

「めんどうかけてすまなかったね。それじゃあ、失礼するよ」そう言って電話を切った。

もう一度、室内履きのパンプスを手にとり、じっくりと眺め渡した。一度も履いていないようだ。薄いもみ革の靴底には、すり傷ひとつついていない。ハリー・マトスンは、この靴でなにをしようとしていたのだろう。オフィスの金庫のなかに靴を入れ、夕飯を食いに出かけた。

2　殺しのつけ

〈テニスン・アームズ〉は、ひと昔前のしけたアパートで、くすんだ赤い煉瓦壁の建物は、八階建てほどの高さがあった。広々とした中庭にはヤシの木が並び、コンクリート製の噴水や、妙にこざっぱりとした花壇がいくつかあった。ゴシック建築ふうなドアの脇には、角灯《ランタン》がつり下げられ、なかに入ると玄関の間《ま》には、赤いフラシ天の敷物が敷かれていた。広いだけでなにもなく、ただ、樽ほどの大きさの金めっきした鳥かごのなかで、カナリアが退屈そうにしているだけだった。生命保険で食いつないでいる――若くはない――後家さんが暮らしているようなアパートだ。エレベーターは、自分で操作するタイプで、目的の階に止まると自動的にドアが左右に開く。

五階まであがり、狭い廊下に敷かれたえび茶色のカーペットをたどっていったが、誰もおらず、声も聞こえず、料理の匂いも漂ってこなかった。聖職者の書斎のように静まり返っている。五二四号室は中庭に面しているにちがいない。というのも、ドアのすぐ脇が、ステンドグラスの窓になっているからだ。軽くノックをしたが、応える者がいないので、平べったい鍵であけてなかに入り、後ろ手にドアを閉めた。

部屋の奥で、壁立て掛け式ベッドにはめ込まれた鏡が、きらりと光った。ドア側の壁に穿たれたふたつの窓は閉ざされ、そこにかかった暗い色のカーテンは半分ほど引かれているだけなので、中庭をはさんだ向こうの部屋から光が漏れてきて、詰め物をたっぷり詰め込んだどっしりした十年ほど時代遅れのソファーが黒く浮かびあがり、ふたつの真鍮のドアノブは鈍い光を照り返していた。窓に歩み寄り、カーテンを閉め、小型懐中電灯をつけてドアまで戻った。ドア脇のスイッチを入れると、シャンデリアを模した照明器具にずらりと並んだ蠟燭形の電球が一斉に灯り、赤みがかった橙色の光を投げつけた。葬儀場の別館のような雰囲気が漂う。赤いフロアランプのスイッチを入れて天井の照明を消し、室内をじっくりと観察した。

　壁に立て掛けられたベッドの後ろは狭い身仕度用の部屋で、鏡のついたたんすが壁に埋め込まれ、その上に黒いブラシと櫛が載っていた。櫛には灰色の髪の毛が絡んでいる。タルカムパウダーの缶、懐中電灯、くしゃくしゃになった男もののハンカチ、メモ用紙、吸取紙の上には銀行に置いてあるようなペンとインク瓶が載っており――引き出しのなかには、スーツケースに入っているようなものが並んでいた。シャツ類は、ベイシティにある男性用品の店のものだった。ハンガーにはダーク・グレーのスーツがかけられ、床に黒いブローグ（穴飾りの付いた短靴）が置かれていた。バスルームをのぞくと、安全剃刀、刷毛を使う必要のない髭剃りクリーム、替え刃、ガラスのコップのなかに竹製の歯ブラシ三本、そのほか細々《こまごま》としたものが並んでいた。磁器製のトイレ・タンクの上に赤い布装の本が一冊置かれている——人類学者ドーシイの『われわれはなぜ人間らしくふるまうのか』だった。百十六ページに輪ゴムがしおり代わりにはさんであった。そこを開き、「地球、生命、性の進化」についての章を拾い読みしていると、居間で電話が鳴りはじめた。

バスルームの照明を消し、カーペットを踏んで大きなソファーへ向かった。その脇の台に電話は載っていた。電話は鳴りつづけ、それに応じるように外の通りで車のホーンがこだました。八回鳴ったところで肩をすくめ、受話器をつかんだ。

「パットか？　パット・リールか？」

このアパートの管理人パット・リールがどんなしゃべり方をするのか知らなかった。わたしは低くうめいた。電話の向こうの声は、凄味があり、またしゃがれてもいた。その筋の者の声だ。

「パットか？」

「ああ」

間《ま》があった。わたしの返事が気に入らなかったようだ。電話の向こうの声が言う。

「おれはハリー・マトスンだよ。今夜、戻れなくてすまなかった。毎度のことだけどな。心配させちまったか？」

「ああ」

「なんだそれ？」

「ああ」

「おい、〝ああ〟って言葉しか知らないのか？　まったくよ」

「ギリシア人なもんでね」

男は笑った。受けたようだ。

わたしは訊ねた。「どんな歯ブラシを使っている、ハリー？」

「なんだって？」

驚いたように激しく息が吐き出される――すでに声に愉快な調子はない。

「歯ブラシ――歯を磨くときに使うちょっとした道具だよ。どんなものを使っている？」

「おい、くたばっちまいな」

「玄関の階段のところで会おう」

男の声に怒りが滲んだ。「小賢しい野郎だ。よく聞け。正体は割れてんだよ。おまえの名前も電話番号もわかってるんだ。お行儀よくしてないと、ある場所でお眠りいただくことになる。わかったか？　それはそうと、ハリーはもうそこにはいないぜ、へへへへ」

「片づけたのか？」

「おれたちが、と言わせていただこうか。なにをしたと思っている？　映画にでも連れていったってか？」

「そりゃ、まずいな。ボスは気に入らないだろうよ」

わたしは一方的に電話を切った。ソファー脇のテーブルに載った架台に受話器を戻し、首筋をぬぐった。ドアの鍵をポケットから出し、ハンカチで指紋を拭き取り、そっとテーブルに置く。立ち上がると部屋を横切って窓辺へ行き、中庭を見下ろせる程度にカーテンを引いた。ヤシの木が点々と立ち並ぶ長方形の中庭に面した向かいの建物の同じ階あたりに、煌々と明かりを灯した窓があり、その部屋の真ん中で頭のはげあがった男が腰をおろしてぴくりとも動かない。密かに様子を探っているようには見えなかった。

ふたたびカーテンを閉め、帽子をかぶるとフロアランプまで歩いていきスイッチを切った。小型懐中電灯を床に置き、ハンカチでノブを包んでそっとドアをあけた。

廊下側のドア枠を八本の指がつかんでいた。一本を除き、どれも蠟のように白くなった指を曲げて、ずた袋のようになった体を支え、男がかろうじて立っている。

五ミリほど窪んだ目は、浅葱《あさぎ》色でかっと見開かれ、まなざしはこちらに向けられていたが、わたしを見ているのではなかった。髪はこわく灰色で、血がこびりついて紫色に見えた。片方のこめかみは、柘榴《ざくろ》のように口を開き、そこから血は網目模様をなして滴り、顎の先まで達していた。白くない一本の指は、叩きつぶされて第二関節までずたずただ。肉のあいだから鋭い骨が突き出している。尖ったガラスの破片のようなものが見えるが、おそらく爪だろう。

男の茶色のスーツには、縫い付けポケット《パッチ》が三つついているが、どれも破れて妙な角度で垂れさがり、裏地の黒いアルパカがのぞいていた。

男は、彼方で落ち葉を踏む音に似た、聞き逃してしまうほどかすかな息を漏らした。魚のように大きく開いた口からは、血が泡となって吹き上げる。男の背後の廊下は、掘られたばかりの墓穴のようにからっぽだった。

廊下の細長いカーペット脇にのぞいた木の床のうえで、ゴムの踵がいきなり音をたてた。男の指がドア枠を滑っていき、上半身が回転しはじめた。脚は体重を支えることができず、上半身の動きにつれて脚が交差し、波に翻弄されるように体が宙で踊って、わたしのほうへ倒れ込んできた。

わたしは歯を食い縛って両足を広げ、男の上半身が半分ほど後ろを向いたところで、背後からその体を支えた。優にふたり分の体重があった。わたしは一歩後ろへよろめき、危うく倒れそうになったが、さらに二歩さがってバランスをとり、男を引きずりながら、なんとか彼の踵をドアの内側へ引き入れた。わき腹を下にできるだけそっと横たえ、荒い息をする男の傍らに屈み込む。すぐに立ち上がるとドアを閉めて施錠した。それから天井の照明をつけ、電話のところへ歩いていった。

受話器をつかむ前に男は息を引き取った。臨終のきわのゼイゼイいう音、それから空気が漏れ出すようなため息が聞こえて、静かになった。損なわれていないほうの手が伸び、一度、ぴくりと動くとゆっくりと指が開いていき、内側に折り曲がったまま動かなくなった。男のところへ戻ると頸動脈を探りあて、指を強く押しつけた。脈はない。財布からスチールの手鏡を引っ張り出して、男の口先にずいぶんと長い時間かざしていた。持ち上げてみると、鏡はまったく曇っていなかった。ハリー・マトスンはどこかへ連れ出され、瀕死の状態でここまで帰ってきたのだ。

廊下でドアに鍵が差し込まれる音がして、わたしはすばやく身をひるがえした。ドアが開いたときにはバスルームに隠れ、銃を手にしてドアの隙間から様子をうかがっていた。

左右に押し開くスウィングドアから猫が抜けてくるように、男がすばやく室内に入ってきた。天井に灯った照明に目を向け、それから床を見下ろした。目はまったく動かなくなった。男の大きな体もぴくりともしない。ただ立って見下ろしている。

大男は、帰ってきたばかり、あるいはこれから出かけるとでもいうように、オーバーの前をはだけていた。グレーのフェルトの帽子をクリームのように白いふさふさの髪の後ろへずらしてかぶっている。黒い眉毛は濃く、有力な政治家を思わせるピンク色の大きな顔をしており、いつも笑みを浮かべているのがお似合いの口をしている——もっとも、いまは笑っていない。骨に皮膚が張りついたような顔で、口には半ば消えかかった葉巻をくわえ、それを吸う音が聞こえてくる。

鍵の束をポケットに戻し、小さな声で「やばいぞ、こりゃあ」と繰り返している。一歩前に踏み出し、ぎこちない動作でそっと死体の傍らに屈み込んだ。でかい指を死体の首にあて、それから離すと首を振り、室内をゆっくりと見まわした。わたしの隠れているバスルームのドアにも視線を向けたが、目の表情は動かなかった。

先ほどより少し大きな声で男は言った。「いっちまったばかりだな。ひどい殴られかただ」

男はゆっくりと立ち上がり、踵に重心をかけて体を揺らした。わたしと同じように天井の照明が気に入らないとみえ、フロアランプをつけると、シャンデリアもどきを消した。さらに体を揺する。部屋の奥の壁に男の影が這いのぼっていって天井を横切り、そこでしばらく止まってから、ふたたび下へと戻っていく。くわえた葉巻を口の先でくるくるまわし、ポケットからマッチを引っ張り出して、もういちど慎重に火をつけ、炎のなかで葉巻をまわすことを繰り返している。マッチを消すとポケットにしまった。そのあいだ、男は床の死体から一時も目を離さなかった。

ソファーへ横向きに歩いていき、その端に腰をおろした。スプリングが陰鬱な音をたてて軋んだ。死体に目を据えたまま、手だけを電話のほうへ伸ばした。

受話器に手が触れたときに、ふたたび電話が鳴り出した。男はぎくりとした。目を見開き、分厚いコートの両脇に肘をぐいと引きつける。それから、とても用心深い顔つきになって苦笑を浮かべると、受話器を架台から取り、よく響く太い声で応じた。「もしもし……ああ、パットだ」

電話の向こうから乾いた不明瞭なしわがれ声が聞こえてきた。パット・リールの顔にゆっくりと血がのぼっていき、ついに新鮮な牛のレバーの色になった。怒りに受話器を持つ大きな手が震えた。

大声をあげる。「おまえ、ミスター・ビッグ・チンだな！　よく聞けよ、薄のろ野郎。いいか、おまえがばらしたやつは、目の前のカーペットに転がっているんだよ。おれのアパートの一室でな。死体はここにある……どうやってここまで戻っただと？　おれが知るわけないだろう。おまえ、ここでやっちまったんじゃないのか。なあ、こいつは高くつくぜ。ああ、とてつもなく高くな。おれの知らないうちに部屋で殺しなんかやらかしやがって、冗談じゃない。おまえのためにこいつを捜し出してやったのに、おれの根城でばらしちまいやがった。千ドルいただくからな。一セントもまけないぜ。ここに来て、死体をなんとかしろ。いいか、おまえ、やばいことになるぞ。わかったな」

さらにしわがれ声が聞こえてきた。パット・リールは受話器に耳を押しつけている。眠そうな目になり、顔の赤みが引いていった。先ほどよりも落ち着いた声で言った。

「オーケー、わかったよ。からかっただけだ……三十分したら、下に電話をくれ」

パットは受話器を戻して立ち上がった。バスルームのドアには目もくれない。どこも見ていなかった。口笛を吹きはじめ、顎を掻くとドアのほうへ一歩踏み出して立ち止まり、また顎を掻いた。この部屋に誰か隠れているとも知らず、といって、隠れていないと知っているわけでもなく――とにかくパットは銃を持っていないのだ。さらにドアへ一歩近づいた。ビッグ・チンになにか言いくるめられ、その意味をようやく理解したのだろう。さらに一歩進んだが、ここでパットは考えを変えたようだ。

大きな声をあげる。「ああ、クソ。あのいかれ野郎が」それから室内をさっと見まわした。「おれをコケにするつもりか、えっ？」

フロアランプのスイッチの鎖に手を伸ばす。いきなり鎖を離し、ふたたび死んだ男の傍らにひざまずいた。わずかに死体を動かす。カーペットの上で造作もなく体を転がし、頭のあった場所に顔を近づけてのぞき込むようにした。パット・リールは不快な顔をして頭を振り、立ち上がると死体の腋の下に両手を差し入れた。肩越しに暗いバスルームを振り返り、死体を引きずりながらこちらへ後ずさってくる。口に葉巻をくわえたまま、うめき声をあげた。フロアランプの光にクリームのような白い髪がきれいに輝く。

長い脚を広げたまま屈み込んでいるときに、パットの背後に忍び寄った。最後の最後で、物音に気づいたかもしれないが、気にすることではなかった。わたしは銃を左手に持ち替え、右手にはブラックジャックを握っていた。パットの側頭部、右の耳のすぐ後ろあたりに一発叩き込んだ。いとおしむようなブラックジャックの愛撫だ。

パット・リールは引きずっていた死体の上に崩れ落ちた。パットの頭は、死んだマトスンの股のあいだにはまり込む。帽子がそっと横に転がった。パットは動かなかった。

わたしは彼の脇を通ってドアをあけ、部屋をあとにした。

3　新聞社の男

ウェスタン通りを少し行ったところで電話ボックスを見つけ、保安官事務所の番号をダイヤルした。ヴァイオレッツ・マッギーは、ちょうど帰る支度をしているところだと言った。

「義理の弟が、ベイシティの三流新聞に勤めているって言ったよな。名前を教えてくれないか？」

「キンケイドだ。社では、かわい子ちゃん《ドーリー》キンケイドって呼ばれている。小柄な男だよ」

「この時間だと、どこに行けばつかまる？」

「市庁舎のあたりをうろついているよ。警察の特ダネを狙っているのさ。どうしてだ？」

「マトスンに会った。彼がどこに住んでいるか知っているか？」

「いや。電話をかけてきただけなんでね。で、やつのことをどう思った？」

「できるだけのことはしてやるつもりだよ。今夜は家にいるか？」

「ほかに行くところがあるか。どうしてだ？」

わたしはそれには答えずに電話を切った。車に乗り込み、ベイシティに向かった。九時頃に着いた。十二指腸虫のように延び広がるキリスト教篤信地帯に市庁舎は建っており、警察はその六室を使っていた。垢抜けした連中をかきわけ、開いたままのドアを抜けるとなかは明るく、目の前にカウンターがあった。その向こうに電話交換台が据えられ、制服警官がひかえていた。

わたしが片腕をカウンターに載せると、私服の警官が書類からこちらへ目を向けた。上着を脱ぎ、腋の下にぶらさげた偽足ほどもある大きなホルスターを、肋骨にぴたりと張りつかせている。「なんだ？」そう言うと顔をほとんど動かさずに、痰壺に唾を吐いた。

「ドーリー・キンケイドという男を捜しているんだが」

「メシを食いに行ったよ。やつの取材源はおれさ」感情が欠けた抑揚のない声で言った。

「ありがとう。ここに記者室はあるのかな？」

「ああ。便所だってあるんだぜ。見たいか？」

「お手柔らかに頼むよ。あんたの街ででかい面するつもりじゃないんだ」

私服警官はまた唾を吐いた。「記者室は廊下のはずれだ。誰もいないよ。ソーダ水で憂さを晴らしているんじゃなければ、ドーリーはすぐに戻るさ」

ピンク色の肌をしたきゃしゃでほっそりした顔だちの、無邪気な目をした若者が、食べかけのハンバーガーを左手に持って部屋に入ってきた。映画に出てくる新聞記者がかぶっているような帽子は形が崩れ、小さなブロンド頭の後ろへずらして載せていた。シャツの胸元のボタンをはずし、タイは片側に寄って曲がっている。上着の裾からタイがはみ出していた。ただ酔っ払っていないところが、映画の新聞記者とちがう。若者はくだけた調子で言った。「よお、諸君。なにかおもしろい事件でも起こらなかったかい」

黒い髪をした大柄の私服警官は、自分専用の痰壺にふたたび唾を吐いてから応じた。

「市長がパンツをはきかえたって聞いたが、噂にすぎん」

小柄な若者は愛想笑いを浮かべて背を向けた。私服警官は言った。「この男が、用があるんだとさ、ドーリー」

キンケイドはハンバーガーにかぶりつき、期待するようなまなざしを向けてきた。わたしは口を開いた。「ヴァイオレッツの友だちなんだ。どこかで話ができないかな？」

「記者室へ行きましょう」キンケイドは答えた。ふたりで廊下を歩きはじめると、黒髪の私服警官がわたしをじっと見つめた。誰かに喧嘩をふっかけたくてしかたがないという目つきだが、どうやらわたしは打ってつけの相手らしい。

廊下をたどって建物の裏手へ行き、記者室に入ると、そこは細長くてがらんとしており、傷だらけのテーブルと木の椅子が三、四脚置かれ、床には新聞が山積みだ。テーブルの端に電話が二台、それぞれの壁のちょうど真ん中には、朽ち果てたような額縁に入った絵が飾られていた――ワシントン、リンカーン、ホラス・グリーリー（《ニューヨーク・トリビューン》を発刊したジャーナリスト）、もうひとりは、わたしの知らない男の肖像画だ。キンケイドはドアを閉めると、テーブルの端に腰かけ、片足をぶらぶらさせながら、ハンバーガーの残りを平らげた。

わたしは自己紹介した。「ジョン・ダルマス。ロサンジェルスの私立探偵だよ。アルテア通り七百三十六番地までひとっ走りして、車のなかでオーストリアン事件について知っていることを聞かせてくれないかな？　マッギーに電話して、確かめてもらってもいい」わたしは名刺をさし出した。

ピンク色の顔をした若者は、すばやくテーブルから滑りおり、名刺には目もくれずにポケットに入れ、わたしの耳元でささやいた。「ちょっと待って」

それから靴音をたてずにホラス・グリーリーの肖像画に歩み寄り、額縁を持ち上げると、その陰の四角く色の塗られたところを押した。そこがへこむ——布の上に色を塗っていたのだ。キンケイドはわたしに目を向け、眉を持ち上げた。わたしは頷く。絵を元に戻し、こちらへ戻ってきた。小声で言う。「盗聴器です。誰がいつ聞いているのか、いまも使われているのか、もちろん、わかりませんよ」

「ホラス・グリーリーは、さぞかし喜ぶことだろう」わたしは言った。

「ええ。今夜はまったくニュースのネタがない。出かけても支障はないでしょう。とにかく、アル・ド・スペインがネタは押さえていてくれるから」もう大きな声に戻っている。

「あの体のでかい、黒髪の警官かい？」

「ええ」

「あいつはなにに腹を立てているんだ？」

「パトロール警官に降格されたからですよ。今夜は仕事もしないで、ただぶらぶらしているんです。そうとう腕っぷしが強いんで、彼を放り出すには、警察署総がかりでやらないとむりでしょうね」

わたしは盗聴器のほうへ目を向け、眉を持ち上げた。キンケイドは応じた。「心配いりませんよ。なにかおもしろい話でも聞かせてやらなくちゃ」

キンケイドは、部屋の隅に置かれた薄汚い洗面器に歩み寄り、備えつけの石けんの残骸で手を洗い、ポケットからハンカチを出して拭いた。ハンカチをポケットに戻したときに、ドアがあいた。灰色の髪をした小柄な中年男が戸口に立ち、無表情にわたしたちを眺めた。

ドーリー・キンケイドが挨拶する。「こんばんは。署長。なにかご用ですか？」

署長は苦虫を噛みつぶしたような顔をして、無言のままわたしを見ていた。青みを帯びた明るい緑色の目、いかにも強情そうに口を引き結び、白イタチがうずくまっているような形の鼻をし、肌は見るからに不健康そうだ。警官にしては小柄だった。署長はかすかに頷いて言った。「そのお友だちは？」

「義理の兄貴の友人です。ロサンジェルスの私立探偵で、ええと——」キンケイドはぱたぱたとポケットをあさり、わたしの名刺を探した。わたしの名前さえ覚えていなかった。

署長は刺のある声で言った。「なんだと？　私立探偵だ？　ここでどんな仕事をしようってんだ？」

「仕事で来たとは言ってないよ」わたしは答えた。

「それはよかった。まったく嬉しい限りだ。じゃあな、お休み」

署長はドアをあけ、せかせかと部屋を出ると乱暴に閉めた。

「アンダーズ署長ですよ——大した人物でしてね」キンケイドはわざとらしい声で言っ

た。「ここの連中は、みんなあんなふうです」怖じ気づいたウサギのようにわたしを見ている。

わたしも負けないほど大きな声で言った。「そうだろうな。このベイシティじゃな」一瞬、キンケイドが気を失うのではないかと思ったが、取り越し苦労だった。建物の外へ出て、わたしの車に乗り込み、市庁舎をあとにした。

アルテア通りにあるドクター・リーランド・オーストリアン邸の前で車を停めた。風のない夜で、月の下側にうっすらと靄がかかっている。ビーチの岸壁に打ち上げられた海藻と潮の香りが心地よい。停泊灯が光を放っているのはヨットハーバーだ。三本の桟橋にちらちらとした光が延びている。遥か沖合に、大きなマストがそびえ立った釣り船が浮かんでおり、それぞれのマストのあいだと、マストのてっぺんから船首、船尾へはライトが張り渡されている。釣りではなく、ほかの用途に使われているのだろう。

アルテア通りは、そのブロックで行き止まりとなり、装飾が施された背の高い鉄のフェンスが行く手をさえぎって、立派な屋敷をぐるりと囲んでいた。通りをはさんで海とは反対の側に家が建ち並び、家と家は二、三十メートルほど離れて、ゆったりとした敷地を確保していた。海側には狭い歩道と低い壁が続き、その向こうは崖となってまっすぐに海へ落ち込んでいる。

ドーリー・キンケイドは座席の隅に体を寄せ、闇のなかにぼんやりと浮かんだ小さな顔の前で、ときおり、タバコの火が赤い光をます。オーストリアン邸は真っ暗で、奥まった玄関口の上に小さなライトがひとつ灯っているだけだ。外壁は化粧漆喰で、前庭の横に壁が走っており、そこに鉄製の門と外壁に穿たれたガレージがあった。ガレージの脇のドアから屋敷の横の出入り口まではコンクリートの小道が続いている。門の脇の壁には青銅の板が埋めこまれているが、そこには「医師　リーランド・M・オーストリアン」とでも彫り込まれているのだろう。

「さて、それで、オーストリアン事件だが、どんな問題があったんだ？」

キンケイドはゆっくりとした口調で答えた。「問題なんかなにもありませんでしたよ。ただ、あなたのせいで、こっちがまずいことになりそうなだけでね」

「どうしてだ？」

「オーストリアンの住所を口にしたのを盗聴器で誰かさんが聞いたにちがいないんだ。だから、アンダーズ署長が顔を拝みに部屋にやってきたんですよ」

「ド・スペインは、ひと目で探偵だと見抜いていたようだ。やつが署長に注進したんじゃないのかい？」

「それはないな。ド・スペインは署長を心底憎んでるんですよ。まったく、あの男は一週間前までは、警部補だったんです。アンダーズ署長はオーストリアン事件に口出しされるのが嫌なんだ。記事を書かせてくれないんですよ」

「ベイシティには、立派な新聞があったっけな」

「大した風潮がありましてね――新聞社は、警察のとりまきみたいな連中が多いんですよ」

「わかった。義理の兄さんは、保安官事務所の殺人課だ。ロサンジェルスの新聞は一紙をのぞいて、すべて保安官をひいきにしている。この街は保安官の地元だが、往々にして、自分の庭というのは汚れているもんだ。それで、事件をすっぱ抜きたくても、尻込みしちまうんだな」

ドーリー・キンケイドは、窓からタバコを投げ棄てた。タバコの火が赤いアーチを描いて飛んでいき、狭い歩道に転がって淡いピンク色の弱々しい光を放つ。わたしは体を起こし、スターター・ボタンを押した。「すまない、忘れてくれ。もう迷惑はかけないよ」

ギアを入れ、車が数メートルのろのろと進むと、キンケイドは前屈みになりブレーキを引いた。「ぼくは臆病者じゃない」だしぬけに言う。「なにが知りたい？」

わたしはふたたびエンジンを切り、ステアリングに両手を載せたまま、シートに寄りかかった。「質問その一、マトスンはどうして探偵許可証を取り上げられたのか。彼は今度の依頼人なんでね」

「ああ――マトスンね。ドクター・オーストリアンを強請《ゆす》ろうとしたらしいですね。許可証を取り上げられただけでなく、街から追い出されたんですよ。ある晩、銃を持ったふたりの男が、マトスンを車に押し込んで痛めつけ、街を出ないともっとひどい目にあうと脅しつけた。マトスンはそれを本署に訴えたんだけど、なんブロックも先まで聞こえるほどの声で笑い飛ばされたらしいですよ。でもね、彼を襲ったのは警官じゃないとぼくはにらんでるんですがね」

「ビッグ・チンという男は知っているかい？」

ドーリー・キンケイドは考え込んだ。「いえ。市長の運転手で、モス・ローレンツっていかれた野郎がいるんですが、ピアノを載っけられるほど顎《チン》が突き出してますよ。でも、やつがビッグ・チンと呼ばれるのは聞いたことがないな。昔、ヴァンス・コンリードのところで働いてた男です。コンリードのことは知ってますか？」

「そっち方面のことは、嫌というほど知っているよ。それで、コンリードは、目ざわりなやつ、特にこのベイシティでちょっとした問題を起こしたやつを片づけたくなったら、そのローレンツって野郎を使うんじゃないだろうか。市長がかばってくれるからな――ある程度までだがね」

ドーリー・キンケイドは言った。「誰を片づけるんです？」彼の声はいきなり張り詰め、しわがれた。

「マトスンは街から追い出されただけじゃないんだ。ロサンジェルスのアパートまでつけられ、ビッグ・チンという野郎に始末された。なにをしていたのか知らないが、マトスンはまだ動きまわっていたにちがいない」

ドーリー・キンケイドはささやくような声で言った。「参ったな。そんなこと、まったく知らなかった」

「ロサンジェルスの警官も知らないよ——向こうを出るときは、まだね。マトスンとは面識があったのかい？」

「顔は知ってますが、付き合いがあったわけじゃないですよ」

「信用できるやつかい？」

「そうだな、どの程度、信用できるかというと——ええ、彼ならだいじょうぶでしょう。なんと、殺されちまったんですか？」

「どの程度、信用できるかというと、私立探偵くらい、か？」

キンケイドはくすくす笑ったが、それはいきなり神経が張り詰め、緊張し、ショックを受けたからで、少しもおもしろそうな声ではなかった。通りの外れから車がこちらへまわり込んでくると、縁石に寄って停まり、ライトが消えた。降りてくる者は誰もいない。

「ドクター・オーストリアンは？　女房が殺されたとき、どこにいたんだろう？」

ドーリー・キンケイドは飛び上がった。「なんですって！　殺されただなんて、誰が言ったんです？」

「マトスンは、それを伝えたかったんだと思う。だが、そいつを伝える努力よりも、それをネタに金をむしり取ることに精を出していたんだな。どちらにしろ、嫌われることになるが、結局、鉛のパイプで殴り殺されることになった。当て推量にすぎないが、コンリードがやらせたんじゃないだろうか。政治家に賄賂を贈るのならまだしも、ほかのやつの懐に入るだけだっていうのに、小切手にサインをするのは気に入らなかったんだろう。とはいえ、コンリードのクラブとしては、ドクターの女房がルーレットでおけらになって自殺したというより、ドクターが殺したことにしておいたほうが、多少は聞こえがいい。大したちがいはないだろうが、ちょっとはましってものだ。だから、殺しを口にしたからといって、どうしてコンリードがマトスンを片づけなければならなかったのかわからない。ほかのことをしゃべっていた可能性もあるかもしれないな」

「そう考えると、結局、どうなるんです？」ドーリー・キンケイドは丁寧に訊ねた。

「わからないよ。寝る前に顔にコールドクリームをぬっているとき、考えていただけだからね。それで、血液を採取した鑑識の男だが、名前はなんていうんだ？」

キンケイドはもう一本タバコを出して火をつけ、家のはずれに停まっている車に目を据えた。その車は、ふたたびライトを点灯させ、ゆっくりと動きはじめた。

「グレブっていう男です。〈内科・外科医ビル〉に小さな検査室を構え、医者から仕事をもらってるんですよ」

「当局公認ってわけじゃないのかい？」

「ええ。ここには、鑑識がないんです。検死官も葬儀屋が一週間交代でやってるくらいですから、ほかは推して知るべしですよ。署長が好きなようにやっている」

「どうして署長は、オーストリアン事件に触れたくないんだ？」

「きっと市長に命令されたのでしょう。ヴァンス・コンリードが属する賭博組織の連中、いや、ヴァンス・コンリードが直接、市長になにかほのめかしたんだと思いますよ。コンリードは、クラブの仕事に差し障りが出てくるような形で死んだ女とよろしくやっていたことを、組織のボス連中に知られたくないんでしょう」

「そんなところだな。あの車に乗っているやつは、迷子にでもなったようだ」

車は縁石に沿ってゆっくりと進んでいる。ふたたびライトが消えたが、停まらなかった。

「元気なうちに言っておきましょう」ドーリー・キンケイドは言った。「耳に入れておいたほうがいいと思うんですが、ドクター・オーストリアンの診療所の看護婦は、マトスンの元女房です。赤毛の男好きな女で、美人じゃないけど、曲線美の持ち主ですよ」

「ぴちぴちのストッキングを見ると、おれもぐっとくるけどね。そのドアから外に出て、後ろに移って床に身を伏せるんだ。急げ」

「えっ、いったい――」

わたしはさえぎった。「言われたとおりにするんだ。早く！」

右側のドアが開き、小柄なドーリーは漂う煙のように外へ滑り出た。ドアがかちりという小さな音をたてて閉まる。後部ドアがあくのが聞こえ、後ろに視線を走らせると、床にうずくまる黒い人影が見えた。わたしは右側の座席に移り、もう一度そのドアをあけ、崖に沿って続く狭い歩道に降り立った。

車はずいぶんと近づいていた。ふたたびライトが点灯され、わたしはひょいと屈んで光を避けた。ライトがこちらへ向けられてわたしの車を照らし、それから光はまた元の位置に戻った。道の反対側に車は停まった。あたりは静まりかえり、真っ暗になった。黒い小型のクーペだ。しばらく、なにも起こらなかったが、やがて左側のドアがあき、ずんぐりとした男が降りてきて舗装道路のこちら側へ道を渡りはじめた。わたしは腋の下から銃を抜いてベルトに差し込み、上着の一番下のボタンをかけた。それから車の後部をぐるりとまわって男を迎えた。

男はわたしの姿を見ると急に立ち止まった。両手を脇に垂らしている。口に葉巻をくわえていた。「警察だ」男はひとこと言った。右手がゆっくりと腰の陰に隠れる。「気持ちのいい夜じゃないか」

わたしは応じた。「ああ、最高さ。ちょっとガスってるが、霧が好きなもんでね。空気の感触が滑らかになって——」

男はいきなり言葉をさえぎった。「もうひとりはどこだ?」

「はあ?」

「とぼけるなよ。右側の席にタバコの火が見えた」

「あれはおれだよ。右側の席でタバコを吸うのが法律違反だとは知らなかった」

「おい、お利口さんよ。おまえは何者で、こんなところでなにをしている?」いかつい脂ぎった男の顔が、霧を通して漏れてくる柔らかな光に浮かび上がった。

「オブライエンって名前だよ。サンマテオから、ちょっとした旅行を楽しんでるってわけさ」

男の片手が腰に触れんばかりになった。「運転免許証を見せろ」男は受け取ろうと歩み寄った。お互いに手を伸ばせば、相手に届くところまで距離を詰める。

「そいつを要求する資格があるのか、見せてもらいたいんだけどね」

男の右手がいきなり動いた。わたしはベルトにさした拳銃を抜き、相手の腹に銃口を向けた。男の手が、氷のなかに閉じ込められたかのように止まった。

「どうせ強盗かなにかだろう。ニッケルのバッジを振りかざした盗人が、いまだにいるって話だからな」

男は麻痺したようにその場に突っ立ち、ほとんど息もしていない。ざらついた声で言う。「銃を所持する許可証は持っているのか？」

「毎日必ず持ち歩いているよ。バッジを見せてくれ。そうしたら、こいつを引っ込める。尻にバッジをつけているわけじゃないだろう？」

男はしばらく凍りついたまま動かなかった。それから、車が通りかかるのを期待するように、そのブロックの先に目を向けた。わたしの背後、車の後部座席から静かに呼吸する音が聞こえてくる。このずんぐりむっくりの耳には届いているのだろうか。やつは荒い息を吐いており、その熱でアイロンを温めてシャツの皺が伸ばせそうだった。

「おい、冗談はやめろ」いきなり狂暴な顔つきになり、怒鳴った。「ロサンジェルスの時給二十五セントの三流私立探偵のくせしやがって」

「値上がりしたんだ。いまは、三十五セントもらっているよ」

「ほざいてな。このへんを嗅ぎまわるのはやめるんだ。今日は警告だけにしておく」

男は踵を返すとクーペに戻り、ステップに足を載せた。太い首がゆっくりとねじられ、脂ぎった顔がふたたびこちらを向く。「死体袋に入れられないうちに、さっさと出て行け」

「じゃあな、脂顔のおっさん。こんなところでばったり出くわして嬉しいよ」

男は大きな音をたててドアを閉め、いきなり車を発進させると、左右に尻を振りながら、あっという間に走り去った。

わたしも車に飛び乗り、男がアーゲロー大通りの信号で停まったときには、その一ブロック後ろにつけていた。クーペは右に曲がった。わたしは左に曲がる。ドーリー・キンケイドは体を起こし、わたしの肩のすぐ脇のシートに顎を載せた。しわがれた声でキンケイドは言った。「あいつが誰か知ってますか? 引き金野郎《トリガー》ウィームズ、署長の右腕ですよ。銃をぶっ放したかもしれない」

「あの有名な舞台女優ファニー・ブライスが、鼻ぺちゃだったかもしれないと言ってるようなもんだよ」

数ブロック走ってから車を停め、キンケイドを助手席に移らせた。「車はどこに停めてるんだ?」

キンケイドは、型の崩れた新聞記者ご愛用の帽子を脱ぐと膝に叩きつけ、かぶり直した。「市庁舎ですよ。警察の駐車場」

「それは残念。ロサンジェルスまで、バスで行くことになるな。たまには姉さんのところに泊まるべきだよ。ことに今夜はね」

4 赤毛の女

道は丘陵地帯の斜面を曲がりくねりながら上り下りを繰り返していた。北西は明かりがまばらだが、南は光の絨毯だ。三本伸びる栈橋は、ここからはずいぶんと遠くに見え、黒いヴェルヴェットの敷物の上に細く光る鉛筆が並んでいるようだ。峡谷は草や木々の香りに満ち、霧がたちこめているが、谷間と谷間のあいだの高台は霧の上にぬっと突き出していた。

営業時間がすぎて店を閉めた薄暗い小さなガソリンスタンドを過ぎ、広々とした谷間へ下りていった。高価そうな金網のフェンスが一キロ近く続き、その向こうに建っているはずの屋敷は見えなかった。丘の斜面に点在していた家は、ますますまばらになり、潮の香りが一段と強くなった。白く丸い小塔のある家を過ぎて左折し、シャンデリアのような豪華な街灯が両側に続く道をひたすら進むと、海沿いを走るハイウェイの上に化粧漆喰の大きな建物が見えてきた。カーテンのかかった窓と、アーチをなした漆喰の柱廊沿いに漏れてくる光で、卵形の芝生を囲んで斜めにずらりと停まった車がぼんやりと照らし出されていた。

〈クラブ・コンリード〉だ。ここでなにをしたらいいのか、自分でもよくわかっていないのだが、来なければならない場所のひとつだと思ったのだ。ドクター・オーストリアンは街のどこかを歩きまわり、名前もわからない患者たちを往診している。時間外医師連絡センターによると、ドクター・オーストリアンはたいてい十一時頃にセンターに電話をかけてくるらしい。いまは十時十五分だ。

あきを見つけて車を停め、アーチ型の柱廊に沿って歩いていった。喜歌劇に出てくる南アメリカの陸軍元帥のような制服を着た身長二メートル近くある黒人が、格子のはまった幅広のドアをなかから半分ほどあけた。「カードをお願いします、サー」

彼のライラック色の手のひらに、折り畳んだ一ドル札をねじこんだ。真っ黒な大きな手が握りしめられた。土砂を鷲づかみにするドラグライン（土砂などをかき取るバケット付きの掘削機）のようだ。もう一方の手で、わたしの肩の糸屑をつまみとり、上着の胸ポケットからのぞかせたハンカチの後ろに、金属製の札を留めてくれた。

「新しいフロア・マネージャーはなかなか手ごわいですよ」彼はささやいた。「お気づかい、ありがとうございます、サー」

「つまり、ろくでなし野郎ってことだな」わたしはそう言って、彼の前を通って建物に入った。

玄関広間――連中はホワイエと呼んでいる――は、映画『踊る不夜城』のナイトクラブのシーンを撮影するために組まれたMGMのスタジオセットのようだ。巧みに配された照明のおかげで、まるで内装に百万ドルかけ、ポロができるほど広々と見えた。カーペットは足首をくすぐるほどではない。広間の奥には船の通路のように、クロームめっきした手すりのついた廊下が、ダイニング・ルームの入り口まで続いていた。その突き当たりに、丸々と太ったイタリア人のヘッドウェイターが、数センチ幅のサテンのストライプが走ったズボンをはき、金色の文字で記されたメニューの束を脇にかかえて、口元をほころばせながら立っている。

高く開放的なアーチ型天井の下に階段があり、その欄干は白いエナメルの橇のように見えた。二階の賭博室にのぼっていく階段だろう。天井には星を模したライトがちりばめられて輝いていた。バーの入り口は暗かったが、ぼんやりと思い出した悪夢のように、うっすらと紫色の光が漏れている。その脇の壁には白く塗られたトンネルのような窪みがあり、奥に巨大な丸い鏡が据えられて、エジプト人の頭飾りが上からぶら下がっていた。鏡の前にグリーンの服を着た女が立ち、金属のような光沢を放つブロンドの髪を整えている。イヴニングドレスの背中の切れ込みが深く、かりにパンツルックならば、パンツがはじまる二、三センチ下のふくよかな腰に、魅力的な黒いほくろがあった。

淡い紫がかった桃色の地に、小さな黒い龍を縫い取ったパジャマのような服を着たクローク係の女が、帽子を受け取ろうと近づいてきて、わたしの恰好を見ると顔をしかめた。彼女の目は、エナメルのパンプスのつま先のように黒く輝き、表情がなかった。わたしは二十五セントを払い、帽子は預けなかった。二キロ入りのキャンディー缶ほどの大きさの盆を持ったタバコ売りの娘が、船の通路のような廊下をこちらにやってきた。髪に羽根飾りをつけ、三セントの切手の陰に隠せるくらいの服しか身につけておらず、すらりとしたきれいな素足の片方は金粉、もう片方には銀粉が塗られていた。デートの約束がはるか先まで詰まっている女特有の冷たく尊大な顔つきをしており、ルビーがいっぱい入ったかごを脇にかかえたインドの王様に紹介してくれると言われても、考え直すようなタイプだ。

うっすらと紫がかったバーの暗がりへ向かった。グラスとグラスが、優しく触れ合う音がする。低い話し声、部屋の隅からは落ちついたピアノの和音が響いてきて、おかまのような男がテナーで《マイ・リトル・バカルー》を歌っているが、バーテンダーが睡眠薬《ミッキー・フィン》を入れた酒を作っているときのように、こそこそした声だった。紫色のほのかな光のなかでも、少しずつものが見えるようになった。バー・カウンターは満席だったが、店内は混んではいない。男が調子っぱずれの声で笑い、ピアニストはエディー・デューチンなみに親指でキーを小刻みに連打して苛立ちを表現した。

空いているテーブルを見つけ、歩いていって柔らかい布張りの壁にもたれるように座った。周囲の暗さにさらに目がなじむ。バカルー（カウボーイのこと）の歌を歌っている男もこの席から見える。ウェーブのかかった赤毛で、ヘナ染料で染めているようだ。隣のテーブルに座っている女も赤毛だ。自分の髪が嫌いだといわんばかりに、女は真ん中で分けた髪を後ろで引っつめていた。黒い大きな目には飢えが滲み、顔だちは不細工で化粧もしていなかったが、唇だけはネオンサインのように光らせていた。遊び着のスーツは肩が落ちていて、襟もひらひらとしすぎている。下に着込んだオレンジ色のセーターは喉元まで覆い、頭の後ろに斜めに載ったロビン・フッドふうの帽子には、黒とオレンジの羽根を飾っていた。女がわたしに微笑みかけると、口のなかにのぞいた歯は、貧者のクリスマスのように隙間だらけで、ぎざぎざだった。わたしは笑みを返さなかった。

女は酒を飲み干すと、グラスをテーブルにかたかたと打ちつけていた。こざっぱりとしたメスジャケットを着たウェイターが、どこからともなく現われ、わたしのテーブルの前に立った。

「スコッチ・アンド・ソーダ」女は嚙みつくように言った。険のある耳ざわりな声で、アルコールのために呂律が怪しい。

ウェイターはほとんど顎を動かさずに彼女のほうへ目を向け、それからわたしに視線を戻した。「グレナディンシロップを滴らしたバカルディー」

ウェイターは立ち去った。女は言った。「そんなもの飲んだら、気分が悪くなるよ、お兄さん」

女に視線を向けなかった。女は投げやりに言った。「あら、遊ぶ気がないんだ」わたしはタバコに火をつけ、ぼんやりと紫色の光が滲む宙に向けて煙の輪を作った。「失せろっての。あんたみたいなゴリラ野郎なんか、ハリウッド大通りを一ブロックも歩けば、一ダースは引っかけられるんだから。ハリウッド大通り、まったくとんでもないところさ。仕事にあぶれたちょい役連中やら、魚みたいな顔をしたブスのブロンド女たちがたむろして、反吐《へど》をはいて二日酔いをすっきりさせようとしているんだ」

「誰がハリウッド大通りのことを話した？」

「あんただよ。女がご丁寧にも侮辱してさしあげたってのに言葉も返そうとしないなんて、ハリウッド大通りから来たに決まってるだろう」

そばのテーブルについている男と女がこちらに顔を向けて眺めていた。男は同情するように軽く微笑んだ。「あなたも同類よ」連れの女が男に言った。

「きみはまだぼくを侮辱していないよ」男が答える。

「その前にあなたの魅力にやられちゃったのね、二枚目さん」

ウェイターが飲み物を持って戻ってきた。まずわたしのテーブルにグラスを置いた。赤毛の女は大声で言った。「女性へのサービスに慣れていないようね」

ウェイターはスコッチ・アンド・ソーダを女のテーブルに置く。「たいへん失礼いたしました、マダム」冷たい声で言う。

「そうね。また、来なさいよ。鍛えてあげる。誰かがおごってくれればね。この代金はそこにいるボーイフレンドが払ってくれるから」

ウェイターはこちらに目を向けた。わたしは金を渡し、右肩をそびやかした。ウェイターは釣りをよこし、チップを受け取るとテーブルのあいだを縫って戻っていった。

女は飲み物を手にすると、わたしのテーブルにやってきた。肘をテーブルに載せてほおづえをつく。「これはこれは、気前がいいこと。そんなに気安く奢ってくれる人って、もういないかと思ってた。わたしのこと、どう思う？」

「いま、考えているところだ。声を小さくしろよ。追い出されちまうぞ」

「それはどうだか。鏡を割らないうちはだいじょうぶよ。それに、わたしとあいつらのボスとはこうなんだから」そう言って二本の指を交差させた。「彼と会うと、こうなるのよ」耳ざわりな声で笑って飲み物を少し口に含んだ。「どこかで会ったっけ？」

「いろんなところに顔を出してるもんでね」

「どこで会った？」

「いたるところでね」

「まあ、そんなところでしょう。女にはもう、個性もへったくれもないものね」

「酒瓶をかかえてりゃあ、個性が取り戻せるってわけでもないよ」

「勝手にほざいてなさい。両手にボトルを持って眠る大物の名なら、いくらでも挙げてあげるよ。悲鳴をあげて夜中に目を覚まさないように腕に一本注射を打ってやらなくちゃいけないんだ」

「ほう？　映画界の飲んだくれどもだな？」

「そう。わたし、連中の腕に注射している人のところで働いているのさ——一回の注射で十ドル。二十五ドルから五十ドルになることもある」

「うまい仕事だな」

「ずっと続けられればね。こんなこと、いつまでもできると思う?」

「この街から追い出されたら、パームスプリングスへ行けばいいさ」

「誰が誰をどこから追い出すってのよ」

「さあな。おれたち、なんの話をしてるんだ?」

赤毛の女。顔はぶさいくだが、曲線美の持ち主。しかも、腕に注射して歩く男のもとで働いている。わたしは唇に湿り気をくれた。

浅黒い顔をした大柄な男が入り口から入ってきて、バーの暗さに目を馴らすために、しばらく突っ立っていた。それから、ゆっくりと席を探しはじめた。わたしのテーブルへ視線が向けられる。男は巨体を前に屈め、こちらへ歩いてきた。

「おやおや。用心棒よ。お相手できる?」

わたしは答えなかった。女は骨太の青白い手で色の失せた頬をなでつけ、横目でわたしを見た。ピアノ弾きは、いくつかのコードを鳴らして《ウイ・キャン・スティル・ドリーム・キャント・ウイ?》を弾きはじめた。

浅黒い顔の大柄な男は立ち止まり、わたしの向かい側の椅子の背に手を載せた。男は女から視線をそらし、わたしに微笑みかけた。男がずっと目を据えていたのは女のほうだった。バーに入りこのテーブルにやってきたのも、この女がいるからだ。しかし、いまはわたしに興味が移ったらしい。男の髪はさらさらとして黒く光り、その下には灰色の冷たい目と鉛筆で書いたような眉、形のよい気どった口、鼻は折られたことがあるようだが、鼻筋がすっと通っていた。唇を動かさずにしゃべった。

「しばらくご無沙汰じゃないか――それとも、おれの記憶が怪しいのかな？」

「さあな。なにを思い出そうとしてるんだ？」

「名前だよ、お医者さん」

「探りを入れるのはやめとけよ。会ったことなんかないぜ」わたしは胸のポケットから、金属製の札を取り出して、テーブルに放った。「入り口にいた軍楽隊の隊長さんからもらった入場券だよ」財布から名刺を出し、これもテーブルに置いた。「名前、年齢、身長、体重、傷があればその位置、何回有罪の宣告を受けたか、全部書いてある。それで、おれの仕事はコンリードに会うことだ」

　男は金属の札は無視し、二度、名刺に目を通してからひっくり返し、裏を見るとふたたび表を向けた。椅子の背に肘を載せ、取ってつけたような笑みをわたしに投げつける。女のほうには目もくれない。テーブルに名刺の隅を押しつけて滑らせ、ネズミの赤ん坊の泣き声のようなかすかな軋み音をあげさせた。女は天井を見あげ、むりにあくびをした。

男はそっけなく言う。「なるほど、その手の御仁か。申し訳ないがな、ミスター・コンリードはちょっとした商用で北へ出かけてる。今朝早い飛行機でな」

女は言った。「今日の午後、サンセット通りとヴァイン通りの角で、グレーのコード・セダンに乗っているのを見かけたけど、あれは代役だったんだ」

男は女を見ようともしない。薄ら笑いを浮かべている。「ミスター・コンリードはグレーのコード・セダンなんか、持ってないよ」

女は言う。「冗談はやめたら。いまごろ、二階のルーレットで客から金をむしり取ってるんでしょう」

男は女に目を向けない。それは頬を張るよりも強烈な効果があった。ゆっくりながらも女の顔が青ざめていき、血の気が戻ることはなかった。

わたしは言った。「コンリードはここにはいないんだな。よくわかった。質問に答えてくれてありがとよ。また出直してこよう」

「ああ、そうだな。だがな、この店では、探偵なんかに用はないんだ。申し訳ないがな」

「〝申し訳ない〟なんてもう一度言ってみなさいよ。叫んでやるから。本気よ」赤毛の女が言う。

黒髪の男はわたしの名刺を、ディナー・ジャケットにさりげなくつけたポケットに突っ込んだ。椅子を引き、立ち上がった。

「事情はわかるな。それじゃあ――」

女は甲高い声で笑うと、グラスの中身を男の顔に浴びせかけた。

浅黒い顔の男は、驚いて一歩さがり、ポケットから糊のきいた白いハンカチを出した。

頭を振りながら、さっと顔を拭く。ハンカチを持った手を下におろすと、シャツに大きな染みが広がり、真珠の飾りボタンの上はよれよれになっていた。カラーが台無しだ。

女が言った。「申し訳ない。痰壺とまちがえたのよ」

男は手を脇に垂らし、いらいらをあらわにして白い歯をのぞかせた。「この女をつまみ出せ。とっととな」喉の奥から声を出した。

男は背を向けると、口にハンカチをあてながらテーブルのあいだを足早に戻っていった。メスジャケットを着たふたりのウェイターがやってきて、わたしたちを見下ろした。店にいる誰もがこちらを見ている。

女は言った。「第一ラウンド。ちょっとゆっくりした展開。両者、探り合いっていったところ」

「あんたが一か八かの勝負に出たときは、一緒にいたくないね」

女はいきなり頭を持ち上げた。紫色の現実離れした光のなかで、蒼白になった彼女の顔がこちらに飛びかかってくるように見えた。ルージュをひいた唇も干からびているようだった。女は手を口元へ持っていった。ぎこちなく、かぎ爪のように指を曲げている。結核患者のような乾いた咳をすると、わたしのグラスに手を伸ばした。グレナディンシロップを滴らしたバカルディーを一気にあおる。それから震えはじめた。ハンドバッグを手に取ろうとして、テーブルの端から床に落としてしまった。口があき、中身がいくつか転がり出た。金めっきのシガレットケースが、わたしの椅子のところまで飛んできた。わたしはそれを拾おうと、立ち上がって椅子を引いた。ウェイターのひとりが、背後にやってくる。

「手伝いましょうか？」柔らかな口調で訊ねた。

屈み込むと、女が飲み干したグラスが、テーブルから転がり落ち、手を突いていた床のすぐ隣に落ちた。シガレットケースを拾い上げ、何気なく見ると、骨太のがっちりとした黒髪の男の着色写真がはめ込まれていた。シガレットケースをハンドバッグに戻し、女の腕を取った。話しかけてきたウェイターが向こう側にまわり、もう一方の腕を取る。女はぼんやりとわたしたちを見つめ、凝りを和らげるように、首を左右に振った。

「気を失いそう」低いしわがれた声で言った。両脇から支えながら出口へ向かう。女はでたらめに足を出し、故意にわたしたちを困らせているかのように左右へ体重を移動させた。ウェイターは抑揚のない小さな声で、ひとり毒づいていた。紫色の光のなかから、明るいロビーに出た。

「化粧室へ」ウェイターはうなるように言い、タージ・マハールの横の出入り口のようなドアを顎で示した。「あそこにはヘヴィー級の黒人がいるんで、任せられます」

「化粧室なんかくそっ食らえ」女は汚い言葉を吐いた。「ねえ、手を離してくれない、給仕さん。このボーイフレンドだけで充分だよ」

「この方は、ボーイフレンドではありませんよ、マダム。あなたを存じあげていない」

「失せろっての、このイタ公。あんたたち、馬鹿丁寧か、無礼かの両極端なんだから。さっさと向こうへ行かないと、たしなみを忘れて、一発お見舞いすることになるよ」

「あとは任せてくれ」わたしはウェイターに言った。「なんとか落ち着かせる。彼女はひとりで来たのかい？」

「ひとりで来ちゃいけない理由もありませんからね」ウェイターはそう言って戻っていった。ヘッドウェイターが、廊下を半ばまでやってきて、怖い顔をして立っていた。荷物預所にいる美人の姉さんは、四ラウンドしかない前座試合のレフリーのように退屈そうな顔をしていた。

わたしは新たにお友だちとなった赤毛の女を押して、霧にかすんだ冷たい夜気のなかへ出て行った。柱廊沿いに歩いているうちに、腕にかかえた彼女の体に力が戻り、しゃんとしてくるのがわかった。

女は大儀そうに言った。「あんた、いい人だね。あたし、手にいっぱい札束を握っているみたいに、でかい顔してたのに。あんたはほんとうにいい人だよ、ミスター。生きて出てこられるとは思わなかった」

「どうしてだ？」

「金を稼ごうと思ったんだけど、ちょっと計算ちがいがあったんだよ。でも、どうってことない。いままでだって、いろいろと考えちがいをやらかしてきたんだから、そのうちのひとつってわけ。ねえ、乗せてってくれる？　わたし、タクシーで来たんだ」

「かまわないよ。名前を聞いたっけ？」

「ヘレン・マトスンよ」

その名前を聞いても、驚きはなかった。すでに予想していたことだ。

舗装された小道をたどり、停まった車の前を通り過ぎながら、女はまだ体を預けるようにして歩いていた。車にたどり着くと、わたしは鍵をあけ、女のためにドアを開いたままにしておいた。女は乗り込むと隅に体を寄せ、クッションに頭を載せた。

閉めたドアをもう一度あけてわたしは訊ねた。「ちょっと教えてくれないか？　シガレットケースの写真の男は誰なんだ？　どこかで会ったような気がするんだ」

女は目を開いた。「昔、付き合っていた人。もう別れたけれどね。彼は――」女の目が大きく見開かれ、口がぱくりとあいた。背後に微かに衣擦れの音がしたと思ったら、背中に固いものが押しつけられ、くぐもった声が聞こえた。「動くなよ、兄弟。金目のものをいただく」

耳のなかで艦砲射撃がはじまり、大空に大きな花火が打ち上げられたように頭のなかでピンク色の光が散り、ゆっくりと落ちてきて色を失い、やがて波間に消えて真っ暗になった。暗闇がわたしを飲み込んだ。

5　わが隣人の死

ジンの匂いがした。いつものように、二、三杯ひっかけたときに楽しむジンの香りではなく、まるでジンの太平洋に放り込まれ、服を着たまま泳いでいるようだ。ジンは髪の毛、眉毛、顔、顎からしたたってシャツを濡らしている。わたしは上着を脱がされ、誰かさんの部屋のカーペットに倒れて、漆喰造りのマントルピースの端に飾られたフォトスタンドの写真を見あげていた。木目をいかしたフォトスタンドのなかの写真は、芸術的な効果を狙ったようで、ほっそりとした馬面の不幸せそうな顔に光が当たり、白のなかに顔の造作が溶け込むように写っているが、それはただその顔を——ほっそりとした馬面の不幸せそうな顔にしているだけで、ぴったり頭に張りついた白っぽい髪の毛は、乾燥させた頭蓋骨に絵の具で塗ったように見えた。ガラスに隔てられた写真の隅に斜めに文字が書かれているが、読むことはできなかった。

手を伸ばして頭の脇を触ると、足の裏まで痛みが走った。大きな声でうめいたが、プロとしてのプライドから低いうなり声にまで落とし、ゆっくりと慎重に横へ転がり、壁から引きおろされたツインベッドの足元に目を向けた。もうひとつのツインベッドは、壁に立て掛けたままで、エナメル塗料を塗った木には装飾模様が描かれていた。体を動かすと、胸の上からジンのボトルが床に転がり落ちた。ボトルは透明で空っぽだった。ボトル一本で、これほど全身が濡れるとは思えなかった。

ひざまずき、しばらく四つん這いのままでいた。餌を食い切れないが、立ち去ることもできない犬のように鼻を鳴らして息を吸った。首を動かしてみる。痛みが走った。もう少し動かしたが、やはり痛んだので、立ち上がった。裸足だった。

すてきなマンションの一室だ。安すぎもせず、高すぎもせず——ごく一般的な家具にドラムランプ、どこの家にでもあるようなじょうぶそうなカーペット。引きおろされたベッドの上には、褐色のシルクのストッキングをはいた女が横たわっていた。血の滲んだ深いすり傷がなん本も走り、腰には分厚いバスタオルが渡され、ほとんど巻きつけるようにして体を包んでいた。目は見開かれている。自分の髪が嫌いだといわんばかりに、赤毛は真ん中で分けて後ろで引っつめていた。しかし、もう髪を嫌うこともない。

女は死んでいた。

左の乳房の上の中央寄りに、男の手のひら大の焼け焦げがあり、その真ん中に真っ赤な血のあとがぽつんとあった。血は体の脇に流れ落ち、すでに乾いている。

大きなソファーの上に服が載っていた。女が着ていたもののなかに、わたしの上着もあった。床には靴が並んでいる――わたしのものと女のものだ。薄い氷の上を歩くように、つま先立ってソファーまで行くと、上着をつかみ、ポケットのなかを調べた。そこに入れたと思うものは、すべてそのままだった。ホルスターは身につけていたが、もちろん、からっぽだ。靴を履き、上着をはおった。空のホルスターを腋の下にずらし、ベッドへ歩いていくと、女の腰に渡された分厚いバスタオルを持ち上げた。銃が落ちてきた――わたしのものだ。銃身から血をぬぐい取り、理由もなく銃口に鼻を近づけてにおいを嗅ぐと、静かに腋の下のホルスターに戻した。

重々しい足音が廊下をこちらに近づいてきて、ドアの前で止まった。ぼそぼそ言葉が交わされ、何者かがノックした。苛立ちが大きな音となって立て続けに響いた。ドアに目をやり、連中があけようとするまで、どれくらい時間があるだろうかと思った。ばね錠がすぐにあく状態であれば、あっという間になだれ込んでくるだろうし、そうでない場合は、マスターキーを持った管理人を連れてくることになるが、あと何分ほど余裕があるだろうか。もっとも、管理人がすでに来ていなければだが。ノブをまわす音が聞こえてきたときも、まだ、わたしは考えていた。ドアは施錠されていた。

とても滑稽だ。声をあげて笑いそうになった。

もうひとつのドアに歩み寄り、バスルームをのぞき込んだ。床には二枚の足拭きマットが敷かれ、バスマットがきちんと浴槽の縁にかけられていた。浴槽の上に、曇りガラスのはまった窓がある。バスルームのドアをそっと閉め、浴槽の縁にのぼって窓の下枠を押した。頭を外につき出すと、木々に縁どられた暗い脇道が、六階ほど下に走っている。見下ろすためには、せいぜい通気口程度の隙間から頭を突き出さなければならず、左右を見るとのっぺらとした壁で、すぐ向こうに隣の窓がある。こちら側の壁に穿たれた窓はどれも対をなしている。さらに身を乗り出し、隣の窓から侵入できるかもしれないと思った。鍵がかかっているだろうか。向こうの部屋に侵入すれば、うまく切り抜けられるのか。連中が入ってくるまでに時間の余裕はあるのか。こうした疑問が脳裏をかすめた。

閉じたバスルームの向こうで、ドアを叩く音が大きく激しくなった。怒鳴り声がする。

「あけろ。さもないと打ち破るぞ」

こんな言葉にはなんの意味もない。警官の決まり文句にすぎないのだ。鍵が手に入るのだから、打ち破るはずがない。消防士が持っている手斧があるのならまだしも、あの手のドアを蹴破るのは、並み大抵のことではなく、それこそ足の骨がどうにかなってしまう。

下側の窓を閉め、上半分を押しあけると、タオル掛けからタオルを一枚手に取った。それからバスルームのドアをあけると、ちょうど正面にマントルピースに飾られたフォトスタンドの顔があった。ここを出る前に、写真に書かれた言葉を読んでおきたい。マントルピースに歩み寄り、写真を見た。そのあいだにも、怒りを叩きつけるように、ノックの音がますます激しくなっていく。写真にはこう書かれていた。〝愛をこめて。リーランド〟。

ほかのことはさておき、これだけでもドクター・リーランド・オーストリアンの間抜けぶりがわかる。写真をつかむとバスルームに戻り、ふたたびドアを閉めた。クローゼットの下の棚に、汚れたタオルや下着が入っていたので、そのなかに写真を押し込んだ。外にいる連中がまともな警官だとしても、これを見つけ出すまでに、少し時間がかかるだろう。もし、ここがベイシティなら、写真は見つからないにちがいない。ここがベイシティだという理由はまったくないのだが、ヘレン・マトスンはベイシティに住んでいる公算が大きく、バスルームの窓の外の空気は、海辺を思わせた。

手にタオルを持ち、窓の上半分から思い切り体を押し出し、片手で窓枠につかまりながら隣の窓へ体を伸ばした。鍵がかかっていなければ、窓を押しあけることができる。施錠されていた。足で反動をつけて、窓の掛け金のすぐ上のあたりのガラスを蹴破った。一、二キロ先まで聞こえるほどの大きな音がした。遠くからドアを叩く単調な音が聞こえてくる。

左手にタオルを巻きつけ、思い切り腕を伸ばして、ガラスの割れたところに手を突っ込み、掛け金をはずした。それからそちらの窓枠に体を移し、手を伸ばして出てきた窓を閉めた。指紋が残っている可能性がある。ヘレン・マトスンの部屋にいたことが、わかってしまうのは仕方がないだろう。ただ、どうやってあの部屋にたどり着いたのか証明する機会があればいいのだが。

下の通りに目を向けた。男が車に乗ろうとしている。こちらを見あげもしない。忍び込もうとしている部屋は真っ暗だった。窓を押し下げ、這いのぼる。浴槽のなかに割れたガラスが散乱していた。床に降り立つとバスルームの明かりをつけ、浴槽のなかのガラスを拾い集めてタオルでくるみ、隠した。ここに住んでいる誰かさんのタオルを使って窓枠と、足を載せた浴槽の縁をぬぐった。それから銃を抜き、バスルームのドアをあけた。

こちらの部屋のほうが広かった。のぞき込むとピンクのベッドカバーがかかったツインベッドが置かれている。ベッドはきれいに整えられていて、誰もいない。寝室の向こうは居間だった。どの窓も閉まっており、ここしばらく空気の入れ換えをしていないらしく、ほこり臭かった。フロアランプをつけ、椅子のひじ掛けを指でぬぐい、ほこりが積もっていることを確かめる。安楽椅子、ラジオ、本棚、れんが箱を積み重ねたような本棚、そこにはジャケットがついたままの小説がずらりと並び、黒っぽい木製の高脚付き洋だんすの上には、炭酸水を入れるサイフォン瓶、酒の入ったデカンター、しま模様のグラスが四個伏せて置かれていた。デカンターの酒の匂いを嗅ぐと、スコッチだったので、少し飲ませてもらった。頭の傷口がうずいたが、気分はよくなった。

フロアランプはつけっぱなしにして寝室に戻り、たんすとクローゼットのなかを探った。一方のクローゼットには、注文仕立ての男物の服が入っており、仕立て屋は襟元のラベルにジョージ・タルボットという名前を記していた。ジョージの服は、わたしには少し小さいようだ。たんすのなかをあさると、着られそうなパジャマが見つかった。クローゼットからバスローブと室内履きを拝借する。着ているものをすべて脱いだ。

シャワーを浴びると、ジンの匂いはかすかに漂うだけとなった。すでに騒々しい音もノックも聞こえない。連中はちっぽけなチョークと紐を持ってヘレン・マトスンの部屋に踏み込んだのだ。ミスター・タルボットのパジャマとバスローブを着、室内履きをつっかけると、ミスター・タルボットのヘアトニックを頭に振りかけて、ブラシと櫛で髪型を整えた。タルボット夫妻がどこに出かけているか知らないが、楽しい夜を送っていることを望むばかりだ。いそいそと帰宅することだけはやめてもらいたい。

居間に戻り、タルボットのスコッチをもう一杯飲み、タバコに火をつけた。それから玄関のドアの鍵をあけた。廊下のすぐ近くで男の咳が聞こえた。ドアをあけ、枠の柱に寄りかかってのぞき見る。制服警官が向かい側の壁に寄りかかっていた——小柄でブロンドの鋭い目つきの男だった。青いズボンの折り目はナイフの刃のようで、こざっぱりとして清潔な印象を与え、なんにでも首を突っ込む有能な男に見えた。

わたしはあくびをして言った。「なにかあったんですか、おまわりさん」

警官はわたしを見つめたが、ブロンドには珍しく、金色の斑点が散らばった赤みがかった茶色の目をしていた。「隣でちょっと問題がありましてね。なにか物音を聞いてませんか？」彼の声にはやんわりと皮肉が込められていた。

「赤毛の女の人？　ははあ、いつものように男あさりですね。酒が原因ですか？」

依然として警戒するような目つきで制服警官はわたしを見つめている。それから廊下の向こうに呼びかけた。「おい、アル！」

開いたドアから男が出てきた。身長百八十センチほど、体重は九十キロ近く、ごわごわした黒髪、落ち窪んだ目には表情がなかった。「今夜、ベイシティの本署で顔を合わせたアル・ド・スペインだ。

彼は急いだふうもなく廊下をこちらへやってきた。制服警官が言った。「こちらはお隣さんです」

ド・スペインはわたしに近づき、目をのぞき込んできた。ド・スペインの目は黒い粘板岩の破片ほどに表情がなかった。穏やかともいえる声で訊ねる。「名前は？」

「ジョージ・タルボット」声が甲高くなることもなく答えた。

「なにか物音を聞きませんでしたかね？　われわれが来る前にですよ」

「ああ、言い争うような声を聞きましたよ。真夜中頃かな。別に珍しくもないですがね」わたしは死んだ女の部屋を親指で示した。

「ほう、そうですか。彼女のことはよくご存じで？」

「いいえ。知り合いになりたいとは思いませんよ」

「そう思ってもむりですよ。亡くなったんでね」

ド・スペインは大きな手でわたしの胸をそっと押し、戸口から部屋のなかへ戻した。手をわたしの胸に当てたまま、バスローブの脇ポケットにさっと目を走らせ、それからまたわたしの顔に視線を戻した。ドアから二、三メートル離れたところまで来ると、ド・スペインは肩越しに言った。「入ってきてドアを閉めろ、ショーティー」

ショーティーは部屋に入るとドアを閉め、小さな鋭い目を光らせた。

「とんだ茶番だな」ド・スペインは何気なく言う。「この男に銃を突きつけろ、ショーティー」

ショーティーは稲妻のような速さで、腰のホルスターを開き、警察の官給の銃を引き抜いた。それから唇を舐める。「これはこれは」ショーティーは穏やかな声で言う。

「まったくね」腰のホルダーを開いて手錠を半分ほど引き出す。「どうしてわかったんだ、アル」

「わかるって何をだ？」ド・スペインはわたしと目を合わせたまま、穏やかな声で話しかけてきた。「おまえはなにをするつもりだった——下に降りて新聞でも買うか？」

「まったくだ」ショーティーが口をはさむ。「こいつが殺したにちがいない。バスルームの窓から侵入して、この部屋の住人の服を着込んだ。ここはしばらく留守のようだな。ほこりが積もっている。どの窓も閉まっているし、空気も淀んでるしな」

ド・スペインは静かに言う。「ショーティーは理論的に考える警官だ。こいつには嚙みつかれないようにしたほうがいい。そのうち、手加減を忘れる」

わたしは言った。「それほどの優れものなら、どうして制服を着ているんだ？」

ショーティーは顔に朱を注ぐ。ド・スペインが言った。「こいつの服を探せ、ショーティー。それと銃もだ。急げよ。さっさと証拠をつかんじまえば、おれたちの手柄だ」

「この件の担当じゃないだろう」ショーティーは言う。

「だからって、失うものがあるか？」

「おれは、この制服を脱ぐはめになる」

「おいおい、チャンスをいかせって。隣にいるあのでくの坊のリードは、靴箱のなかにいるちっぽけな虫も捕まえられないんだ」

ショーティーは足早に寝室へ消えた。ド・スペインとわたしは、身動きもせずに立っていた。ド・スペインはわたしの胸に当てていた手をおろし、脇に垂らした。「なにも言うなよ」ド・スペインは物憂げにしゃべる。「推理させてくれ」

ショーティーが、あちらこちらのドアをあける音が聞こえてくる。テリアがネズミの穴を嗅ぎ当てたような甲高い声が起こった。ショーティーは右手にわたしの銃、左手に財布を持って部屋に入ってきた。銃の照星をハンカチでくるんで持っている。「銃は発射されてる。それに、こいつの名前はタルボットじゃない」

ド・スペインは顔をそちらへ向けもしなければ、表情もまったく変えなかった。いかにも獰猛そうな大きな口の端を持ち上げ、わたしに向かってかすかに微笑んだ。

「言うなよ。なにも言うんじゃない」ド・スペインは工具鋼のような硬い手でわたしを押した。「服を着ろよ、色男――ネクタイは気にしなくていい。ぜひとも行かなくちゃいけないところがある」

6　銃を取り戻す

わたしたちは部屋を出て、廊下を歩いた。ヘレン・マトスン宅の開いたドアからは、まだ光が漏れていた。ふたりの男が死体を運搬する籠を持って部屋の外に立ち、タバコを吸っていた。死んだ女の部屋からは言い争う声が聞こえてきた。

廊下を曲がり、何階分も階段を下ってロビーに出た。驚いた顔をした人たちが、五、六人ほど立っている――バスローブ姿の女が三人、まるで新聞社の社会部長のようにグリーンのまびさしをつけたはげの男、さらに薄暗い陰のなかにふたりいた。制服警官が、小さな音で口笛を吹きながら正面入り口の前を行ったり来たりしている。わたしたちは彼の前を通り過ぎた。彼はこちらにはまったく興味を示さなかった。外の歩道には、大勢の野次馬が集まっている。

ド・スペインが言った。「この小さな街にとっちゃあ、たいへんな夜だな」

わたしたちは警察のマークがついていない黒いセダンまで歩いていった。ド・スペインはステアリングホイールの前に滑り込み、隣に座るように身振りで示した。ショーティーは後部座席に腰をおろす。ショーティーの銃はすでにホルスターにおさめられていたが、ボタンははずしたままで、手を銃のそばに置いている。

ド・スペインは車を急発進させ、わたしはクッションに押しつけられた。タイヤが浮き上がるほどの勢いで一本目の角を曲がると東へ向かった。角を曲がるとき、赤いスポットライトを二灯点灯させた黒い大型車が、半ブロックほど向こうからスピードをあげて近づいてくるのが見えた。

ド・スペインは窓から唾を吐き、のんびりとした口調で言った。「あれは署長だ。あんなんじゃあ、自分の葬式にも遅刻しちまうだろうな。この件で、あいつの鼻をあかしてやったぞ」

ショーティーは後部座席でうんざり声で言う。「まったくだよ――これで一カ月の停職処分だ」

ド・スペインは応じた。「その煮えきらない態度はやめろ。さっきの現場に戻るはめになるぜ」

「おれはバッジをつけて、メシが食えりゃあいいんだって」ショーティーは答える。

ド・スペインは全速力で十ブロックほど進んでから、少し速度を緩めた。ショーティーが言う。「本署へ行く道じゃない」

ド・スペインが答えた。「冗談言うな」

さらに速度を落として徐行させ、左に曲がって静かな暗い通りに入っていった。民家が建ち並び、道は針葉樹に縁どられ、こぎれいに手入れされた芝生の向こうに、ちんまりとした家が建っている。ド・スペインはゆっくりとブレーキを踏み込み、車は縁石に沿って惰性で進んだ。エンジンを切る。それから片腕をシートの背にまわして、背後の小柄な〝鋭い目〟の制服警官に視線を向ける。

「こいつが女を殺したと思うか、ショーティー？」

「銃は発射されているんだ」

「ポケットからでかい懐中電灯を引っ張り出して、こいつの後頭部を見てみな」

ショーティーは鼻を鳴らし、後部座席でごそごそと体を動かすと、金属がカチリと音をたて、懐中電灯の末広がりの白い光がまぶしいほど満ちてわたしの頭を照らした。小男の息の音が耳元で聞こえる。ショーティーは手を伸ばし、後頭部の痛みの残るところに触れた。わたしは鋭い叫びをあげた。ライトが消え、あたりはまたすっぽりと闇に包まれた。

ショーティーが言う。「ブラックジャックで殴られたんだろう」

ド・スペインは感情を込めずに答えた。「あの女もそうだった。傷ははっきりと見えたわけじゃないが、確かにあった。あの女はブラックジャックで殴られ、服を脱がされて引っかき傷をつけられた。それから、撃ち殺されたんだな。だから引っかき傷から出血していたし、いかにも襲われたように見える。バスタオルで銃をくるんで撃ったんだ。誰も銃声を聞いてないからな。誰が通報してきたんだ、ショーティー?」

「おれが知るわけないだろ。あんたが署に来る二、三分前に男が電話してきたんだ。リードがまだカメラマンを捜してたときにね。交換手の話じゃあ、だみ声の男だったらしい」

「わかった。ショーティー、おまえが犯人なら、どうやって現場から逃げ出す?」

「歩いて姿を消すね。当たり前だろう? おい」ショーティーはわたしに向かって大声で言った。「おまえ、どうしてそうしなかったんだ？」

わたしは答えた。「ちょっとした秘密がなくっちゃな」

ド・スペインは抑揚のない声で言う。「通気口ほどしかない狭い窓を乗り越えて外へ出ようなんて思わないよな、ショーティー。隣の部屋の窓をぶち破り、そこの住人に成りすますまねはしないだろう。警察に電話をして、ここでやばいことが起こった、犯人を捕まえてくれなんて言うか？」

「まさか。こいつが電話をかけたって？　いいや、おれだったら、そんなこと、どれもやりはしない」

「犯人もそうだよ」ド・スペインは言った。「ただし、最後のひとつをのぞいてな。電話をしてきたのは犯人だ」

ショーティーが言う。「色情狂ってのは、おもしろいことをしてくれるからな。この男も逃げられたかもしれないのに、もうひとりのやつにブラックジャックで眠らされ、殺しの犯人に仕立てあげられちまった」

ド・スペインは耳障りな声で笑った。「よお、色情狂」そう言うと、銃口でも押しつけるように強くわたしのあばら骨を指でつついた。「おれたちの間抜け面を見てくれよ。ここに座ったまま、仕事を失おうとしている――つまり、ふたりのうち、仕事を持っているほうがな――おまえはすべての答えを知ってるってのに口をつぐみ、こっちは議論ばかりだ。まったく、おれたちはあの女が何者かさえわからないんだぜ」

「〈クラブ・コンリード〉のバーでひっかけた赤毛だよ」わたしは答えた。「いや、ひっかけられたんだ」

「名前とか素性は知らないのか？」

「いや。彼女は酔っ払っていてね。外の空気にあたるために手を貸してやったのさ。あそこから連れ出してほしいって頼まれたんで車に乗せた。そのときに頭を殴られたんだよ。目を覚ますとあの部屋の床に転がっていて、女は死んでた」

ド・スペインは言った。「〈クラブ・コンリード〉のバーでなにをやっていた？」

「髪の毛でも切ってもらおうと思ってね。なあ、バーでなにをするっていうんだ？　あの女は酔っ払っていて、なにかに脅えているみたいだった。バーでにらみを利かせている兄さんの顔に飲み物をぶちまけた。ちょっと女に同情したよ」

ド・スペインが応じた。「おれはいつも赤毛には同情するんだ。おまえを殴った野郎は、大男だったんだろう。おまえらふたりをあの部屋へ運び上げたんだからな」

「ブラックジャックで殴られたことがあるかい？」

「いや。おまえはどうだ、ショーティー？」

ショーティーも殴られたことがないと答えた。いかにもおもしろくないという顔をしている。

「なるほど」わたしは先を続けた。「あれで殴られると、酔っ払ったような感じになる。おそらく、おれは車のなかで意識を取り戻したのだろうが、やつは銃を持っていておれを黙らせたにちがいない。おれは女と一緒にあの部屋まで歩かされたんだろう。犯人は女の顔見知りだったんじゃないか。部屋にたどり着くと、おれはもう一度頭を殴られ、そのあいだの記憶が飛んでしまった」

ド・スペインが言った。「そういう話を聞いたことがある。だが、信じられない」

「いや、ほんとうのことさ。そうじゃないとおかしいだろう。なにも覚えていないんだし、手助けもなく、おれをあそこまで運び上げるのはむりだからな」

ド・スペインは反論した。「おれはできるぜ。おまえより重い連中を運んだことがある」

「わかったよ。やつはおれを運び上げた。それで、どうする？」

ショーティーが口をはさんだ。「どうして犯人は、こんなしち面倒くさいことをやらかしたんだ？」

ド・スペインが言った。「ブラックジャックを食らわせることは、しち面倒くさいことじゃない。銃と財布をよこせ」

ショーティーはためらっていたが、手渡した。ド・スペインは銃口を鼻に近づけて臭いを嗅ぎ、わたしに近いほうの側のポケットに無造作に突っ込んだ。財布を開き、計器盤の照明にかざし、それからこれもしまい込んだ。車のエンジンをかけ、そのブロックの半ばまで走ると車の向きを変えてアーゲロー大通りへ戻り、東へ曲がって赤いネオンサインの灯る酒屋の前で車を停めた。夜のこんな時間にもかかわらず、店は開いていた。ド・スペインは肩越しに言った。「なかへ行って署に電話をしてきてくれ、ショーティー。有力な手がかりをつかみ、ブレイトン通りの殺しの容疑者を捕まえに行く途中だと報告するんだ。それから署長に、ずいぶんといきりたってましたねって伝言しておいてくれよ」

ショーティーは車を降りて後部ドアを閉め、なにか言いかけたが、足早に歩道を横切り店のなかへ入っていった。

ド・スペインは車を急発進させ、最初の一ブロックを六十キロほどの速度ですっ飛ばした。ド・スペインは腹の底から笑った。次のブロックは八十キロで突っ走り、それから脇道に入って道をはずれ、学校の外のコショウボクの木の下に車を停めた。

ド・スペインが駐車ブレーキをかけようと前に屈み込んだとき、わたしはやつのポケットから銃を引き抜いた。ド・スペインはそっけない笑い声をあげ、窓の外へ唾を吐いた。

「かまわないぜ。おまえが取れるように、わざとこっちのポケットに入れておいたんだ。ヴァイオレッツ・マッギーと話したよ。あの新聞記者の坊やが、ロサンジェルスから電話をくれた。マトスンの死体は発見されたよ。今頃は、あの部屋にいたアパートの管理人を絞りあげているだろう」

わたしはド・スペインから離れ、ドアに寄りかかり、銃は膝のあいだで何気なく持っていた。「ベイシティの境界を越えたな、おまわりさん。マッギーはなんと言ったんだ？」

「おまえにマトスンの手がかりを与えたが、おまえがマトスンと接触できたかどうかはわからないってさ。アパートの管理人は——名前は聞いてない——死体を路地に放り出そうとしていたんだが、ふたりのパトロール警官が、やつを取っ捕まえた。マッギーの話じゃあ、おまえがマトスンと会って話を聞いたのなら、ベイシティにやってきて厄介ごとの真ん中に飛び込み、頭に一発食らって誰かさんの死体のそばで目を覚ますこともあるだろうってさ」

「マトスンとは会ってないよ」

黒々とした濃い眉の下から、じっとわたしを見つめているド・スペインの視線を感じた。「ところが、ベイシティにやってきて、厄介ごとに首を突っ込んだ」

わたしは左手でポケットからタバコを取り出し、ダッシュボードのライターで火をつけた。右手は銃を握ったままだ。「あんたがこっちのほうへ車を向けるってことには、気づいていたよ。この事件の担当じゃないってこともな。それで、容疑者を乗せたまま、街の境界を越えた。あんたはどうなる?」

「バケツ一杯の泥を食らうことになる——なにか手柄を立てないとな」

わたしは言った。「それはこっちも同じだよ。手を組んで、三件の殺しを解決すべきだと思う」

「三件だって?」

「ああ。ヘレン・マトスン、ハリー・マトスン、それにドクター・オーストリアンの女房だ。どれもみんな関係している」

「ショーティーをお払い箱にした。やつはチビで、署長はチビがお気に入りだからな。ショーティーはおれに責任を押しつけることもやりかねない。で、どこからはじめる?」

「〈内科・外科医ビル〉に小さな検査室を構えているグレブって男を捜すことからはじめようか。オーストリアンの女房の死因で、でたらめな報告を提出したと思われるんだ。あんたを取っ捕まえろと命令が出たらどうする?」

「ベイシティの警察はロサンジェルス市警の無線の周波数を使っている。自分とこの警官ひとりを見つけ出すために、無線連絡はしないさ」

ド・スペインは前屈みになり、ふたたびエンジンをかけた。

「財布も返してくれるかい? そうすりゃあ、銃をしまうよ」

ド・スペインは軋るような声で笑い、財布を放ってよこした。

7　ビッグ・チン

鑑識の仕事もしている診療所の医者は、九番通りのあまりぱっとしない地域に住んでいた。傾いだような小さな木造の平屋建てだった。ほこりをかぶったアジサイが広く群れ咲き、見るからに栄養不良のちっぽけな植物が道沿いに植えられ、まるで無からなにかを作り出そうと生涯を懸けた男の仕事のようだった。

ド・スペインは建物の前で車を徐行させながらライトを消して言った。「助けが必要なときは口笛を吹け。警官がやってきたら、十番通りへずらかるんだ。このブロックをひとまわりして、拾ってやるよ。そんなことにはならないと思うがな。今夜、連中の頭にあるのは、ブレイトン通りの女のことだけだ」

わたしはしんと静まり返った周囲に目を向け、霧で滲んだ月の光のなかを歩いて通りを渡り、家の前に来た。玄関のある部屋は前に突き出し、道路に直角に面している。家を建てたあとに考え直して付け足したように見える。呼び鈴を押すと、どこか家の裏のほうで鳴るのが聞こえた。反応はない。さらに二回押してから、玄関ドアのノブをまわした。鍵がかかっている。

小さなポーチを降りて家の北側へまわり、裏庭に建つ小ぢんまりとしたガレージに向かった。ドアは閉まり、南京錠がかけられていたが、強く息を吹きかければあけられそうだ。わたしは屈み込み、小型懐中電灯でぐらぐらしたドアの下の隙間から、ガレージのなかを照らした。車のタイヤが見えた。正面玄関まで戻り、今度はかなり大きな音でドアをノックした。

正面の部屋の窓が軋り、ゆっくりと下におりて、半分ほどのところで止まった。窓の向こうはカーテンが引かれ、室内は真っ暗だ。しわがれただみ声が聞こえた。「なんだ?」

「ミスター・グレブ?」

「ああ」

「お話をうかがいたいんですよ――大事な用件でしてね」

「寝てるんだ、ミスター。明日来てくれ」

鑑識という特殊技能を身につけた男の声には聞こえない。一度電話で耳にした声に似ている。すでに大昔のような気がするが、日が暮れてから訪ねていった〈テニスン・アームズ・アパート〉にかかってきた電話の声だ。

わたしは言った。「では、診療所のほうへおうかがいしましょう、ミスター・グレブ。

念のために住所を教えてください」

一瞬、沈黙が降りた。それから返事が返ってきた。「なあ、帰ってくれ。そっちに出て行って一発お見舞いする前に、とっとと消えろ」

「仕事だっていうのに、それはないでしょう、ミスター・グレブ。ほんの数分でいいですから、時間を割いてくれませんかね。どうせ目が覚めちゃったんだし」

「でかい声出すな。女房が起きる。病気なんだ。そっちに出て行ったら――」

「おやすみなさい、ミスター・グレブ」

霧にぼんやり霞む月の光のなかを歩道まで戻った。通りを横切り、黒い車まで歩いていくとド・スペインに言った。「ふたりがかりの仕事だ。荒っぽい野郎がいる。ロサンジェルスで電話を通して声を聞いただけだが、ビッグ・チンって呼ばれてる野郎だと思う」

「それはそれは。マトスンを殺したやつだろう？」ド・スペインは、わたしが立っているほうの窓に体を伸ばして頭を突き出し、唾を吐くと、二、三メートルほど向こうにある消火栓の上を越えていった。わたしは返事をしなかった。

ド・スペインは続ける。「そのビッグ・チンって野郎がモス・ローレンツなら、この目で顔を拝ませてもらおう。踏み込むのもいいかもしれないな。いや、ひょっとしたら、とんでもない手がかりをつかむかもしれないぜ」

「ラジオ・ドラマの警官みたいだな」

「怖いか？」

「おれか？　もちろん、おっかないさ。ガレージに車が停まっている。なかでグレブをふん縛ってどう料理するか思案しているんだろう。あるいは——」

「やつがモス・ローレンツなら、まともじゃないぜ」ド・スペインはうなるように言った。「大馬鹿野郎だがな。ふたつの場所にいるときだけは冴えてる——銃の後ろと、車のステアリングの前さ」

「鉛のパイプの後ろにいるときもそうだよ。さっき言いかけたのは、グレブは車に乗らずに出かけ、あのビッグ・チンが——」

ド・スペインは前屈みになり、ダッシュボードの時計を見た。「おれの考えじゃあ、グレブはずらかったな。いまごろは、故郷《くに》に帰ってるんじゃないか。やばいから姿を消せってタレこみがあったんだろうさ」

「踏み込むのか？　それともやめるのか？」わたしはさえぎるように言った。「誰がタレこんだ？」

「誰だかわからないが、最初にグレブを買収した野郎さ。ま、買収されていたら、だがな」ド・スペインはドアをあけて車から降り、立ったまま通りの向こうを眺めていた。上着の前を開き、ショルダーホルスターからいつでも銃を抜けるようにした。「ちょいとからかってやろうか。銃を持っていないって見せつけるために、両手は出しておけ。こっちが勝つには、それが一番いい手だよ」

通りを渡り、歩道を横切ってポーチにあがった。ド・スペインは、前屈みになって呼び鈴を押した。

半分開いた窓にかかったダークグリーンの擦り切れたカーテンの向こうから、うなるような声が聞こえてきた。

「なんだ？」

「よお、モス」ド・スペインが言った。

「なんだと？」

「アル・ド・スペインだよ、モス。おれも一枚嚙んでるってわけさ」

沈黙が降りた——長く居たたまれなくなるほどの沈黙だった。それから、しわがれただみ声が聞こえた。「一緒にいるのは誰だ」

「ロサンジェルスから来た友だちだよ。こいつのことなら心配いらない」

先ほどよりも長い間《ま》があった。「なにを企んでる？」

「ひとりか？」

「女がいるだけだ。あいつには話は聞こえないよ」

「グレブはどこにいる？」

「ほう——やつがどこにいるかだって？　なにを企んでるんだ、おまわりさんよ。さっさと言えってんだ！」

ド・スペインは自宅のラジオの脇にある安楽椅子でくつろいでいるような穏やかな声で言った。「おれたちは、同じ男のために働いているんだよ、モス」

「ワハハのハだ」ビッグ・チンは答えた。

「ロサンジェルスでマトスンが死体となって発見された。この街の警察はすでに、マトスンとオーストリアンの女房の死を結びつけている。ぐずぐずしているわけにはいかないぜ。ボスは北へ行ってアリバイ工作をしているが、おれたちはどうなる？」

だみ声が言う。「まったくよ、馬鹿ぬかしやがれ」しかし、そこには訝るような調子があった。

ド・スペインは続ける。「悪臭が漂ってきそうだろ。さあ、ここをあけろよ。おまえをふん縛るものは持ってないだろう？」

「ドアをあけているあいだに、どこからともなく出てくるんだろうぜ」ビッグ・チンが答えた。

「おまえはそれほど腰抜けじゃないだろう」ド・スペインはせせら笑った。

手で脇に寄せていたカーテンを離したようなサラサラと布の擦れる音がして、窓が閉まった。わたしは手を持ち上げようとした。

ド・スペインがうなるように言った。「馬鹿なまねをするな。あいつは鍵を握っている。傷つけるのはまずい」

家のなかからかすかに足音が聞こえてきた。鍵がはずされて玄関のドアが開くと、影となった男の姿が現われた。手にでかいコルトを握っている。ビッグ・チンとはよく言ったものだ。まるでカウキャッチャー（障害物を除くため機関車の前に取りつける三角形の器具）のように幅の広い大きな顎が突き出している。ド・スペインよりも大柄だった――ひとまわりはでかい。

「さっさと話せ」ビッグ・チンはそう言うと後ろへさがりはじめた。

ド・スペインは手のひらを相手に向けながら、両手をかかげ、そっと左脚を出して一歩前に踏み出し、ビッグ・チンの股間に蹴りを入れた――いともかんたんに――少しのためらいも見せず、銃をものともせずに。

わたしたちが銃を引き抜いたとき、ビッグ・チンはまだ闘っていた――自分自身とだ。ビッグ・チンは右手で引き金を絞ろうとしながら、銃口を持ち上げた。痛みがあらゆるものを圧倒し、ただ体を折り曲げ、わめくことしかできないでいる。痛みと闘って何分の一秒かを無駄にし、撃つことも叫ぶこともできないでいるときに、ふたりでさらに痛めつけた。ド・スペインは頭を、わたしは右手首を銃で殴りつけた。わたしは顎を狙いたかった――それほど魅了されてしまったわけだ――が、手首が銃の一番近くにあったのだ。やつの銃が落ち、それから突然、体も崩れ落ち、わたしたちのほうへ前のめりに倒れた。ふたりでその巨体を支えると、熱く、臭い息が顔にかかった。やつの膝の力が抜けて、わたしたちはビッグ・チンの上に倒れて廊下に転がった。

ド・スペインはうなり、やっとの思いで立ち上がるとドアを閉めた。それから、半分意識を失ってうめいている大男を転がし、両腕を背中にまわして手首に手錠をかませた。

わたしたちは廊下をたどった。左手の部屋がほんのりと明るく、のぞくと小さな卓上ランプの上に新聞がかぶせてあった。ド・スペインが新聞を持ち上げ、わたしたちはベッドの上の女に目を向けた。なにはともあれ、ビッグ・チンは彼女を殺してはいなかった。女は安っぽいパジャマを着て横たわり、恐怖のあまり大きく目を見開いてこちらを眺め、半狂乱の態だ。口、手首、足首、膝はテープでぐるぐる巻きにされ、耳からは脱脂綿の塊がのぞいていた。口を塞いでいる五センチ幅のテープの向こうから、微かにごぼごぼという音が聞こえてくる。ド・スペインは卓上ランプをわずかに傾けた。女の顔はぶちになっていた。脱色した髪の毛は根元のところが黒くなっており、痩せた顔は肉を削ぎ落としたかのように骨ばっていた。

ド・スペインは言った。「警察です。ミセス・グレブですか？」

女はいきなり体を動かし、苦しみ悶えるような目でド・スペインを見つめた。わたしは耳から脱脂綿を抜き取って言った。「もう一度訊ねたほうがいい」

「ミセス・グレブですか？」

女は頷いた。

ド・スペインは口を塞ぐテープの端を指でつまんだ。女はたじろぐような表情を目に浮かべたが、ド・スペインはテープを思い切り引き剝がしてから、すぐに手で女の口を覆った。彼は前屈みになってその場に立ち、左手に剝がしたテープを持っている——体のでかい、浅黒い顔をした無表情な警官は、セメントミキサー同様、神経を持ちあわせていないように見える。

「叫ばないと約束してくれますね？」

女はなんとか頷き、ド・スペインは手を離した。「グレブはどこに？」

体のほかのところに巻かれているテープも剝がす。

女はすすり泣きたいのをぐっとこらえ、爪を赤く塗った手で額を押さえて頭を振った。

「わからない。ずっと戻らないのよ」

「あのゴリラ野郎が押し入ってきて、どんなことを話したんです？」

女は大儀そうに答えた。「話なんてなにも。呼び鈴が鳴ってドアをあけたら、いきなり踏み込んできて腕をつかまれた。それから、あの大男、わたしを縛り、主人はどこにいるのかって訊いたのよ。知らないと答えると、何回か殴られたけれど、信じてくれたようね。どうして主人は車を使わないのかって言うから、いつも仕事には、車ではなく、歩いていくんだと答えたわ。そしたら、あの男、部屋の隅に座ったまま、身動きもしなければ話もしなくなった。タバコすら吸わなかったわ」

「電話をかけませんでしたか?」ド・スペインは訊ねた。

「いえ」

「あの男を前に見かけたことは?」

「ありません」

「服を着て。だれか友だちはいませんか。朝まで置いてくれるような」

女はド・スペインを見つめ、ゆっくりとベッドから身を起こし、髪に手を突っ込んでくしゃくしゃに乱しはじめた。それから口を大きくあけたので、ド・スペインは手で口を塞ぎ、力を込めた。

鋭い声で言う。「こらえて。警察には、ご主人になにか起こったという連絡は入ってません。しかし、ご主人の身になにかあったとしても、あなたは予期してたんじゃないですか?」

女は彼の手を払いのけ、ベッドから立ち上がるとその足元をまわり、寝室用たんすへ歩み寄ってウィスキーのパイント瓶を手に取った。蓋をあけ、瓶から直接飲む。「ええ、そう」ざらついた、強い調子の声で言った。「ようやく稼いだなけなしの金を医者連中に注ぎ込んでごきげんを取り、それでいてほとんど見返りがなかったら、あなたならどうする?」彼女はふたたび酒に口をつけた。

ド・スペインは答えた。「血液見本をすり替えるかもしれない」

　女はぼんやりとド・スペインの顔を眺めた。ド・スペインはわたしに目を向け、肩をすくめてから先を続けた。「おそらく、麻薬を扱ってたんでしょう。でも、商売は微々たるものだった。この暮らしぶりを見ると、ごくごく少量だったんでしょうね」ここで軽蔑したように部屋を眺め渡した。「さあ、服を着てください、奥さん」

　わたしたちは部屋から出てドアを閉めた。ド・スペインは、半ば体を横にして床の上に倒れているビッグ・チンに屈み込んだ。大男は開いた口から絶えずうめき声を漏らし、完全に意識を失っているわけでも、状況をはっきりと理解しているわけでもなかった。先ほど灯した廊下の照明から、ほのかな光が漏れてきて、そのなかでド・スペインは屈み込んだまま、手に持ったテープに目を向け、いきなり笑い出した。テープでビッグ・チンの口を乱暴に塞ぐ。

「歩かせることができると思うか？　こいつを担いでいくのはごめんこうむりたい」

「さあ、どうかな。ここはあんたが仕切ってるから、おれは手を貸すだけさ。歩いてどこへ行く？」

「静かで鳥のさえずる丘の上さ」冷たい声で言った。

　わたしは車のステップに腰をおろし、鐘の形をした大きな懐中電灯を膝のあいだにはさんでいた。光は強くはないが、ド・スペインがビッグ・チンになにをしているのかはわかった。屋根のついた貯水槽が頭上にそびえ、ここから道は真っ暗な谷間へと下っていく。一キロほど離れた丘の頂上に、二軒の家が建っているが、どちらも暗く、月の光に化粧漆喰の壁が照り映えているだけだ。丘の上は寒かったが、空気は澄み、星は磨き込んだクロムをちりばめたようだった。ベイシティにはうっすりと靄がかかり、なんだか別の国のようにずいぶんと遠くに見えたが、車でわずか十分の距離だ。

ド・スペインは上着を脱いだ。シャツの袖をまくりあげ、懐中電灯の細く鋭い光のなかで、手首と毛の生えていない腕が、並外れて大きく見えた。上着は、ド・スペインとビッグ・チンのあいだに置かれている。その上にはショルダー・ホルスターが横たわり、銃の握りがビッグ・チンのほうに向けられていた。上着はふたりの中間よりもやや一方にずれているので、ド・スペインとビッグ・チンのあいだには、地肌をのぞかせた砂利道が月の光に浮かびあがっている。銃はビッグ・チンの右、ド・スペインの左だ。

息も詰まるような重苦しい沈黙が続いたあとで、ド・スペインが言った。「もう一度、やってみな」ピンボールで遊んでいる男に話しかけるような、気楽な調子だ。

ビッグ・チンの顔は、血だらけだった。赤い色に見えなかったが、一、二回懐中電灯で照らし、たしかに血が流れているとわかった。両手は自由に使え、股間を蹴られたダメージからはずいぶんと前に回復しており、痛みは苦痛の海のはるか向こう岸に去っていた。ビッグ・チンはしわがれ声をあげると、いきなり腰を左にひねってド・スペインから顔をそらし、右膝をつくと銃に手を伸ばした。

ド・スペインはその顔を蹴り飛ばす。

ビッグ・チンは砂利の上に転がり、両手で顔を覆った。指のあいだから苦痛にうめく声が漏れる。ド・スペインはさらに一歩踏み出し、彼の足首を蹴った。ビッグ・チンはわめいた。ド・スペインは上着と銃がおさまったホルスターを飛び越えて、元の場所に戻る。ビッグ・チンは少し体を転がしてひざまずき、頭を振った。黒い大きな滴りが顔から砂利の上へ落ちていった。ゆっくりと立ち上がり、少し背を丸めたままでいた。

ド・スペインが言う。「さあ、かかってこいよ。腕っぷしには自信があるんだろう。背後にはヴァンス・コンリードもついているし、コンリードは組織の後ろ楯がある。アンダーズ署長もおまえを背後で支えているのかもしれないな。おれは出世の見込みのない卑しいおまわりだ。さあ、こいよ。ショーをはじめようぜ」

ビッグ・チンはいきなり銃へ飛びついた。手が握りに触れたが、銃はくるりと向きを変えただけだった。ド・スペインはその手を踵で踏みつけ、ぎりぎりとねじ込んだ。ビッグ・チンは叫び声をあげる。ド・スペインは一歩飛びすさるとうんざりした声で言った。「手も足も出ないってわけじゃあるまい、坊や」

わたしはかすれた声で言った。「いったい、どうして、こいつにしゃべらせないんだ？」

「しゃべりたがらないからさ。こいつは口でどうこうするタイプじゃない。なんてったって、タフな兄ちゃんだからな」

「じゃあ、その哀れなやつを撃ち殺したらどうだ」

「まさか。おれはその手の悪徳警官じゃないんだぜ。なあ、モス、こいつはおれのことを、鉛のパイプでしょっちゅう人の頭を殴ってないと神経的な消化不良になっちまうサディストのおまわりぐらいにしか思ってないんだ。そんなふうに思わせておくなんて、おまえも嫌だろう？　これは、れっきとした勝負だ。十キロほどおれのほうが体重が少ないし、それに銃がどこにあるか見てみな」

ビッグ・チンは不明瞭な声で言った。「おれがそいつを手にしたら、お仲間が撃つんだろう」

「それはない。さあ、こいよ、兄さん。もう一度だけだ。まだ、本領を発揮してないんだろう」

ビッグ・チンはふたたび立ち上がった。あまりにゆっくりなので、壁を這いのぼっているように見えた。体がぐらぐら揺れ、手で顔の血をぬぐう。わたしは頭が痛くなった。胸もむかむかする。

ビッグ・チンはいきなり右足を振った。あっという間の出来事だったが、ド・スペインは宙に浮かんだ足をつかみ、一歩後ろにさがりながら引っ張った。脚がまっすぐに伸び、大男は片足で立ったままバランスを取ろうとする。

ド・スペインは落ち着き払って言う。「ごたいそうな銃を持って、丸腰の相手に向かい、しかも、相手がこんなふうに一か八かの勝負にでることはないとわかってりゃあ、うまくたちまわれたんだろうがな。ところが、見てのとおりさ」

ド・スペインは両手で足をねじった。ビッグ・チンの体は宙に舞いあがり、横ざまに飛んでいくように見え、肩と顔から地面に突っ込んでいったが、ド・スペインは足から手を放していなかった。さらに足をねじっていく。ビッグ・チンは地面の上で体をまわし、動物のような耳ざわりな声を漏らしたが、口が砂利に押しつけられているので、くぐもって聞こえた。ド・スペインは、いきなり、思い切り足をひねった。ビッグ・チンは、一ダースのシーツが引き裂かれたかのような声で悲鳴をあげた。

ド・スペインは前方に飛ぶと、ビッグ・チンのもう片方の足首を踏みつけた。両手で持った足に全体重をかけて股を押し開いた。ビッグ・チンはあえぐのと叫ぶのを同時にやろうとして、大きな老犬が吠えるような声をあげた。

ド・スペインが口を開いた。「こういうことをやって、金をもらっている野郎もいるんだ。はした金じゃない——たんまりとだ。ほんとうに金になるか、試してみたほうがよさそうだ」

ビッグ・チンは叫んだ。「立たせてくれ！　話す。話すよ！」

ド・スペインはさらに股を開いた。足になにかをするとビッグ・チンは急にぐったりとなった。まるでアシカが気絶したようだ。力あまったド・スペインは一方によろよろとよろめき、ビッグ・チンの脚は地面を打った。ド・スペインはポケットからハンカチを取り出すと、ゆっくりと顔と手を拭いた。

「頼りない野郎だ。ビールの飲み過ぎだ。もっと骨があると思ったがな。ステアリングの前にケツを据えっぱなしだからだろう」

「しかも、銃を手にしてな」わたしは言った。

「おっと、いい考えが浮かんだ。こいつには自尊心をなくしてもらいたくないからな」

ド・スペインは一歩踏み込み、ビッグ・チンの肋骨を蹴りつけた。三度目に蹴りを入れたところで、うめき声があがり、ビッグ・チンのまぶたで閉ざされていた目に光が戻った。

ド・スペインは命じた。「起きろ。もう痛めつけることはしない」

ビッグ・チンは立ち上がった。たっぷり一分ほどの時間がかかった。その口――口の残骸――は、大きく開いたままだ。わたしは殺された男の口を思い出し、この男に同情するのをやめた。ビッグ・チンは両手を宙にさまよわせ、なにか寄りかかるものを探している。

ド・スペインは言った。「ここにいる友だちも言ってるが、おまえ、銃を持っていないと、えらくやわなんだな。おまえみたいな強い兄さんに、あっさりへたりこんでほしくないんだよ。いいから、銃を取りな」軽く蹴るとホルスターは、上着から滑り落ちてビッグ・チンの足元近くに転がった。ビッグ・チンは背中を丸めて、銃を見下ろした。もう首を曲げることができないようだった。

「話すって」ビッグ・チンはうなるように言った。

「誰も話せなんて言ってないぜ。銃を手にしろと頼んでいるだけだ。言うことをきかせるために、また、痛めつけるようなまねはさせないでくれ。いいか――銃を取れ」

ビッグ・チンはふらつきながらひざまずき、手をゆっくりと銃の握りに這わせてつかんだ。ド・スペインはぴくりとも動かずに見ていた。

「いいぞ。おまえは銃を手にした。また、おっかない兄さんになったんだ。もっと女を殺せるぞ。ホルスターから銃を抜けよ」

やっとのことで手を動かしているとでもいうように、ゆっくりとビッグ・チンは銃を抜き、脚のあいだにはさむと、膝をついたままじっとしていた。

「どうした。殺す気はないのか？」ド・スペインは挑発する。

ビッグ・チンは銃を地面に落としてすすり泣いた。

ド・スペインが怒鳴った。「おい！　元の場所へ戻せ。おれはいつも銃をきれいにしてるんだ。汚してもらいたくない」

ビッグ・チンは銃を手探りしてつかむと、ゆっくりと革のホルスターに戻した。残っている力をすべて出し切ってしまったようだ。ビッグ・チンはホルスターの上にうつむきに倒れた。

ド・スペインはその腕を取って転がし、仰向けにすると、ホルスターを拾い上げた。銃の握りを手でぬぐい、胸にホルスターを着装した。それから、地面に置いた上着も手に取り、はおった。

「さて、なにもかもしゃべってもらおうか。話したくないときに、話をさせることはできないと思ってるんでね。タバコはあるかい？」

わたしは左手をポケットに突っ込んでタバコの箱を出し、一本振り出して差し出した。大型懐中電灯をつけ、差し出したタバコとそれを取ろうと手を伸ばしたド・スペインの大きな指先を照らし出した。

「そいつは必要ないよ」ド・スペインはそう言って、マッチを手探りして火をつけ、ゆっくりと煙を肺に満たした。わたしは懐中電灯を消した。ド・スペインは、丘の下に広がる海、曲線を描く浜辺、ライトの灯った桟橋を眺めた。「ここはなかなかすてきなところだな」

「寒いよ」わたしは言った。「夏だってのにな。一杯やりたいよ」

「おれもだ」ド・スペインは答えた。「もっとも、酔っちゃあ、仕事ができないがな」

8　注射を打つ者

ド・スペインは〈内科・外科医ビル〉の前に車を停め、六階の電気のついている窓を見あげた。この建物は、放射状に広がった造りになっており、すべてのオフィスに日光が当たるようになっていた。

ド・スペインは口を開いた。「やれやれ。やつは上にいるようだ。ぜんぜん眠らないとみえる。向こうに停まっているおんぼろ車を見なよ」

わたしは車から降り立ち、建物の入り口ロビー脇に店を構えた真っ暗なドラッグストアの前まで歩いていった。午前三時になろうとしているのに、細長い真っ黒なセダンは、店の前の駐車スペースの枠のなかに斜めに停まり、まるで昼間のような律義さだ。前のナンバープレートの横に、医者を表わす紋章がついていた。アエスクラピウスの杖に蛇が絡みついた図章だ。懐中電灯で車内を照らし、免許証たてに目を向けて名前の一部を確認してから明かりを消した。ド・スペインのところへ戻る。

「確かめたよ。あの電気がついているのが、奴さんの部屋だってどうしてわかったんだ？　こんな時間になにをしているんだろう？」

「注射器をかばんに詰め込んでるのさ。前にやつを見張ったことがあるんで、あの窓がそうだって知ってるんだよ」

「見張ったってどうしてだ？」

ド・スペインはわたしに目を向けたが返事をしなかった。それから肩越しに後部座席を振り返った。「気分はどうだ、相棒？」

床の敷物の下から、かすれた音が聞こえてきたが、おそらく声を発しようとしているのだろう。ド・スペインが言った。「車に乗るのが好きらしいな。おっかない兄さんたちは、みんな、車を乗りまわすのが好きなんだ。よし。このポンコツを路地に押し込んで、あがってみよう」

ド・スペインはライトをつけずに車を走らせ、ビルの角を曲がった。月の光だけがあたりを照らす夜の闇のなかで、エンジン音が止まった。通りの向こう側には、巨大なユーカリの木が並び、公共のテニスコートを囲っていた。大通りの向こうから海藻の匂いが漂ってくる。

ド・スペインはビルの角を曲がって戻ってきて、わたしたちは鍵のかかったロビーのドアへ歩いていき、分厚い板ガラスをノックした。大きな青銅の郵便受けのずっと向こうにドアの開いたエレベーターがあり、そこから光が漏れている。エレベーターから爺さんが出てきて廊下をドアのところまでやってくると、鍵を手にしたまま突っ立ってわたしたちを見つめた。ド・スペインが警察のバッジを掲げてみせた。爺さんは目を細ませてバッジを眺め、鍵をあけ、わたしたちをなかに入れると、ひとことも発しないまま、ふたたび施錠した。それから廊下をエレベーターまで戻り、椅子の上の手作りのクッションの位置を直すと、舌で入れ歯を動かして口を開いた。「なんの用かね？」

爺さんは灰色の細長い顔をし、なにも話していないときでもうなるような声をあげている。ズボンは折り返しのあたりが擦り切れ、踵の減った黒い靴の片方に突っ込まれた足は、明らかに腱膜瘤《けんまくりゅう》（足の親指の膨らみの滑液嚢の炎症による腫れ物）だ。青い制服の上着は、馬小屋が馬に合う程度に体に合っていた。

ド・スペインが言った。「ドクター・オーストリアンは上にいるんだろう？」

「だからって驚かないよ」

ド・スペインは答えた。「驚かそうなんて思ってない。そのつもりなら、ピンクのタイツでもはいてくるさ」

「ああ、ドクターは上にいるよ」爺さんは不機嫌そうに言った。

「グレブを最後に見かけたのは何時だ？　四階で検査の仕事をしている男だよ」

「見てないね」

「仕事は何時からだい、爺さん」

「七時だよ」

「わかった。六階まで頼む」

爺さんはシャーという音とともにドアを閉めると、ゆっくりと慎重にエレベーターを上昇させ、ふたたび音をたててドアをあけると、人間の形をした灰色の流木のように、座ったまま動かなくなった。

ド・スペインが手を伸ばし、爺さんの頭の上にぶらさがっているマスターキーを取った。

「よう、だめだよ」

「誰がだめだなんて言ったんだ？」

爺さんはなにも言わずに、腹立たしげに首を振った。

「いくつだい、爺さん？」ド・スペインが訊ねる。

「じき、六十になる」

「六十になるだって？　どう見たって七十だろうが。エレベーターを操作する免許証はどうやって手に入れた？」

爺さんは黙り込んだ。入れ歯を鳴らす。

「よし。その老いぼれた口を閉じていれば、すべてはごきげんってわけだ。エレベーターをおろしな、爺さん」

わたしたちが降りるとエレベーターは静かに下っていった。ド・スペインは立ったまま廊下を見つめ、リングに通ったマスターキーをじゃらじゃらと鳴らしていた。それから口を開いた。「さあ、いいか。やつの続き部屋は突き当たりだ。四部屋ある。待合室はふたつあるが、もともとひと部屋だったのを半分に仕切ったんだ。どちらの待合室からも、隣り合わせの続き部屋へ行けるようにしたんだな。この壁の向こうに狭い廊下があって、待合室からそこに出るようになっている。残りは、小さな部屋が二つ、それとドクターの私室だ。つかめたか？」

「ああ。どういう計画だ――押し入るか？」

「やつの女房が死んでから、しばらく、張っていたんだ」

「診療所の看護婦の赤毛に目を光らせていなかったのは残念だ。今夜、殺された女のことだよ」

ド・スペインはゆっくりとこちらに視線を向け、底なしに黒い目と表情のない顔でわたしを見つめた。

「張っていたと言えなくもないぜ。時間が許す限りな」

「冗談言うなよ。名前も知らなかっただろう」わたしはそう言って、ド・スペインを見据えた。「あんたに教えてやらなければならなかったぜ」

ド・スペインは考えをめぐらせてから答えた。「そうだな、診療所で白衣を着た姿と、ベッドで裸で死んでいる姿とじゃあ、ちょいとばかりちがうんだろうな」

「そりゃあそうだ」わたしは彼を見つめたまま答えた。

「よし。行くぞ――診療所のドアをノックしてくれ。奥から三つ目だ。ドアがあいたら、おれは待合室に忍び込み、どんな話だろうが、たっぷりと聞かせてもらう」

「うまくいきそうだが、なんだかツキが落ちたような気がする」

わたしたちは廊下を進んだ。木製のどっしりとしたドアは、枠にぴたりと収まって室内の光が漏れてくることはない。ド・スペインが言っていたドアに耳を押しつけると、動く音がかすかに聞こえてくる。わたしは廊下の突き当たりにいるド・スペインに頷く。彼はゆっくりとマスターキーを鍵穴にさし込み、わたしは力をこめてドアをノックし、目の端でド・スペインがなかに忍び込むのをとらえていた。彼の姿が消えるとすぐにドアが閉ざされた。わたしはもう一度ノックした。

いきなりドアが開き、目の前に背の高い男が姿を現わした。淡い砂色の髪が、天井の照明を浴びている。ワイシャツ姿で手には、平たい革のかばんを持っていた。痩せ細り、眉毛は灰褐色、不幸せそうな目だ。長細い美しい手の形をしており、爪の先は四角いが、手入れされている。爪はよく磨かれており、深づめをするほど短く切られていた。

「ドクター・オーストリアン？」

男は頷いた。痩せこけた首で喉仏がかすかに動いた。

「とんでもない時間におじゃまして申し訳ないが、なかなかつかまらないんでね。わたしは、ロサンジェルスから来た私立探偵で、ハリー・マトスンという男から仕事を依頼された」

驚かなかったのか、それとも感情を外に表わさないことに慣れているのか、まったく表情が変わらない。喉仏がまた動き、手に持った革のかばんを引き寄せて当惑したように眺め、一歩後ろへさがった。

「いま話している時間はないんだ。明日また来てくれないか」

「グレブにも同じことを言われましたよ」

この言葉には驚いたようだ。わめきもしなければ、引きつけを起こして倒れもしなかったが、心をかき乱したことはわかった。「入ってくれ」かすれた声で言った。

わたしがなかに入ると、彼はドアを閉めた。黒いガラスでできたようなデスクが据えられていた。クロムの骨組みに粗いウールが張られた椅子があった。隣の部屋へ続くドアは、半分ほど開いており、向こうは暗かった。診察用のテーブルの上に、白いシートが広げられ、その足元に鐙《あぶみ》のようなものが置かれているのが見えるだけだ。そちらから音は聞こえてこない。

黒いデスクには、きれいなタオルが敷かれ、その上に十数本の皮下注射器と針が別々に並んでいた。壁際には電気による殺菌消毒キャビネットが置かれ、ここにも注射器と針が、やはり十数本ほど入っているようだ。ケースは通電されていた。そちらへ歩いていって注射器と針を眺めていると、背の高い痩せた医者は、デスクの後ろへまわり込んで椅子に腰をおろした。

「ずいぶんたくさんの針を使うんですね」わたしはデスクそばの椅子を引き寄せて言った。

「なんの用だ？」彼の声はまだにごって耳障りだった。

「奥さんの死に関して、お役に立てると思うんですがね」

彼は穏やかな声で答えた。「それはご親切に。どんなふうに役に立っていただけるのかな？」

「誰が殺したのか、犯人を指摘できると思う」

医者が不自然で妙な薄笑いを浮かべると、歯が光を照り返した。それから肩をすくめ、口を開いたが、その声は天気の話をしているときのようにそっけなかった。「感謝すべきなんだろうがね。妻は自殺したと思っていたんだ。検死官も警察もわたしと同じ意見のようだ。だが、もちろん、私立探偵が――」

「グレブは、そう思ってやしません」事実を押しつけるような言い方はしなかった。「一酸化炭素中毒で死んだ人物の血液と、奥さんの血液を入れ換えたってのが真相でしてね」

医者はじっとわたしを見つめた。灰褐色の眉の下で目は深みを帯び、悲しげでよそよそしかった。「グレブには会っていないはずだよ」内心楽しんでいるように言う。「今日の午後、東部へ行ったのを知っているんだ。オハイオの父親が亡くなったんだよ」医者は立ち上がり、電気の殺菌消毒キャビネットへ歩いていき、鎖のついた懐中時計で時間を確認してから電源を切った。デスクに戻り、平たい箱の蓋をあけてタバコを一本取り出してくわえ、箱をこちらへ押し出した。わたしは手を伸ばして一本取った。目の端で暗い診察室をそれとなくのぞいたが、先ほど目に入らなかったものは、やはり見えない。

「それは妙だな。奥さんは知りませんでしたよ。ビッグ・チンもね。ビッグ・チンは、今夜、奥さんをベッドに縛りつけて、グレブが帰ってくるのを待っていた。殺そうと思ってね」

ドクター・オーストリアンは、ぼんやりとわたしを眺めた。デスクの上をかきまわしてマッチを探し、それから、引き出しをあけると小さな白い握りのついたオートマティックを取り出して片手に握った。空いているほうの手で、わたしにマッチを放った。

「銃は必要ない。こいつは仕事の話なんでね。仕事の話に徹していれば、それなりに得ることはあると思うよ」

彼は口にくわえていたタバコをデスクの上に放った。「ほんとうは吸わないんだ。必要な仕草だって言われてるんで、やっているだけさ。銃がいる話じゃないというのは嬉しいね。だが、必要もないのに銃を持っているほうが、必要なときに銃を持っていないのよりはずっといいだろ。さて、ビッグ・チンとは何者だ？　警察を呼ぶ前に聞いておきたいんだが、ほかにどんな重要な話があるんだ？」

「じゃあ、話しましょう。そのために来たんだ。奥さんは、ヴァンス・コンリードのクラブでルーレットをして、あんたが注射で稼いだ金をすっちまった。それに、奥さんはコンリードと親密な仲にあったって噂もある。ま、気にしてないでしょうね。ひと晩じゅう家をあけて仕事に精を出し、夫らしいことはなにもできないんだから、むりもない。でもね、金のことは無視することはできなかった。なんせ、そいつを稼ぐのに、ずいぶんと危ない橋を渡ってるからね。それについちゃあ、あとで話しますよ。

　亡くなった夜、奥さんはコンリードのクラブでヒステリーを起こし、あんたはクラブに呼ばれ、奥さんの腕に注射して落ち着かせた。コンリードが奥さんを家へ送り、あんたは診療所の看護婦ヘレン・マトスン——マトスンの元妻ですよ——に電話をして、家に行って奥さんの様子を見るように頼んだ。それから、マトスンがガレージの車の下で奥さんが死んでいるのを発見して連絡してくると、あんたは署長に電話をかけた。もみ消し工作が行なわれ、その徹底ぶりは、おしゃべりな南部出身の上院議員ですら、マッシュ（トウモロコシ粉を水または牛乳で煮た粥）のお代わりを注文している耳と口が不自由な男のように思わせるほどだ。ところが、第一発見者のマトスンは、ほかにもなにかつかんでいた。それをあんたに売ろうとしたんだが、あの男には運がなかった。というのも、あんたはお得意の口数の少ない態度を通し、腹が据わっているところを見せつけたからだ。友だちのアンダーズ署長が、マトスンのつかんだことなど証拠にならない、と言ってくれたからかもしれない。それで、マトスンはコンリードを脅して金をまきあげようとした。頑固な郡の大陪審の前でこの事件が審理されることになれば、賭博商売に跳ねっかえりがきて、コンリードは凍えついたピストンよりも身動きが取れなくなり、背後にいる組織の連中の怒りを買い、ポロ用の馬も取り上げられるだろうってマトスンは読んだんだ。

コンリードは気に入らなかった。それで、モス・ローレンツって野郎に話をした。こいつは、いまは市長の運転手をしているが、以前はコンリードのところで荒っぽい仕事をしていた男で――さっき言ったビッグ・チンって野郎ですよ――そいつにマトスンの面倒をみてもらうことにしたんだ。マトスンは探偵の許可証を失い、ベイシティから追い出された。ところが、マトスンはマトスンなりに肝っ玉があってね。ロスにアパートを借りて身を隠し、計画を諦めなかった。アパートの管理人は、どういうわけかマトスンの秘密を嗅ぎつけ――どうやったのかは知らないが、ロスの警察が解明してくれるだろう――やつを売ることにし、今夜、ビッグ・チンが街まで出かけていって、マトスンを始末した」

わたしは言葉を切り、背の高い男を見つめた。顔の表情はまったく変わらなかった。

二、三回まばたきをし、手のなかで銃をまわした。診療所のなかはしんと静まり返っている。隣の部屋から息をする音でもしないかと耳をすませたが、なにも聞こえてこなかった。
「マトスンは死んだのかね？」ドクター・オーストリアンはとてもゆっくりとした口調で言った。「まさか、わたしが関係しているとでも思っているのかね」彼の顔が、わずかにきらめいた。

「さあ、どうですか。グレブは、あんたの計画のアキレス腱だったんで、何者かが今日、街から追い出した——大慌てでね——それが正午頃なら、マトスンが殺される前だな。おそらく、金を渡したんだろう。グレブの家を見たが、金に余裕がある男の住まいには見えなかった」

ドクター・オーストリアンは口早に言った。「コンリード、あいつめ！　やつは今朝早く、電話をかけてきて、グレブを街から追い出せと言ったんだ。わたしは金を渡した。だが——」ここで言葉を切り、自分に腹を立てたような顔をし、もう一度、銃を見下ろした。

「だが、なにが起こっているかわかっていなかった。信じますよ、ドクター。露ほども疑っちゃいない。ちょっとのあいだでいいから、銃を置いてくれませんかね」

「続けてくれ」ドクター・オーストリアンは張り詰めた声で言った。「続きを話してくれないか」

「わかりましたよ。まだまだ話すことは山ほどある。まず、ロサンジェルス市警はマトスンの死体を発見したが、こっちに捜査の手がまわるのは明日になってからでしょうよ。第一に、時間が遅すぎる。第二に、話のつじつまをあわせて真相を見破ったとしても、この事件を公《おおやけ》にしたくないからだ。〈クラブ・コンリード〉は、市警の管轄内ぎりぎりのところに建っていて、さっき言った郡の大陪審はそのことが大いに気に入るだろう。モス・ローレンツは起訴されるだろうし、ローレンツは軽いほうの罪を認め、サン・クウェンティン刑務所で数年お勤めをする。警察は事件をこのような方向で解決したがっている。次にビッグ・チンがやらかしたことを、どうやってつきとめたかという点ですがね、なにを隠そう、やつが話してくれたんですよ。仲間とふたりでグレブに会いに行くと、ビッグ・チンがミセス・グレブをベッドにテープでくくりつけて、暗闇のなかに隠れていた。それでやつを捕まえて丘の上に連れていき、かわいがってやったら、話したというわけですよ。あの哀れな男にちょっとばかり同情しましたけどね。ふたり殺していながら、一セントにもならなかったんだ」

「ふたり殺した？」ドクター・オーストリアンは怪訝な顔をして言った。

「そのことは、あとで触れますよ。さて、これで自分の立場がわかったでしょう。しばらくすると、あんたは誰が奥さんを殺したか、話すことになる。ところが、おかしなこ向とに、わたしはそいつを信じない」

「なんということだ」医者はつぶやいた。「まったくこんなことって」銃をわたしに向け、すぐにまたおろしたが、わたしは不意を突かれて身を屈めることもできなかった。

「わたしは奇跡の男でしてね。アメリカの大いなる私立探偵ってわけですよ——おまけに無料奉仕ときた。マトスンとは話をしたこともないのに、ご指名がかかった。マトスンがあんたのなにをつかんでいたか、奥さんがどうやって殺されたか、そして、どうしてあんたが犯人ではないのか、説明しようじゃありませんか。ウィーンに本部があるインターポールみたいに、ひとつまみのほこりから、すべてがわかっちまうんですよ」

医者はおもしろいと思ってくれなかったようだ。唇のあいだからため息を漏らし、骨ばった頭骨を彩る淡い砂色の髪の毛の下にある顔は老け込み、灰色にゆがんだ。

「マトスンはあんたの弱点を握ってた。つまり、グリーンのヴェルヴェットのパンプスを持っていたんだ。ハリウッドの〈ヴァースコイル〉という店が奥さんのために手造りした靴ですよ——あの店は、オーダーメイドの靴の専門店で、パンプスにも靴型の番号が刻印されている。あれはまったくの新品で、一度も履いていないのは明らかだ。〈ヴァースコイル〉はまったく同じパンプスを二足造っている。マトスンが奥さんの遺体を発見したとき、片方の足の靴は新品だった。どこで遺体を発見したか知っているでしょう——ガレージの床だ。あそこへ行くには、家の脇のドアから外に出て、コンクリートの道を歩かなければならない。あのパンプスを履いて歩いたということはありえない。ということは、あそこに運ばれたってことだ。つまり、殺されたんだな。犯人が誰であっても、そいつは、奥さんが履いていた靴と予備に取っておいた靴を片足ずつ履かせてしまったんだ。マトスンはそこに気づいて、パンプスを失敬した。署長に電話するようにマトスンを家に行かせ、その隙にあんたは寝室に戻って、靴底に歩いた跡が残っているほうを取ってくると、奥さんの裸足の足に履かせた。あんたはマトスンがパンプスを盗んだと疑った。それをほかの誰かに話したのかどうかは知りませんがね。ここまではいいですか？」

医者はわずかに頭を縦に動かした。かすかに震えていたが、象牙の握りのついたオートマティックをつかむ手は微塵も動かなかった。

「こうして奥さんは殺された。グレブは誰かさんにとっては危険な存在だった。一酸化炭素中毒で死んだのではないと証明できるからね。車の下に寝かせられたときには、奥さんはすでに息絶えていたはずだ。モルヒネの多量摂取でね。もちろん、これは推測にすぎない。推測だって認めますが、説得力はあるでしょう。あんたに尻ぬぐいさせるには、これしか方法がないんですよ。しかも、モルヒネを持っていて、使う機会がある人物にとっては、かんたんな殺し方でもある。あの晩早くに注射されたのと同じところに、致命的な量のモルヒネをもう一度注射すればいい。それで、あんたは帰宅し、奥さんが死んでいるのを見つける。あんたはもみ消し工作をしなければならなかった。奥さんの死因がわかったし、それを明るみに出すわけにはいかなかったからだ。なんてったってモルヒネを商売にしているんだからね」

医者は微笑んでいる。天井の隅にかかった蜘蛛の巣のように、口の端に笑みが引っかかっていた。自分では笑みを浮かべていることに気づいてさえいないようだ。「おもしろいね。きみを殺すつもりでいるんだがね、話が興味深いんでつい引き込まれてしまう」

わたしは電気の殺菌消毒キャビネットを指さした。「あんたのような医者は、ハリウッドに何十人といる――注射屋さんだ。注射器をわんさか入れた革のかばんを持って、夜中に走りまわるのさ。麻薬や酒でへろへろになった連中を、しゃんとさせるんだ――一時的にだけどね。たまに中毒になるやつがいて、そうなると厄介だ。おそらく、あんたたちが面倒をみている連中は、なんとか手を打たないと、十中八九、刑務所送りになるか、精神病院行きだろう。仕事を失うのは確実だ。ま、仕事をしていればの話だがね。なかには、きわめて大物もいる。それにしても、危険な仕事だ。腹を立てたやつが、あんたたちを連邦捜査官に売るかもしれない。あんたたちの患者は調べられ、そうなれば、ひとりくらいべらべらしゃべっちまうやつが出てくる。非合法のルートからもモルヒネを入手して、少しでも身を守ってもらわなくちゃならない。コンリードが都合をつけているんじゃないかって思ってるよ。だから、あんたは女房と金をまきあげられても、文句を言わなかったのさ」

ドクター・オーストリアンは丁重ともいえる口調で言った。「きみは、ちっとも遠慮がないんだな」

「どうして、そんなことをしなくちゃいけないんです？　これは一対一の話し合いでしょう。どれひとつ、証明できない。マトスンが失敬したパンプスのおかげで、話はおもしろくなるが、法廷ではまったく役に立たないんですよ。グレブを連れ戻して証言させたとしても、あんな小者は弁護士に笑い物にされてしまう。それはそうと、あんたは医師免許を剝奪されないように、大金が必要になるんじゃないかな」

「つまり、その金の一部が欲しい。そういうことだな？」

「いや。生命保険に入るために、金は取っておくことですよ。もうひとつ、はっきりさせたいことがありましてね。われわれのあいだだけでも、奥さんを殺したと認める気はないですか？」

「認めよう」ドクター・オーストリアンは答えた。タバコを無心したときの返事のようにそっけなく、素直だった。

「そう言うと思った。だがね、認める必要はないんですよ。奥さんを殺した真犯人をあんたは知っている。お楽しみのために使うこともできた金を奥さんがパアにしてしまったのが動機だね。しかも、犯人はマトスンがつかんでいた事実を知っていて、女だてらにコンリードを脅そうとした。それで、彼女は殺されてしまった――昨夜、ブレイトン通りでね。もう彼女のために隠蔽作業をする必要はないんですよ。あの女の部屋のマントルピースの上にあんたの写真が飾ってあった――〝愛をこめて。リーランド〟。写真は隠しておきましたがね。とにかく、もう、彼女をかばわなくていいんです。ヘレン・マトスンは死んだ」

わたしが椅子から横へ身をひるがえすのと同時に、銃が火を噴いた。このときまで、引き金を引くことはないだろうと高をくくっていたが、頭のどこかで警戒を解いていなかったのだろう。椅子はひっくり返り、わたしは両手と両ひざを床についていた。診察用のテーブルが置かれた暗い部屋から、さらに大きな銃声が響いた。

ド・スペインが煙をあげている銃を右手に構えたまま、ドアから出てきた。「なあ、銃ってのはこういうふうに撃つんだ」ド・スペインはにやにやしながら立っている。

わたしは立ち上がり、デスクの向こうに目を向けた。ドクター・オーストリアンは、左手で右手をさすりながらじっと座っていた。手のなかに銃はなかった。床に目を向けると、それはデスクの角に転がっていた。

「すごいだろう。ドクターにはかすりもしなかった。銃だけを弾き飛ばしたんだ」ド・スペインは言った。

わたしは応じた。「完璧だよ。おれの頭だけが吹き飛ばされていたらどうだった？」

ド・スペインはじっとわたしを見つめ、笑みを消した。「うまく白状させたもんだ。それは認める」ド・スペインはうなるように言った。「だがな、グリーンのパンプスとやらのことは、どうして黙っていた？」

「あんたの引き立て役でいることにうんざりしたからさ。ちっとは好きに動きまわりたかったからな」

「どこまでほんとうなんだ？」

「マトスンはパンプスを手に入れた。これはなにか意味があるはずだ。推理を組み立ててみると、すべて事実のような気がしたのさ」

ドクター・オーストリアンはのろのろと立ち上がり、ド・スペインはそちらに銃口を向けた。憔悴した痩せた男は、ゆっくりと頭を振り、壁際まで歩いていくと寄りかかった。

「わたしが殺した」生気の失せた声で、誰に話しかけるでもなく言う。「ヘレンじゃない。妻を殺したのはわたしだ。警察に電話してくれ」

ド・スペインは顔をしかめ、体を屈めると、象牙の握りのついた銃を拾い上げ、ポケットに入れた。官給の銃を腋の下のホルスターに戻し、机に尻を載せると電話を引き寄せた。

「見てなって。この一件で、殺人課の指揮官の地位を手に入れてやるぜ」ド・スペインはだるそうに言った。

9　腹の据わった男

小柄な署長は、かぶった帽子を後ろへずらし、黒い薄手のオーバーに両手を突っ込んで跳ねるような足取りでやってきた。ポケットに突っ込んだ右手になにか持っている。大きく重いものだ。署長の後ろには私服警官が続き、そのひとりはウィームズだった。丸々とした顔のずんぐりむっくりで、アルテア通りでわたしを尾行していた警官だ。アーゲロー大通りで厄介払いした制服警官ショーティーもしんがりから入ってきた。

アンダーズ署長は、ドアを入ってすぐのところで立ち止まり、不愉快そうに笑った。「どうやら、この街でずいぶんと楽しんでくれたらしいな。やつに手錠をかけろ、ウィームズ」

丸々とした顔のウィームズが、署長の背後から前に出て、左の尻のポケットから手錠を引っ張り出した。わたしに向かってへらへらした調子で言う。「こんなところでまたばったり会えて嬉しいよ」

ド・スペインは診察室のドアから離れた壁に寄りかかっていた。口にくわえたマッチ棒をまわしながら、黙って見ている。ドクター・オーストリアンはふたたびデスクの椅子に腰をおろし、両手で頭をかかえ、磨き込まれて黒光りするデスクの天板、タオルの上に並んだ注射針、小さな黒い万年卓上カレンダー、ペン類、そのほか机の上にあるつまらない小物などを眺めていた。ドクターの顔は真っ青で、身動きもせずに座り、呼吸すらしていないように見える。

ド・スペインが言った。「そう焦らないことですよ、署長。この男のロサンジェルスの友だちは、マトスン殺しを調べてる。それにあの新聞記者の坊やの義理の兄貴ってのは警官だ。知らなかったでしょう」

署長はわずかに顎を動かしただけだ。「ちょっと待て、ウィームズ」それから署長はド・スペインに向き直った。「ロサンジェルスの連中も、ヘレン・マトスンが殺されたことを知っているというのか？」

ドクター・オーストリアンはいきなり顔を持ち上げ、狂暴な目つきをして表情を歪ませた。それからまた、両手のなかに顔を埋め、長い指が表情を隠した。

ド・スペインが言う。「ハリー・マトスンのことを言ってるんですよ、署長。やつは今夜——いや、もう昨日だな——ロサンジェルスで殺された。モス・ローレンツにね」

署長は口のなかへ引き入れるようにして薄い唇を噛むと、唇はほとんど見えなくなった。その口のまましゃべった。「どうやってつかんだ？」

「この私立探偵とおれとで、モスを取っ捕まえたんですよ。グレブって男の家に隠れてましてね。グレブは、オーストリアンのかみさんの事件の鑑識です。モスがグレブを待ちかまえていたのは、オーストリアン事件の真相がぶちまかれ、市長にとっては、花に彩られた新たな道が開け、もっけの幸いとばかりに一席ぶちそうな雲行きになってきたからでしてね。グレブとマトスン夫妻を放っておけば、そうなったでしょうよ。マトスンのふたりは、離婚しているが、協力しあってコンリードを強請り、コンリードはふたりを始末した」

署長は後ろを振り向き、部下たちに怒鳴った。「廊下に出て待っていろ」

わたしの知らない私服警官がドアをあけて外に出、ウィームズも少しためらってからそのあとに続いた。ショーティーがドアに手をかけたとき、ド・スペインが言った。

「ショーティーにはいてもらいたい。最近、署長がお気に入りのふたりの悪徳警官どもより、まともですからね」

ショーティーはドアから離れ、壁に寄りかかって口に浮かんだ笑みを手で隠した。署長は気色ばんで怒鳴った。「ブレイトン通りの殺しを捜査しろと誰が命じた？」

「おれが自分でね、署長。通報があってからしばらく、刑事部屋にいて、リードと出かけた。リードはショーティーにも声をかけましてね。おれとショーティーは非番だった」

ド・スペインはにやりとした。感情のこもらない投げやりな笑い方で、楽しそうでもなければ、意気揚々としたところもない。ただ笑っただけだ。

署長はオーバーのポケットからいきなり銃を引き抜いた。銃身が三十センチほどの長さのあるリヴォルヴァーだが、扱いには慣れているようだ。署長は張り詰めた声で言った。「ローレンツはどこにいる？」

「某所に。署長に引き渡そうと思いましてね。ちょいと痛めつけなければならなかったが、すべて吐きましたよ。そうだよな、探偵さん」

「ローレンツはイエスとかノーとか言っていたようだが、肝心なところではうなるだけだね」

ド・スペインは言った。「それでいいんだよ。署長、あんな殺しに労力を費やすのは、無駄ってもんですよ。それにあんたの部下は役立たずばかりで、警察の仕事ってもんがわかっていない。ただ、アパートの部屋に踏み込んで、ひとり住まいの女たちを片っ端から身体検査するだけだ。おれを元の地位に戻し、八人の部下をつけてくださいよ。殺しの捜査ってもんを見せてあげます」

署長はリヴォルヴァーを見下ろし、それからうつむいているドクター・オーストリアンの頭に目を向けた。「つまり、ドクターが妻を殺したというのだな」署長は小さな声で言った。「その可能性もあると思っていたが、信じられなかった」

わたしは口をはさんだ。「いまだって信じる必要なんかない。殺したのはヘレン・マトスンで、ドクター・オーストリアンはそのことを知っている。ヘレンのためにドクターは隠蔽工作をし、あんたはドクターのために事件に蓋をした。ドクターはいまもまだ、ヘレン・マトスンをかばおうとしている。愛ってのはそんな作用を及ぼすもんだ。それにしても、署長。ここは大した街だよ。女が殺人を犯し、友だちや警察に尻ぬぐいをしてもらい、そのあげく、かばってくれた連中を脅迫しはじめるんだ」

署長は唇を噛んだ。その目は敵意に満ちていたが、なにかを考えている——必死に頭を使っている。「消されたのもむりはない」つぶやくように言う。「ローレンツは——

——」

わたしはさえぎった。「もう少し考えることだ。ローレンツはヘレン・マトスンを殺していない。やつは白状はしたが、ド・スペインが痛めつけたからで、あれなら、一九〇一年のマッキンリー大統領暗殺も自分がやったと自白しちまうだろう」

ド・スペインは壁から体を離した。両手をだらしなく上着のポケットに突っ込んでいる。両手を出そうとしない。ド・スペインは両足を開いてまっすぐに立ち、帽子の脇から黒い髪をのぞかせている。

「なんだって?」穏やかともいえる声でド・スペインは言った。「どういうことだ?」

わたしは答える。「いくつかの理由から、ローレンツはヘレン・マトスンを殺していない。ああいうがさつなやつにしては、あまりに手がかかりすぎている。やつなら、女をばらして、そのままほったらかしておくだろう。第二に、グレブが街を出たのを知らなかった。グレブはドクター・オーストリアンから危険を警告され、ドクターはドクターでヴァンス・コンリードから情報を得ていた。ヴァンス・コンリードは、いまは北のほうにいて、完璧なアリバイをこしらえている。ローレンツがそんな事情にも通じていないとしたら、ヘレン・マトスンのことはなにも知らないはずだ。しかもヘレン・マトスンは、実際にはヴァンス・コンリードを脅してはいない。企んだだけだよ。おれにそう言ったんだ。彼女はかなり酔っていたから、あの話はほんとうだろう。だから、コンリードが、ヘレン・マトスンの部屋で彼女を殺させる馬鹿なまねはしないだろうし、アパートのそばで目撃されれば、誰でも顔を覚えてしまう男を使うわけがない。ロサンジェルスでハリー・マトスンを殺《や》ったのは、また別の問題だ。シマから離れたところでの仕事だからな」

署長は張り詰めた声で言う。「〈クラブ・コンリード〉はロサンジェルスにあるんだぞ」

「法律上はね」わたしは認めた。「だが、建物が建っている場所や常連客の顔ぶれを見ると、ベイシティのはずれにあるといったほうがいい。あそこはベイシティの一部だし

――ベイシティの資金繰りに貢献している」

ショーティーが口をはさんだ。「そいつは署長に対する口のきき方じゃないぜ」

署長が言った。「かまわん。やつらが羽振りをきかせているのに知らないのだと、ずいぶん前から噂されているからな」

わたしは言った。「誰がヘレン・マトスンを殺したのか、ド・スペインに訊けばいい」

ド・スペインは耳ざわりな声で笑った。「そうさ。おれが殺したよ」

ドクター・オーストリアンは両手から顔を持ち上げ、ド・スペインのほうへゆっくりと首をひねってその顔を見つめた。ドクターの顔はまるで死人で、ド・スペインと同じようにまったく表情がなかった。ドクターは手を伸ばし、デスクの右手の引き出しをあけた。ショーティーが銃を抜いて言った。「動くんじゃない、ドクター」

ドクター・オーストリアンは肩をすくめ、黙ったまま、ガラスの栓をした広口の瓶を引き出しから取り出した。栓を緩め、瓶の口を鼻に近づけた。「匂いを嗅ぐだけさ。気付け薬だよ」大儀そうに言った。

ショーティーは緊張を解き、銃を脇におろした。署長はわたしを見つめ、唇を嚙んだ。ド・スペインは誰を見るでもなく、なにに目を向けるでもなかった。締まりのない笑みを顔に貼り付け、ただにたにたしている。

わたしは言った。「ド・スペインは、冗談だと思っている。あんたもそうだ。だが、こいつはまじめな話だ。ド・スペインはヘレンを知っている――自分の写真を入れた金めっきしたシガレットケースをプレゼントするほどにね。この目で見たんだよ。着色した小さな写真で、きれいに撮れているとはいえないし、それにド・スペインとは、その前に一度顔を合わせただけだったからな。ヘレン・マトスンは、別れた昔の男だと言っていた。あとになって、その写真の人物が誰か思い当たった。ところが、そいつは彼女を知っていることを隠し、今夜はさまざまな点で警官らしからぬ振る舞いをした。殺人現場からおれを救い出し、あちらこちら連れていってくれたのはたんなる親切心からじゃない。警察本部の取調室でしぼられる前に、知っていることを聞き出そうって魂胆だったのさ。ローレンツを半殺しの目にあわせたのも、たんに真相を聞き出すためじゃなかった。ド・スペインの思いどおりのことをローレンツにしゃべらせたかったんだ。ヘレン・マトスン殺しを自白したのだってそうだ。おそらくローレンツはヘレン・マトスンなんか知りもしないだろう。

ヘレン殺害の一報を入れたのは誰か？　ド・スペインだよ。ただちに現場に駆けつけ、捜査に首を突っ込んできたのは誰か？　ド・スペインだ。女がより甲斐性のある男に乗り換えたために嫉妬に狂い、彼女の体に引っかき傷をつけたのは誰か？　ド・スペインだ。右手の爪のあいだから血と表皮が検出され、警察の優秀な鑑識が小躍りして喜ぶ人物とは誰か？　ド・スペインだ。調べてみればいい。おれはもう何回かこの目で確認した」

回転台の上に載っているかのように、署長は首をゆっくりとまわした。口笛を吹くとドアがあき、部下たちが部屋に入ってきた。ド・スペインは動かない。まだにやにや笑っている。意味のない虚ろな笑みは、顔に刻み込まれて二度と取れない仮面のように見えた。

ド・スペインは穏やかな口調で言った。「仲間だと思ってたよ。なにやら突飛なことを考えているようだな、探偵さん。おまえのためを思って言ってるんだぜ」

署長は厳しい口調で言った。「理解に苦しむ。ド・スペインが女を殺したとして、おまえに罪を着せるようなことをし、それなのに助けたというのか？　いったいどういうことだ？」

わたしは答えた。「いいか。ド・スペインが彼女を知っていたか、どれほどの仲だったのかは探り出せるはずだ。ド・スペインが今夜なにをしていたのか、説明できない空白の時間がどれほどあるかつきとめて、彼に説明させるといい。爪のあいだに血液と表皮が残っているかどうかは調べればすぐにわかる。それがヘレン・マトスンの血と表皮なのか、あるいは、その可能性があるのか、ある程度のことははっきりするだろう。ド・スペインがモス・ローレンツを、いや、ほかの誰かを殴る前に、すでに爪のなかに入っていたことも証明できると思う。ド・スペインは、ローレンツを引っかいていない。あんたたちに必要なのはそれだけだし、使えるのもそれだけだろう――あとは自白しかない。ま、ド・スペインから自白を引き出せるとは思えないがね。

濡れ衣を着せようとしたことだが、ド・スペインはヘレン・マトスンのあとを尾けて〈クラブ・コンリード〉まで行ったか、彼女があのクラブへ出かけることを知っていて、張っていたんだろう。おれと彼女が一緒に店から出てきて、車に乗り込むところを見たんだ。それで、逆上した。ブラックジャックでおれを殴り、ヘレン・マトスンはすっかり縮みあがって、部屋までおれを運び上げるのに手を貸した。そのあいだのことは、なにも覚えていないんだ。ちょっとでも記憶があればいいんだが、まったくなにも思い出せない。とにかく、なんとかしておれを運び上げ、ふたりは喧嘩をはじめた。ド・スペインは彼女を叩きのめし、意図的に殺した。レイプ殺人に見せかけようという下手な考えが浮かび、おれに罪をかぶせようとした。それからずらかり、警察に連絡して、捜査に首を突っ込む。おれは逮捕される前に、なんとか部屋を逃げ出した。

ド・スペインはすでに頭を冷やし、馬鹿なことをしでかしたと気づいていた。おれがロサンジェルスの私立探偵だということや、あの若い記者のドーリー・キンケイドと話したことも彼は知っていたからな。それに、おそらくヘレン・マトスンから、おれがコンリードに会いに行ったことも聞き出していたんだろう。おれがオーストリアン事件に興味を持っていることは、容易に推測できたにちがいない。よし、それならばということで、ド・スペインは馬鹿な行為を賢く利用することにした。こっちの捜査に調子を合わせ、手助けをして、おれがどのような推理を組み立てているのか知ると、ヘレン・マトスン殺害犯人として、もっとそれらしいやつに罪をおっかぶせることにした」

ド・スペインは平板な声で言った。「一分もあれば、こいつをぺしゃんこにしてやりますよ、署長。いいですか？」

署長は答えた。「ちょっと待て。そもそも、どうしてド・スペインを疑った？」

「爪のあいだの血と表皮、ローレンツを痛めつけるときの常軌を逸したやり方、ヘレン・マトスンからは昔の男だったと聞かされていたのに、彼女のことを知らない振りをしたこと。ほかになにが必要だ？」

ド・スペインが言った。「こいつだよ」

彼はドクター・オーストリアンから奪い取った白い握りの銃をポケットのなかからぶっぱなした。ポケットに銃を入れたまま撃つには、警察ではやっていない訓練を重ねる必要がある。弾丸は頭上三十センチほどのところを飛んでいき、わたしは床に座り込んだ。ドクター・オーストリアンはいきなり立ち上がると、ド・スペインの顔に向けて右手を振った。その手には茶色の広口瓶が握られていた。無色の液体がド・スペインの目に入り、煙を出しながら顔を伝った。ほかのやつなら悲鳴をあげただろう。ド・スペインは左手で虚空をつかみ、ポケットの銃がさらに三回轟音を発すると、ドクター・オーストリアンは横向きに倒れてデスクの陰の床に転がり落ちた。銃声は鳴りやまない。

部屋にいるほかの男たちは、みなひざまずいている。署長はリヴォルヴァーの銃口をさっと持ち上げてド・スペインの体に二発撃ち込んだ。あの銃なら一発で充分だ。ド・スペインの体は宙に躍ってよじれ、金庫が倒れるように床に崩れ落ちた。署長は歩み寄り、傍らにひざまずいて無言のままド・スペインを見下ろした。それから立ち上がり、デスクをまわり込んでその後ろへ行き、ドクター・オーストリアンのほうへ身を屈めた。

「ドクターはまだ生きている」怒鳴るように言う。「電話しろ、ウィームズ」

ずんぐりむっくりの丸々とした顔の男は、デスクの反対側へまわり込んで電話を引き寄せ、ダイヤルをまわしはじめた。酸の鋭い臭いと肉の焦げた悪臭が漂った。わたしたちはふたたび立ち上がり、小柄な署長は冷たい目でわたしを見つめていた。

「おまえを撃つ必要はなかったのにな。なにひとつ証明できやしなかったさ。そんなことを、させるつもりはなかった」

わたしは黙っていた。ウィームズが受話器を戻し、ふたたびドクター・オーストリアンに目を向けた。

「息を引き取ったようです」デスクの陰から言う。

署長はわたしに目を据えたままでいる。「まったく思い切ったことをするやつだな、ミスター・ダルマス。おまえの仕事のことは知らんが、これだけで満足してくれるといいんだが」

「充分だよ。殺される前に依頼人と会っておきたかったが、彼のためにできることはすべてやったと思っている。ド・スペインのことは気に入っていたんで、それだけが残念だ。あれほど肝っ玉の据わったやつには、そうそうお目にかかれない」

署長は言った。「肝っ玉がなんなのか知りたかったら、小さな街の警察署長になることだ」

「まったくだよ。ド・スペインの右手にハンカチを巻くように部下に命じることだな、署長。あんただって、ちょっとは証拠が必要だろう」

アーゲロー大通りの彼方からサイレンが近づいてくる。閉じた窓を通して耳に届く音は微かで、丘の上でコヨーテが遠吠えしているように聞こえた。

レイディ・イン・ザ・レイク

The Lady in the Lake

小林宏明=訳

1　失踪人としてでなく

その日の朝、買ったばかりの靴をデスクにのっけてはき心地を試していると、ヴァイオレッツ・マッギーから電話がかかってきた。曇天だが暑く、湿気の多い八月の日で、首からバスタオルがはなせなかった。

「景気はどうだい？」いつもの調子で、ヴァイオレッツは口を切った。「一週間ほど仕事にあぶれているんだろう？　じつはな、アヴェナント・ビルに奥方の行方がわからなくなったハワード・メルトンっていう男がいるんだ。ドレーミーって化粧品会社の支社長なんだがね。どういうわけか、警察の失踪人課の世話にはなりたくないらしい。うちのボスが彼とちょっとした知り合いでな。そこへ出向いてみちゃどうだ。ただし、なかへ入るときにはドタ靴をぬぐんだぞ。お高くとまってる会社らしいから」

ヴァイオレッツ・マッギーは、保安官事務所の殺人課の刑事だ。その彼が慈善事業みたいな仕事をまわしてこなければ、わたしは楽に食っていける。だが、今回はいつもとちょっとちがう気がして、足を床におろし、もう一度うなじを拭いてから、そこへ出かけていった。

アヴェナント・ビルは、六番街近くのオリーヴ通りにあり、入口のまえには黒白模様のゴムの歩道がついていた。エレヴェーター・ガールは絹のロシア風ブラウスを着て、画家が髪の毛に絵の具がつくのをきらってかぶるような大きなベレー帽を頭にのせていた。ドレーミー化粧品会社は七階にあり、スペースの大半を占領していた。大きなガラス張りの応接室には花がたくさん飾られ、ペルシャ絨毯が敷いてあり、風変わりな彫刻がガラスのケースに入っていた。こざっぱりした金髪娘が、花を飾った造りつけの大きな机にある交換台にむかってすわっていた。傾いた名札には、〝ミス・ヴァン・デ・グラーフ〟とあった。ロイドめがねをかけ、髪をうしろにひっつめていたので、雪が積もったのかと見まがうくらいひたいが高く盛りあがっていた。

ハワード・メルトンはいま会議中です、と彼女は言った。でも、名刺をいただければおりを見ておわたしします、とも。それで、ご用むきは？　名刺はないがジョン・ダルマスという者だ、とわたしは言った。ウェスト氏の紹介だ、と。

「ウェストさまとは？」彼女は冷たく尋ねた。「メルトンはそのかたを存じているでしょうか？」

「その質問には答えられないな、お嬢さん。メルトン氏を知らないわたしが彼の友だちを知ってるわけがない」

「ですから、ご用のむきは？」

「個人的な用件だよ」

「そうですか」彼女はペンをわたしに投げつけたいのをこらえて、机にあった書類三枚にすばやくなにか書きつけた。わたしはクロムの肘掛けがついたブルーの革張りの椅子へいって、腰をおろした。見た目といい、においといい、まさに散髪屋の椅子にすわっているような気がした。

およそ半時間後、ブロンズの手すりの奥にあるドアがひらき、男がふたり笑いながらうしろ向きに出てきた。もうひとりの男がドアを支えていて、いっしょに笑っていた。彼らは握手を交わし、ふたりが去ると三人目の男はあっという間に顔から笑いを消し、ミス・ヴァン・デ・グラーフを見た。「電話は？」いかにも上司らしい口調で、彼は訊いた。

彼女はメモ用紙をパラパラやって、答えた。「ございません。ダルマスさまとおっしゃるかたが――お目にかかりたいと――ウェストさまからのご紹介で。個人的な用件だそうです」

「そういう人は知らんな」男は吠えるように言った。「保険なら掛け金を払い切れんほど入っているから」彼はきつい目つきですばやくわたしを見ると、部屋へ戻ってドアをぴしゃりと閉めた。ミス・ヴァン・デ・グラーフはかすかにおあいにくさまという表情を浮かべて、わたしに笑いかけた。わたしはたばこに火をつけ、脚を組みなおした。五分後、手すりの奥でふたたびドアがあき、さっきの男が帽子をかぶって出てきて、冷たい笑いを浮かべながら三十分ほど外出すると言った。

彼は手すりのなかをとおって応接室の戸口へむかったが、やがてなにを思ったか颯爽と方向転換して、わたしのまえに立ちはだかった。彼は、わたしを見つめおろした――大きな男で、六フィートを二インチばかり超していたが、均整の取れた体つきをしていた。顔もしっかりマッサージしているのだろうが、遊蕩からくるしわは隠しきれていなかった。目は黒く、冷徹な感じで、抜け目がなさそうだった。

「わたしに会いたいそうだが」

わたしは立ちあがって、紙入れを取り出し、名刺をわたした。彼は名刺を見つめてから、受け取った。目には怪訝な表情が浮かんでいた。

「ウェストってだれだ？」

「だれですかねえ」

冷徹だが興味深そうなまなざしで、彼はわたしをまっすぐに見た。「なるほど」と、彼は言った。「オフィスへいこう」

わたしたちが手すりのなかをとおっていくと、受付嬢はえらく憤慨したようすで、書類三枚をいっぺんに処理しようとしていた。

手すりのむこうのオフィスは細長い部屋で、薄暗く静かだったが、涼しくはなかった。壁には若いころ身を粉にして働いたと見える屈強な男の大きな写真がかかっていた。大きな男は八百ドルくらいしそうなデスクの裏へまわり、背もたれの高いクッション入りの重役椅子に背中をあずけた。彼は、葉巻のケースをわたしに押し出した。わたしが葉巻に火をつけると、彼は冷ややかな目でじっとこちらを見つめた。

「ぜったい外には漏らしたくない話なんだ」彼は言った。

「なるほど」

彼はふたたびわたしの名刺を見つめ、金色の財布にそれをしまった。「きみを寄こしたのはだれだ？」

「保安官事務所の友人ですよ」

「もう少しくわしくきみのことを知らんとな」

わたしはあとふたり分の名前と電話番号を教えた。男は電話に手をのばし、交換手に外線に切り替えるよう頼み、自分でダイアルした。わたしが教えた相手両方と話した。四分後に電話を切り、ふたたび椅子に背をあずけた。わたしたちふたりは、うなじをぬぐった。

「いまのところ合格だ」彼は言った。「きみがほんものかどうか証拠を見せてくれないか？」

わたしは紙入れを取り出し、免許証の小さな写真を見せた。彼は納得したようだった。

「料金はいくらだ？」

「日に二十五ドルと経費ですね」

「ずいぶん高いな。経費の内訳は？」

「ガソリン、オイル、袖の下が少々、食事代、それにウィスキー代。ほとんどウィスキー代ですね」

「働いていないときは食べないのか？」

「食べますよ――でも、あんまりね」

彼はにやりとした。目と同じように、その笑いにもあたたかみがなかった。「ウマが合いそうだ」と、彼は言った。

彼は抽斗をあけ、スコッチのボトルを取り出した。わたしたちは一杯やった。ボトルを床においた彼は、唇をぬぐい、モノグラムのついたたばこに火をつけ、くつろいでいるように煙を吸い込んだ。「日に十五ドルにすべきだな」と、彼は言った。「こんなご時世なんだから。ウィスキーは好きにやってくれ」

「冗談を言ったんですよ」わたしは言った。「冗談を言えないような男じゃ、信用できないでしょう」

彼はふたたびにやりとした。「よし、きまりだ。だが、まず、どんな状況になろうときみの知り合いの警官とはいっさいかかわらないと約束してくれ」

「あなたが人を殺しでもしないかぎり、わたしはかまいませんよ」

彼は大笑いした。「それはまだやっていないよ。だが、わたしはこれでなかなか強情な男だぞ。きみには妻の行方を追って、どこにいるのか、なにをしているのかを突きとめてもらいたい。それも、妻には知られないようにだ。

妻は十一日まえに——八月十二日だ——リトル・フォーン湖にあるうちの山荘から消えた。わたしとあとふたりで所有している小さな湖だ。ピューマ・ポイントから三マイルのところにある。むろん場所は知っているだろうが」

「サン・バーナーディノ山脈のなかですね。サン・バーナーディノから約四十マイルいったところだ」

「そうだ」彼はデスクにたばこの灰を落とし、身をかがめて息でそれを吹き飛ばした。「リトル・フォーン湖は、幅が八分の三マイルしかない。不動産開発をしようとして、われわれが小さなダムをつくった——悪い時期につくったもんだよ。そこには山荘が四つある。ひとつはうちので、ふたつは友人たちのものだが、そっちは今年の夏にふたりとも使わなかった。あとひとつは、道路から入っていちばんてまえの湖畔にある。ウィリアム・ヘインズという男とその妻が住んでいる。彼は恩給で暮らしている傷痍軍人でな。家賃を取らないかわりに土地の管理をしてもらっている。わたしの妻はうちの山荘でこの夏をすごしていたんだが、週末に慈善事業をするため十二日には街へ戻ってくることになっていた。ところが、戻ってこなかったんだ」

わたしはうなずいた。彼は鍵のかかった抽斗をあけ、封筒を一通取り出した。その封筒から写真と電報を取り出し、電報をデスクにすべらせた。テキサスのエルパソから打たれたもので、日付は八月十五日、午前九時十八分になっていた。ロサンジェルス、アヴェナント・ビル七一五、ハワード・メルトンに宛てられていた。〝メキシコヘイッテリコンスル。ランストケッコンスル。ゴキゲンヨウサヨウナラ。ジュリア〟

わたしはその黄色い紙をデスクにおいた。「ジュリアっていうのは妻の名前だ」メルトンが言った。

「ランスとは？」

「ランスロット・グッドウィン。去年まで頼りになるわたしの秘書だった。だが、やがてどこかから金を手に入れて、会社をやめた。こういう言い方で察してもらえるかどうかわからんが、ジュリアと彼がむつみ合っていたことはずっとまえから知っていた」

「わかります」わたしは言った。

メルトンは、写真をデスクに押し出した。光沢紙を使ったスナップショットで、ほっそりして小柄な金髪の女と、三十五歳くらいの長身でやせた黒髪のハンサムな、ちょっとハンサムすぎる男が写っていた。金髪女は、十八歳から四十歳までのどの年齢にも見えた。そういうタイプの女だった。スタイルがよく、それを出し惜しみしていなかった。着ている水着も、想像力を押さえ込んでしまうたぐいのものではなかった。男のほうは、トランクスをはいていた。ふたりは砂浜で、ストライプのビーチ・パラソルの下にすわっていた。わたしは写真を電報の上においた。

「証拠となるようなものはこれだけだ」と、メルトンは言った。「だが、事実をすべて語っているということじゃない。もう一杯どうだね？」彼はウィスキーをつぎ、わたしたちは飲んだ。ボトルをまた床においたとき、電話が鳴った。彼は少し話してからフックをカシャカシャやり、交換手にしばらく電話を取りつがないように言った。

「これまでのところ、これ以上付けくわえることはあまりないんだが」と、彼は言った。「じつは、先週の金曜日に外でランス・グッドウィンと会ったんだよ。彼が言うには、もう何カ月もジュリアに会っていないそうだ。彼の言葉を信じるよ。ランスってやつは秘密をいっぱいかかえ込めるような男じゃないし、けっこうこわいもの知らずなんだ。そういうことに関して、あいつなら事実を話すだろう。さもなきゃ、口をかたく閉じてると思う」

「ほかに思いつく人物はいなかったんですか？」

「いない。そういう人間がいるとしても、わたしは知らんよ。わたしの勘なんだが、ジュリアは逮捕され、いまはどこかの留置場に入っていて、身元を隠すためあちこちに金をばらまいているかなにかしているんだ」

「どうして留置場に？」

メルトンはちょっとためらってから、とても静かに言った。「ジュリアには盗癖があるんだよ。重症じゃないし、しょっちゅうやっているわけでもない。たいていは飲みすぎたときだな。発作的にやることもある。ここロサンジェルスのツケがきく大きな店でやることがほとんどだ。何度かつかまったが、なんとか切り抜けて、万引きした品物の代金を請求してもらった。これまでのところ、わたしの手に負えないほどの醜聞になったことはないよ。だが、よその街では――」彼はいったん口をつぐみ、身をのりだした。

「ドレーミーの社員のてまえもあるし」と、彼は言った。

「奥さんは指紋を採られたことがありますか？」

「どういうことだ？」

「指紋を採られて、それをファイルされたかってことですよ」

「わたしの知るかぎりはない」彼は、心配そうな顔になった。

「そのグッドウィンって男は、奥さんの性癖のことを知ってますか？」

「どうとも言えないな。知らないといいが。もちろん、彼がそんなことを口に出したことはない」

「彼の住所が知りたいですね」

「電話帳に出ているよ。グレンデイルの近くのチェヴィ・チェイス地区に平屋の一戸建てをもっているんだ。とても辺鄙《へんぴ》なところだ。またしても勘だが、ランスはかなりの女たらしだ」

あまりにみごとなお膳立てのように思えたが、それを口にはしなかった。少額ではあっても、ひさしぶりにまともな金が稼げる。「奥さんがいなくなってからもちろんリトル・フォーン湖へはいかれたんでしょうね？」

メルトンは驚いた顔をした。「いや、いってないよ。いく理由がない。〈アスレチック・クラブ〉のまえでランスに会うまで、彼とジュリアがどこかでいっしょにいると思っていたからな――たぶん、結婚もしているだろうって。メキシコの離婚手続きはすばやいから」

「金はどうなんです？　奥さんはたくさんもっているんですか？」

「さあな。自分の財産はしこたまもっている。父親から相続したんだ。金はいくらでも手に入ると思うよ」

「なるほど。奥さんの服装は？――ご存じ？」

メルトンはかぶりを振った。「妻には二週間会っていない。どちらかというと、黒っぽい服を着ることが多いよ。ひょっとして、ヘインズなら教えられるかもしれんな。妻がいなくなったことは彼にも知らせないといかんだろう。人に言いふらすようなことはしないと信用できる男だから」メルトンは顔をしかめて笑いを浮かべた。「妻はリンクが大きいチェーンのついた八角形のプラチナ時計をしている。誕生日にプレゼントしたものでね。裏に名前が彫ってある。ダイヤとエメラルドの指輪、それにプラチナの結婚指輪もしている。結婚指輪には、〝ハワードとジュリア・メルトン。一九二六年七月二十七日〟と彫ってある」

「でも、今回のことはだれかが仕組んだあくどい悪戯《いたずら》の可能性はない、と？」

「ああ」大きなほお骨が少し赤らんだ。「どう思っているかはさっき話した」

「もしもどこかの留置場にいたら、わたしはどうしたらいいんです？　そのことを報告して、待つだけ？」

「もちろんだ。ちがうところで見つけたら、わたしがいくまで妻を見張っていてくれ。どこにいようとな。わたしが対処できると思うから」

「なるほど。あなたは太っ腹らしいな。奥さんは八月十二日にリトル・フォーン湖からいなくなったとあなたは言った。しかし、そこへはいっていない。奥さんが失踪した――いずれそうなると思っていたようだが――そう判断したのは、電報の日付からですか？」

「そうだ。もうひとつ言い忘れていた。妻が消えたのはまちがいなく十二日だ。あいつは夜に車を運転しないから、午後に山をくだって列車の時間がくるまで〈オリンピア・ホテル〉にいた。それがわかったのは、一週間後にホテルから電話があって、妻の車がガレージにあるから引き取ってもらえないかと言われたからだ。時間ができたらそっちへ引き取りにいくと答えておいたが」

「わかりました、メルトンさん。それじゃ、先にランスロット・グッドウィンという男のことを調べてきましょう。あなたにほんとうのことを言っていないかもしれないから」

メルトンが市外の電話帳をさし出したので、調べてみた。ランスロット・グッドウィンはチェスター・レーンの三四一六に住んでいた。どこだかわからなかったが、車のなかには地図がある。

「それじゃ、出かけてさぐってみますよ。内金としていくらかもらいたいですね。さしあたり百ドルほど」

「手はじめは五十からだ」彼は言った。そして金色の財布を取り出して、二十ドル札二枚と十ドル札一枚をわたして寄こした。「受け取りをもらいたいな――なに、形式だけのことだが」

彼はデスクから束になっている領収書を取り出し、適当な名目を書いたので、わたしはサインした。わたしはポケットにふたつの手がかりをしまい、立ちあがった。握手を交わした。

小さなまちがい、それも金にまつわることであまりまちがいを犯さない男、という印象をもってわたしはメルトンとわかれた。帰るとき、受付嬢が恨めしそうな目でわたしを見た。エレヴェーターへいくまでずっと、わたしはそのことが気になっていた。

2　静まり返った家

車は通りのむかいにある駐車場にとめてあった。わたしは北の五番街へむかい、西のフラワー通りへ入り、グレンデイル大通りへ出ると、そのまま走ってグレンデイルに入った。昼食どきだったから、車をとめてサンドウィッチを食べた。

チェヴィ・チェイスは、グレンデイルとパサディナの境界になっている山麓にある深い渓谷だ。木がうっそうと生えていて、大通りから枝分かれしてのびている通りは樹木に覆われて暗い。その一本であるチェスター・レーンも、セコイアの森のどまんなかをとおっているためずいぶん暗かった。グッドウィンの家はその通りのはずれにあって、とんがり屋根のついた英国ふうの小さな平屋で、鉛入りの窓ガラスはたとえ陽光がさしていても光をほとんどとおさないようだった。家は山襞《やまひだ》に建っていて、玄関ポーチといってもいいところに、ナラの大木が立っていた。住み心地を楽しめそうな家だった。わきにあるガレージは閉まっていた。踏み石を敷いたまがりくねった小径を歩き、玄関のベルを押した。留守宅に響くような音が、家のずっと奥のほうから聞こえた。もう一度鳴らしてみた。玄関にはだれも出てこなかった。手入れのよい小さな前庭の芝生にマネシツグミが一羽舞いおり、土の地面から虫をついばみ、また飛び去った。視界に入らない通りのまがったところで、だれかが車のエンジンをかける音がした。通りのむかいには新築の家があり、家のまえに積んだ堆肥と芝生の種の袋に〝売り家〟という看板がさしてあった。ほかに家は一軒も見あたらなかった。

もう一度ベルを押し、ライオンの口のなかに輪がついているノッカーをすばやくたたいた。それから玄関をはなれ、ガレージの扉のすき間をのぞいてみた。わずかな光のなかに車が一台鈍く光っているのが見えた。裏庭へまわると、さらに二本のナラの木があり、その一本の下でガラクタ同然のバーベキュー用グリルと椅子三脚がグリーンのガーデン・テーブルを取りかこんでいた。裏庭はすっかり木陰に覆われ、涼しく快適なようで、できればそこにずっといたい気がした。裏口へまわった。半分はガラス張りで、バネ錠がついていた。ドアノブをまわしてみると、バネはへたっていた。ドアはかんたんにあき、わたしは深く息を吸ってなかへ入った。

もしわたしの存在に気づいたら、ランスロット・グッドウィンは当然侵入の理由を問いただすだろう。だが、気づかれなければ、この目で彼の住処をざっと見ておきたかった。彼には、気になるなにか――名前のせいかもしれない（アーサー王伝説：ランスロットは王の円卓騎士中第一の勇士だったが、王妃と道ならぬ恋に落ち、円卓の崩壊を招いた）――があった。

裏口をあけると、高くて幅のせまい網戸がついたポーチになっていた。そこにまた鍵のかかっていないバネ錠のついたドアがあって、ひらくとキッチンに入った。床に派手なタイルを張ってあり、ガスコンロには囲いがしてあった。流しには、空《あ》き瓶がたくさん入っていた。両開きのスイング・ドアがあり、片方を家の正面へむかって押しあけた。キッチンの横はカウンターのあるダイニング・ルームになっていて、カウンターにはアルコールの瓶がさらにたくさんあったが、空《から》ではなかった。

居間は右手にあるアーチをくぐったところにあった。日中でも薄暗かった。家具は整然とおかれていて、つくりつけの書架もあり、ならんでいる本はセットで購入した全集ではなかった。居間の隅には高い脚つきのラジオがあり、琥珀色の液体が半分入ったグラスがその上におかれていた。琥珀色の液体には氷が入っていた。ラジオから無線の雑音のようなかすかな音が出ていて、ダイアルの背後でライトが光っていた。ラジオは、ついているのだ。だが、音量を完全に絞ってある。

ようすがおかしい。まわれ右をして、居間の奥の一角を見ると、さらに奇妙なものが目に飛び込んできた。

男が椅子と同じ柄のオットマンにスリッパをはいた足をのせ、錦織の深々とした椅子にすわっていた。襟をあけたポロシャツを着ていて、アイスクリーム色のズボンをはき、白いベルトをつけていた。左手は椅子の幅広い肘掛けにゆったりのせ、右手はもういっぽうの肘掛けからカーペットにむかってだらりとさがっていた。カーペットはくすんだ濃いバラ色。男はほっそりして、黒髪で、端整な顔立ちをしていたが、ひょろっとした体型だった。動きが敏捷で、見かけより強そうな青年といった感じだ。口が少しひらいていて、歯の先端が見えていた。頭を少しかしげ、まるで何杯か飲《や》りながらラジオを聞いているうちにそのまま眠ってしまったように見えた。

右手のそばの床に、拳銃が落ちていた。そして、ひたいのまんなかには赤く焦げた穴がひとつあいていた。

顎の先端から鮮血が音もなくしたたって、白いポロシャツに落ちていた。

まるまる一分間――このような状況におかれた場合、一分は指圧療法士の親指みたいに長く感じるものだ――わたしは筋肉ひとつ動かせずにいた。胸一杯に息を吸い込んでいたとしても、自分にはそれがわからなかった。わたしはその場に釘付けになり、水のぬけた水洗トイレのように空っぽな気分で、ランスロット・グッドウィンの血が顎の先に小さな洋梨のような形の球体をつくるのを見つめていた。血はやがてとても悠長にさりげなく落ち、白いポロシャツにたれて大きな深紅のシミとなった。たとえ短時間であっても、血はやけに遅く流れているように思えた。わたしはようやく片足をもちあげた。はまっていたセメントから足を抜き出すようにもちあげ、一歩踏み出してから、今度は鉄球つきの足かせをはめられているようにもういっぽうの足を動かした。暗くて静まり返った部屋を横切った。

近づくと、彼の目がきらりと光った。かがんでその目に見入り、表情をとらえようとした。できなかった。できるわけがないのだ、死んだ目なのだから。死んだ目はいつだって少し片側、あるいは上下のどちらかをむいている。顔に触ってみた。まだあたたかく、少し湿っていた。飲んでいた液体のせいだろう。死んでから二十分もたっていない。

ブラックジャックをもっただれかが背後から忍び寄るのに気づいたように、さっと振り返ったがだれもいなかった。静まり返ったままだった。静寂が部屋じゅうに充満していて、あふれそうだった。戸外の木で、鳥が一羽さえずっていたが、それがかえって静けさを増幅していた。薄く切り取ってバターでも塗れそうだった。

室内のほかのものを観察しはじめた。銀縁の写真立てが、裏返しになって漆喰の暖炉のまえに落ちていた。そこへいって、ハンカチーフを使って写真立てを取りあげ、裏返してみた。ガラスにはひとつの角からきれいにひびが入っていた。写っているのは、ほっそりして明るい髪をした女性で、剣呑な笑いを浮かべていた。ハワード・メルトンがくれたスナップショットを取り出し、その写真と見くらべた。同じ顔にまちがいなかったが、表情がちがっていて、どこにでもあるとてもありふれた顔だった。

きれいに片づいている寝室にその写真を慎重にもっていき、長い脚のついた箪笥の抽斗をあけた。そして写真立てから写真を抜き取り、ハンカチーフで写真立てを拭いて、重ねてしまってあるシャツの下にさし込んだ。あまり賢いこととは言えないが、気分的には賢く思えた。

ようやくあせりから解放されたような気がした。だれかが銃声を聞いていて、しかもそれが銃声だとわかっていたら、とっくに警官がきているはずだ。わたしは写真を寝室へもっていき、ポケットナイフで適当な大きさに切り、のこった部分は水洗トイレに流した。胸のポケットにしまってある写真にこの写真もくわえて、居間へ戻った。

死んだ男の左手のわきにあった低いテーブルに、空のグラスがひとつのっていた。そこには男の指紋がついているだろう。だが、だれかほかの者がグラスを干して、べつの指紋をのこしている可能性もある。もちろん、女だ。椅子の肘掛けに腰をおろし、やさしそうなすてきな笑いを浮かべ、拳銃を背中に隠しもっている。だとすれば、女にきまっている。すっかりリラックスしてすわっている男に一発撃ち込むなんてことは、男にはできない。どんな女か、想像をめぐらせてみた——しかし、女が自分の写真を床にのこしていくとは思えなかった。犯人は自分かもしれませんよ、と宣伝しているようなものだ。

グラスひとつでメルトンの妻を危険にさらすことはできなかった。わたしはグラスをぬぐい、あまりぞっとしないことをした。死人の手にもう一度それをつかませ、テーブルに戻した。銃でも同じことをした。その手——今度はぶらぶらしているほうの手だ——をはなすと、グランドファーザー時計の振り子のようにゆらゆら揺れた。ラジオの上にあったグラスもハンカチーフで指紋を拭き取った。犯人はとても頭のいい女だ、いままでとはまったく異なるタイプの女だ、と警察は考えるだろう——異なるタイプの女なんてものが存在すればの話だが。〝カーメン〟と呼ばれる色合いの口紅がついたたばこの吸い殻四本も回収した。それを浴室へもっていき、市の下水にくれてやった。金属製の光る小物もタオルで拭き、ドアのノブにも同じことをして切りあげた。家じゅうのものを拭いてまわることなんかできない。

立ったままいま少しランスロット・グッドウィンを見つめた。血はもうとまっていた。最後に顎にしたたった血は落ちなかった。そこにとどまったまま、どす黒く光ってイボみたいにくっついていた。

わたしはキッチンとポーチに戻り、ふたつのドアノブをぬぐい、家のわきに出て通りの左右をすばやくうかがった。だれも見えなかったので、置き土産に玄関のベルをもう一度鳴らして、ボタンとノブについた指紋をしっかりよごしてやった。車へ戻って乗り込み、走り去った。これだけのことをするのに三十分もかからなかった。だが、南北戦争でもう何年も戦っているような気分だった。

街へ帰る途中、アレサンドロ通りの入口で車をとめ、ドラッグストアの公衆電話に体を押し込んだ。ハワード・メルトンのオフィスの番号をまわした。

快活な声が言った。「ドレーミー化粧品でございます。ご用件をどうぞ」

「メルトンさんを」

「秘書におつなぎします」来客の邪魔にならないようオフィスの隅にいた小柄な金髪がうたうように言った。

「ヴァン・デ・グラーフです」音が四分の一あがるかさがるかすると、魅力的とも横柄とも受け取られそうなもの憂げなすてき声だった。「どちらさまでしょうか？」

「ジョン・ダルマス」

「その、メルトンはそちらさまを存じていますでしょうか、その――あ――ダルマスさま？」

「いいかげんにしてくれよ」わたしは言った。「さっさと彼を出してくれ、おねえさん。どこかの窓口じゃあるまいし、慇懃無礼な態度はもう願いさげだ」

彼女が息を呑む声で、鼓膜が傷つくのではないかと思った。

少し間があって、カチリという音が聞こえ、メルトンのてきぱきしたぶっきらぼうな声が言った。「はい？　メルトンです。どちら？」

「すぐに会いたいんだが」

「なんだって？」彼は吠えた。

「いま言ったとおりですよ。事態に展開ってやつがあったんでね。こっちがだれだかわかってるんでしょう？」

「ああ――そうか。わかってるよ。ええと、そうだな。卓上カレンダーを見てみるよ」

「卓上カレンダーなんてどうでもいい」わたしは言った。「ことは深刻なんです。深刻じゃなかったら、仕事の邪魔をしないほどの分別はもち合わせていますよ」

「それじゃ、〈アスレチック・クラブ〉で――十分後だ」彼は歯切れよく言った。「読書室にいるから呼び出してくれ」

「もうちょっとかかる」彼がなにか言い返してくるまえに、わたしは電話を切った。

じっさい、二十分かかった。

〈アスレチック・クラブ〉のロビーにいたボーイは、鳥かご型の古いエレヴェーターにすばやく走り込み、ただちに所定の位置についてうなずいた。彼はわたしを四階まで送り、読書室を教えてくれた。

「あそこを左にまがったところです、お客さん」

読書室とはいっても、読書をするようにつくられていなかった。長いマホガニーのテーブルには新聞や雑誌がのっていて、壁際のガラス・ケースのなかには革の装丁本が陳列してあり、クラブの創立者の油絵の肖像画がかけてあって、笠がついた電球の明かりがそれを上から照らしていた。しかし、この空間は傾斜した高い背もたれつきの革張りの椅子をおいた休息室であり、人目を避ける隠れ家なのだった。年輩者たちがそこにすわって、安らかな寝息を立てていた。年と高血圧のせいなのか、顔は薄紫色だった。

わたしは音を立てないようにそっと左へまわった。メルトンは、書架のあいだの個室のようなところに、室内には背をむけてすわっていた。椅子の背は高いとはいえ、黒髪の大きな頭を隠すほど高くはなかった。彼は、わきに椅子をもう一脚用意していた。わたしはその椅子にすべり込んで、彼を見つめた。

「声を落としてくれ」と、彼は言った。「ここは昼食をすませたあと昼寝をする場所なんだ。それで、どういうことだ？　きみを雇ったのはあれやこれやの手間を省くためで、これまで以上に手間をふやすためじゃないんだぞ」

「わかってます」わたしは言って、彼に顔を近づけた。メルトンはハイボールのにおいがしたが、悪くないにおいだった。「奥さんが彼を撃った」

剛《こわ》い眉がこころもちつりあがった。目の表情がきびしくなった。歯はきつく嚙みしめられていた。静かに呼吸していた彼は、片方の大きな手を膝の上でねじり、それをじっと見つめた。

「先をつづけてくれ」彼は、おはじきのようにちっちゃな声で言った。

わたしは首をのばして椅子の背の後方を見た。いちばん近くにいるじいさんは軽くいびきをかいて、呼吸するたびに鼻毛を揺らしていた。

「グッドウィンの住まいへいったんですよ。でも、だれも出てこなかった。で、裏口へいってみた。ドアはあいた。なかへ入った。ラジオがついていたが、音量がさげられていた。飲み物が入ったグラスがふたつ。暖炉の下の床にはこわれた写真立てが落ちていた。椅子に腰かけていたグッドウィンは、至近距離から撃たれて死んでいた。接射創ってやつです。拳銃は、彼の右手のわきの床に落ちていた。二五口径の自動拳銃――女がもつ銃だ。彼はなにがおきたのかまるでわからないかのように、そこにすわっていた。わたしはグラスと拳銃とドアノブを拭いて、彼の指紋をあるべきところにのこし、家を出てきました」

メルトンは口をひらいたが、また閉じた。歯ぎしりの音が聞こえた。両の手で握り拳をつくった。それから、黒く険しい目でわたしをまっすぐに見た。

「写真は？」彼は重苦しい口調で訊いた。

わたしはポケットからそれを取り出し、彼に見せたが、自分でもったままだった。

「ジュリアだ」彼は言った。呼吸するたびに、妙に甲高い音が発せられ、写真を受け取ろうとしていた手がだらりと落ちた。わたしは写真をポケットに戻した。「それからどうした？」彼はささやくように言った。「これで全部です。見られたかもしれないが、家に入ったときと出たときは見られていない。裏は樹木がうっそうとしていますからね。あの家はしっかり樹木で覆われているようなもんですよ。奥さんはそういう拳銃をもってます？」

うなだれた頭を、メルトンは両手で支えた。しばらくじっとしていたが、やがて顔を押しあげ、手で顔を覆って指を広げ、指のあいだからしゃべった。ふたりとも、顔は壁にむけていた。

「もっていた。しかし、身につけていたかどうかは知らん。おそらくあの男は、ふしだらなわたしの妻を捨てたんだろう」彼は冷ややかにそっと言った。「きみはよくやってくれたよ」と、メルトンは言った。「そうすると、あいつの死は自殺っていうことになるかな？」

「どうですかね。容疑者が見つからなければ、警察は事件をそういうふうに処理しがちですが。自分で発砲したのかどうか、彼の手にパラフィン・テストをやるでしょう。最近ではそうするのがきまりなんです。でも、断定できないこともあって、容疑者がいなければ乗りやすい説に乗るかもしれない。腑に落ちないのは、あの写真のことなんです」

「わたしもだよ」依然として指のあいだからしゃべりながら、彼は言った。「妻は突然狼狽したにちがいない」

「なるほど。でも、わたしが首までどっぷり漬かってしまったことはおわかりでしょう？　発覚したら、免許を取りあげられる。もちろん、自殺の線もかろうじてのこってます。しかし、彼は自殺するようなタイプじゃない。あなたにも協力してもらわなきゃこまるんだ、メルトン」

彼は声を立てていかめしく笑った。それから首をまわして、わたしのほうをむいたが、それでも手は顔においたままだった。指のあいだから、目が光を放っていた。

「どうして現場を取り繕ったんだ？」彼は、静かに訊いた。

「知るもんですか。彼に反感を感じたからかな――写真を見たときから。奥さん――それにあなたが罰を受けてもしょうがないってほどの男じゃない」

「五百ドル進呈するよ」彼は言った。

わたしはまた椅子に背をあずけ、メルトンを冷ややかに見た。「あなたから搾り取るつもりなんかない。わたしはけっこうしたたかな男だ――でも、こういう窮地にはまるとね。あなたは手がかりを全部くれたんですか？」

メルトンはしばらく押しだまっていた。立ちあがって、読書室を見まわし、両手をポケットに突っ込み、なにかをカシャカシャ鳴らしてから、また腰をおろした。

「そいつは見当ちがいだよ――どっちもな」と、彼は言った。「わたしは金を搾り取られることを考えていたわけじゃない——というか、取り繕い代を払うことなんかね。だいいち、それっぽっちじゃ足りないだろう。このご時世だし。きみが予定外の危険を冒してくれたから、こちらも予定外の埋め合わせを提供したまでさ。だが、ジュリアが彼の死とまったく無関係だったらどうする？　だとすれば、のこされていた写真の説明もつく。グッドウィンの生活にはほかにも大勢女がいたんだ。しかし、この話が明るみに出て、わたしもそれにどっぷり関係しているとなったら、本社はわたしを切り捨てるだろう。この業界は神経過敏なところがあるんだよ。このところ業績もあまりよくないしな。わたしを馘にするいい口実が見つかるわけだ」

「そういう話じゃない」わたしは言った。「手がかりを全部わたしにくれたかと訊いたんです」

メルトンは床を見た。「いや。ちょっと伏せていたことがある。このあいだはだいじなことだと思わなかったんだ。だが、いまとなっては事態をひじょうに悪化させる材料だ。数日まえのことだが、銀行から電話があった。ジュリア・メルトンが振り出した千ドルの小切手をランスロット・グッドウィンというかたが現金化してほしいと言っている、という内容だった。メルトン夫人はいま街を出ているが、グッドウィンならよく知っているから、小切手がほんもので彼の身元が証明されれば小切手を現金化するのに異存はない、と答えておいたよ。ほかにはなにも言えなかった——こういう事情だからな。

銀行はたぶん現金化してやっただろう。わからんが」

「グッドウィンは金持ちだと思っていた」

メルトンはぎごちなく肩をすくめた。

「女をゆすって金を稼いでいたのか。だが、小切手で受け取るような半端なやつだった。これからは互いに協力し合っていくしかないな、メルトン。どこかでおかしな話を聞きつけた新聞記者どもがハイエナみたいに街に群がってくるなんて、想像しただけでぞっとする。しかし、連中があなたにまとわりつくようなら、わたしはおりる——おりられればの話だが」

彼ははじめて笑いを浮かべた。「いますぐ五百ドル払うよ」と、彼は言った。

「そいつは断わる。わたしは奥さんを見つけるために雇われた。彼女を見つけたら、そのときはきっちり五百ドルもらう——どうなるかは、まったくわからない状態だが」

「わたしは信頼できる人間だってことがそのうちわかる」メルトンは言った。

「リトル・フォーン湖のあなたの地所にいるヘインズって男に一筆書いてください。あなたの山荘へ入ってみたいんだ。チェヴィ・チェイスへはいかなかったつもりになって、一から調べてみたい」

彼はうなずいて、立ちあがった。デスクへいき、クラブの便箋にメモを書いて戻ってきた。

リトル・フォーン湖
ウィリアム・ヘインズ殿

親愛なるビル――
　これを持参したジョン・ダルマス氏をわたしの山荘に案内し、地所を見学してまわる便宜をはかってもらいたい。

敬具
ハワード・メルトン

わたしはその便箋をたたみ、この日ほかに収集したものといっしょにしまった。メルトンはわたしの肩に手をおいた。「きょうのことは一生忘れないよ」と、彼は言った。「いますぐいくのかね？」

「そのつもりです」

「なにを見つけようというんだね？」

「なにも期待していませんよ。でも、出発点から取りかからないことには埒があかない」

「もっともだ。ヘインズはいい男だが、ちょっと気むずかしいところがある。亭主をしっかり尻に敷いているかわいい金髪の女房がいる。幸運を祈ってるよ」

わたしたちは握手をした。彼の手は酢漬けにした魚みたいに冷たく湿っていた。

3 義足の男

二時間もしないでサン・バーナーディノについたが、涼しさはロサンジェルスとたいして変わらなかった。だが、空気のべたついた感じはほとんどなかった。わたしはコーヒーを一杯飲み、ライ・ウィスキーを買って車を満タンにし、坂道をあがりはじめた。バブリング・スプリングスまで、空はずっと曇っていた。それから急に大気が乾燥し、空も明るくなって、渓谷にひんやりした空気が流れ込んだ。ようやく大きなダムまできて、ピューマ湖の広々とした青いなめらかな湖面を見晴らした。パドルを漕ぐカヌー、エンジンを外装した小ぶりなボート、それにスピードボートが水をかきまわし、好きかってに水上を走っていた。釣り代二ドルを支払った人たちは、彼らの航跡のあおりを食らって波間に上下し、十セントにも値しない魚を釣ろうとむなしく時間を浪費していた。

ダムからは、道が二手に分かれていた。わたしがめざすのは、南の湖畔だった。その道は、花崗岩が堆積している高い崖すれすれにとおっていた。高さ百フィートもあろうかという黄色い松の木が、澄んだ青空にむかってのびていた。ひらけたところには、明るいグリーンのマンザニータの低木や、野生のアヤメと思える植物や、白や紫のルピナスや、キンランソウの花や、砂漠のカステラソウなどが群生していた。道路がくだって湖面と同じくらいの高さになると、キャンプをしている人たちのわきを走った。ショート・パンツ姿で自転車や小型バイクに乗ったり、幹線道路を歩いたり、あるいはただ木の下に腰をおろして脚を見せびらかしたりしている若い女たちとすれちがった。牧場へ供給してもよいほどたっぷり生肉を拝ませてもらった。

ピューマ・ポイントの一マイルてまえにある古いレッドランズ街道に入ると湖から遠ざかる、とハワード・メルトンは言っていた。その街道はすっかり使い古されたアスファルト道路で、のぼっていくと周囲の山岳地に入っていく。斜面のあちこちに山荘が建ちならんでいた。アスファルトが途切れてしばらくいくと、右手にせまい未舗装の道がのびていた。その入口には、看板が立っていた。〝リトル・フォーン湖への私道。立入禁止〟。わたしはその道に入り、大きな岩を回避しながら、小さな滝をすぎ、黄色い松や黒いナラの静かな樹林のなかを進んでいった。木の枝でリスが松ぼっくりを割り、その笠を紙吹雪のようにばらまいていた。リスはわたしを見ると、怒ったように松ぼっくりの笠に爪を立てた。

せまい道は太い木の幹が立っているところで鋭角的にまがり、やがて五本の鉄棒がついたゲートが現われ、そこにまた看板があった。こちらは、〝私有地——立入禁止〟となっていた。

車をおり、ゲートをあけ、車を乗り入れてから、ゲートを閉めた。樹林のあいだをさらに二百ヤードほど抜けた。すると、木々や岩や野草のなかに、まるで丸まった木の葉に落ちた一滴の露さながらに、小さな楕円形の湖がいきなり出現した。てまえには黄色いコンクリートのダムがあり、そのてっぺんにはロープの手すりがつき、片側には古めかしい水車があった。その近くには、樹皮をはいでいない丸太でつくった小さな建物。トタンでつくった煙突が二本あって、片方から煙が細く立ちのぼっていた。どこかで斧が振りおろされる音がした。

湖の対岸の、道路からはずっとはなれたところ、そしてダムからは近い水際に、大きな山荘が建っていた。また、それほど大きくない山荘がふたつ、かなり間隔をあけて建っていた。ダムの反対側の奥に、小さな桟橋と楽隊用の四阿《あずまや》のようなものがあった。反った木製の看板には、こうあった。〝キャンプ・キルケア〟。なんのことかさっぱりわからなかったので、道をくだって樹皮をはいでいない丸太でつくった山荘へいき、ドアをたたいた。

斧の音がとまった。背後のどこからか、男の声が叫んで寄こした。わたしは大きな石に腰をおろし、火をつけていないたばこを指で転がしながら待った。山荘の住人が、斧をこわきにぶらさげてやってきた。上背はあまりないが逞しい体つきの男で、黒い剛《こわ》そうな無精ひげを生やし、褐色の目に落ちついた表情を浮かべ、灰色の髪はカールしていた。ブルーのデニムをはき、ブルーのシャツを着ていたが、いちばん上のボタンをはずして逞しい褐色の首をむき出しにしていた。歩くたびに、右足を外側に少し蹴っているように見えた。小さな孤を描いて脚を体から振り出すような歩き方だった。ゆっくり近づいてきた彼は、分厚い唇にたばこをくわえていた。しゃべると、都会的な口調だった。

「なんだい？」

「ヘインズさん？」

「そうさ」

「ここにあなた宛の書簡があるんですがね」わたしはそれを取り出して、男にわたした。彼は斧をぶらさげたまま、目をすがめてメモをながめたが、やおら向きを変えて山荘のなかへ入っていった。出てきたときにはめがねをかけ、メモを読んでいた。

「ああ、そうかい」彼は言った。「大家からだね」彼は、もう一度メモを読んだ。「ジョン・ダルマスさん？　おれはビル・ヘインズだ。ようこそ」わたしたちは握手を交わした。鉄の罠みたいな手だった。

「メルトンさんの山荘を見てまわりたいのかね？　どういうことだ？　売りに出しちゃ

ども有り余るほどもってるからね」

わたしはたばこに火をつけ、湖にマッチをはじき飛ばした。「彼はここに有り余るほどもってるからね」

「土地ならたしかにそうだ。でも、山荘ってことになると——」

「この目で見てきてほしいと言ったんだよ。とてもすてきな山荘だから、って」

ヘインズは指さした。「あそこにあるあのでかいやつ。壁はセコイアで、セラレックスで裏打ちして、内側は節の多い松の板を張ってある。屋根は杮板を張ってあって、基礎は石。それにポーチ、浴室、シャワー、トイレつきだよ。裏の丘には温泉が出る池がある。すてきな山荘さ」

わたしは山荘を見たが、じつはビル・ヘインズをさらに観察していた。目がきらきら光り、外でよくすごす人間にしては目の下にたるみがあった。

「いまいきたいかね？　それなら鍵を取ってくる」

「長いドライヴだったんで疲れたようだ。飲み物があるといいんだがな、ヘインズさん」

ヘインズはそそられたような顔をしたが、かぶりを振った。「悪いんだがね、ダルマスさん、ちょうどひと瓶あけちまったところなんだ」彼は分厚い唇をなめて、わたしに笑いかけた。

「水車はなんのためにあるんだい？」

「映画のロケ用だ。ときどきここへロケにやってくる。奥にもうひとつあるんだよ。『松林の恋』って映画は、あそこでロケした。ほかのセットはもう取りこわされた。映画はあたらなかったそうだ」

「そうかい。一杯くらいなら付き合ってくれるかな？」わたしはそう言って、ライ・ウィスキーのボトルを取り出した。

「断わったことなんか一度もないよ。グラスを取ってくる」

「奥さんはお出かけ？」

ヘインズは突如冷たい目でわたしを見つめた。「ああ」彼はおもむろに言った。「なんで？」

「酒のことであんたが叱られないかと思って」

彼は緊張を解いたが、しばらくわたしから目をはなさなかった。それから向きを変え、こわばった歩き方で山荘に入った。小さなグラスをもって出てきたが、そこにはうまそうなチーズが入っていた。わたしはボトルの栓をあけ、強い酒をつぎ、ふたりでグラスをもってすわった。ヘインズは右脚を前方にまっすぐのばし、爪先を少し外側にねじった。

「フランスでやられたんだよ」彼はそう言って、グラスに口をつけた。「義足のヘインズになっちまった。おかげで恩給にもありつけたし、女にも苦労しなかったがね。戦争に乾杯だ」彼は、グラスを干した。

わたしたちはグラスをおいた。アオカケスが松の大木をのぼり、バランスを取るため立ちどまることもなく、階段をのぼる人間のように枝から枝へ飛び移っていくのを見つめた。

「ここは涼しくて快適だ。でも、寂しいところだよ」と、ヘインズは言った。「寂しすぎる」彼は、わたしを横目で見た。なにか思うところがあるようだった。

「そういうところが好きな人もいるよ」わたしはふたつのグラスに手をのばし、するべきことをした。

「おれは、気が滅入る。気が滅入るから、飲みすぎるんだ。夜なんか、とくに気が滅入る」

わたしはなにも言わなかった。ヘインズは、二杯目をすばやくいっきに飲んだ。わたしはボトルをそっと彼にわたした。彼は三杯目を飲み、頭をかしげて、唇をなめた。

「あんた、さっきおかしなことを訊いたな——女房は出かけてるのか、とか」

「山荘から見えないところでボトルをあけたほうがいいと思っただけさ」

「なるほど。あんた、メルトンの友だちかい？」

「知ってるってだけさ。親しい仲じゃない」

ヘインズは大きな山荘のほうに目をやった。

「あの売女め！」彼は突然どなり、顔をゆがめた。

わたしは彼を注視した。「おかげでベリルを失うはめになっちまった。あのふしだらな女のせいでな」と、彼は苦々しそうに言った。「おれみたいな片脚の男までたらしこみやがって。酔わせて、おれにはもったいないほどかわいい女房がいることを忘れさせやがったんだ」

わたしは待った。神経を張りつめて。

「やつもくたばっちまえばいいんだ！　あんな性悪女をここにひとりにしておくなんて。おれはこんな山荘に住む必要なんかないんだ。どこでも好きなところで暮らしていける。恩給があるからな。軍人恩給が」

「ここは住むのにいいところさ」わたしは言った。「もう一杯やれよ」

ヘインズはもう一杯やり、わたしに怒りの目をむけた。「ろくでもないところさ」彼はわめいた。「人妻が亭主を捨てて出ていって、亭主のほうは女房がいまどこにいるのかもわからない――もしかしたら、よその男といっしょなのかもしれんよ」彼は左の拳を強く握りしめた。

しばらくしてゆっくりと握り拳を解き、自分のグラスを半分満たした。このときまでに、ボトルの中身はかなり減っていた。彼は、いっきに飲みほした。

「はじめて会う人にこんな愚痴をこぼすのもなんだが」彼はうめくように言った。「だがかまうもんか！　おれはひとりぼっちにうんざりしてるんだ。自分がおめでたかったばっかりに——でも、ちょっとばかり人の道をはずしただけだ。あの女は綺麗だった——ベリルみたいにな。体つきも同じくらいで、髪の色も同じで、歩き方までベリルにそっくりだった。姉妹と言ったってとおったさ、きっと。だが、まるっきりちがったよ——言いたいことはわかるだろうが」彼はわたしをねめつけた。もう酔っていた。

わたしは同情するような表情を浮かべた。

「おれはゴミを燃やしにあそこへいったんだ」ヘインズは片手を振りながら、顔をしかめた。「そしたらあの女がセロファンでできてるみたいなパジャマ姿で、裏のポーチに出てきた。両手にグラスをもってな。そして寝室へ誘うようなあだっぽい笑いをおれにむけた。〝一杯やりなさいよ、ビル〟ときたから、おれはその言葉に乗って飲んだよ。十九杯飲んだ。あとはどうなったか察しがつくだろう」

「いい男は大勢そういうことを体験しているよ」

「女房をひとりでこんなところにのこしていきやがって——！　自分はロサンジェルスで遊びまくってるんだ。おかげでベリルはおれを捨てて出ていっちまった——今度の金曜がくれば二週間になるよ」

わたしは身をこわばらせた。あんまりかたくこわばらせたので、体じゅうの筋肉が突っぱるのを実感できた。今度の金曜がくれば二週間、ということは、先週の金曜の一週間まえということだ。八月十二日だ——ジュリア・メルトン夫人がエルパソへ発ったことになっている日。山麓にある〈オリンピア・ホテル〉に立ち寄った日。

ヘインズは空《から》になったグラスをおき、シャツのボタン付きポケットに手を入れた。彼は、たたんだ紙をわたしにさし出した。慎重にひらいてみた。鉛筆で文字が書かれていた。

〝あなたみたいな人とこれ以上いっしょにいるくらいなら、死んだほうがましよ、薄ぎたない浮気者——ベリル〟そう書いてあった。

「こういうのははじめてじゃなかった」ヘインズは自嘲気味の笑い声を立てて言った。「ばれたのがはじめてなんだ」また笑った。それから、また顔をしかめた。わたしは紙切れを返し、彼はそれをポケットに入れなおした。「なんであんたにこんなこと話すんだろうな？」わたしにむかって、彼は愚痴っぽく言った。

アオカケスが斑点のある大きなキツツキを威嚇し、キツツキは「クラ‐ラッカー！」とオウム返しに叫んだ。

「寂しいからだろうよ」わたしは言った。「胸の支《つか》えをおろさなきゃならなかった。飲めよ。こっちはもう充分だから。あんたはその日の午後ここをはなれていたのか？——奥さんが出ていったとき」

彼はむっつりうなずいて、脚のあいだにボトルをはさんだ。「おれたちは言い争いをして、おれは北の湖畔の知り合いのところへいった。蚤の糞よりみじめな気分でね。飲んだくれなきゃいられなかった。そうしたよ。帰ってきたのは午前二時ごろだ——べろべろでね。でも、このまがらない脚のおかげで車はゆっくり運転したよ。女房はいなくなっていた。あの置き手紙をのこして」

「それが先週の金曜の一週間まえだったんだな？　以来奥さんから音沙汰がない？」

わたしは日付にこだわりすぎた。ヘインズは不審そうな表情を浮かべてわたしを見つめたが、その表情はやがて消えた。ボトルをもちあげ、不機嫌そうに飲み、ボトルを太陽にかざした。「ありゃあ、もう空《から》になりそうだ」と、彼は言った。「あの女もいなくなったよ」彼は湖の反対側に親指を突き出した。

「女同士で言い争いになったんだろう」

「いっしょに出ていったのかもしれない」

彼は耳障りな笑い声をあげた。「ねえ、あんた。あんたはおれのかわいいベリルを知らない。いったん怒りに火がついたら、もう手に負えないんだ」

「ふたりともそんな感じだな。奥さんは車をもっていたのか？　だって、あんたはその日車で出かけたんだろう？」

「フォードが二台あるんだ。おれのは、アクセルとブレーキが左、つまりいいほうの脚で操作できるようになってる。女房は、自分の車を使った」

わたしは立ちあがって、湖畔へいき、吸い殻を水に投げ込んだ。水は紺青色で、水深が深そうに見えた。春の洪水で水面が上昇していて、ダムのてっぺんに達している箇所もあった。

ヘインズのところへ戻った。最後のウィスキーを飲み干しているところだった。「もっと飲まなきゃおさまりがつかないよ。あんたにはひと瓶借りができたな。あんたはぜんぜん飲まなかったじゃないか」

「そいつを買ったところでいくらでも買えるさ」わたしは言った。「あんたさえよければ、あの山荘へいってみたいんだが」

「いいとも。湖沿いに歩いていこう。あんたにぶつけた話で、気分を害しちゃいないだろうな？――ベリルのことで」

「つらいことはときどき人に聞いてもらわなきゃやっていけない」わたしは言った。

「ダムを横切っていくこともできるんじゃないか？　そうすれば長く歩かなくてもすむ」

「とんでもない。おれは健脚だぜ、そうは見えなくてもな。ひと月ほど湖のまわりを歩いていないが」彼は立ちあがって、山荘へ入り、鍵をもって出てきた。「いこう」

わたしたちは湖のいちばん奥にある木でできた小さな桟橋と四阿《あずまや》にむかって歩きだし

た。大きなごつごつした花崗岩が転がっているあいだをとおって、水辺に沿った小径がめぐっていた。舗装されていないさっきの道は、はるか後方に遠ざかり、高いところに見えていた。ヘインズは、ゆっくり右足を蹴るようにして歩いた。むっつりとして、自分の世界に閉じこもるほど酔っていた。ほとんど口をきかなかった。小さな桟橋までくると、わたしが先に足を踏み入れた。ヘインズが義足で板を強くたたきながら、あとをついてきた。楽隊用のオープンな小さな四阿を抜け、桟橋をわたりきると、わたしたちは風雨にさらされてきた深緑色の手すりに寄りかかった。

「ここには魚がいるのか?」わたしは尋ねた。

「いるよ。ニジマス、ブラックバスなんかが。おれは魚を食わないがね。魚はうじゃうじゃいる」

手すりから身を乗りだして、深そうなよどんだ湖面を見おろした。真下の水が渦を巻いていて、桟橋の下で緑色のなにかが動いていた。ヘインズがわきにきた。彼の目は深そうな水に釘付けになった。桟橋は頑丈にできていて、水中にも板張りの床——桟橋自体よりも横幅が広い——があった。まるで、かつては水面がもっと低く、この水中の床が船着き場に使われていたかのようだった。平底船が一艘、すり切れそうなロープにもやわれて、水面で揺れていた。

ヘインズがわたしの腕をつかんだ。わたしは思わず叫び声をあげそうになった。彼の指が、鉄の鉤のように筋肉に食い込んだからだ。彼を見た。ヘインズは身をかがめ、狂ったように下を見つめていた。顔色が突如蒼白になり、てかてか光った。わたしも水をのぞき込んだ。

水中にある床の端で、黒い袖口から突き出た人間の腕と手のように見えるものが、沈んだ板の下からゆらゆら揺れているように見え、しばらく漂って、また水中に沈んだ。

ゆっくり上体を起こしたヘインズの目を見て、突如彼がしらふになって恐怖に怯えていることがわかった。ひとことも発しないでわたしからはなれ、栈橋を引き返した。岩を積んであるところまでいって、かがんでひとつを動かした。荒い息遣いが、わたしのいるところまで聞こえた。彼は岩をつかむと、肉付きのよい背中をのばした。そして、岩を胸の高さまでもちあげた。重さは百ポンドはあるにちがいなかった。彼はそれをもったまま、しっかりした足取りで栈橋を戻ってきた。栈橋の端までくると、頭上に岩をもちあげた。岩をさしあげたまま仁王立ちになると、首の筋肉がブルーのシャツの上でふくらんだ。重さをこらえるこもった声が口から漏れていた。やがて、体がかしいだと思うと、大きな岩が水中に投げ込まれた。

盛大な水しぶきがあがり、わたしたちふたりに降りかかった。岩はまっすぐ水中に沈み、水面下にある板の端に激しくぶつかった。またたくまに波紋が大きく広がり、水が沸きたった。水中で板同士がぶつかり合う鈍い音が聞こえた。波紋は外へむかって小さくなり、真下の水が澄んできた。腐った板が突然水面から飛び出てきて、平手打ちのような音を立てて水面を打ち、浮かんだ。

水面はさらに澄んできた。水中でなにかが動いた。それはゆっくり上昇してきて、長く黒っぽいなにかねじれたものが回転しながら浮かんできた。水面に達した。水に漬かったウールの黒いもの——セーターと、スラックス。靴も見えた。それに、膨張して形が崩れたなにかも靴の端に浮かんできた。金髪のうねりが湖面に広がり、少しのあいだ揺らめいていた。

物体はやがて回転して、腕が水中で揺らめいたが、その腕の先についている手はもはや人間の手とは言い難かった。体が回転したので、顔が湖面に現われた。膨張して、パルプ状になり、ふくれあがった肉塊にしか見えず、容貌などとても見分けがつかず、目も口もなかった。人間の顔としかわからなかった。ヘインズは、それを見おろした。顔だと思われるものの下の首に、緑色をした宝石があった。ヘインズは右手で手すりをつかんだが、その関節はかたそうな褐色の皮膚の下で雪のように白くなっていた。

「ベリル！」彼の声はずっとはなれたところから聞こえてきたように思えた。うっそうとした樹木のあいだをとおって、丘のむこうから。

4　湖中の女

窓に大きな白い紙が貼ってあって、そこに太い大文字のブロック体で、〝ティンチフィールドを再度保安官に〟とあった。窓の裏側には、くすんだ色の紙ばさみを積んであるせまいカウンターがあった。ドアにはガラスがはめてあり、黒い塗料で文字が書かれていた。〝警察署長。消防署長。保安官。商工会議所。お気軽にお入りください〟。

なかに入ってみると、そこは松材でつくられた一間しかないせまい掘っ立て小屋という感じで、隅にあるだるまストーブをのぞけば、散らかったロールトップ・デスク、かたそうな木製の椅子二脚、それにカウンターしかなかった。壁にはその地方の大きな青写真の地図、カレンダー、寒暖計がかかっていた。デスクのわきの板壁には、電話番号がいくつか大きな数字で深く刻みつけてあった。

男がデスクにむかい、背もたれを傾けて古風な回転椅子にすわっていた。後頭部にのっけるようにして、つばが平らなステットソン帽をかぶっていたが、右足のわきにはやたらに大きな痰壺がおいてあった。毛が生えていない大きな手を、腹の上で気持ちよさそうに組んでいた。サスペンダーで吊った茶色のズボンをはき、洗いすぎて色の抜けかかった褐色のシャツのボタンを太い首の付け根までとめていた。ネクタイはしていない。見たところ、こめかみをのぞいて髪はくすんだ茶色で、こめかみの部分はまっ白だった。

左の胸には、星形のバッジをつけていた。右側の尻のポケットのわきに大きな黒い拳銃を入れたヒップ・ホルスターがあったので、少し左にかしいだ恰好ですわっていた。わたしはカウンターに身を乗りだして、彼を見た。男の耳は大きくて、愛想のよさそうな目は灰色だった。子供でもわけなくポケットをすれる男のように見えた。

「ティンチフィールドさん？」

「そうだ。どんな法律だろうと、ここではわたしがその代行者だ——とにかく、選挙が近いんだ。若くて生きのいいのがわたしの対抗馬になってる。連中には打ち負かされてしまうかもしれん」彼は、ため息をついた。

「あなたの管轄はリトル・フォーン湖までおよんでますか？」

「だれだか知らんが、なにがあったんだ？」

「山中にあるリトル・フォーン湖。あなたはあそこまで受けもっている？」

「ああ。たぶんそうだ。わたしはじつは保安官助手なんだ。ドアにはもう書くスペースがないんだよ」不満そうなようすなど見せずに、彼はドアのほうを見やった。「わたしはあそこに書いてある職を全部かねてるわけさ。で、メルトンの地所のことか？　そこでなにか面倒でも？」

「湖のなかで女が死んでいたんです」

「そりゃ捨てておけんな」彼は組んでいた手をほどき、耳をかいて、のっそり立ちあがった。立ちあがった彼は大きく、馬力がみなぎっているようだった。余分についている脂肪が陽気な印象を与えた。「死んでいた、と言ったな？　だれがだ？」

「ビル・ヘインズの妻のベリルですよ。自殺らしい。長いこと水に漬かっていたみたいです、保安官。見て気持ちのいいものじゃなかった。十日まえに夫のところを出たんだそうです。そのとき自分で命を絶ったんでしょうね」

ティンチフィールドは痰壺の上にかがんで、大きな茶色い繊維の塊を吐いた。やわらかいものが跳ねる音がした。彼は口をもぐもぐやって、手の甲で唇をぬぐった。

「で、あんたは何者なんだ？」

「名前はジョン・ダルマス。メルトン氏からヘインズに宛てた書き付けをもってロサンジェルスからきた――あそこを見てまわるためにね。ヘインズとわたしは湖の縁を歩いて、以前映画関係者がつくったというあの小さな桟橋にきたんです。ところが、下の水のなかになにかがあるのを見つけた。ヘインズが大きな岩を投げ入れると、死体が浮きあがってきた。見て気持ちのいいものじゃありませんでしたよ、保安官」

「ヘインズはまだそこに？」

「ええ。ひどく震えているんで、わたしが知らせにきたんです」

「あんたは驚いていないようだな」ティンチフィールドはデスクの抽斗をあけ、一パイントのウィスキー・ボトルを取り出した。それをシャツのなかにすべり込ませ、シャツのボタンをかけなおした。「メンジーズ先生を呼ばないとな」と、彼は言った。「それにポール・ルーミスもだ」彼はカウンターの端を静かにまわってきた。こんな事態になっても、うるさいハエのほうがよほど彼を悩ませるようだった。

わたしたちは外へ出た。出るまえに、彼はガラス戸の内側にぶらさがっているカードを裏返した――〝午後六時に戻る〟と、カードにはあった。彼はドアに鍵をかけ、車に乗り込んだが、その車は屋根にサイレンと赤いスポットライトをふたつのせていて、琥珀色のフォグランプ、赤と白に塗り分けた消防用のナンバープレートをつけ、読むのも面倒くさいほどごてごてと車体にステッカーを貼ってあった。

「あんたはここでちょっと待っていてくれ。カエルがケロッと鳴くあいだに戻ってくるから」

彼は通りで車をまわし、湖につうじる方向へ車を走らせ、むかしの宿場のむかいにある木造の建物のまえでとまった。建物に入り、背の高いやせた男といっしょに出てきた。車はゆっくり戻ってきたので、わたしは自分の車を彼の車のあとにつけた。町を抜けるあいだ、ショート・パンツ姿の若い女や、トランクスやショート・パンツやズボン姿の男たちをよけて走った。ほとんどが半裸といってよく、腰から上が小麦色に日焼けしていた。ティンチフィールドはクラクションを鳴らしつづけたが、サイレンは使わなかった。そんなことをしたら、うしろにぞろぞろと野次馬の車の列ができる。ほこりっぽい丘をのぼり、ある家のまえでとまった。ティンチフィールドはクラクションを鳴らし、叫んだ。青いつなぎを着た男が、ドアをあけた。

「乗ってくれ、ポール」

つなぎの男はうなずいて、いったん家に戻るとよごれたサファリ・ハットをかぶって出てきた。わたしたちは幹線道路に戻ってから脇道に入り、私道のゲートまでいった。つなぎの男が車からおり、ゲートをあけて、わたしたちの車がとおると閉めた。

湖につくと、小さな山荘からはもう煙が立ちのぼっていなかった。全員車からおりた。医者のメンジーズは骨張った体軀の黄色い顔をした男で、目玉が飛び出していて手の指はニコチンでよごれていた。青いつなぎを着てサファリ・ハットをかぶった男は三十くらいで、髪は黒く、肌は浅黒く、体つきはしなやかだが、栄養不良みたいに見えた。

わたしたちは湖の端までいき、桟橋のほうを見やった。ビル・ヘインズが裸で桟橋に腰をおろし、両手で頭をかかえていた。桟橋のわきに、なにかがあった。

「もう少し車でいけそうだな」ティンチフィールドが言った。みんな車に戻り、出発し、またとまって全員が徒歩で桟橋へむかった。

かつて女だった物体は、脇の下にロープを巻きつけられて桟橋にうつ伏せになっていた。ヘインズの衣服がそのわきにあった。革と金属でできた義足がそのかたわらで光っていた。ティンチフィールドはひとことも発しないでシャツのなかからウィスキーのボトルを取り出し、コルクの栓を抜いて、ヘインズに手わたした。

「ぐっと飲《や》れよ、ビル」彼は、さりげなく言った。あたりには、胸の悪くなるような悪臭が漂っていた。ヘインズはそのにおいにも気づかないようすだったが、ティンチフィールドもメンジーズも同様だった。ルーミスが車から毛布を取ってきて、死体にかぶせた。それから、彼とわたしは死体のそばをはなれた。

ヘインズはボトルからウィスキーを飲み、生気のない目をあげた。むき出しの膝と、のこっている腿のあいだにボトルをはさみ、しゃべりはじめた。まったく生気のない声で、あらぬ方向を見やりながらしゃべった。ゆっくりとしゃべり、さっきわたしに話したことを洗いざらい話した。それから、わたしが町へいったあと、ロープを取ってきて、服をぬぎ、水に入って死体を引きあげたのだと言った。話し終わったとき、彼は木の板をじっと見つめ、彫刻のように身じろぎもしなかった。

ティンチフィールドは噛みたばこを口に入れ、しばらく噛んでいた。それから、歯を食いしばるように口を閉じ、触れたらばらばらになってしまうのをおそれているかのごとく、死体をひっくり返した。夕暮れの陽ざしが、水中にあったとき気づいた緑色の石のネックレスを照らした。ネックレスの細工は粗く、固形石けんのように光沢がなかった。金めっきの鎖がついていた。ティンチフィールドは広い背中をのばし、黄褐色のハンカチーフで洟をかんだ。

「どうだね、先生？」

メンジーズは、甲高い緊張した耳障りな声で答えた。「わたしになにを言わせたいんだ？」

「死因と死亡時間だよ」ティンチフィールドは穏やかに言った。

「ばかなこと言うなよ、ジム」医者は腹立たしそうに言った。

「なにもわからないってことか？」

「あれを見ただけでか？　わかるわけがない！」

ティンチフィールドはため息をつき、わたしのほうをむいた。「発見したときにはどこにあった？」

わたしは彼に話した。ティンチフィールドは口を閉じ、うつろな目をして聞いていた。それから、またたばこを嚙みはじめた。「おかしな場所だな。流れがまったくないってことか。あればダムのほうへ流れていただろうに」

ビル・ヘインズが立ちあがり、片脚でぴょんぴょん跳ねながら衣服に近づき、まず義足をつけた。ゆっくり不器用に服を身につけ、濡れた肌にシャツをまとった。もう一度、だれのほうを見るでもなく、口をひらいた。

「あいつが自分でしたことだ。そうにきまってる。あの板の下まで泳いでいって、しこたま水を飲んだ。たぶん、自分からなにかにはまったんだ。そうにきまってる。ほかにや、考えられない」

「もうひとつ可能性があるよ、ビル」ティンチフィールドは空を見あげながら穏やかに言った。

ヘインズはシャツをあさって、隅を折った書き置きを取り出した。それを、ティンチフィールドにわたした。みんな申し合わせたように、無言で死体から少しはなれた。ティンチフィールドは自分のウィスキー・ボトルを取りにいき、シャツの下に押し込んだ。戻ってきて、書き置きをくり返し読んだ。

「日付がないな。二週間まえに見つけたと言ったな?」

「今度の金曜がくれば二週間だよ」

「奥さんはまえにも家を出たことがあったな?」

「ああ」ヘインズは保安官を見なかった。「二年まえだ。おれは酔っぱらって、娼婦とひと晩明かしたんだ」彼は大声でがさつに笑った。

保安官は無言で書き置きをもう一度読んだ。「そのときは書き置きをのこしていったか?」彼は尋ねた。

「なるほどね」ヘインズはがなり立てた。「なるほど、そういうわけか。それ以上は言わなくていいよ」

「この書き置きはかなり古びている」ティンチフィールドはもの静かに言った。

「十日もおれのシャツのなかにあったんだ」ヘインズはどなった。そして、また大声でがさつに笑った。

「なにがおかしいんだ、ビル？」

「水中六フィートまで人間を引っぱりこもうとしたことがあるかい？」

「ないよ、ビル」

「おれは泳ぎが達者だ――片脚がない男にしちゃね。それでも、そんなことができるほど達者じゃない」

ティンチフィールドはため息をついた。「それじゃなんの説明にもならんな、ビル。ロープを使えばできたはずなんだから。奥さんは石の重りをつけられたんだ。たぶん石をふたつな、頭と足にだ。板の下に沈めたあと、ロープを切ればいい。やろうと思えばできるんだよ」

「そうとも。おれがやったのさ」ヘインズは言って、高笑いした。「おれがやったんだよ――おれがベリルを殺したんだ。おれを留置場にぶちこむがいいぜ――！」

「そうするつもりだよ」ティンチフィールドは穏やかに言った。「捜査のためにな。まだ告発されてもいないんだ、ビル。やろうと思えばあんたにもできたってことさ。できっこないとは言わせんぞ。だが、あんたがやったとは言ってない。やろうと思えばできた、と言ってるんだ」

ヘインズは、取り乱したときと同じくらいはやく自制心を取り戻した。

「保険はかけてあったのか？」ティンチフィールドは空を見あげながら、尋ねた。

ヘインズは話しはじめた。「五千ドルだ。それだけさ。それでおれは縛り首。もういい。警察署へいこう」

ティンチフィールドはおもむろにルーミスのほうをむいた。「山荘へ戻って、毛布をあと二枚もってきてくれ、ポール。それから、みんなして鼻にウィスキーをかがせようじゃないか」

ルーミスは向きを変え、湖をめぐってヘインズの山荘へつづいている小径を歩いていった。のこったわたしたちは、その場に突っ立っていた。ヘインズは自分のごつい日焼けした手を見つめ、握り拳をつくった。ひとことも発せず、右の拳を振って、自分の顔面に強烈なパンチをたたき込んだ。

「なんて野郎なんだ、おれは——！」彼はしゃがれた小声で言った。

鼻血が出てきた。彼は、ぐったりして立っていた。鼻血は唇まで流れ、口のわきをとおって顎までたれた。そして、顎からしたたりはじめた。

それを見て、ほとんど忘れかけていたことを思い出した。

5　金のアンクレット

暗くなってから一時間後、ベヴァリー・ヒルズの自宅にいるハワード・メルトンに電話をかけた。ピューマ・ポイントの目抜き通りから半ブロックいったところにある、電話会社の小さな丸太小屋からかけた。近くの射撃場が発している二二口径の銃声、スキー・ボールがごろごろ転がる音、気まぐれなクラクションの音、〈インディアン・ヘッド・ホテル〉から流れてくるもの悲しそうなヒルビリー音楽は、ほとんど聞こえなかった。

相手が電話に出ると、管理人のオフィスで電話を取るよう交換嬢が言った。わたしはそこに入ってドアを閉め、小さなデスクにむかってすわり、電話に出た。

「そっちでなにか見つかったか？」メルトンの声が訊いてきた。その声には、ややくぐもった切れ味、ハイボール三杯分の切れ味があった。

「期待していたほどのことはなにも。でも、あなたがお気に召さないことがおきましたよ。有り体に話しましょうか？　それともクリスマス・プレゼント用の包装紙に包んで？」

メルトンが咳をする声が聞こえた。彼が話している部屋からは、ほかの音がいっさい聞こえなかった。「有り体に頼む」彼は、ひるまずに答えた。

「ビル・ヘインズは、あなたの奥さんに言い寄られたと言ってます――そして寝たってね。奥さんがいなくなった日の朝、いっしょに酔っぱらったそうですよ。そのことをめぐって、ヘインズと妻はあとでけんかになった。そして、もっと酔っぱらうために彼はピューマ湖の北の湖畔へいった。午前二時まで帰宅しなかった。おわかりでしょうが、わたしは彼から聞いたことをしゃべっているだけです」

わたしは待った。メルトンの声がついに言った。「聞いてるよ。先をつづけてくれ、ダルマス」スレートみたいに平らな抑揚のない声だった。

「帰宅すると、女ふたりが両方とも消えていた。彼の妻ベリルは、薄ぎたない浮気者の夫といっしょに暮らすくらいなら死んだほうがましだっていう書き置きをのこしていた。以来、女房と会っていなかった――きょうまでね」

メルトンはまた咳をした。耳に突き刺さる鋭い騒音だった。回線に雑音が入った。交換嬢が割って入ってきたので、髪でも梳かしにいっててくれと言ってやった。しばしの中断のあと、メルトンは言った。「ヘインズはそんなことを全部きみにしゃべったのか、まったくあかの他人のきみに？」

「少しばかりアルコールを持参したんですよ。彼は飲んべえだし、だれかに話を聞いてもらいたくてうずうずしてたんです。アルコールがその垣根を取っ払った。話はまだ終わりじゃない。きょうまで彼は妻に会っていなかったと言いましたが、きょう彼女はおたくの湖で発見されました。どんな姿だったかは、ご想像にまかせますよ」

「ま、まさか！」メルトンは叫んだ。

「映画のロケのためにつくられた桟橋の水に漬かった板の下にへばりついていたんです。こっちの保安官のジム・ティンチフィールドは、この件にどうも引っかかりを感じているようだ。ヘインズを拘束しました。いまごろはサン・バーナーディノの地区検事のところへいっていると思いますよ。検屍やその他もろもろもおこなわれている」

「ティンチフィールドはヘインズが女房を殺したと考えているのか？」

「その可能性もあると考えている。彼は思っていることを全部しゃべる男じゃないんです。ヘインズが悲嘆に暮れた名演技をしているとしても、ティンチフィールドは騙されるような男じゃない。ヘインズについて、わたしが知らないこともたくさん知っているのかもしれない」

「ヘインズの山荘は捜索したのか？」

「わたしがいたときはしませんでした。あとでやるんでしょう」

「なるほど」メルトンは疲れているような、消耗したような声を出した。

「選挙を間近に控えている郡の検事にはおいしい事件でしょう」わたしは言った。「しかし、わたしたちにはおいしいなんてとても言えない。法廷で証言することにでもなったら、わたしは宣誓したうえで自分がしたことを話さなきゃならない。あそこでなにをしたのか、少なくともある程度は証言しなきゃならないってことです。ということは、あなたも巻き込まれることになる」

「だろうな。もしも妻が――」彼は不意に口を閉ざし、悪態をついた。長いこと口をひらかなかった。回線に雑音が入り、さっきより鋭いカリカリいう音が聞こえた。電話線がとおっている山中のどこかで、雷が鳴っているのだ。

わたしはついに言った。「ベリル・ヘインズは自分のフォードをもっていた。ビルの車とはべつにね。彼の車は、左脚で操作できるよう改造されていた。その車もなくなっている。それに、書き置きは自殺の遺書とは思えませんね」

「これからどうするつもりだ？」

「今回の仕事では、どうもいつも脇道へそれているような気がするんです。わたしは今夜帰ります。自宅へ電話してもいいですか？」

「いつでもいいよ」彼は答えた。「ひと晩じゅう自宅にいる。いつでもいいから電話してくれ。ヘインズがそんな男だとは思わなかった」

「でも、あなたは奥さんの酒癖を承知のうえでこっちへひとりでのこしていった」

「信じられん」彼はわたしの言ったことを聞いていなかったように言った。「よりにもよって義足の男と――」

「おっと、それは言っちゃいけないことだ」わたしは咬みついた。「それでなくてもいかがわしい話なのに。それじゃまた」

電話を切り、電話会社に戻り、電話代を支払った。それから目抜き通りに出て、ドラッグストアのまえにとめておいた車に乗り込んだ。通りには派手なネオンサインや騒音や明かりがあふれていた。山の乾燥した大気にのって、かなりはなれたところからもいろいろな音が聞こえてくるようだった。一ブロック先で話している人の話し声も聞こえた。もう一度車をおり、ドラッグストアで一パイント瓶をもう一本買い、車でそこをはなれた。

幹線道路からリトル・フォーン湖へむかう道に入るところまできたとき、車を路肩に寄せてとめ、考えた。やがてまた車を走らせ、山中へ入っていき、メルトンの地所へむかった。

私道のゲートは閉まっていて、いまは南京錠がかかっていた。車をわきの藪のなかにとめ、ゲートをよじのぼり、おぼつかない足取りで小径を歩いていくと、星明かりに光る湖面が突然足元に出現した。ヘインズの山荘は暗かった。湖の反対側にある山荘は、斜面を背景にぼんやりとした影になっていた。ダムのわきにある古い水車がなんだか滑稽に見えた。耳を澄ました――なんの音も聞こえなかった。山の夜鳥もいなかった。

ヘインズの山荘までぶらぶら歩き、ドアをあけようとした――施錠されていた。裏口へまわったが、そこのドアにも鍵がかかっていた。濡れた床を歩く猫のように、山荘の歩道を歩きまわった。網戸がない窓を押してみた。やはり鍵がかかっていた。押すのをやめ、さらに耳を澄ました。その窓はきっちり閉まっていなかった。この大気のせいで木が乾燥し、縮んでいた。枠のあいだにナイフを突っ込んでみた。小さなコテージの窓のように、内側にひらくようになっていた。だが、あかなかった。壁にもたれ、湖面の冷たいきらめきを見つめ、ボトルからひと口飲んだ。おかげで気力が湧いてきた。ボトルをしまい、大きな石をひとつ拾い、ガラスを割らないように枠を打った。そして、窓枠から山荘のなかへ入った。

閃光に顔を照らされた。

もの静かな声が言った。「ずっとここで休んでいたんだよ。あんたも疲れているようだな」

わたしはしばらく閃光に照らされて壁に釘付けになっていたが、やがて電気のスイッチが入って、明かりがついた。懐中電灯は消された。ティンチフィールドがテーブルのわきにあるモリス式安楽椅子にゆったり腰かけていて、テーブルの端においてある茶色のショールのフリンジがだらしなく下にたれていた。ティンチフィールドはきょうの午後と同じ服を着ていたが、シャツの上から茶色のウールのウィンドブレーカーを着ていた。顎が静かに動いた。

「ロケ隊の連中がここまで二マイル電線を引き込んだんだ」彼はむかしを回想しながら

言った。「ここの夫婦にとってはありがたいことだったろう。で、なにしにきたんだ、あんた――不法侵入までして」

わたしは椅子を取ってきて腰をおろし、山荘のなかを見まわした。四角い小さな部屋で、ダブル・ベッドがひとつあり、パッチワークの敷物が敷かれ、粗末な家具が数点おいてあった。奥のひらいたドアから調理用コンロの隅っこが見えた。

「ある考えが浮かんだんですよ」わたしは言った。「だが、こうしてここにすわってみると、ばかげたことにも思えてきたが」

ティンチフィールドはうなずき、敵意のこもっていない目でわたしをじろじろ見つめた。「あんたの車の音が聞こえたよ」と、彼は言った。「私道に入ってこっちへくることはわかっていた。しかし、歩き方がなかなかうまいじゃないか。足音はまるっきり聞こえなかった。あんたにはずっと興味があったんだ」

「どうして？」

「左の脇の下に重いものを吊しておくような男には見えないからな」

わたしは彼にむかってにやりとした。「話したほうがよさそうだな」わたしは言った。

「なに、その回転式のものを押し込んでいる理由について多くを語る必要はないよ。わたしは寛容な男でな。その六連発を携帯する許可はちゃんと取ってあるようだし」

わたしはポケットに手を突っ込み、紙入れを取り出してひらき、彼の太い膝の上においた。彼はそれを取りあげ、慎重にランプのほうにかざし、セルロイドの裏にある写真付きの許可証を見つめた。そして、紙入れをわたしに返した。

「どうやらビル・ヘインズに興味があるようだな」と、彼は言った。「私立探偵だって？　どうりでなかなか逞しい体つきをしているし、顔の表情から多くを読み取れないわけだ。ビルに関してはわたしも納得いかないことがあるんだよ。山荘を捜索しにきたのか？」

「それも考えた」

「わたしはいっこうにかまわんが、その必要はないだろうな。わたしがもうかなり引っかきまわした。雇い主はだれだ？」

「ハワード・メルトン」

ティンチフィールドは無言でしばらく嚙みたばこを嚙んでいた。「なんのために訊いてもいいかね？」

「妻をさがすためですよ。二週間まえ姿をくらましました」

ティンチフィールドはつばが平らなステットソン帽をぬぎ、ネズミ色の髪をくしゃくしゃにした。立ちあがってドアの鍵をあけ、扉をひらいた。だが、もう一度すわりなおして、無言でわたしを見つめた。

「雇い主は世間に知られることをひどくいやがっているんですよ」わたしは言った。

「自分の妻の失態のために、職を失うかもしれないから」ティンチフィールドはまばたきせずにわたしを見つめた。黄色いランプの光があたった横顔は、ブロンズ色だった。

「妻の酒癖が悪いことやビルとのことはともかくね」わたしは付け足した。

「だからって、ビルの山荘を捜索したいという理由にはぜんぜんなっていないな」彼は鷹揚に言った。

「わたしはなんでも嗅ぎまわる男でね」

彼は長いこと身動きしなかった。そのあいだに、おそらくわたしが自分を騙そうとしているのかどうか、そしてもし騙そうとしているのなら自分は気をつけたほうがいいのかどうか思案していた。

ついに、ティンチフィールドは言った。「こいつを見たら興味をそそられるかな？」彼はウィンドブレーカーの斜めのポケットから折りたたんだ新聞紙を取り出し、テーブルのランプの下でそれを広げた。わたしは近寄って見てみた。新聞紙には、小さなロックが付いた金の細いチェーンがのっていた。チェーンはペンチできれいに切断されていた。ロックはかかったままだった。チェーンは短く、長さはせいぜい四、五インチで、ロックも小さくチェーン自体とたいして変わらない大きさだった。チェーンにも新聞紙にも白い粉が微量付着していた。

「これをどこで見つけたと思う？」ティンチフィールドは訊いた。

わたしは指先を湿らせ、白い粉をつけて味わってみた。「小麦粉の袋のなか。ということは、ここのキッチンだ。それはアンクレットだな。女のなかにはそれをつけてはずさないのがいる。これをはずしただれかは、鍵をもっていなかったんだ」

ティンチフィールドは感心したようにわたしを見つめた。そして背を反らし、大きな手で片方の膝を打ち、松材の天井を見あげながらかすかに笑いを浮かべた。わたしは指のあいだでたばこを転がし、もう一度腰をおろした。

ティンチフィールドは新聞紙をまた折りたたみ、ポケットに戻した。「さて、これで切りあげるとするか——あんたが捜索に立ち会ってほしいと言うんでなければ」

「言いませんよ」わたしは答えた。

「どうやらわたしとあんたの考え方はべつの方向へいきそうだ」

「ヘインズ夫人は自分の車をもっていた、とビルは言っている。フォードを」

「ああ。ブルーのクーペだ。このちょっと先の道路にあった。岩場に隠れていたよ」

「とすると、計画的な殺人じゃないようだな」

「わたしははなから計画的だと思っていないよ。急にかっときたんだろう。たぶん女房を絞め殺した。あいつは腕力があるからな。だが、はたと——死体の処理にこまった。そして思いつく最善のやり方で始末したのさ。義足のわりにはなかなかうまくやった」

「車のことを聞くと、自殺のほうに分があるように思える」わたしは言った。「計画的な自殺ですよ。憎んでいるだれかさんに殺人の嫌疑がかかるようそんなふうに自殺した者が以前にもいた。車で遠くへいく気はなかったんだ、歩いて戻ってこなきゃならないから」

ティンチフィールドは言った。「ビルにしたって同じことさ。あの車は彼には運転しにくかったろう。左脚一本で運転してきたんだから」

「死体を見つけるまえに、彼はベリルの書き置きを見せてくれた」わたしは言った。

「それに、先に桟橋についたのはわたしだった」

「お互い、行きつく先は同じかもしれないよ。いまにわかる。ビルは、ほんとはいいやつなんだ――わたしに言わせりゃ、ああいう退役軍人は特権をもらいすぎだがな。なかには三週間しか兵舎にいなかったのに、九回も負傷したようにふるまうやつもいる。ビルは、わたしが発見したあのチェーンにひどく感傷的な思いがあったんだろうよ」

彼は立ちあがって、ひらいているドアへいった。外の暗がりのなかへ、ペッと唾を吐いた。「わたしは六十二だ」と、彼は肩越しに言った。「おかしなことをする連中のやり方はおおかた知っている。冷たい湖に服を着たまま飛び込んで、けんめいにあの板の下まで潜ってそのまま死んじまったなんて、ぞんざいな推理としか言いようがないな。それはそうと、こっちは洗いざらい話しているのに、あんたはなんにも話しちゃくれん。わたしは酔っぱらって女房をなぐったビルを何度もいさめてきたんだ。陪審員はきっとこの話を快く思わんだろうよ。それに、このちっぽけなチェーンがベリル・ヘインズの脚からはずされたものなら、北にある新しいガス室へ彼を送り込むに充分な証拠になるだろう。そうなれば、あんたもわたしも家へ引きあげたほうがいいっていうもんだ」

わたしは立ちあがった。

「幹線道路ではそのたばこを吸うなよ」彼は付けくわえた。「ここじゃ法律違反なんだ」

わたしは火をつけていないたばこをポケットにしまい、夜のなかへ踏み出した。ティンチフィールドは電気を消し、山荘に鍵をかけ、鍵をポケットにしまった。「どこに泊まるつもりなんだ？」

「サン・バーナーディノの〈オリンピア〉へいってみるつもりです」

「いいところだが、こっちとは気候がちがうぞ。ひどく暑い」

「暑いのは好きですよ」わたしは言った。

わたしたちは歩いて道路に戻り、ティンチフィールドは右にまがった。「わたしの車は湖の端のほうにある。それじゃ、おやすみ」

「おやすみ、保安官。彼女を殺したのはあの男じゃないと思いますよ」

彼はすでに歩きだしていた。振り返りもしなかった。「いまにわかるさ」彼は静かに言った。

わたしはゲートに戻り、よじのぼって自分の車を見つけ、せまい道路を走って滝をすぎた。幹線道路に出ると、ダムと渓谷につうじる坂にむかって西へまがった。ピューマ湖周辺に住む住民がティンチフィールドを保安官に選出しなかったら、きっと大きなまちがいを犯すことになるだろう、と道すがら思った。

6　メルトン、賭け金をあげる

坂のふもとについて、サン・バーナーディノの〈オリンピア・ホテル〉のまえにある斜めの駐車スペースに車をとめたのは、十時半すぎだった。後部座席から一泊旅行用のバッグを引っぱり出し、それをもって四歩歩いたとき、組紐が付いたズボンと白いシャツと黒の蝶ネクタイ姿のボーイが、わたしの手からバッグを取った。

ホテルのフロント係はインテリぶった男で、わたしにまるで興味を示さなかった。わたしは宿帳に名前を書いた。

ボーイとわたしは縦横四フィートのエレヴェーターに乗って二階へあがり、廊下の角を二回まがった。歩いているうちに、暑さが増してきた。ボーイが鍵のかかっていないドアをあけると、通気孔の上に窓がひとつある子供部屋ほどの広さしかない部屋が出現した。

　長身でやせていて、肌が黄ばみ、ゼラチンでかためた鶏肉のように冷ややかなボーイは、顔全体を動かしながらガムを嚙み、わたしのバッグを椅子の上におき、窓をあけてからわたしを見つめて立った。飲料水のような色をした目だった。

「ジンジャー・エールと氷をふたり分もってきてくれ」わたしは言った。

「ふたり分？」

「一杯飲《や》るのにきみが付き合ってくれるならね」

「十一時すぎなら付き合えるかもしれませんけど」

「もう十時三十九分だよ」わたしは言った。「十セントあげたら、〝そいつはどうも〟って言ってくれるのかい？」

　ボーイはにやっと笑って、ガムをパチンといわせた。

　彼はドアをあけっぱなしにして出ていった。わたしは上着をぬぎ、ホルスターをはずした。ストラップが肌に食い込んだ跡がついていた。ネクタイ、シャツ、下着も取って、あけっぱなしのドアから入ってくる風を浴びながら室内を歩いた。風は焼けた鉄のようなにおいがした。体を横にして浴室に入り——間口のせまい浴室だった——冷たい水を浴びると、呼吸が少し楽になった。そのとき、長身でやる気のないさっきのボーイがトレーをもって戻ってきた。彼がドアを閉めると、わたしはウィスキーのボトルを取り出した。彼が飲み物をふたつつくり、わたしたちは一杯飲《や》った。うなじから汗が噴き出しはじめ、背骨をつたったが、気分はよかった。わたしはグラスをもってベッドに腰をおろし、ボーイを見つめた。

「ここにどれくらいいられる？」

「なにをするんです？」

「思い出してもらいたいんだ」

「それじゃぼくはまるっきりお役に立てませんよ」

「礼はするよ」わたしは言った。「わたしなりの流儀でね」わたしは上着から財布を取り出し、ベッドに札を広げた。

「失礼ですけど」ボーイは言った。「刑事さんかなにか？」

「探偵だよ」

「へえ、おもしろくなってきそうだ。この液体で頭の回転がよくなるかも」

わたしは一ドル札をやった。「これの助けも借りて思い出してみてくれ。きみはテキサスっ子かい？」

「よくわかりますね」彼はズボンの懐中時計入れにきちんと札をしまい込み、まのびした訛りで言った。

「八月十二日の金曜に、きみはどこにいた？　午後遅くだが」

彼は飲み物をすすり、考えた。氷をそっと振り、ガムを嚙んだまま飲んだ。「ここにいましたよ。四時から十二時までの当番だったんでね」彼はようやく答えた。

「小柄で、ほっそりして、綺麗な金髪のジョージ・アトキンズ夫人って女性がチェックインして、東へむかう夜行列車の出発時間まで滞在した。乗ってきた車はホテルの駐車場において、それはまだそこにあると思う。彼女を部屋まで案内したボーイに会いたいんだ。連れてきてくれればもう一ドル稼げるよ」わたしはベッドの上でもう一枚札をより分けた。

「そいつはどうも」ボーイは言って、にやっと笑った。飲み物を飲み終わると、部屋を出ていき、静かにドアを閉めた。わたしは自分の飲み物を飲み終わり、もう一杯つくった。時間がすぎていった。やがて、ついに壁の電話が鳴った。わたしは浴室のドアとベッドのあいだのせまい空間に体を押し込んで、受話器を取った。

「サニーってやつでした。今夜は八時であがってます。連絡はつくと思いますよ、たぶん」

「すぐにつくのか？」

「こっちへきてもらいたいんですか？」

「ああ」

「自宅にいれば、三十分はかかりますね。その女の人がチェックアウトしたとき立ち会ったボーイはいます。レスっていう男です。彼ならここにいます」

「わかった。寄こしてくれ」

わたしは二杯目を飲み終わり、氷が溶けるまえに三杯目をつくるかどうかじっくり考えた。結局三杯目をかき混ぜているところへ、ノックがあって、ドアをあけるとすじばった小柄な体格で、髪はニンジン色、目はグリーン、少女みたいな小さな口をした若者が立っていた。

「飲むかい？」

「ええ」彼は答えた。そして自分でウィスキーをたっぷりつぎ、ジンジャー・エールをほんの少しそそいだ。彼は飲み物をひと口で飲みほし、たばこをくわえ、ポケットからマッチを取り出しざまに火をつけた。煙を吐き、片手でそれを払い、冷ややかにわたしを見つめた。ポケットの上に番号ではなく〝ボーイ長〟と刺繍されていることに気がついた。

「わざわざすまなかったな」わたしは言った。「もういいよ」

「えっ？」不愉快そうに口が歪んだ。

「いっていい」

「ぼくに会いたいのかと思ってた」彼はいがむように言った。

「きみは夜勤のボーイ長なんだろう？」

「そうです」

「きみに一杯おごりたかったんだ。一ドル進呈したかった。ほら。わざわざすまなかった」

彼は一ドル札を受け取り、鼻からたばこの煙を吐き出しながら、立っていた。ビーズのような目に卑しい表情が浮かんでいた。やがて、すばやく向きを変え、ぎごちなく肩をすくめると、音を立てずに部屋を出ていった。

十分後、とても軽いノックがまたあった。ドアをあけると、さっきのひょろっとしたボーイが立ってにやにや笑っていた。戸口からどくと、彼はすっと部屋に入ってきて、ベッドのわきへいった。まだにやにやしていた。

「レスじゃ役に立たなかったようですね」

「ああ。でも、彼は満足したかな？」

「そう思いますよ。ボーイ長っていうのは、抜け目のない連中なんだ。自分も分け前にあずかれると思ったらまず逃しません。ぼくをレスって呼んでください、ダルマスさん」

「すると、彼女がチェックアウトしたとき居合わせたのはきみってわけだ」

「その人の名前がジョージ・アトキンズ夫人っていうんなら、ちがいます」

わたしはポケットからジュリアの写真を取りだして、彼に見せた。彼は長いことかけて慎重に写真を見た。「その人っぽい感じですね」と、彼は言った。「その人はぼくに五十セントくれたんですよ。こんな小さな町じゃまず忘れません。ハワード・メルトン夫人っていうのがその人の名前です。車のことで少し話しました。ここでわざわざ話すようなことじゃありませんけど」

「なるほど。彼女はここからどこへいった？」

「タクシーで駅へね。ウィスキーの趣味がいいですね、ダルマスさん」

「これは失敬。好きなように飲《や》ってくれ」彼がウィスキーに口をつけると、わたしは言った。「彼女についてなにかおぼえていることはないかな？　訪ねてきた人がいるとか」

「いや、いませんね。でも、ひとつ思い出しました。ロビーで男の人に話しかけられたんです。背の高いハンサムな男の人にね。女の人のほうは会ってもあまりうれしそうじゃなかったな」

「ふむ」わたしはポケットからべつの写真を取りだして、彼に見せた。

同じく慎重に、彼は写真を見た。

「この写真の人はあまり似てないな。でも、男の人はまちがいなくいま言った人ですよ」

「ふむ」

彼は両方の写真をもう一度取りあげて、両手にもってくらべた。少し怪訝な表情になった。「ええ、この男ですよ。まちがいない」と、彼は言った。

「きみは融通がきくんだな」わたしは言った。「たいがいのことは思い出すんだから」

「どういう意味かわかりませんね」

「もう一杯飲めよ。きみには四ドル借りだ。全部で五ドル。そんな価値があるとも思えないがね。おまえたちボーイってやつは、人を騙してでもチップをせしめようとする」

ボーイはウィスキーをほんの少量グラスにつぎ、それを片手にもち、黄ばんだ顔をしかめた。「こっちだって精一杯やってるんだ」彼はこわばった口調で言った。そしてウィスキーを飲み、グラスをそっとおいて、戸口へいった。「金はしまっときなさいよ」彼は言った。懐中時計入れからさっきの一ドル札を出し、床に投げ捨てた。「冗談じゃねえや、まったく――」彼は小声で言った。

ボーイは出ていった。

わたしは写真二枚を取りあげ、両手にもって顔をしかめながらそれを見くらべた。長いこと見つめているうちに、背骨を冷たい指でさわられたような気がした。以前にもほんの一瞬背筋に冷たいものを感じたことはあったが、そのときはあえてその感覚を振り払ったのだった。だが、いままたその感覚がよみがえった。

小さなデスクへいき、封筒を一通取って、五ドル札を一枚なかに入れ、封をしておもてに〝レスへ〟としたためた。服を着て、ウィスキーのボトルを尻のポケットに入れ、一泊旅行用のバッグをもって部屋を出た。

ロビーにいくと、ニンジン色の髪をしたさっきの男がわたしを見てびくっとした。レスは腕組みをして、無言で柱のわきに立っていた。わたしはフロントへいき、料金を精算してもらった。

「なにか不都合でもありましたでしょうか？」フロント係は困惑して尋ねた。

わたしは料金を払い、自分の車に歩いていったが、途中でまわれ右をしてフロントに戻った。そして、フロント係に五ドル札が入った封筒をわたした。「これをテキサスっ子のレスにやってくれ。わたしに腹を立てているが、これを受け取れば機嫌もなおるだろう」

グレンデイルについたのは、午前二時まえだった。電話が使えるところがないかと、周囲を見まわした。二十四時間営業の駐車場に見つけた。

十セントと五セント硬貨を何枚か取り出し、交換手にダイアルし、ベヴァリー・ヒルズにあるメルトンの番号につないでもらった。ようやく回線のむこうから聞こえてきた彼の声は、あまり眠そうではなかった。

「こんな時間にすみません」わたしは言った。「でも、電話していいってあなたが言ったので。夫人はサン・バーナーディノへいって、そこの駅までいったことを突きとめましたよ」

「それはもうわかっているじゃないか」メルトンは不機嫌そうに言った。

「確認を取っておいたほうがいいんです。ヘインズの山荘はもう捜索されました。重要な手がかりになるようなものはなにも発見されなかった。夫人がどこにいるか、ヘインズが知っていると思っているなら――」

「わたしがどう思っているかなんてどうでもいい」メルトンは語気鋭く言った。「きみの話を聞いたあとでは、あそこを捜索すべきだと思ったがな。報告することはそれだけか？」

「いや」わたしはちょっと逡巡した。「悪い夢を見たんです。けさ、チェスター・レーンの家のなかの椅子に女性のハンドバッグがあった夢を見たんですよ。木陰に覆われてとても暗かったので、取ってくるのを忘れました」

「何色のハンドバッグだ？」彼の声は、二枚貝の殻のようにかたかった。

「群青色――もしかしたら黒だったかも。明かりがなかったものでね」

「戻って取ってきてくれ」彼はぴしゃりと言った。

「なぜ？」

「きみに五百ドルも払うからだよ――ほかにもやってほしいことはあるがな」

「五百ドルでもやることにはかぎりがある――たとえもうもらっていたとしてもね」

メルトンは色めきたった。「よく聞くんだ。きみにはいろいろ苦労をかけてるが、これもきみの仕事だ。わたしをがっかりさせないでくれ」

「表玄関には警官がうようよいるかもしれない。さもなきゃ、ノミが動いても音が聞こえるほどしんと静まり返っているかもしれない。どっちにしろ気が進まないね。あの家へいくのはもううんざりだ」

メルトンのほうから深い沈黙が流れてきた。わたしは大きく息を吸って、もう少し彼に時間を与えた。「もっと言えば、あなたは奥さんがどこにいるのか知っているんじゃないかって気がするよ、メルトン。グッドウィンはサン・バーナーディノのホテルで奥さんとばったり会っている。数日まえには、奥さんが振り出した小切手をもっていた。あなたも、通りでばったりグッドウィンに出会った。そしてグッドウィンが小切手を現金に換える手伝いをした、間接的にね。あなたはもう知っているんじゃないか？　思うに、わたしを雇ったのは奥さんの跡をたどるためで、その跡がうまく隠蔽されているかどうかをたしかめている」

回線のむこうから、さらに深い沈黙が流れてきた。ふたたび口をひらいたメルトンの声は、押し殺したように小さかった。「きみの勝ちだ、ダルマス。ああ――小切手の件は、たしかに脅迫だった。だが、妻がどこにいるのかは知らん。正直な話だ。それに、そのハンドバッグは回収しなければならない。七百五十出すといったらやってくれるか？」

「いいでしょう。いつもらえるんです？」

「今夜だ、小切手でいいならな。現金だと今夜は八十ドル以上は無理だ」

わたしはふたたび逡巡した。顔がむずむずしたから、自分がにやけていることがわかった。「オーケー」わたしはついに言った。「それできまりだ。あっちに警官がうじゃうじゃいないかぎりはハンドバッグを回収してきます」

「きみはいまどこにいる？」安堵のあまり、メルトンは口笛を吹きそうになっていた。

「アズーサです。あそこまでいくには小一時間はかかるでしょう」わたしは嘘をついた。

「急いでくれ」彼は言った。「わたしが味方でよかったということはそのうちわかる。きみにしたって、泥沼にどっぷり漬かっているんだからな」

「面倒には馴れてますよ」わたしはそう言って、電話を切った。

7　騙しやすい人間がふたり

チェヴィ・チェイス大通りに戻り、チェスター・レーンのはずれへいくと、ヘッドライトをロービームにしてハンドルを切った。すばやくカーヴをまがって、グッドウィンの家のむかいの新築の家へいった。人がいる気配はないし、家のまえに車がとまっていることもなく、見るかぎり張り込みがおこなわれているようすもなかった。このときを逃したら、もうチャンスはないか、もっと悪い事態になるだろう。

車寄せに入って車をおり、鍵のかかっていないガレージの跳ねあげ式シャッターをもちあげた。車をなかに入れ、シャッターをおろし、先住民に追われているようにこっそり通りをわたった。グッドウィンの家の木立を利用して身を隠し、裏庭へいってそこに立っているいちばん太い木の陰に隠れた。地面に腰をおろし、ライ・ウィスキーをひと口だけすすった。

なんとものろのろと時がたっていった。同じくここへやってくる者がいるだろうと踏んでいたが、そいつがいつやってくるのかはわからなかった。だが、思ったよりはやくその人物はやってきた。

十五分くらいたったあと、車が一台チェスター・レーンに入ってきた。家のわきの木々のあいだに、かすかに光るものが見えた。ヘッドライトを消して走っているのだ。これを待っていた。車は家の近くまできて、ドアがそっと閉まる音がした。人影が音もなく家の角をまがった。メルトンより一フィートほど背の低い小さな人影だった。いずれにせよ、ベヴァリー・ヒルズからこんな短時間でやってこられるはずがない。

人影はやがて裏口にたどりつき、ドアがあき、人影はさらに深い暗がりに消えた。ドアは音もなく閉まった。わたしは立ちあがって、湿ったやわらかい芝生をこっそり歩いた。足音を立てずにグッドウィンの家のポーチにあがり、そこからキッチンへ入った。しばらく立ちどまって、けんめいに耳を澄ました。背後には音も光もいっさいなかった。わたしは脇の下から拳銃を抜き出し、グリップを握って太ももに押しつけた。肺のてっぺんだけを使うような浅い呼吸になった。やがて、奇妙なことがおこった。ダイニング・ルームのスイング・ドアの下から、突如明かりが漏れてきた。あの人影が電気のスイッチを入れたのだ。なんと大胆な！　わたしはキッチンへ歩いていき、スイング・ドアを押しあけて、あけたままにした。明かりは居間のアーチのむこうから、横にあるダイニング・ルームに入ってきていた。わたしも大胆にそっちへいった——いささか大胆すぎた。アーチをくぐった。

わたしの肘のあたりから声がした。「それを捨てて——そして歩きつづけて」

彼女を見た。小柄だがそれなりに綺麗で、もっている拳銃はわたしの脇腹にしっかりと狙いを定めていた。

「あなた、あまり賢くないのね」彼女は言った。「そうでしょ？」

わたしは手をひらき、拳銃を落とした。四歩さがって、振りむいた。

「そうだ」わたしは答えた。

女はそれ以上なにも言わなかった。床に落ちている銃はそのままにして、少し体をまわして後ずさった。わたしと面とむかい合うまで体をまわした。わたしは彼女越しに、オットマン付きのコーナー・チェアを見つめた。白いバックスキンのスリッパはまだオットマンにのっていた。依然として、ランス・グッドウィンがその椅子にぐったり腰かけていた。左手を錦織の幅広の肘掛けにのせ、右手は床に落ちている小さな拳銃にむかってだらりとたれていた。血の最後の一滴が、顎で凝結していた。黒く、かたく、今後もずっとそこにあるように見えた。

ふたたび女を見た。プレスの効いたブルーのスラックスをはき、ダブルのジャケットを着て、小さな帽子を斜にかぶっていた。髪は長く、毛先を内側にカールさせ、色は臙《えん》脂《じ》色だったが、ところどころブルーに光っていた——染めたのだ。あわてていたのか、ほおのかなり高いところに赤いほお紅をつけていた。銃口をこちらにむけ、わたしにほほえんだ。いままでに見たいちばんすてきな笑顔というわけではなかった。

わたしは言った。「こんばんは、メルトン夫人。ずいぶんたくさん拳銃をもっているんですね」

「うしろの椅子にすわって、首のうしろで手を組みなさい。そしてずっとそうしているの。そこが肝心よ。気を抜かないで」彼女はにっと笑い、歯茎を見せた。

言われたとおりにした。彼女の笑いが消えた——こわばった小さな顔をしていたが、十人並みに綺麗ではあった。「待つのよ」と、彼女は言った。「それも肝心。どれくらい肝心なことか、あなたには察しがつくかもしれないわね」

「死のにおいがするよ」わたしは言った。「それも肝心なことだろう」

「ただ待てばいいのよ、お利口さん」

「この州ではもう女を死刑にすることはなくなった」わたしは言った。「でも、ひとりよりふたり殺したほうが高くつく。ずっと高くね。十五年くらいちがってくるだろう。よく考えろ」

彼女はなにも言わなかった。銃をかまえたまま、しっかりと立っていた。いまもっている拳銃のほうが重そうだったが、まるで気にしていないようだった。人の話を聞いてもいなかった。わたしの言うことなど上の空だった。なにはともあれ、時間がすぎていった。腕が痛くなってきた。

ついに彼がやってきた。車が一台静かに通りを走ってきてとまり、ドアが静かに閉まった。しばらく静寂があり、やがて家の裏のドアがあいた。重い足取りだった。あけはなされていたスイング・ドアを抜けて、明かりのついた部屋へ入ってきた。無言で立ち、室内を見まわした。大きな顔はいかめしく不機嫌そうだった。椅子にすわっている死んだ男を見たあと、拳銃をもっている女を見て、最後にわたしを見た。近づいてくるとわたしの銃を拾いあげ、上着のサイド・ポケットに落とし込んだ。会ったこともないかのような表情をして、静かにわたしの背後にまわると、わたしのポケットをさぐった。写真二枚と電報を取り出した。それから、女の近くへいった。わたしは腕をおろし、さすった。ふたりはだまってわたしを見つめていた。

ついに彼がそっと言った。「いっぱい食わせたな？　きみの電話を調べてみたら、グレンデイルからだということがわかったよ――アズーサからじゃなくてな。どうして調べようと思ったのかわからないが、とにかく調べてみたんだ。それから電話を一本かけた。この部屋にハンドバッグなんかおき忘れていないという答えが返ってきたよ。いったいどういうことなんだ？」

「わたしになんて言わせたい？」

「どうしてこんなことをたくらんだ？　いったいなんなんだ？」彼の声は太く、冷たかったが、脅すというより考え込んでいるようだった。女は彼のわきに立ち、身じろぎもせずに銃を握っていた。

「一か八かやってみたんだよ」わたしは言った。「あんたはそれに乗った――ここへきたんだからな。うまくいくとはほとんど思っていなかった。こう思ったのさ。あんたはハンドバッグのことを訊こうとすぐに彼女に電話するだろうって。彼女はそんなものがないことを知っている。それで、あんたたちふたりはわたしがなにかたくらんでいるんじゃないかと思う。いったいどういうことなのか、どうしても知りたくなる。わたしがどこの警察ともかかわっていないのはまずまちがいない。だって、わたしはあんたの居所を知っているから、警察は怪しいとにらめば造作なくあんたを逮捕していたはずだ。わたしはそこにいる女性を隠れているところから引っぱり出したかったのさ――それだけだ。まさか成功するとは思わなかったよ。うまくいかなかったら、もっといい方法を考えなきゃならなかった」

女は人をこばかにしたような調子で言った。「あたしはあんたがどうしてこんなお節介焼きを雇ったのかまず知りたいわね、ハワード」

メルトンは女を無視した。石のような冷たく黒い目でわたしをじっと見つめていた。わたしは首をまわして、すばやく彼にしっかりウィンクしてやった。彼の口元がとたんにこわばった。女はそれを見なかった。わきのはなれたところにいたからだ。「あんたには騙しやすい人間が必要なんだ、メルトン」わたしは言った。「どうしてもね」

彼は少し体をまわして、女に背中をむけた。視線がわたしの顔面に食いついていた。両の眉を吊りあげ、半ばうなずいた。まだわたしを金で買えると思っているのだ。

そして、そのために必要なことをみごとにやってのけた。笑顔を浮かべ、女のほうをむいて、彼は言った。「こんなところからさっさと出て、もっと安全なところで話し合おうじゃないか」女が言われたことを思案しているとき、メルトンは大きな手を女の手首に激しく打ちおろした。女は叫び声をあげ、拳銃を取り落とした。うしろへよろめき、両手を握りしめ、メルトンにむかって唾を吐いた。

「よせ、すわっていい子にしてろ」彼は辛辣に言った。

メルトンはかがんで彼女の拳銃を拾いあげ、ポケットに落とし込んだ。それから、笑いを浮かべた。自信にあふれた大きな笑い。彼はあることを完全に忘れていた。わたしは笑いだしそうになった――こんな状況におかれているのにもかかわらず。女は彼の背後にある椅子にすわって、両手で頭をかかえ、考え込んでいた。

「さあ、とっくり聞こうじゃないか」メルトンは快活に言った。「どうしてわたしには騙しやすい人間が必要なんだ？」

「電話ではちょっと嘘をついた。ヘインズの山荘のことでね。むこうには頭のいい年輩の保安官がいて、山荘のなかをくまなく調べたんだ。小麦粉の袋のなかから金のアンクレットを見つけたよ。ペンチでカットされていた」

女が奇妙な叫び声をあげた。メルトンは彼女を見もしなかった。彼女は大きく目をあけてわたしをにらんでいた。

「いまごろは真相を突きとめているかもしれない」わたしは言った。「まだ突きとめていないかもしれないがね。なにしろ、保安官はメルトン夫人が〈オリンピア・ホテル〉に立ち寄ったことを知らないんだ。そこで彼女がグッドウィンに会ったことも。それを知ったら、たちまち悟るだろうよ。つまり、彼がわたしのようにホテルのボーイに見せる写真をもっていたらさ。メルトン夫人がチェックアウトするときにいて、あとのことを頼まずに車をのこしていった彼女をおぼえていたボーイは、グッドウィンのこともおぼえていたし、彼が夫人に話しかけていたこともおぼえていた。そのボーイによると、夫人はぎくっとしたようだった。写真を見せたとき、彼は写っているのがメルトン夫人かどうか確信がもてなかった。彼はメルトン夫人を知っていたんだよ」

メルトンはおかしなしかめ面をしてちょっと口をあけ、歯の両端をこすり合わせた。女が音もなく背後で立ちあがって、じりじりと部屋の暗い部分へと移動していった。わたしは彼女を見なかった。メルトンは女が動く気配にも気づかないようだった。

わたしは言った。「グッドウィンは彼女を尾行した。女はバスかレンタカーで出かけたんだろう。車はサン・バーナーディノにのこしたままだったからな。彼は気づかれずに女の隠れ家まで跡を尾けた。たいしたもんだよ。彼女はよくよく用心していたにちがいないのに。そして彼女に脅しをかけた。その場は適当なことを言って言い逃れたらしいが——どんな話をでっちあげたものやら——彼女はずっと監視されていたにちがいないよ。どうしても彼の手から逃れられなかったんだから。それから、もうこれ以上は言い抜けられないと観念して、あの小切手をやった。あれはただの口止め料だったんだ。しかしグッドウィンは戻ってきてさらに金を要求したから、女は彼を永久に始末することにした——あの椅子にすわらせてね。あんたは知らなかったんだろう。さもなければ、けさわたしをここへこさせなかったろうからな」

メルトンは薄気味悪い笑いを浮かべた。「そのとおりだ、そんなことは知らなかった」彼は言った。「だからわたしには騙しやすい人間が必要なのかな？」

わたしはかぶりを振った。「わたしの言うことを理解したくないようだな」と、わたしは言った。「グッドウィンはメルトン夫人を個人的によく知っていた。そのこと自体はべつにたいしたことじゃない、ちがうか？　じゃあ、グッドウィンはどんなネタでメルトン夫人をゆすっていた？　ゆする材料なんかなんにもありゃしない。あの男はメルトン夫人をゆすっていたんじゃないんだ。メルトン夫人は死んでいるんだよ。彼女は十一日まえに死んでいた。そしてきょうリトル・フォーン湖から浮かんできた――ベリル・ヘインズの服を着てね。だからあんたには騙しやすい人間が必要なのさ――そしてあんたにはそんなおあつらえむきのやつがひとり、いやふたりいるってわけだ」

部屋の薄暗いところにいた女がかがんで、なにかを拾いあげ、突進してきた。息を弾ませて。メルトンはとっさに振りむき、両手をポケットに突っ込んだが、死んだグッドウィンの手のわきから彼女がつかみ取った拳銃を見つめたため、反応するのにちょっと時間がかかった。彼が忘れていた銃。

「あんたって男は――！」彼女は言った。

メルトンはまだあまりこわがっていなかった。なにももっていない手をあげて、彼女を懐柔しようとした。「わかったよ、ハニー。おまえのやり方でいこうじゃないか」と、彼は穏やかに言った。彼の腕は長かった。いまにも彼女に届きそうだった。彼女が銃をかまえていたときやったことをもう一度やろうとしていた。女にむかってすばやく身をかがめ、片手を払った。わたしは両足を踏ん張り、彼の脚めがけて低い飛び蹴りを放った。距離のある飛び蹴りだった――距離がありすぎた。

「あたしもその騙しやすい人間のひとりにしようとしてたのね？」女はしゃがれ声で言い、うしろへさがった。拳銃が三度火を噴いた。

メルトンは弾を食らいながらも女に飛びかかり、強く体当たりすると彼女を床に倒した。彼女はこういう事態も考えておくべきだった。ふたりはいっしょに床にぶちあたり、男の大きな体で女は身動きできなくなった。彼女は泣きわめき、拳銃をもった腕をわたしのほうへ振りあげた。わたしは拳銃をその手からはたき落とした。そしてメルトンのポケットをさぐって自分の銃を取り出し、急いでふたりからはなれた。それから、上半身を起こした。首のうしろが氷のように冷たかった。床に尻をついた姿勢で、銃を膝にのせ、待った。

メルトンは大きな手をのばして、ソファの鉤爪のような形をした脚をつかみ、床の上で血の気を失っていった。体が弓なりになり、回転すると、女がまた泣き叫んだ。彼の体は反転して、力が抜け、つかんでいたソファの脚をはなした。まるめていた指がひらき、カーペットの毛羽の上で動かなくなった。喉がゴロゴロいった——そして沈黙。

女はけんめいに彼の下から這いだし、あえぎ、動物のように目をぎらつかせて立ちあがった。まったく音を立てずに向きを変えて走っていった。わたしは動かなかった。彼女をそのままいかせた。

大の字になっている大男のそばへいってかがみ、首のわきに強く指を押しつけた。無言で立ちあがったが、また体をかがめて脈をさぐり、耳を澄ました。ゆっくり背筋をのばし、さらに耳を澄ました。サイレンの音も、車の音も、もの音も聞こえなかった。圧倒的な静寂が室内によどんでいた。拳銃を脇の下に戻し、電気を消し、玄関のドアをあけて歩道まで歩いた。通りにはなんの動きもなかった。グッドウィンの家のむこうの突きあたりの縁石に、大型車が消火栓のわきにとめてあった。通りをわたり、新築の家へいってガレージから自分の車を出し、ガレージの扉を閉めてふたたびピューマ湖へむかった。

8

ティンチフィールドを再度保安官に

バンクスマツの林のまえの窪地に、その家は建っていた。片側に薪の束が積みあげられた納屋のように大きなガレージの扉はあいていて、朝の陽ざしが入り込み、ティンチフィールドの車がなかで輝いていた。玄関へつづくすべり止め用の板敷きの道があり、煙突からは煙がたなびいていた。

ティンチフィールド自身がドアをあけた。襟のあるグレーの古いセーターを着て、カーキ色のズボンをはいていた。ひげをあたったばかりで、赤ん坊のように肌がすべすべしていた。

「入れよ」彼は友好的な態度で言った。「朝はやくからはりきって仕事かね。してみると、ゆうべは丘をおりなかったな？」

わたしは彼のわきをすり抜けて家のなかへ入り、背もたれに編んだ覆いをかぶせた古風なロッキング・チェアに腰をおろした。椅子を揺らすと、いかにも家庭らしい軋んだ音がした。

「丘はおりましたよ」わたしは言った。「またあがってきたところでね。きのう湖からあがったのはベリル・ヘインズじゃありませんでした」

ティンチフィールドは言った。「ほう、そうかね」

「あまり驚いていないようですね」わたしはうめくように言った。

「わたしはそうかんたんに驚かないんだよ。とくに朝食まえにはね」

「死んでいたのはジュリア・メルトンでした」わたしは言った。「殺されたんです——

ハワード・メルトンとベリル・ヘインズに。彼女はベリルの服を着せられて、あの板の下、水中六フィートに沈められたんです。長いこと水に漬かっていれば、ジュリア・メルトンには見えなくなるから。両方とも金髪だし、体格も同じようだし、ありふれた容貌ですからね。ビルは姉妹と言ってもとおると言ってましたよ。まあ、双子の姉妹とはいかないまでも」

「ふたりは似ていた」ティンチフィールドはわたしを見据えながら、いかめしく言った。そして、大声を出した。「エマ！」

プリントのドレスを着た体格のいい女性がドアをあけて現われた。かつては腰だったところに、ばかでかい白いエプロンをつけていた。コーヒーと揚げたベーコンの香りがどっと入ってきた。

「エマ、こちらはロサンジェルスからきた探偵のダルマスさんだ。皿をもう一枚用意してくれ。テーブルを壁からはなすのはわたしがやる。この人はえらく疲れていて、腹をすかせてるんだ」

体格のいい女性はぴょこりと頭をさげてにこっと笑い、銀器をテーブルにおいた。

わたしたちはベーコン・エッグとホットケーキを食べ、たっぷりコーヒーを飲んだ。ティンチフィールドは四人前も食べたが、奥さんは鳥が餌をついばむように食べ、鳥が新たな餌をさがしにいくようにキッチンと部屋を往復していた。

ようやく食事が終わると、ティンチフィールド夫人は皿を片づけてキッチンにこもった。ティンチフィールドは嚙みたばこを分厚く切り、慎重に口に押し込んだ。わたしはふたたびロッキング・チェアにすわった。

「さてと」彼は言った。「話を聞く用意はできたようだ。金のチェーンがあんなところに隠してあったのはどうもおかしい、とわたしも思っていた。すぐそばに湖があるというのにな。だが、わたしは頭が鈍いんだ。どうしてメルトンが奥さんを殺したと思うのかね?」

「ベリル・ヘインズがまだ生きているからですよ。髪を臙脂色に染めてね」

わたしは自分の推理を話した。事実にのっとって、なにも包み隠さず、すべて話した。ティンチフィールドはわたしが話し終わるまで口をはさまなかった。

「そうだったか」彼は言った。「あんたはみごとに探偵をやってのけたわけだ。二箇所で幸運に恵まれたようだがな。だが、だれにもツキは必要だ。しかし、ここまでやるのはよけいなお節介というものじゃないか?」

「ええ。だが、メルトンはわたしを騙して、コケにした。わたしもこれでけっこう頑固なんでね」

「メルトンはなんのためにあんたを雇ったと思う?」

「雇わなきゃならなかったんですよ。最後には死体の身元が正しく突きとめられることが、計画のだいじな一部だったからです。しばらくは人ちがいされていていいが、埋葬されて捜査が打ち切られたあとではまずい。妻の財産を譲り受けるためには、結局ほんとうの身元が突きとめられなきゃならなかった。さもないと、数年待って法廷に彼女の失踪を認定してもらわないといけない。正しい身元が突きとめられれば、妻を見つけようと努力したことも示せるわけです。彼が言ったように、妻に万引きの癖があるんなら、警察へいくかわりに私立探偵を雇ういい口実になる。とにかく、なにかしなければならなかった。それに、グッドウィンの脅迫までからんできた。グッドウィンを殺して、わたしにその罪をなすりつける計画も練っていたかもしれない。ベリルに先を越されるとはまさか思っていなかったでしょう。そうでなけりゃ、わたしをグッドウィンの家へなんかいかせなかっただろうから。

そのあと——つまり、わたしは愚かにも、グッドウィンが殺されていたことをグレンデイルの警察に通報しないでこっちへきたわけですが——彼はおそらくわたしを金で操れると考えた。妻殺し自体は比較的かんたんだったし、ベリルが知りっこない、あるいは思いもよらないべつのたくらみがあった。彼女はたぶんメルトンに惚れていたんでしょう。飲んべえの亭主をもって、ちっとも恵まれないベリルみたいな女は、往々にしてああいう男に惚れるんですよ。

死体がきのう発見されるとはメルトンも思ってもみなかったでしょうね。あれはまったくの偶然だった。彼はわたしを妻さがしに雇って、死体が見つかるまでいろいろヒントを与えるつもりだったからですよ。ヘインズが妻殺しで疑われ、書き置きが自殺の遺書らしくないと疑われることもわかっていた。自分の妻とヘインズがこっちで懇《ねんご》ろになって、火遊びをしていたこともメルトンは知っていた。

彼とベリルはチャンスがくるのを待っていた。そんなおり、ヘインズがしたたか酔っぱらって北の海岸地方から戻ってこなかった。ベリルはきっとどこかからメルトンに電話したにちがいない。調べればわかることです。そして、彼は車を飛ばして三時間でこっちへやってきた。ジュリアはたぶんそのときも飲んでいたんでしょう。メルトンは妻を昏倒させ、彼女にベリルの服を着せ、湖に沈めた。大男だから、たいした苦労もなくひとりでやってのけた。ベリルはあの地所への一本道を監視する役目をやった。おかげでアンクレットをヘインズの山荘に隠すチャンスができた。メルトンはそれから大急ぎで町へ戻り、ベリルはジュリアの服をまとい、ジュリアの荷物を車に積んでサン・バーナーディノのホテルへいった。

グッドウィンに話しかけられたのが運の尽きだったんですよ。グッドウィンは彼女の服やハンドバッグを見て、それにおそらく彼女がメルトン夫人と呼びかけられているのを聞いて、おかしいぞと思ったにちがいない。それで彼女を尾けた。あとはあなたもご存じのとおりだ。メルトンがベリルに逃走の痕跡をのこさせたのは、わたしの見るところふたつのことを物語っていますね。ひとつ、彼は死体の身元が正しく突きとめられるまで、しばらく待つつもりだったこと。ビルが妻のベリルの死体だと断言すれば、そのまま受け入れられるのはほぼまちがいない。そして、しばらくビルがまずい立場に追い込まれる。

もうひとつは、死体の身元がジュリア・メルトンだと突きとめられた場合、ベリルが他人になりすましていたことは、保険金を受け取るために彼女と夫が仕組んで殺人を犯したという疑いを招く、ってことです。メルトンがアンクレットをあんなところに隠したのはまちがいだったと思いますね。ボルトかなにかに結びつけて、湖のなかに落とし、あとで偶然釣りあげたとかなんとか言えばよかったんだ。ヘインズの山荘に隠しておいて、そこはもう捜索されたのかなんてわたしに訊いたのは、いかにもわざとらしかった。もっとも、計画殺人なんて、たいがいそんなものですがね」

ティンチフィールドは嚙みたばこをほおの反対側に移し、戸口へいって唾を吐いた。大きな手をうしろで組み、あけ放した戸口に立った。

「メルトンはなにもかもベリルに押しつけることができたというのか」彼は肩越しに言った。「だが、彼女が洗いざらいしゃべればそうはいかんぞ。あんた、そのことは考えてみたか？」

「ええ。いったん警察が彼女をさがしはじめて、新聞で大きく取りあげられたら——真相究明ってかたちでね——彼はベリルを始末して、自殺のように装わなきゃならなかったでしょう。それもうまくいったかもしれないが」

「人を殺した女を見逃すなんて、してはならないことだぞ。してはならないことをあんたはまだいくつかやっている。しかし、今回はまずかった」

「これはだれの事件です？」わたしは不満げに言った。「あなたの？——それともグレンデイル警察の？　ベリルはすぐつかまりますよ。ふたりも殺しているうえに、またなにかたくらんだらかならず失敗しますよ。逃げようと小細工してもきまってそうなる。それに傍証もあることだし。それは警察の仕事ですよ——わたしのじゃない。わたしはあなたが再選に取り組んでいることを思ったんです。もっと若い連中を相手にね。わたしは山の空気を吸いにここへ戻ってきたんじゃない」

ティンチフィールドは向きを変え、いたずらっぽい目でわたしを見た。「この老ティンチフィールドはやさしいから、あんたをぶち込むことはないと高をくっているのかと思ったよ」それから、声を立てて笑い、片方の脚を平手でぴしゃりとたたいた。「ティンチフィールドを再度保安官に、か」と、彼は広い野外にむかって声高に言った。「たしかにあんたの言うとおり、あの女はつかまるだろう。つかまえられなきゃどうかしてる——ここまでなにもかもわかったんだからな。これから事務所へいって、サン・バーナーディノにいる検察官に電話しよう」彼は、ため息をついた。「メルトンは頭がよすぎたんだ。わたしは単純な人間のほうが好きだよ」

「わたしもですよ」わたしは言った。「だから、ここにきたんです」

ベリル・ヘインズは、カリフォルニアとオレゴンを結ぶ街道でつかまった。レンタカーで南に折り返し、ユリーカへむかうところだった。ハイウェイ・パトロールが通常の果実検査のため州境でベリルをとめたのだが、彼女は通常の検問であることを知らなかった。それで、また拳銃を抜いた。まだジュリア・メルトンの荷物と、ジュリア・メルトンの服と、ジュリア・メルトンの小切手帳をもっていた。その小切手帳には、ジュリア・メルトン本人の筆跡をまねた署名入りの白紙小切手が九枚のこっていた。グッドウィンが現金化した小切手も、この偽物の一枚であることが判明した。

ティンチフィールドと郡の検察官は、グレンデイル警察にかけ合ってわたしのブタ箱行きをなんとか阻止してくれたが、警察からたっぷり絞られたことに変わりはなかった。ヴァイオレッツ・マッギーからは、いやというほどたっぷり皮肉を言われた。そしてわたしがハワード・メルトンから得たものといえば、先払いしてくれた五十ドルののこりだけだった。ティンチフィールドは、地滑り的な大勝で再選された。

真珠は困りもの

Pearls Are a Nuisance

木村二郎=訳

1

その朝、手紙を書こうと考えて、ぼくがタイプライターにはさんだ白紙をじっと見つめたまま、ほかには何もしていなかったということは、紛れもない事実である。ぼくがどんな朝でもたいしてすることがないということも、紛れもない事実である。だからと言って、ぼくがミセズ・ペンラドックの真珠のネックレスを捜しに出るべきだという理由にはならない。あいにく、ぼくは警官ではないのだから。

電話をかけてきたのはエレン・マッキントッシュだった。もちろん、それで状況は一変した。「お元気かしら、ダーリン？」彼女が言った。「お忙しい？」

「忙しくもあり、忙しくもなしだね」ぼくは言った。「たいていは忙しくない。元気だよ。きょうは何の用だい？」

「あなたはわたしを愛してないんだと思うわ、ウォルター。とにかく、あなたは何かをすべきよ。お金がたくさんありすぎるのね。ミセズ・ペンラドックの真珠が盗まれたので、あなたに捜してもらいたいの」

「おそらくきみは警察に電話をかけたと思っているんだろう」ぼくは冷淡に言った。「ここはウォルター・ゲイジの自宅だ。話している相手はミスター・ゲイジだよ」

「じゃあ、ミス・エレン・マッキントッシュからの伝言をミスター・ゲイジに伝えてちょうだい」彼女が言った。「三十分以内にここへ来なかったら、ダイアモンドの婚約指輪がはいった書留小包を受け取るでしょうって」

「それに、楽しかった思い出もはいっている」ぼくは言った。「あの婆さんはあと五十年は長生きするだろうね」

しかし、彼女がすでに電話を切っていたので、ぼくは帽子をかぶると、階下におりて、パッカードで出かけた。きみたちが気候を気にする人なら言っておくと、それは四月下旬の素敵な朝のことだった。ミセズ・ペンラドックはキャロンデレット・パーク地区にある広い閑静な通りに住んでいた。屋敷はたぶんこの五十年間まったく同じように見えていただろうが、ミセズ・ペンラドックが死んで看護婦をそれ以上必要としない限り、エレン・マッキントッシュがそこにもう五十年は住むかもしれないので、ぼくはとくに喜んではいられなかった。ミスター・ペンラドックが数年前に遺言書を残さずに亡くなったので、遺産処理はまったく混乱し、失業者リストはエース・ピッチャーの腕のように長くなった。

　ぼくが玄関のドアベルを鳴らすと、ドアがあいたが、それほどすぐではなかった。あけたのは年配の小柄な女で、メイドのエプロンをつけ、頭のてっぺんで白髪《しらが》まじりの髪を締めつけるように結んでいた。そして、まるでぼくの顔を初めて見るような、しかも今も見たくないような目をぼくに向けた。

「ミス・エレン・マッキントッシュにお会いしたい」ぼくは言った。「ミスター・ウォルター・ゲイジという者だ」

　その女は鼻をくんくんいわせると、無言でむこうを向いた。ぼくとその女は屋敷のかびくさい奥へ奥へと進み、ガラス張りのポーチに出た。そこには枝編み細工の家具がたくさん並び、エジプトの墓のにおいが漂っていた。その女はもう一度鼻をくんくんいわせて、立ち去った。

　しばらくして、ドアがまたあいて、エレン・マッキントッシュがはいってきた。もしかしたら、きみたちは蜂蜜色の髪をして、果物屋が自分で食べるために箱からくすね取る初物の桃のような肌をした背の高い女性が嫌いかもしれない。もし嫌いなら、きみたちのことを気の毒に思うよ。

「ダーリン、やっぱり来てくれたのね」彼女が声をあげた。「ありがとう、ウォルター。さあ、すわってちょうだい。何もかも話すから」

ぼくたちはすわった。

「ミセズ・ペンラドックの真珠のネックレスが盗まれたのよ、ウォルター」

「それはきみが電話で話してくれた。ぼくはまだ平熱だ」

「看護婦の考えを言わせてもらうならね」彼女が言った。「おそらく低熱でしょう――永久にね。盗まれたのは粒が揃った四十九個のピンク真珠で、ミスター・ペンラドックが金婚式のプレゼントとしてミセズ・ペンラドックに贈ったものよ。彼女は最近めったにそのネックレスをつけなかった。たぶんクリスマスとか、昔からの友人を二、三人ディナーに招待して、ベッドから起きあがれるほど元気なときとかは別だけど。毎年の感謝祭には、ミスター・ペンラドックが残した従業員や友人や昔からの使用人たち全員にディナーをご馳走するんだけど、そのときにもネックレスをつけたわ」

「きみは動詞の時制を少しごちゃ混ぜにしているが」ぼくは言った。「だいたいの意味はわかったよ。先を続けてくれ」

「それでね、ウォルター」エレンが悪戯《いたずら》っぽいと呼べるような表情で言った。「真珠のネックレスが盗まれたのよ。ええ、そう言ったのは三度目だってことは知ってるけど、妙に不可解なの。このネックレスは革ケースにはいっていて、古い金庫に保管されてたわ。その金庫はときどきあいていて、わたしの考えでは、鍵がかかっていても、腕力の強い男なら素手であけられたでしょうね。けさ、わたしはある書類を見る必要があったので、金庫をのぞいて、そのネックレスにあいさつをしようとしたら——」

「きみがミセズ・ペンラドックにまとわりついている理由が、そのネックレスを譲り受けようという魂胆からではないことを祈るよ」ぼくは皮肉まじりに言った。「真珠のネックレスは年寄りや太った金髪女性にはよく似合うが、すらりと背の高い——」

「やめてよ、ダーリン」エレンがさえぎった。「わたしは絶対にあんなネックレスを待つはずがないわ——だって、模造なんだもの」

ぼくはごくっと唾を呑み、彼女の顔を凝視した。「おっと」ぼくは意地の悪い表情で言った。「あのペンラドックが帽子から寄り目のウサギを取り出す手品のように、しばしば人を騙《だま》したという噂を耳にしたことはあるがね、金婚式のプレゼントとして自分の妻に模造真珠のネックレスを贈るというのが一番面白い」

「もう、馬鹿なことを言わないでよ、ウォルター！　贈ったときは本物だったわ。じつは、ミセズ・ペンラドックが本物を売って、偽物を作らせたのよ。彼女の昔からの友人である〈ギャレモア宝石店〉のミスター・ランシング・ギャレモアが内密に取り計らってくれたわ。もちろん、彼女が誰にも知られたくなかったからよ。だから、警察にも通報してないの。あなた、彼女のために見つけてくれるでしょ、ウォルター？」

「どうやって？　彼女は何のためにネックレスを売ったんだい？」

「ミスター・ペンラドックが面倒を見ている人たちの備えを何も準備せずに突然亡くな

ったからよ。それから、大恐慌が来て、まったくお金がなくなったわ。ただ生活を維持して、使用人の給料を払うだけのお金しかなかった。その使用人全員は長いあいだ彼女に仕えてるので、解雇するくらいだったら、彼女は飢え死にするほうを選ぶでしょうね」

「それなら話は別だ」ぼくは言った。「彼女には脱帽する。でも、どうやってそのネックレスを見つければいいんだい？　それに、見つけることは重要なことなのかい――模造なのに？」

「その真珠のネックレスは――模造だけど――ボヘミアで特別に作らせたので二百ドルもしたの。作るのに数カ月かかって、ボヘミアの現状を考えると、同じような模造真珠のネックレスは二度と作ってもらえないかもしれない。それが模造だということを誰かに知られたり、泥棒がそのことを知って脅迫したりすることを彼女は恐れているのよ。それにね、ダーリン、盗んだ犯人をわたしは知ってるの」

ぼくは言った。「はあ？」紳士の語彙《ごい》ではないと考えているのでめったに使わない言葉が、思わず口からついて出た。

「数カ月ここで使っていた運転手よ、ウォルター――ヘンリー・アイケルバーガーという恐ろしくて野蛮な大男。おととい、何の理由もなく突然にやめたわ。ミセズ・ペンラドックに暇をもらう使用人なんか誰もいない。その前の運転手はとっても年寄りの男性で、亡くなったのよ。でも、ヘンリー・アイケルバーガーは何も言わずにやめたから、彼が真珠のネックレスを盗んだとわたしは確信してるの。一度なんか、わたしにキスをしようとしたのよ、ウォルター」

「えっ、そうなのか」ぼくはさっきとは違う声で言った。「きみにキスをしようとしたって？　その大きな肉の塊はどこにいるんだ、ダーリン？　何か心当たりはあるかい？　その男が街角でぶらぶらして、ぼくに鼻を殴られるのを待っているとはとうてい思えないな」

エレンは絹のような長い睫毛《まつげ》を使って瞬きした——彼女がそれをすると、ぼくは掃除婦のうしろ髪のように、へなへなと萎《な》えてしまうのだ。

「彼は逃げてないわ。真珠が模造だということも、安心してミセズ・ペンラドックを脅迫できることも知ってるはずよ。彼を送った職業紹介所に電話をかけたら、彼は紹介所に戻って、また登録したって言われたわ。でも、彼の住所を教えるのは規則に反するんですって」

「どうしてほかの誰かが盗んだのではないとわかるんだい？　例えば、空巣とか？」

「ほかに誰もいないからよ。使用人たちには全然怪しいところがないし、屋敷は毎晩冷蔵庫みたいにきっちりと戸締まりされるし、何者かが侵入した形跡もなかった。それに、ヘンリー・アイケルバーガーは真珠のネックレスがどこに保管されてるのか知っていたわ。彼女が最後にそれを身につけたあと、わたしがしまうところを見たからよ。ミスター・ペンラドックの命日に二人のとっても親しい友人をディナーに招いたときだったわ」

「きっとかなり盛大なパーティーだったんだろうね」ぼくは言った。「わかったよ。その職業紹介所へ行って、その男の住所を言わせよう。紹介所はどこだい?」

「〈エイダ・トゥーミー職業紹介所〉といって、イースト・セカンド・ストリートの二百番地台にあるわ。とっても居心地の悪い地域よ」

「ぼくの住む地域はヘンリー・アイケルバーガーにとってその二倍は居心地悪いだろうね」ぼくは言った。「すると、この男はきみにキスをしようとしたんだな?」

「ねえ、ウォルター」エレンがやさしく言った。「真珠のネックレスを取り戻すことが優先よ。彼がまだそれを模造と見破って海に投げ捨てていないことを祈るわ」

「もし海に投げ捨てていたら、そいつに海の底まで取りに行かせるよ」

「彼は身長六フィート三インチで、とっても大きくて強いのよ、ウォルター」エレンが恥ずかしそうに言った。「もちろん、あなたほどハンサムじゃないけど」

「ぼくと同じ背丈《せたけ》だ」ぼくは言った。「楽しみだな。さよなら、ダーリン」

彼女はぼくの袖をつかんだ。「もう一つあるのよ、ウォルター。男らしいことだから、少しぐらいの取っ組み合いなら構わないわ。でも、警察がやって来るような騒ぎを起こしちゃ駄目よ。あなたはとっても大きくて強いし、大学時代にライト・タックルをしてたけど、ちょっとした弱点が一つあるわ。ウィスキーを飲まないって約束してくれる？」

「このアイケルバーガーだが」ぼくは言った。「ぼくの飲みたいのはこの男だけだ」

2

イースト・セカンド・ストリートにある〈エイダ・トゥーミー職業紹介所〉は、その名前と場所が暗示するようなところだった。ぼくが少しのあいだ待たされた受付室のにおいは、まったく快くなかった。その紹介所は厚かましい中年女が経営していて、ヘンリー・アイケルバーガーが運転手の仕事を紹介してもらうために登録していると言った。そして、その男がぼくの家を訪ねるように取り計らうこともできるし、面接のためにその男を紹介所に来させることもできると言った。しかし、その女のデスクに十ドル紙幣を置き、それが紹介所に支払うべき手数料とは関係のないただの誠意の証《あかし》しだと説明すると、その女は心を和らげて、アイケルバーガーの住所を教えてくれた。その住所はサンタ・モニカ・ブルヴァードの西のほうにあり、かつてシャーマンと呼ばれた地区の近くだった。

ヘンリー・アイケルバーガーが紹介所に連絡を入れ、ぼくの来訪を知らされることを恐れたので、すぐさま車でそこへ向かった。その住所はみすぼらしいホテルだったが、都合よく路面電車の線路に近く、入口が中国人の洗濯屋に隣接していた。ホテルは階上にあり、階段はところどころ腐食した細長いゴム・マットにおおわれ、磨かれていない真鍮のネジが不規則にマットをとめていた。中国人洗濯屋からのにおいが階段の途中で消え、灯油のにおいと葉巻きの吸い殻とこもった空気と脂でべとべとした紙袋が取って代わった。階段をのぼりきると、木の棚に宿帳が置いてあった。最後の記帳は三週間前で、非常に不安定な筆跡の持ち主が鉛筆で書いていた。支配人はそれほど几帳面ではない人物だと推測できた。

宿帳の横にはベルがあり、前の札に〝支配人〟と書いてあった。ぼくはベルを鳴らして、待った。まもなく、廊下の先でドアがあき、ゆっくりと摺《す》り足で歩く音が近づいてきた。すり減った革のスリッパと色名不明のズボンをはいた男が現われた。ズボンの上の二つのボタンは外れていて、男の突き出た腹のまわりにさらなる自由を与えていた。赤いサスペンダーをつけていて、シャツの脇の下が黒ずんでいた。男の顔は徹底的な洗浄と調整を大いに必要としていた。

男が言った。「満室だよ、あんた」そして、嘲《あざ》笑った。

　ぼくは言った。「部屋は捜していない。アイケルバーガーという男を捜している。ここに住んでいると聞いたが、調べたところ、きみの宿帳には名前を記入していない。もちろん、きみも知ってのとおり、それは法律違反だ」

「生意気なやつめ」その太った男がまた嘲笑った。「廊下の先だよ、あんた。二一八号室だ」男が振った親指は、焼け焦げたベイクドポテトと同じ色で、大きさもまた同じくらいだった。

「よければ案内してくれないか？」ぼくは言った。

「まったく副知事気取りだぜ」男は腹を揺すり始めた。小さな目が黄色い皮のひだの奥に消えた。「わかったよ、あんた。ついてきな」

　ぼくとその男は陰気な廊下の奥へ進み、突き当たりの木製ドアの前へ来た。ドアの上にある木製の明かり採り窓はしまっていた。太った男は太った手でドアを強くたたいた。返事はなかった。

「留守だ」男が言った。

「よければドアの鍵をあけてくれないか？」ぼくは言った。「中にはいって、アイケルバーガーを待ちたい」

「あけてやるもんか」太った男が意地悪く言った。「いったい自分のことを何様だと思ってるんだよ、おまえ？」

その言葉でぼくは怒った。男は身長六フィートぐらいの中背だったが、ビールの飲みすぎを反映した体型だった。ぼくは暗い廊下を見まわした。まったく人気《ひとけ》がないように思えた。

ぼくはその太った男の腹を殴った。

男は床にすわり込み、げっぷをした。右の膝頭があご先にがくんとぶつかった。男は咳込み、涙が目にあふれた。

「畜生め」男は愚痴をこぼした。「あんたはおれより二十歳も若い。卑怯《ひきょう》だぞ」

「ドアをあけろ」ぼくは言った。「きみと議論している時間はない」

「一ドル」男はシャツで目を拭った。「二ドルくれたら、黙っててやる」

ぼくはポケットから二ドル出して、男を立たせてやった。男はその二ドルを折りたたんで、ぼくでも五セントで買えるようなありふれた合い鍵を取り出した。

「おい、あの殴り方だが」男が言った。「どこで習ったんだ？　たいていの大男はあんたよりも筋肉隆々なのに」そして、ドアの鍵をあけてくれた。

「あとで物音を聞いてもな」ぼくは言った。「無視してくれ。損害が出たら、弁償する」

男はうなずき、ぼくは部屋にはいった。男はドアの鍵をかけ、足音が遠ざかった。静寂が流れた。

その部屋は狭く、みすぼらしく、安っぽかった。茶色の整理ダンスと、その上にかかった小さな鏡、背もたれがまっすぐな木製椅子、木製の揺り椅子、エナメル部分が欠けたシングル・ベッド、継ぎはぎだらけのコットンのベッドカヴァーがあった。一つしかない窓のカーテンには蠅の糞の染みがあり、緑色のブラインドには一番下の薄板が一枚ない。隅の洗面ボウルのそばには、紙のように薄いタオルが二枚かけてあった。もちろん、バスルームはなく、クロゼットもなかった。棚からぶらさがっている暗い模様の布地がクロゼット扉の代わりを務めていた。その布地のうしろに、既製品ではサイズが一番大きいグレイのビジネス・スーツを見つけた。もしぼくが既製品を着るなら、ぼくのサイズなのだが、ぼくは既製品を着ない。床には黒い短靴が一足あった。小さくともサイズ12だった。安い布製のスーツケースがあった。鍵がかかっていなかったので、もちろん、その中を調べた。

整理ダンスの引き出しの中も調べると、中にしまってあるものすべてが小ぎれいで、清潔で、きちんとしているので驚いた。しかし、あまりはいってはいなかった。とくに、真珠のネックレスはなかった。部屋の中でネックレスのありそうなところも、ありそうでないところもすべて捜したが、興味深いものは何も見つからなかった。

ぼくはベッドの縁にすわって、煙草に火をつけ、待った。ヘンリー・アイケルバーガーはまったくの馬鹿野郎か、完全に無実かのどちらかということが明らかになった。この部屋とこの男が残した足取りから考えると、ネックレス泥棒に関与しているようには思えなかった。

足音が聞こえたのは、煙草を四本喫《す》い終わったときだった。それは普段一日に喫う本数よりも多い。速く軽快な足取りだが、少しもこそこそしたところはなかった。鍵がドアの鍵穴に差し込まれ、まわると、ドアがぞんざいにさっとあいた。男が部屋にはいってきて、ぼくを見た。

ぼくは身長六フィート一インチで、体重二百ポンド以上だ。この男は長身だが、体重がぼくよりも軽く見えた。青いサージのスーツを着ていたが、ほかにましな言い方がないので、小ぎれいと呼ばれている種類だ。ふさふさした堅い金髪、漫画に出てくるプロシア軍伍長のような太い首、非常に広い肩、大きく頑丈な手。若い頃にはかなり連打を受けたような顔。邪悪とも受け取れるユーモアをこめて、男の緑色がかった小さな目がきらっと光った。いい加減に扱うべき相手ではないことがすぐにわかったが、ぼくはその男を恐れてはいなかった。ぼくはサイズと力の面でその男と対等だった。それに、知性の面でその男に勝《まさ》っていることはほとんど確かだった。

ぼくは冷静にベッドから立ちあがって言った。「アイケルバーガーという男を捜している」

「どうやってここにはいったんだ、あんた?」陽気な声で、どちらかと言うと太いが、耳障《みみざわ》りには聞こえなかった。

「その説明はあとまわしだ」ぼくは堅苦しく言った。「アイケルバーガーという男を捜している。きみがその男か？」

「ははは」男が言った。「腹がよじれるほど面白い。コメディアンだな。ベルトを緩《ゆる》めるまで待ってくれ」男は部屋の奥へ二歩進んだ。ぼくも同じく二歩男のほうへ向かった。

「ぼくの名前はウォルター・ゲイジだ」ぼくは言った。「きみはアイケルバーガーか？」

「五セントくれたら」男が言った。「教えてやるぜ」

ぼくはその言葉を無視した。「ぼくはミス・エレン・マッキントッシュの婚約者だ」ぼくは冷淡に言った。「きみが彼女にキスをしようとしたと聞いたぞ」

そいつはもう一歩ぼくに近づき、ぼくはもう一歩そいつに近づいた。「どういうこった、しようとしたとは？」そいつは嘲笑った。

素早く繰り出したぼくの右手がそいつのあご先にまともに当たった。かなり強烈なパンチのように思えたが、そいつはほとんど動じなかった。そのあと、左の強いジャブをそいつの首筋に二発かまして、そいつのかなり広い鼻の側面に強い右パンチをもう一発食らわせた。そいつは鼻を鳴らして、ぼくの鳩尾《みぞおち》を殴った。

ぼくは上体を前に屈めると、両手で部屋をつかんで、くるくるっとまわした。部屋をうまくまわしたあと、大きく振って、床に後頭部を打ちつけた。そのおかげで、一時的にバランスを崩した。バランスをどうやって取り戻そうかと考えていると、濡れたタオルが顔をひっぱたいたので、ぼくは目をあけた。ヘンリー・アイケルバーガーの顔がぼくの顔のそばにあり、心配そうな表情を浮かべていた。

「なあ」そいつが言った。「あんたの腹は中国人の出すお茶みたいに貧弱なんだな」

「ブランディーをくれ！」ぼくはしわがれ声を出した。「何があったんだ？」

「カーペットの破れたところにつまずいたんだよ、あんた。本当に酒を飲まなきゃいけないのか？」

「ブランディーをくれ」ぼくはもう一度しわがれ声を出し、目をとじた。

「これでまたおれが飲み始めなきゃいいんだがな」そいつの声が聞こえた。

ドアがあいて、しまった。ぼくはじっと横たわったまま、気分が悪くならないように努めた。長い灰色のヴェールの中で、時間がゆっくりと過ぎた。すると、もう一度ドアがあいて、しまった。しばらくして、何か硬いものがぼくの唇に押しつけられた。口をあけると、酒が喉の奥まで注がれた。ぼくは咳込んだが、燃えるような酒が体じゅうの血管を流れ、すぐにぼくに力を与えた。ぼくは起きあがった。

「ありがとう、ヘンリー」ぼくは言った。「ヘンリーと呼んでもいいかい？」

「税金はかからないよ、あんた」

　ぼくは立ちあがって、そいつと向き合った。そいつは好奇の目でぼくを見た。「大丈夫のようだな」そいつが言った。「どうして病気だと言ってくれなかったんだ？」

「くたばれ、アイケルバーガーめ！」ぼくはそう言うと、そいつの下あごを力一杯殴りつけた。そいつは頭を振り、その目は不愉快そうに見えた。そいつがまだ頭を振っているあいだ、ぼくはそいつの顔と下あごにあと三発のパンチを食らわせた。

「本気でやるつもりなのか！」そいつはどなると、ベッドをつかんで、ぼくのほうへ投げた。

　ぼくはベッドの角をよけたが、そのとき少し素早く動きすぎたので、バランスを崩して、頭を窓の下にある羽目板の中に四インチほど突っ込んだ。

　濡れたタオルがぼくの顔をひっぱたいた。ぼくは目をあけた。

「よく聞けよ、あんた。カウントはツー・ストライク、ノー・ボールだ。もしかしたらもっと軽いバットを使うべきかもしれないな」

「ブランディーをくれ」ぼくはしわがれ声で言った。

「ライ・ウィスキーを飲めよ」そいつがグラスをぼくの唇に押しつけたので、ぼくはごくごくと飲んだ。そして、また立ちあがった。

　驚いたことに、ベッドは動いていなかった。ぼくがそのベッドの上にすわると、ヘンリー・アイケルバーガーがぼくの横にすわって、ぼくの肩をたたいた。

「あんたとおれとはうまくやっていける」彼が言った。「おれはあんたの女に一度もキスをしていないが、したくなかったと言えば嘘になる。あんたが気にしてるのはそのことだけか？」

彼は一パイントびんからウィスキーをグラスに半分注いだ。さっき買いに行ったびんだ。そして、考え深くウィスキーをごくっと飲み込んだ。

「いや、もう一つある」ぼくは言った。

「言ってみろ。だが、騒ぎはもう起こすなよ。約束するか？」

ぼくはしぶしぶ約束した。「どうしてミセズ・ペンラドックの運転手をやめたんだい？」ぼくは尋ねた。

彼はもじゃもじゃの金色の眉毛の下からぼくを見た。そして、手に持っているびんを見た。「おれは男前に見えるか？」彼が尋ねた。

「そうだな、ヘンリー――」

「お世辞は言うなよ」彼が唸った。

「いや、ヘンリー、きみはそれほどハンサムとは言えないな。でも、紛れもなく男性的だ」

彼はまたウィスキーをグラスに半分注ぐと、ぼくに手渡した。「あんたの番だ」彼が言った。ぼくは自分が何をしているのか充分に気づかずに、ウィスキーを飲み干した。

ぼくが咳込み終わると、ヘンリーはぼくの手からグラスを取って、また注いだ。彼はむっつりと飲んだ。びんはもう空《から》に近かった。

「ある男が絶世の美女に恋したと考えてくれ。おれみたいな顔をした、おれみたいな男がな。農家育ちの男で、田舎大学で荒々しいレフト・エンドを務め、外観や教育よりスコアボードのほうを優先させた。鯨とか貨物ぽっぽ——つまり、貨物機関車——とか以外ならあらゆるものと戦い、みんなやっつけたが、当然のことながら、しばしば強打を受けた。ようやく仕事口を見つけてみれば、毎日顔を合わせるこの美女は高嶺の花だと悟る。あんたならどうする？　おれなら、ただ仕事をやめるだけだ」

「ヘンリー、きみと握手がしたい」ぼくは言った。

彼は元気なくぼくと握手をした。「それで、おれは暇を願い出た」彼が言った。「ほかに何ができるんだ？」そして、びんを持ちあげて、明かりのほうにかざした。「おい、あんたはおれにこれを買いに行かせたのは間違いだったな。おれが飲み始めたら、世界一周みたいに長く続く。あんたは金をたくさん持ってるのか？」

「もちろんだ」ぼくは言った。「ウィスキーを飲みたければな、ヘンリー、好きなだけ飲めるぞ。ハリウッドのフランクリン・アヴェニューにぼくの非常に素敵なアパートメントがある。きみのつつましい仮の宿を中傷はせぬが、ぼくのアパートメントへ赴《おもむ》こうではないか。そこはここよりもずっと広いし、肘を横に突き出せるほどの余裕がある」

ぼくは手を軽やかに振った。

「おい、あんたは酔ってるぞ」小さな緑色の目に称賛の気持ちをこめて、ヘンリーが言った。

「ぼくはまだ酔っていないぞ、ヘンリー。でも、じつのところ、あのウィスキーの効力を非常に快く感じている。ぼくの話し方を気にするなよ。きみのきびきびした簡潔な話し方のように、個人的な問題なんだから。でも、ここを出る前に、きみと話し合いたい些細な事柄がもう一つあるんだ。ぼくはミセズ・ペンラドックの真珠のネックレスを取り戻すように頼まれた。きみがそれを盗んだ可能性があると聞き及んでいる」

「おい、あんたはたいした度胸をしてるな」ヘンリーが穏やかに言った。

「これはあくまでも取引なんだ、ヘンリー。腹を割った話し合いが最善の解決策だ。あの真珠のネックレスは模造品だから、非常に簡単に話がまとまるはずだ。きみには悪い感情を持っていないよ、ヘンリー。ウィスキーを調達してきてくれたきみには感謝しているが、仕事は仕事だ。何も訊かずに五十ドル渡すから、あのネックレスを返してくれないかい？」

ヘンリーは面白くなさそうに短く笑ったが、こう言ったときの声には悪意が感じられなかった。「すると、おれが真珠のネックレスを盗み、デカどもが押し寄せてくるのをここですわって待ってるとでも思ってるのかい？」

「警察には通報していないんだ、ヘンリー。あの真珠のネックレスが模造だということをきみは知らなかったかもしれない。その酒を寄越したまえ、ヘンリー」

彼はびんに残ったウィスキーのほとんどをグラスに注いだ。ぼくは最高の気分でそれを飲み干した。そして、グラスを鏡のほうへ投げたが、残念ながら当たらなかった。重くて安いグラスは床に落ちたが、割れなかった。ヘンリー・アイケルバーガーは腹の底から笑った。

「何がおかしいんだ、ヘンリー？」

「何も」彼が言った。「どっかの野郎が騙されたと気づいたときのことを想像してたんだ——そのネックレスのことでな」

「つまり、きみはあのネックレスを盗んでいないということかい、ヘンリー？」

彼はまた笑ったが、少し陰気だった。「ああ」彼が言った。「つまり、盗んでないんだ。あんたを殴るべきだが、どうでもいいや。どんなやつでも思い違いをするもんだ。いや、おれはネックレスなんか盗んでないぜ、あんた。紛《まが》い物なら、わざわざ盗みはしない。あの婆さんが首からぶら下げていたのと同じ代物だとしたら、おれはLAの安い木賃宿に堂々と泊まって、デカどもがつかまえに来るのをじっと待ってはいないぜ」

ぼくは彼の手を取って、握手した。

「知る必要があったのはそれだけだ」ぼくは嬉しい気持ちで言った。「安心したよ。これからぼくのアパートメントへ行って、そのネックレスを取り戻す手段を考えよう。ぼくときみが組めば、どんな相手にも打ち勝てるチームになるぞ、ヘンリー」

「冗談だろ？」

ぼくは立ちあがって、帽子をかぶった——上下逆さに。「いや、ヘンリー、ぼくはきみが必要としている仕事を提供しているんだ。それにきみが飲めるだけのウィスキーもね。さあ行こう。その状態で運転はできるかい？」

「おい、おれは酔ってなんかいないぞ」ヘンリーは心外の表情で言った。

ぼくたちはその部屋を出て、暗い廊下を歩いた。太った支配人が薄暗い陰から突然現われ、ぼくたちの前に立ったまま、腹を撫でて、期待をこめた貪欲な目でぼくを見た。

「異状はないか？」そして、黒ずんだ爪楊枝を噛みながら尋ねた。

「一ドルやれ」ヘンリーが言った。

「何のためだ、ヘンリー？」

「何でもいい。とにかく一ドルやればいい」

ぼくはポケットから一ドル紙幣を出し、その太った男に渡した。

「ありがとよ、あんた」ヘンリーが言った。そして、太った男の喉仏の下を突き、男の指先から一ドル紙幣を器用に引き抜いた。「あの酒の代金だ」彼が付け加えた。「おれは金をねだるのが大嫌いでね」

ぼくたちは腕を組みながら階段をおりた。あとに残った支配人は、咳込みながら爪楊枝を食道から吐き出そうとしていた。

3

その日の午後五時に、ぼくはまどろみながら目覚め、ハリウッド地区のフランクリン・アヴェニューのアイヴァー・ストリート近くにある〈シャトー・モレイン〉の自分のアパートメントでベッドに横たわっていることに気づいた。首をまわすと痛かったが、ヘンリー・アイケルバーガーがアンダーシャツにズボン姿でぼくの横で眠っていた。ぼく自身もあまり服を身に着けていないことがわかった。近くのテーブルには、オールド・プランテーションのライ・ウィスキーのほとんど手つかずのびんが立っていた。一クォートびんだ。床には同じ高級銘柄のまったく空っぽのびんが倒れていた。床のあちこちに服が脱ぎ捨ててあり、安楽椅子のブロケード張りの肘掛けには煙草の火であいた穴があった。

ぼくは注意深く自分の体を点検した。腹は痛く、こわばっていて、あごは片方が少し腫れているようだった。そのほかは痛んでいなかった。ベッドから立ちあがると、鋭い痛みがこめかみを突き抜けたが、ぼくはそれを無視して、テーブルのびんのほうへしっかりした足取りで近づき、口へ持っていった。燃えるような酒をぐっと一口飲むと、突然気分がずっとよくなった。明るく楽しい気分に包まれ、どんな冒険にも出かける覚悟ができた。ベッドに戻って、ヘンリーの肩を強く揺すった。

「起きろ、ヘンリー」ぼくは言った。「日の入りが近いぞ。駒鳥たちがさえずり、リスたちがかさこそ動きまわり、朝顔たちが花を閉じて眠る」

ほかの行動的な男たちと同じく、ヘンリー・アイケルバーガーは拳を握ったまま、目を覚ました。「あの物音は何だ？」彼が唸った。「ああ、そうか、やあ、ウォルター。気分はどうだ？」

「爽快だ。疲れは取れたかい？」

「ああ」彼は靴をはいていない足を床におろし、こわい金髪を指先でくしゃくしゃにした。「せっかく楽しくやってたのに、あんた酔いつぶれちまった」彼が言った。「そのあと、おれもひと眠りした。おれは一人で飲まないんだ。大丈夫か？」

「ああ、ヘンリー、まったく大丈夫だ。ぼくたちにはすることがある」

「よし、いいぞ」彼はウィスキーのびんに近づき、勝手にがぶ飲みした。手の平で腹を撫でた。緑色の目が穏やかに光った。「おれは病人なので」彼が言った。「薬を飲まなくちゃいけない」そして、びんをテーブルに置いて、アパートメントの中を見まわした。

「わあ、あのゴミ溜め部屋をすぐに当てがわれたんで、中をまともに見なかったよ。あんたは素敵なとこに住んでるな、ウォルター。わあ、白いタイプライターに白い電話機。どうしたんだよ、おい――神に忠誠でも誓ったのか？」

「ただの馬鹿げた気まぐれだよ、ヘンリー」ぼくは陽気に手を振りながら言った。

ヘンリーは書き物デスクに近づき、横に並んでいるタイプライターと電話機のほか、銀製の筆記用具セットも見た。それぞれの用具にはぼくのイニシャルが打ち出してあった。

「かなり金があるんだろ？」ヘンリーが緑色の目をじっとぼくに向けた。

「なんとか我慢できるほどだよ、ヘンリー」ぼくは謙虚に言った。

「じゃあ、これからどうする？　何かいい考えがあるのか、それとも、もっと酒を飲むのか？」

「いや、ヘンリー、いい考えがある。きみが協力してくれるのだから、実行に移せると思う。ぼくたちは情報屋と連絡を取るべきだ。真珠のネックレスが盗まれたら、裏社会のみんなにすぐ知れ渡る。真珠は売りにくいんだよ、ヘンリー。カットすることもできないし、専門家には気づかれるとどこかで読んだ。裏社会は騒然とすることだろう。真珠のネックレスと引き替えに妥当な金額を喜んで支払う用意があることを、しかるべき場所に伝えるような人間を見つけるのは、それほどむずかしくはないはずだ」

「あんたは話が上手だよ、酔っ払いにしてはな」ヘンリーはそう言って、びんに手を伸ばした。「だが、その真珠が模造だってことを忘れてないか？」

「それでも、感傷的な理由で喜んで金を支払うつもりだ」

ヘンリーはウィスキーを飲み、その味を楽しんでいるような表情を浮かべて、さらにまた飲んだ。そして、礼儀正しくびんをぼくのほうへ振った。

「それならそれでいい」彼が言った。「だが、騒然とするというこの裏社会はガラス玉のネックレスのことぐらいじゃ騒然としないだろうな。おれの言ってることはおかしいか？」

「考えていたんだがな、ヘンリー、裏社会にはおそらくユーモアのセンスがあって、笑い声はかなり目立つのではないだろうか」

「それも一案だ」ヘンリーが言った。「ミセズ・ペンラドックがかなり値打ちのある真珠のネックレスを持っていることを、どっかの野郎が探り出す。こいつはちょっとした金庫破りをうまくやらかして、故買屋のもとへ走る。すると、この故買屋は大笑いをする。こういう話は玉突き場で広がり、ちょっとした噂になる。そこまでは、面白い。だが、この金庫破りは急いでネックレスを処分するだろう。たとえそれが五セントと物品税の値打ちしかなくても、三年から十年の刑が絡《から》んでくる。不法侵入は犯罪だからな、ウォルター」

「でもな、ヘンリー」ぼくは言った。「この状況には問題点がもう一つあるぞ。もしこの泥棒が非常に間抜けなら、もちろん、たいして重大ではない。でも、もし並みにでも知性があるなら、重大だ。ミセズ・ペンラドックは非常に自尊心の強い女性で、非常に高級な住宅地区に住んでいる。万が一、彼女が模造真珠のネックレスを着けていたことが知れ渡ると、さらに、それが夫から金婚式のプレゼントとして贈られた真珠のネックレスであることが新聞でほのめかされたとしても——まあ、ぼくの言いたいことはわかるよね、ヘンリー」

「金庫破りの連中はそれほど賢くないもんだ」彼は石のように堅いあご先をこすった。そして、右手の親指を立てて、考え深げに嚙んだ。窓を見て、部屋の隅を見て、床を見た。目の隅からぼくを見た。

「脅迫だろ?」彼が言った。「たぶんな。だが、悪党どもは専門分野をごちゃ混ぜにしないもんだ。それでも、こいつは情報を流すかもしれない。チャンスがあるぜ、ウォルター。それに賭けるために、おれの金歯を質に入れたくはないが、チャンスはある。いくら出すつもりだ?」

「百ドルで充分だが、二百ドルまで出すつもりだ。それがあの模造真珠のネックレスの実際の値段だからね」

ヘンリーは首を横に振って、びんのウィスキーをあおった。「いや、駄目だ。そいつはそれぐらいの金じゃ姿を見せないだろうよ。危険を冒す値打ちはない。そいつはネックレスを処分して、厄介事には関わらないようにするだろう」

「少なくとも試すことはできるぞ、ヘンリー」

「ああ、だが、どこでだ？　おい、酒が少なくなってきたぞ。靴をはいて、買ってきたほうがいいかもしれないな」

まさにそのとき、ぼくの無言の祈りが通じたかのように、どすんという静かで鈍い音がアパートメントのドアの外から聞こえた。ぼくはドアをあけて、夕刊の最終版をつかみあげた。ドアをしめて、新聞を広げながら、部屋の中に戻った。右手の人さし指で新聞を示しながら、ヘンリー・アイケルバーガーに自信満々の笑みを投げかけた。

「ここだ。その答えがこの新聞の犯罪欄にあるほうに、オールド・プランテーションの一クォートびんを賭けよう」

「犯罪欄なんかないぞ」ヘンリーが高笑いをした。「ここはロスアンジェルスだ。よし、賭けに応じよう」

ぼくはおそるおそる第三面をあけた。というのも、〈エイダ・トゥーミー職業紹介所〉で待っているときに、目当ての記事を早版ですでに見ていたが、後版でそのまま載っているのかどうかは確信が持てなかったからだ。しかし、ぼくの信頼は報われた。その記事は削除されていなかったし、早版と同じように三段目の真ん中に載っていた。かなり短い記事には、〝ルー・ガンデジ、宝石強盗で尋問さる〟という見出しがついていた。「聞いてくれ、ヘンリー」ぼくはそう言って、記事を読みあげた。

昨夜遅く、匿名の通報を受けて、警察はスプリング・ストリートにある有名な酒場の店主ルイス・G（通称ルー）・ガンデジを連行し、最近街の西部の高級住宅地で連続して起きているディナー・パーティー強盗事件について厳しい取り調べを行なった。この連続強盗事件では、拳銃を突きつけられた社交界の女性招待客から合計二十万ドル相当の高価な宝石が奪われたとされる。ガンデジはのちに釈放されたが、報道陣にコメントを述べることを拒んだ。「デカたちをからかうようなことはしねえよ」と彼は控えめに言った。「ガンデジは連続強盗事件には無関係であり、通報は単に個人的な恨みによるものだったと確信している」と強盗課のウィリアム・ノーガード警部は述べた。

ぼくは新聞をたたみ、ベッドの上に放り投げた。

「あんたの勝ちだよ、うん」ヘンリーはそう言って、びんをぼくに手渡した。ぼくはかなり飲んでから、彼にびんを返した。「これからどうする？　このガンデジをとっつかまえて、問い詰めるか？」

「こいつは危険な男かもしれないぞ、ヘンリー。ぼくたちはこいつと対等に渡り合えると思うかい？」

ヘンリーは軽蔑的に鼻を鳴らした。「ああ、スプリング・ストリートのチンピラだ。オテテに紛《まが》い物のルビーをはめたでぶっちょだ。こいつのとこへ連れてってくれ。このでぶを逆さにして、肝臓をつかみ出してやろう。だが、酒がもうすぐなくなりそうだ。おそらく一パイントぐらいしか残っていない」彼はびんを明かりにかざした。

「今のところは充分に飲んだぞ、ヘンリー」

「おれたちは酔ってないよな？　ここへ来てから、おれは七杯しか飲んでない。いや、九杯かもな」

「もちろん、ぼくたちは酔ってはいないがね、ヘンリー、きみの一杯はずいぶん多めの一杯だ。ぼくたちには厄介な夜が控えている。これからひげを剃って、服を着るべきだと思う。ディナー・ジャケットを着るべきだ。ぼくたちはほとんど同じサイズだから、きみにまさにぴったり合う予備のディナー・スーツがあるよ。二人の大男が同じ仕事で協力するというのは、きっと素晴らしいことが起こる前兆にちがいない。ディナー・スーツはそういう下司野郎たちを感じ入らせるものだよ、ヘンリー」

「愉快だな」ヘンリーが言った。「あいつらはおれたちのことをどっかの大物の子分だと思うだろう。このガンデジはネクタイを呑み込むほど、びびりまくるだろうよ」

ぼくの提案どおりにすることにして、ぼくはヘンリーの服を揃えた。彼が風呂にはいって、ひげを剃っているあいだ、ぼくはエレン・マッキントッシュに電話をかけた。

「あら、ウォルター、電話をかけてきてくれて嬉しいわ」彼女が声をあげた。「何かわかった？」

「まだだよ、ダーリン」ぼくは言った。「でも、ぼくには考えがある。ぼくとヘンリーは実行に移すところなんだ」

「ヘンリーですって、ウォルター？　ヘンリーって誰なの？」

「おいおい、もちろん、ヘンリー・アイケルバーガーだよ、ダーリン。もう彼のことを忘れたのかい？　ぼくとヘンリーは親しい友人同士で、ぼくたちは――」

彼女はぼくの言葉をさえぎった。「飲んでるの、ウォルター？」彼女は非常に冷ややかな声で問い質《ただ》した。

「もちろん、飲んでないよ、ダーリン。ヘンリーは禁酒主義者なんだ」

彼女は鋭く鼻をくんくんいわせた。その音が電話口から明確に聞こえた。「でも、ヘンリーがあのネックレスを取ったんでしょ？」かなり長い沈黙のあと、彼女が尋ねた。

「ヘンリーがかい、エンジェル？　もちろん違うよ。ヘンリーがやめたのは、きみに恋したからだ」

「まあ、ウォルター。あのゴリラ男が？　あなたはきっとたくさん飲んでるのね。二度とあなたとは話したくないわ。さよなら」彼女ががちゃんと電話を切ったので、耳が痛くなった。

ぼくは手にオールド・プランテーションのびんを持ったまま、椅子にすわって、不快とか無分別とか受け取られるようなことを何か言ったのかと考えた。何も考えられなかったので、びんで自分を慰めていると、ヘンリーがバスルームから出てきた。ぼくのプリーツ・シャツとウィング・カラーと黒い蝶ネクタイという格好で、このうえなく立派に見えた。

ぼくたちがアパートメントを出たとき、外は暗くなっていた。少なくとも、ぼくは希望と自信に満ちてはいたが、エレン・マッキントッシュが電話でぼくに言ったことで少し落ち込んでいた。

4

ガンデジの店は見つけにくくはなかった。スプリング・ストリートでヘンリーがどなりつけた一人目のタクシー運転手がその場所を教えてくれたのだ。店の名前は〈ブルー・ラグーン〉といい、店内は不快な青い照明を浴びていた。ぼくとヘンリーはしっかりした足取りで中にはいった。ガンデジを捜す前に、〈マンディーのカリビアン・グロットー〉で幾分ちゃんとした食事を取ったからだ。ヘンリーはぼくの二番目によいディナー・スーツを着て、まあまあハンサムに見えた。肩からフリンジつきの白いスカーフをかけ、頭に黒の軽いフェルト帽をあみだにかぶり（彼の頭はぼくの頭より少し大きかった）、彼のサマー・コートの左右の脇ポケットにウィスキーびんを一本ずつ入れていた。

〈ブルー・ラグーン〉のバーは混んでいたが、ぼくとヘンリーはその奥の狭く薄暗いダイニングルームにはいった。汚いディナー・スーツ姿の男が近づいてきたので、ヘンリーがガンデジに会わせてくれと頼んだ。その男はダイニングルームのむこう隅の小さなテーブルで一人ですわっている太った男を指さした。ぼくたちはそっちへ向かった。

その男は赤ワインのはいった小さなグラスを前にしてすわり、指にはめた大きな緑色の石をゆっくりとまわしていた。顔をあげなかった。テーブルにはほかに椅子はなかったので、ヘンリーは両肘をテーブルについて、上体を近づけた。

「おまえがガンデジか？」ヘンリーが言った。

それでも、男は顔をあげなかった。左右の太くて黒い眉毛を寄せて、放心した声で言った。「ああ、うん」

「内密の話がある」ヘンリーが言った。「邪魔がはいらないとこで」

ガンデジがやっと顔をあげると、その活気のない黒いアーモンド型の目に退屈きわまりないという表情が浮かんでいた。「それぇで？」男はイタリア訛りで尋ねて、肩をすくめた。「何のことぉだ？」

「真珠のことだ」ヘンリーが言った。「真珠四十九個のネックレスで、粒ぞろいのピンク色」

「売るぅか、買うぅか？」ガンデジが尋ねると、面白がっているように、あご先が震え始めた。

「買う」ヘンリーが言った。

テーブルのガンデジが静かに指先を曲げると、非常に大柄なウェイターがガンデジの横に現われた。「酔ってぇる」と活気なく言った。「こいつぅら、放り出ぁせ」

ウェイターがヘンリーの肩をつかんだ。ヘンリーは何気なく手をあげると、ウェイターの手をつかんで、捻《ひね》った。青味がかった照明の中で、ウェイターの顔が表現不可能な色に変わったが、全然健康そうな色ではなかった。低い呻き声を出した。ヘンリーはその手を放し、ぼくに言った。「テーブルに百ドル札を置くんだ」

ぼくは札入れを出して、用心のために〈シャトー・モレイン〉の出納係から入手した二枚の百ドル紙幣のうちの一枚を引き抜いた。ガンデジはその紙幣を見つめ、大柄なウェイターに合図をした。ウェイターは立ち去りながら、手をこすり、胸に強く押しつけていた。

「何のためぇだ？」ガンデジが尋ねた。

「おまえとの時間を五分もらいたい」

「とてぇも面白ぉい。よぉし、承知しぃた」ガンデジはその紙幣をつかむと、きれいにたたんで、ヴェストのポケットに入れた。そして、両手をテーブルにつくと、自分の体を重そうに押しあげて、立ちあがった。ぼくたちを見ずに、よたよたと歩き始めた。

ぼくとヘンリーはガンデジのあとを追って、混み合ったテーブルのあいだを縫い、ダイニングルームのむこう端まで行って、羽目板のドアを抜け、狭く薄暗い廊下を進んだ。廊下の突き当たりで、ガンデジはドアをあけ、明かりのついた部屋にはいると、オリーヴ色の顔に深刻そうな笑みを浮かべながら、あいたドアを持っていてくれた。ぼくが先にはいった。

ヘンリーがガンデジの前を通って、部屋にはいると、ガンデジは驚くべき機敏さで服から小さな黒革の棍棒を取り出し、非常に強くヘンリーの頭を殴った。ヘンリーは前に倒れ、両手と両膝をついた。ガンデジはその体型の男にしては非常に素早くドアをしめ、左手に小さな棍棒を持ったまま、ドアにもたれた。そして、突然、右手に短いが重い黒のリヴォルヴァーが現われた。

「すごぉく面白ぉい」ガンデジは丁重に言って、含み笑いをした。

その次に起こったことは、はっきりと見えなかった。ヘンリーはガンデジに背を向けたまま、両手と両膝をついていた。次の瞬間、もしくは同時かもしれないが、水中の大きな魚のように、何かが旋回し、ガンデジが唸った。そして、ヘンリーの金髪の石頭がガンデジの腹に埋まり、ヘンリーの大きな手がガンデジの毛深い手首をつかんでいるのが見えた。ヘンリーが体をまっすぐ伸ばすと、ガンデジの体はヘンリーの頭頂でうまくバランスを取っていた。その口は大きくあき、顔は暗い紫色に変わった。ヘンリーは軽く体を揺すったように見えたが、ガンデジはどさっとひどい音を立てて、床に背中から落ち、倒れたまま、あえいでいた。そして、ドアの鍵をしめたヘンリーは、背中をドアに向けたまま立って、左手に棍棒とリヴォルヴァーをつかみ、ぼくたちのウィスキーびんがはいっているポケットを心配そうに撫でた。あっという間の出来事で、ぼくは横の壁にもたれたまま、気分が少し悪くなってきた。

「腹がよじれるほど面白い」ヘンリーが物憂げに言った。「コメディアンだな。ベルトを緩めるまで待ってくれ」

ガンデジはうつむけになって、非常にゆっくりと痛々しく立ちあがったが、ゆらゆらと揺れ、手を上下に動かして顔をこすった。服は埃まみれだった。

「これは棍棒だ」ヘンリーは小さな黒い棍棒をぼくに見せた。「こいつはこれでおれを殴ったんだろ?」

「おい、ヘンリー、覚えていないのか?」ぼくは尋ねた。

「確かめたかっただけだ」ヘンリーが言った。「正気なら、アイケルバーガー家の一員を殴ったりはしないもんだぞ」

「よし、おまえたちは何が望みなんだ？」いきなりガンデジが尋ねた。さっきのイタリア訛りは消えていた。

「おれたちの用件はさっき言ったはずだぞ、でぶっちょ」

「おまえたちが何者なのか知らない」ガンデジはそう言って、デスクの横にあるみすぼらしい木製椅子に注意深く腰をおろした。手で顔や首をこすり、体のいろいろな箇所をさわってみた。

「おまえは考え違いをしてるぜ、ガンデジ。キャロンデレット・パークに住むあるご婦人が二日ほど前に真珠四十九個のネックレスをなくしたんだ。金庫破りだが、厄介な問題がある。その光り玉にはおれたちの会社のちょっとした保険がかかってるんだ。その百ドル札はこっちに返してもらおう」

ヘンリーが近づくと、ガンデジはたたんだ紙幣を素早くポケットから取り出し、ヘンリーに手渡した。ヘンリーはぼくにそれを返し、ぼくは札入れにしまった。

「そんな話は聞いてないな」ガンデジが慎重に言った。

「おまえは棍棒でおれを殴ったよな」ヘンリーが言った。「まあよく聞け」

ガンデジは首を横に振ってから、顔をしかめた。「おれは金庫破りの面倒を見ないし」そいつが言った。「強盗の面倒も見ない。見当違いだぞ」

「よく聞くんだ」ヘンリーが低い声で言った。「何か耳にするかもしれない」そして、右手の指二本にはさんだ小さくて黒い棍棒を体の前で軽く振った。ほんの少しだけ小さすぎる帽子はまだ後頭部にのっていたが、すこし凹んでいた。

「ヘンリー」ぼくは言った。「きみは今晩やるべき仕事をすべて一人でやっているようだな。公平だと思うか？」

「よし、今度はあんたがこいつを可愛がってやれ」ヘンリーが言った。「こういう太っちょどもの痣《あざ》はなかなかきれいだぞ」

その頃には、ガンデジは顔にかなり普通の血色を取り戻していて、ぼくたちをじっと見つめていた。「保険屋だろ？」と疑り深く訊いた。

「そうだよ、太っちょ」

「メラクリーノを当たってみたか？」ガンデジが尋ねた。

「ははは」ヘンリーが耳障りな声で言い始めた。「腹がよじれるほど面白い。コメ――」しかし、ぼくが鋭い声でさえぎった。

「待てよ、ヘンリー」そして、ガンデジのほうを向いた。「そのメラクリーノというのは人物か？」ぼくは尋ねた。

ガンデジの目が驚きで丸くなった。「もちろんだ、男だよ。こいつを知らないんだな？」暗い疑惑がその青味がかった黒い目に浮かんだが、次の瞬間に消えた。

「電話しろ」ヘンリーはみすぼらしいデスクの上に立っている電話機を指さした。

「電話はまずい」ガンデジが考え深く反対した。

「棍棒の痛みもまずいぞ」ヘンリーが言った。

ガンデジはため息をつくと、椅子にすわったまま太った体を横にまわして、電話機を引き寄せた。インクだらけの爪で番号をダイアルして、耳を傾けた。しばらくしてから言った。「ジョーか？……ルーだ。保険調査員が二人来て、キャロンデレット・パークの仕事のことで取引をしたがってる……ああ……いや、真珠だ……何も聞いてないんだな？……よし、ジョー」

ガンデジは受話器を元に戻すと、椅子を元の位置に回転させた。そして、眠そうな目でぼくたちを観察した。「駄目だった。おまえらはどこの保険会社で働いてるんだ？」

「名刺を渡してやれ」ヘンリーがぼくに言った。

ぼくはもう一度札入れを出して、ぼくの名刺を一枚抜いた。ぼくの名前しか印刷していない名刺だった。ポケット鉛筆で名前の下に、〝シャトー・モレイン・アパートメンツ、フランクリンのアイヴァー近く〟と書いた。それをヘンリーに見せてから、ガンデジに渡した。

ガンデジは名刺を見て、静かに指を噛んだ。顔が突然輝いた。「おまえらはジャック

・ローラーに会うべきだぜ」

ヘンリーはガンデジをじっと見つめた。今のガンデジの目は晴れやかで、無邪気で、瞬きをしていなかった。

「誰だ、そいつは？」ヘンリーが尋ねた。

「〈ペンギン・クラブ〉を経営してる。ストリップでな——サンセットの八六四四番地かそこらだ。見つけられるやつがいるとすれば、こいつだな」

「ありがとよ」ヘンリーが静かに言った。そして、ぼくをにらみつけた。「信じるか？」

「そうだな、ヘンリー」ぼくは言った。「こいつがぼくたちに虚偽を述べない人物だとは思わぬ」

「ははは」ガンデジが突然言った。「腹がよじれるほど面白いぞ！　コメ——」

「やめろ！」ヘンリーが唸った。「おれの台詞だ。まともなネタだろうな、ガンデジ？　このジャック・ローラーのネタは？」

ガンデジはしきりにうなずいた。「まともなネタだ、間違いない。ジャック・ローラーは上流社会で起こったどんなことにも関わっている。だが、会うのは簡単じゃない」

「それは心配すんな。ありがとよ、ガンデジ」

ヘンリーは黒い棍棒を部屋の隅に放り、左手にずっと持っていたリヴォルヴァーのシリンダーをあけた。弾丸を抜いてから、しゃがみ、拳銃を床にすべらせると、それはデスクの下に消えた。そして、しばらく手の平の上で弾丸を意味なく転がしてから、そのまま床にばらまいた。

「あばよ、ガンデジ」ヘンリーが冷淡に言った。「悪事に手を染めるんじゃないぜ。その手をベッドの下で捜したくなければな」

そして、彼はドアをあけた。ぼくたちは二人とも素早くその部屋を出て、従業員に邪魔されることなく、〈ブルー・ラグーン〉をあとにした。

5

ぼくの車は通りの少し先にとめてあった。ぼくたちは車に乗り込んだ。ヘンリーはハンドルに両腕をもたせかけて、フロントガラスのむこうを不機嫌な目で見つめた。

「なあ、どう思う、ウォルター？」ようやく彼が訊いた。

「ぼくの意見を言わせてもらうならね、ヘンリー、ガンデジはぼくたちをただ追い出すために作り話をしたのだと思う。それに、あいつはぼくたちが保険調査員だとは思っていないはずだ」

「おれもそう思う。それに」ヘンリーが言った。「メラクリーノとかジャック・ローラーとかいうような男はいないだろう。ガンデジは架空の番号に電話をかけて、嘘のおしゃべりをした。あそこへ戻って、あいつの手足をもぎ取ってやるべきだな。あんなでぶ野郎なんか、くたばりやがれ」

「ぼくたちは最善策を考え出したんだ、ヘンリー。そして、できる範囲でそれを実行に移した。これからぼくのアパートメントへ戻って、ほかのことを考えよう」

「そして、酔っ払おう」ヘンリーはそう言うと、エンジンをかけ、縁石際から車を出した。

「たぶんあそこで酒を少し飲めたかもしれないな、ヘンリー」

「ふん！」ヘンリーが鼻を鳴らした。「時間稼ぎをしやがって。おれはあそこへ戻って、店をぶっ壊してやるべきだな」

彼は交差点で停車したが、そのとき信号は赤ではなかった。そして、ウィスキーびんを口に持っていった。彼が飲んでいる最中に、一台の車がうしろから近づいてきて、ぼくたちの車にぶつかったが、それほど激しくはなかった。ヘンリーはむせて、びんを下におろし、酒を少し服の上にこぼした。

「この街はだんだん混み合ってきやがるな」彼が唸った。「どっかの生意気なエテ公に肘をぶつけられずに、酒を飲むこともできやしない」

ぼくたちの車が前進しないので、うしろの車のドライヴァーが警笛をしつこく鳴らした。ヘンリーはドアをぐいとあけると、車をおりて、うしろへ向かった。かなり大きな声が聞こえた。ヘンリーの声のほうが相手の声よりも大きかった。しばらくして、ヘンリーが戻ってきて、車に乗り、発進させた。

「あいつの首を引き抜いてやるべきだったが」ヘンリーが言った。「おれは情にもろくなった」彼はハリウッドの〈シャトー・モレイン〉に着くまで、速いスピードで車を走らせた。ぼくたちはぼくのアパートメントに戻ると、手に大きなグラスを持ってすわった。

「一クォート半以上の酒があるぜ」ヘンリーはテーブルにのせた二本のびんを見た。その横にはずっと前に空っぽにしたほかのびんがあった。「妙案を考え出すには充分だろう」

「充分であらねばな、ヘンリー、あり余るほどの蓄えが酒店にあるはずだ」ぼくは機嫌よくグラスを空にした。

「あんたはいいやつに思える」ヘンリーが言った。「なんでときどきそんなに変なしゃべり方をするんだ？」

「自分のしゃべり方を変えられないようなんだ、ヘンリー。ぼくの両親はニューイングランド地方の伝統を守る厳格な言語純粋主義者だった。みんなのしゃべり方はぼくの口

て取れた。

ヘンリーはその意味を頭の中で消化しようと努めたが、消化不良を起こしたことが見

にしっくりこなかった。大学に通っているときでさえね」

ぼくたちはガンデジやそいつの忠告の疑わしい性質について、しばらく話し合った。おそらく三十分は経っただろう。すると、突然、ぼくのデスクの白い電話機が鳴りだした。ぼくはそこへ急行し、相手がエレン・マッキントッシュであるように、そして、彼女の機嫌が直っているようにと願った。しかし、聞こえたのは男の声で、しかも耳慣れない声だった。その声は不快な金属的な声で、きびきびとしゃべった。

「ウォルター・ゲイジか？」

「こちらはミスター・ゲイジだ」

「よし、ミスター・ゲイジ、あんたは宝石を買いたいそうだな」

ぼくは電話機を非常にきつく握りしめ、体をまわして、電話機のむこうのヘンリーにしかめ面を見せた。しかし、彼はまたかなりの量のオールド・プランテーションをむっつりとグラスに注いでいた。

「そうだ」ぼくは声を落ち着かせながら、受話器に話しかけたが、興奮は抑え切れそうになかった。「もし宝石というのが真珠のことならね」

「真珠四十九個のネックレスだよ、あんた。値段は五千だ」

「おい、それはまったく馬鹿げているぞ」ぼくは息がとまった。「あれに五千ドルとは――」

男の声が無礼にもぼくの言葉をさえぎった。「聞こえただろ、あんた。五千だ。片手を広げて、指を数えてみろ。それ以上でもないし、それ以下でもない。よく考えろ。また電話する」

電話が乾いた音を立てて切れ、ぼくは震える手で受話器を元に戻した。体が震えていた。椅子に戻ると、すわって、ハンカチーフで顔を拭いた。

「ヘンリー」ぼくは低く張りつめた声で言った。「うまくいったぞ。でも、妙なんだ」

ヘンリーは空のグラスを床に置いた。彼が空のグラスをそのまま下に置くのを見たのは、それが初めてだった。彼は瞬きをしない緑色の酔眼でじっとぼくを見つめた。

「えっ？」彼がそっと言った。「何がうまくいったんだ、あんた？」彼は舌の先でゆっくりと両唇をなめた。

「ぼくたちがガンデジの店で達成したことだよ、ヘンリー。男が電話をかけてきて、ぼくが真珠のネックレスを買いたいのかどうか訊いた」

「畜生」ヘンリーは口を尖らせて、そっと口笛を吹いた。「あのイタ公野郎がやっぱり何か隠してたんだな」

「でも、値段は五千ドルなんだよ、ヘンリー。妥当な説明は無理なようだ」

「えっ？」ヘンリーの目が眼窩《がんか》から飛び出しそうになった。「あの偽物に五千だって？そいつは頭がおかしいぞ。値段は二百だとあんたは言った。そいつはまったく頭がいかれてる。五千だって？　まったく、五千もあれば、象のケツをおおえるくらいの模造真珠が買えるぞ」

ヘンリーが困惑しているのが見て取れた。彼はぼくたちのグラスに無言でウィスキーを注ぎ、ぼくたちはグラス越しにお互いの顔を見つめ合った。「それで、あんたはどうするつもりなんだ、ウォルター？」長い沈黙のあと、彼が尋ねた。

「ヘンリー」ぼくははっきりと言った。「できることが一つだけある。エレン・マッキントッシュがこっそりとぼくに話してくれたのは本当だ。彼女はぼくに真珠のことを話してもよいというミセズ・ペンラドックの明白な許可を得ていなかったので、ぼくはその信頼を尊重すべきだろう。でも、エレンは今ぼくに腹を立てていて、ぼくとは口も利きたくない。ぼくがかなりの量のウィスキーを飲んでいるという理由からだが、ぼくの言葉と脳はまだ比較的はっきりしている。さっきの電話は非常に奇妙な展開だ。とにかく、あの家族の親しい友人に相談すべきだと思う。もちろん、できれば、ビジネス分野で経験を積んだ人物であり、宝石に詳しい人物にね。そういう人物がいるんだよ、ヘンリー。あすの朝、彼を訪ねるつもりだ」

「ええい」ヘンリーが言った。「二言三言で言えることなのに。その男は何者なんだ」

「ランシング・ギャレモアという人物で、セヴンス・ストリートにある〈ギャレモア宝石店〉の社長をしている。ミセズ・ペンラドックの非常に古い友人で――エレンがしばしばその名前を口にしたことがある――じつのところ、彼女のために模造真珠のネックレスを調達した人物なんだ」

「だが、こいつはサツにタレ込むだろうよ」ヘンリーが反対した。

「そうは思わないね、ヘンリー。彼はミセズ・ペンラドックを困らせるようなことは何もしないだろう」

ヘンリーは肩をすくめた。「偽物は偽物だ」彼が言った。「偽物からは何も生み出せない。たとえ宝石屋の社長でもな」

「それでも、あの男がそんな大金を要求してきた理由があるはずだよ、ヘンリー。頭に浮かぶ唯一の理由は脅迫だ。率直に言って、それならぼく一人で扱うには少し厄介すぎる。ペンラドック家の背景について充分なことを知らないからだ」

「よし」ヘンリーがため息まじりに言った。「もしそれがあんたの直感なら、確かめたほうがいいな、ウォルター。おれのほうはホテルへ戻って、オネンネしたほうがいい。次の荒仕事に備えて、体調を整えるためにな」

「ここで泊まりたくはないのかい、ヘンリー？」

「ありがたいがね、あんた、おれはホテルで大丈夫だ。おれは眠れるように、この余ったびんを持っていくぜ。朝に紹介所から電話がかかってきたら、歯を磨いて、新しい仕事場へ行かなきゃならないかもしれない。服を着替えて、平民と混じり合えるとこへ戻ったほうがいいと思う」

そう言って、彼はバスルームにはいり、しばらくしてから、自分の青いサージのスーツを着て出てきた。ぼくの車に乗っていくように促したが、彼のホテルの界隈では車をとめておくのは危険だと彼は言った。しかし、ぼくのトップコートを着ていくことを承知した。そして、新しいウィスキーの一クォートびんを注意深くそのコートのポケットに入れると、ぼくと暖かい握手を交わした。

「ちょっと待てよ、ヘンリー」ぼくはそう言って、札入れを出した。そして、二十ドル紙幣を彼のほうへ差し出した。

「何のための金なんだ？」彼が唸った。

「きみは一時的に失業中だ、ヘンリー。結果は謎めいているが、今晩は立派な仕事をしてくれた。きみは報酬を得るべきだし、ぼくにはその報酬を払える余裕がある」

「うん、ありがとよ、あんた」ヘンリーが言った。「だが、これは借りるだけだぜ」彼の声は感激でしわがれていた。「朝にでも電話を入れようか？」

「ぜひそうしてくれ。もう一つ頭に浮かんだことがある。きみはホテルを変えたほうが賢明じゃないかい？　ぼくが通報しなくても、警察がこの真珠泥棒のことを知ったと考えよう。警察は少なくともきみを疑わないだろうか？」

「畜生、やつらはおれを何時間も痛めつけるだろうな」ヘンリーが言った。「だが、それで何がわかる？　おれは熟れた桃みたいにはつぶれないぜ」

「もちろん、きみが決めることだよ、ヘンリー」

「ああ。おやすみ、あんた。悪夢は見るなよ」

彼が出ていくと、ぼくは突然非常に落ち込み、寂しさを感じた。ヘンリーがそばにいると、その荒々しいしゃべり方にもかかわらず、非常に刺激的だった。彼は非常に男性的だ。ぼくは残ったびんからかなりの量のウィスキーをグラスに注ぎ、暗い気持ちで一気に飲んだ。

その結果、どんなことをしてもエレン・マッキントッシュと話がしたいという欲求が抑え切れなくなった。電話口へ向かい、彼女の番号にかけた。長く待たされたあと、眠そうなメイドが応えた。しかし、ぼくの名前を聞くと、エレンは電話口に出るのを拒んだ。そのせいで、ぼくはさらに落ち込み、何をしているのか自分でもほとんど気づかずに、ウィスキーの残りを飲み干した。そして、ベッドに横たわり、断続的な眠りに落ちた。

6

電話のうるさいベルの音で目が覚めた。朝日が部屋に差し込んでいるのが見えた。時刻は九時で、すべての電燈がまだついていた。少し体のこわばりと脱力感を覚えながら、起きあがった。まだディナー・スーツを着ていた。しかし、ぼくは健康な男で、非常に強固な神経の持ち主だ。思ったほどひどい気分ではなかった。電話口へ向かい、応えた。

ヘンリーの声が聞こえた。「気分はどうだい、あんた？　おれは十二人のスウェーデン人に殴られたみたいな二日酔いだ」

「それほどひどくはないな、ヘンリー」

「紹介所から仕事のことで電話があった。おれはちょっとそこへ行ってみる。あとでそっちに寄ろうか？」

「ああ、ヘンリー、ぜひそうしてくれ。十一時には、昨夜話した用事から戻っているはずだ」

「あいつからまた電話があったか？」

「まだだよ、ヘンリー」

「わかった。じゃあ、あとで」彼は電話を切った。ぼくは冷水のシャワーを浴びて、ひげを剃り、服を着た。地味な茶色のビジネス・スーツを着ると、階下のコーヒーショップから届いたコーヒーを届けさせた。そこのウェイターにぼくのアパートメントの空びんを片づけさせて、一ドルの手間賃を渡した。ブラック・コーヒーを二杯飲み終えると、もう一度いつもの自分に戻った気分になり、ダウンタウンのウェスト・セヴンス・ストリートにある〈ギャレモア宝石店〉の大きくて立派な店まで車で行った。

晴れ渡った最高の朝だった。これほど快適な日には、誰もがそれぞれの身なりを整えるべきであるように思われた。

ミスター・ランシング・ギャレモアに会うのは少し困難だったので、ミセズ・ペンラドックに関する内密の用件だと彼の秘書に伝えざるを得なかった。そのことが伝えられると、ただちに羽目板張りの細長い部屋に通された。その部屋のずっと奥では、ミスター・ギャレモアが巨大なデスクのうしろで立っていた。そして、細いピンク色の手を差し出した。

「ミスター・ゲイジかね？　お会いした覚えはないね」

「ええ、ミスター・ギャレモア、お会いしていないと思います。ぼくはミス・エレン・マッキントッシュの婚約者でして——もしくは、昨夜まではそうでした——あなたもご存じのように、彼女はミセズ・ペンラドックの看護婦です。ぼくは非常に扱いにくい用件で参りました。その前に、これからお話しすることを他言なさらないようにお頼みする必要があります」

彼は年齢七十五歳ぐらいの男性だった。非常にやせた長身で、礼儀正しく、年齢のわりに若かった。青い目は冷たかったが、笑顔は暖かかった。グレイのフランネル・スーツを着て、襟元に赤いカーネーションを差し、若々しい身なりをしていた。

「約束事はけっしてしないことを常としているんだよ、ミスター・ゲイジ」彼が言った。「それはほとんどいつも非常に不公平な要求だと思う。しかし、これがミセズ・ペンラドックに関する扱いにくい内密の用件であると保証してくれるのなら、例外として約束しよう」

「保証しますよ、ミスター・ギャレモア」ぼくはそう言って、一部始終を話した。何もかも包み隠さず、ぼくが前の夜にウィスキーを飲みすぎたことさえも話した。

話が終わると、彼は好奇の目でぼくを見つめた。彼のほっそりした手が旧式の白い羽根ペンをつかみあげ、羽根の部分で右耳をゆっくりとくすぐった。

「ミスター・ゲイジ」彼が言った。「どうしてその男があの真珠のネックレスと引き替えに五千ドルを要求したのか、見当がつかないかね？」

「もし個人的な事柄についての推測をお許しいただけるのでしたら、なんとか説明することができるかもしれませんね、ミスター・ギャレモア」

彼は白い羽根を左耳に移して、うなずいた。「さあ話したまえ、きみ」

「あの真珠のネックレスはじつのところ本物なのですよ、ミスター・ギャレモア。あなたはミセズ・ペンラドックの非常に古い友人です――たぶん幼馴染みで、彼女のことが好きだったのでしょう。高潔な目的のためにお金が入用になったので、彼女が金婚式のプレゼントであるあのネックレスを渡したとき、あなたは売ることをなさらなかったのですよ、ミスター・ギャレモア。売る振りをしただけです。あなたは自分の二万ドルを彼女に渡し、チェコスロヴァキアのボヘミアで作らせた模造真珠だと嘘をついて、本物の真珠のネックレスを返したのです」

「きみはその奇妙な話し方に似合わず、なかなか賢いな」ミスター・ギャレモアが言った。立ちあがると、窓に歩み寄り、上品なネット・カーテンをあけて、セヴンス・ストリートの雑踏を見おろした。そして、デスクに戻ると、すわって、少しせつなそうに笑みを浮かべた。

「きみの推測はこちらが困惑するほどほぼ正しいよ、ミスター・ゲイジ」彼はため息をついた。「ミセズ・ペンラドックは非常に自尊心の強い女性だ。そうでなければ、無担保の融資として二万ドルをただ彼女に渡せたことだろう。わたしはたまたまミスター・ペンラドックの遺産共同管財人だった。その当時の金融市場の状況では、親戚や従業員全員を養うために、遺産の元金を不合理に崩さずに充分な現金を工面するのはまったく不可能だとわかっていた。そういうわけで、ミセズ・ペンラドックは真珠のネックレスを売った——と彼女は思った——が、誰にもそのことを知られないようにしてほしいと言い張った。そして、わたしはきみが推測したとおりのことをしたんだ。些細なことだった。わたしには余裕があった。一度も結婚したことがないんだよ、ミスター・ゲイジ。それに、世間では裕福な男と思われている。じつのところ、あの当時、あのネックレスはわたしが彼女に渡した金額の半分でも売れなかっただろう。もしくは今日の価格の半分でも」

ぼくはこの情け深い老人がぼくの凝視で困惑するのではないかと恐れて、目を伏せた。

「というわけで、その五千ドルを工面したほうがいいと思うよ、きみ」ミスター・ギャレモアがすぐに元気な声で付け加えた。「要求額はかなり低いが、盗難真珠はカットした宝石よりもずっと交渉しにくい。もしわたしがきみをこの会見だけで信頼する気になれば、その任務を果たせると思うかね？」

「ミスター・ギャレモア」ぼくはきっぱりと静かに言った。「ぼくはあなたにとっては赤の他人ですし、しかも生身の人間です。でも、ぼくの亡くなった尊敬すべき両親の思い出に誓って、卑怯な真似はしないと約束します」

「うん、しかも大きな生身だぞ、きみ」ミスター・ギャレモアが情け深く言った。「わたしはきみがその金を盗むんじゃないかとは心配していない。おそらくミス・エレン・マッキントッシュとそのボーイフレンドについては、きみの考えるよりもよく知っているからだろう。そのうえ、あの真珠のネックレスには保険がかかっている。もちろん、わたしの名義でな。保険会社がこの事件を本当は扱うべきなんだ。しかし、きみときみの面白い友人は今のところ非常にうまくやっているように思える。わたしは手持ちの札で勝負する主義なんだ。このヘンリーはたいした男にちがいない」

「ぼくは彼にだんだん愛着を覚えてきましたよ」ぼくは言った。

ミスター・ギャレモアはもうしばらく白い羽根ペンをもてあそんでから、大きな小切手帳を取り出して、小切手を切った。そして、慎重に吸取紙を当てたのちに、デスク越しにぼくに手渡した。

「きみがネックレスを取り戻したら、わたしは保険会社に賠償してもらえるように取り計らう」彼が言った。「もし保険会社がわたしのやり方を気に入れば、問題はないだろう。銀行は通りの角にあるから、わたしは銀行からの確認の連絡を待ってるよ。たぶん、わたしに連絡しないで、その小切手を現金化してはくれないだろうからね。注意したまえよ、きみ。怪我をするんじゃないぞ」

彼はもう一度ぼくと握手したが、ぼくはためらった。「ミスター・ギャレモア、あなたはほかの誰よりもぼくに信頼を置いています」ぼくは言った。「もちろん、ぼくの父親を別にしてですが」

「わたしはいまいましいほど馬鹿な真似をしている」彼が独特の笑顔で言った。「ジェイン・オースティンの小説のような話し方を耳にするのは久しぶりなので、すっかり信じ込まされたんだ」

「ありがとうございます。ぼくが少々気取った話し方をしていることは存じています。もう一つちょっとしたお願いをしてもいいでしょうか?」

「何だね、ミスター・ゲイジ?」

「ぼくが現在少々疎遠になっているミス・エレン・マッキントッシュに電話をして、このことを伝えていただきたいのです。ぼくがきょうは酒を飲んでいないことを。そして、あなたが非常にデリケートな使命をぼくに任せてくださったことも」

彼は大声で笑った。「喜んで伝えるよ、ウォルター。彼女は信頼できる人物だとわかっているから、状況を彼女に話しておく」

ぼくは彼と別れると、小切手を持って、銀行へ行った。出納係はぼくを疑り深い目で見てから、長いあいだ自分の席を離れ、やっと百ドル紙幣を数え始めた。まるで自分自身の現金であるかのように、ためらいがちだった。

ぼくは札束をそのままポケットに入れて言った。「二十五セント硬貨の束をくれないか」

「二十五セント硬貨の束ですか?」出納係の眉があがった。

「そのとおり。チップに使うんだ。当然のことながら、包装されたまま家へ持って帰ることを望む」

「なるほど。十ドルいただきます」

ぼくは硬貨を棒状に重ねた束を受け取ると、ポケットに入れて、ハリウッドまで車で戻った。

ヘンリーがごつごつした堅い手で帽子をまわしながら、〈シャトー・モレイン〉のロビーでぼくを待っていた。その顔は前日よりも少ししわが多く見えた。その息にウィスキーのにおいがすることに気づいた。ぼくたちはぼくのアパートメントにあがった。彼が強い関心を示しながら、ぼくのほうを向いた。

「どうだった、あんた?」

「ヘンリー」ぼくは言った。「ぼくたちが一緒にきょうの仕事に取りかかる前に、ぼくが酒を飲んでいないことを明らかに理解してもらいたい。きみはすでにびんに手を出しているようだね」

「ただの景気づけだよ、ウォルター」彼が少し弁解がましく言った。「おれが手に入れようとしていたあの仕事だが、現場に着く前に先取りされていたよ。何かいい知らせはあるか?」

ぼくはすわって、煙草に火をつけると、平静に彼を見つめた。「そうだな、ヘンリー、きみに話すべきかどうか本当にわからぬのだ。でも、昨夜きみがガンデジにあんなことをしたあとで、話さぬのは少し料簡《りょうけん》が狭いように思える」ヘンリーがぼくを見つめ、左腕の筋肉をつまんでいるあいだ、ぼくはもう少しためらった。「あの真珠のネックレスは本物なんだよ、ヘンリー。ぼくはその取引を進めるように指示され、今このポケットに現金で五千ドルを所持している」

ぼくは事情を簡潔に話した。

彼は言葉にならないくらいにびっくり仰天した。「なんてこった！」彼は驚きの声をあげて、口をあんぐりあけた。「そのギャレモアから五千も手に入れたってことか――そんなに簡単に？」

「まったくそのとおりだよ、ヘンリー」

「なあ」彼が真剣に言った。「あんたはたくさんの男たちが大金を払っても手に入れたいような可愛いツラとお上品なしゃべり方を備えている。五千ドルをビジネスマンから手に入れた――それも簡単に。畜生め、おれは猿の伯父貴になったほうがましだ。いや、蛇の親父になったほうがいいかな。いや、婦人クラブの昼食会で催眠薬になったほうがまだましだ」

ちょうどそのとき、まるでぼくがアパートメントにはいるところを監視されていたかのように、電話がまた鳴った。ぼくは飛びあがって、電話に出た。

待っていた相手の一人だったが、一番聞きたくてたまらない声ではなかった。「けさの調子はどうだ、ゲイジ？」

「ましだよ」ぼくは言った。「誠実な取引を保証するなら、取引を進める覚悟はできている」

「金を持ってるってことか？」

「今ぼくのポケットにある」

相手の声はゆっくりと息を吐いているように聞こえた。「おまえは光り玉をちゃんと手に入れることになる――おれたちがその金を手に入れればな、ゲイジ。おれたちは長くこの稼業をしてるし、約束を破らない。約束を破ったら、すぐに噂が広まって、誰もおれたちと取引をしないからな」

「うん、容易に理解できる」ぼくは言った。「次の指示を聞こう」と冷淡に付け加えた。

「よく聞け、ゲイジ。今晩八時きっかりに、パシフィック・パリセーズへ行け。どこか知ってるか？」

「もちろんだ。サンセット・ブルヴァードのポロ球技場の西にある小さな住宅地区だ」

「そうだ。サンセットがその地区を通り抜けてる。そこにドラッグストアがある――九時まであいてる。今晩八時きっかりにそこにいて、電話を待て。一人きりでな。絶対に一人きりだぞ、ゲイジ。サツもなしだし、護衛もなしだ。そこは未開発の田舎だから、おまえを目当てのとこへ行かせて、おまえが一人きりかどうか確かめられるんだぞ。わかったか？」

「ぼくはまったくの間抜けではない」ぼくは言い返した。「見かけだけの札束は駄目だぞ、ゲイジ。金を調べるからな。拳銃もなしだ。おまえの身体検査をするし、こっちにはあらゆる方向からおまえを見張れるほどの人数がいるんだからな。おまえの車を知っている。おかしな真似も、気の利いた細工も、ドジもやらかさなけりゃ、誰も怪我しない。おれたちはそういうふうに取引をするんだ。金の種類は？」

「百ドル紙幣だ」ぼくは言った。「数枚だけ新札だ」

「いいぞ。じゃあ、八時に。馬鹿な真似はすんなよ、ゲイジ」

相手の電話がかちっと切れる音がして、ぼくは電話を切った。ほとんど同時に、電話がまた鳴った。今度は待ちわびていた声だった。

「ああ、ウォルター」エレンが声をあげた。「わたし、あなたにつれなくしたわね！許してちょうだい、ウォルター。ミスター・ギャレモアが一部始終を話してくださったわ。わたし、とっても怖いの」

「何も怖がることなんかないよ」ぼくはやさしく言った。「ミセズ・ペンラドックは知っているのかい、ダーリン？」

「いいえ、ダーリン。彼女には話さないようにとミスター・ギャレモアに言われたわ。

シクスス・ストリートの店からこの電話をかけてるのよ。ああ、ウォルター、わたし、ほんとに怖いわ。ヘンリーが一緒に行ってくれないの？」

「残念ながら一緒に行かないんだ、ダーリン。取り決めで、それは無理だ。ぼく一人で行く必要がある」

「ああ、ウォルター！　わたし、怖くて仕方ないわ。この緊張感には耐えられない」

「恐れることは何もないよ」ぼくは保証した。「単純な商取引なんだから。それに、ぼくは小男というわけではないしね」

「でも、ウォルター――ええ、わたしは勇敢に振る舞おうと努めるつもりよ、ウォルター。一つだけすごく些細なことを約束してくれるかしら？」

「一滴も飲まないよ、ダーリン」ぼくはきっぱりと言った。「ほんの一滴もね」

「ああ、ウォルター！」

そういうやり取りがもう少し続いた。その状況はぼくにとって非常に楽しかったが、他人にとってはおそらくあまり興味のないことだろう。ぼくと悪党どもとの商談が完了したらすぐに電話をかけるとぼくが約束して、やっとぼくたちは電話を切った。

ぼくが電話口から振り向くと、ヘンリーが尻ポケットにあったびんから直接飲んでいるのが見えた。

「ヘンリー！」ぼくは鋭く大声をあげた。

彼は不明瞭かつ決然とした目でびん越しにぼくを見た。「よく聞けよ、あんた」彼が低く冷徹な声で言った。「あんたの話を充分に聞いたんで、状況はわかったぞ。丈の高い雑草が生えているとこへあんた一人で行ったら、あいつらはあんたに棍棒を食らわせて、あんたの金をぶんどり、倒れたあんたを放っておくだろう——それに、光り玉はまだあいつらのポケットにはいったままだ。そうはいかないぞ、あんた。そうはいかないと言ったんだ！」彼は最後のところを大声で叫びそうになった。

「ヘンリー、これはぼくの義務であり、一人で遂行する必要がある」ぼくは穏やかに言った。

「ははは！」ヘンリーは鼻を鳴らした。「おれは反対する。あんたは頭がおかしいが、おまけにやさしい男だ。おれは反対する。ウィスコンシン州のアイケルバーガー家の——じつのところ、ミルウォーキーのアイケルバーガー家と言ったほうがいいかもしれない——そこのヘンリー・アイケルバーガーが反対するぞ。どんなことをしても反対する」彼はまたびんから直接飲んだ。

「酩酊《めいてい》したら、きみは役に立たなくなるぞ」ぼくはかなり辛辣に言った。

彼はびんをおろして、そのいかつい顔じゅうに驚きの表情を浮かべながら、ぼくを見た。「酔ってるだと、ウォルター？」彼が声を轟かせた。「酔ってると言ったのか？アイケルバーガー家の一員が酔ってるだと？　よく聞くんだ、あんた。今のおれたちにはあまり時間がない。もしかしたら三カ月かかるだろう。いつかあんたに三カ月の暇があり、五千ガロンぐらいのウィスキーと漏斗《じょうご》を持ってきたときには、おれは喜んで三カ月の時間を作って、アイケルバーガー家の一員が酔っ払ったときの状態を見せてやるぜ。信じられないだろうよ。あんた、この街には折れ曲がった梁《はり》と崩れたレンガしか残らないだろう。その瓦礫の真ん真ん中においては――おっと、もしあんたとこれ以上一緒にいたら、自分も古くさいしゃべり方になるだろうな――その瓦礫の真ん真ん中においては、約五十マイル四方に人っ子一人もいないので平穏だし、このヘンリー・アイケルバーガーは仰向けになって、太陽に笑いかけてるだろうよ。しかし、酔ってるんだ、ウォルター。ぐでんぐでんに酔っ払ってるんじゃなく、カントリー・クラブ風にお上品に酔っ払ってるんでもない。だが、そのときは酔ってるという言葉を使ってもいいぜ。おれは気を悪くしないから」

彼はすわって、また飲んだ。ぼくはむっつりと床を見つめた。何も言うことがなかった。

「だがな」ヘンリーが言った。「それは別の機会にしよう。おれは今薬を飲んでるんだ。振顫譫妄症《しんせんせんもうしょう》とかいうアルコール禁断症状が少しでもなけりゃ、おれはいつものおれじゃない。おれはその症状を持って育ったんだ。うん、おれはあんたと一緒に行くぞ、ウォルター。取引場所はどこなんだ?」

「浜辺の近くだよ、ヘンリー。でも、きみはぼくと一緒に行かない。酔わなければならないのなら——酔いたまえ。でも、ぼくと一緒には行かないんだ」

「あんたの車は大きいぞ、ウォルター。後部の床に膝掛けをかぶって隠れてる」

「駄目だ、ヘンリー」

「ウォルター、あんたはやさしい男だよ」ヘンリーが言った。「おれはこの罠にあんたと一緒に飛び込むつもりだ。このびんのにおいを嗅げよ、ウォルター。あんたはちょっとか弱そうに見えるぞ」

ぼくたちは一時間ばかり言い合った。ぼくは頭が痛くなり、非常に神経質になり、疲れを感じ始めた。そのとき、重大とも言える過ちを犯した。ヘンリーの甘い言葉に負けて、純粋に医療的な目的でウィスキーを少量飲んだのだ。すると、さっきよりもずっと体が楽になってきた。今度は多量に飲んだ。その日の朝のコーヒーと昨夜の非常に軽いディナーのほかは何も口に入れていなかった。その一時間後には、ヘンリーはウィスキーのびんをあと二本空《あ》け、ぼくは鳥のように晴れやかになった。あらゆる問題点が消え去ったので、ヘンリーがぼくの車の後部で膝掛けの下に隠れて、取引場所へ一緒に行くことに、ぼくは本気で承知してしまった。

ぼくたちは二時まで非常に楽しい時間を過ごした。二時になると、ぼくは眠たくなってきて、ベッドに横になり、深い眠りに落ちた。

7

目が覚めると、外はかなり暗かった。ぼくはパニック状態でベッドから起きた。こめかみに鋭い痛みが走った。しかし、まだ六時半だった。ぼくはアパートメントに一人きりで、長くなる影が床の上をこっそり動いていた。テーブルの上にあるウィスキーの空びんは、胸くそが悪くなるような光景だった。ヘンリー・アイケルバーガーは見当たらなかった。すぐあとで恥ずかしさを感じたのだが、本能的に椅子の背にかかっている自分のジャケットに急いで近づき、内側の胸ポケットに手を突っ込んだ。札束はそのままそこにあった。ためらってから、秘かに罪悪感を覚えながら、ゆっくりと紙幣を数えた。一枚もなくなっていなかった。その札束を元に戻すと、信頼の欠如のことで自分に笑いかけようとしてから、明かりをつけた。バスルームにはいり、脳がもう一度比較的はっきりするまで、熱いシャワーと冷たいシャワーを交互に浴びた。

それが終わって、新しい下着を着けているときに、ドアの鍵穴で鍵がまわり、ヘンリー・アイケルバーガーが包装したままのびんを二本小脇に抱えて、はいってきた。正真正銘の親愛の情とも思えるものをこめて、ぼくを見た。

「あんたみたいに眠って酔いを醒ませるやつは本当にすごいぜ、ウォルター」彼が称賛をこめて言った。「あんたを起こさないように、あんたの鍵をちょいと拝借したぞ。ちょっと食べに出かけて、ウィスキーを買ってきた。一人で少し飲んだが、前にも言ったように、それはおれの主義に反することだ。きょうは大事な日だ。だが、酒に関してはこれから無理をしないほうがいい。すべてが終わるまで、びくびくしている余裕はないからな」

彼はそう言いながら、びんを包みから出し、ぼくに少量のウィスキーを注いでくれた。ぼくはありがたく飲み、すぐに血管に暖かい火照《ほて》りを感じた。

「あんたはポケットのゲンナマを調べたはずだ」ヘンリーがにやにや笑いかけながら言った。

ぼくは顔が赤くなるのを感じたが、何も言わなかった。「いいんだよ、あんた、それでいいんだ。ヘンリー・アイケルバーガーがいったい何者なのか知ってるのか？　おれはほかにもすることがあった」彼はうしろに手をやり、尻ポケットから短いオートマティック拳銃を取り出した。「少々荒っぽいことにも使える五ドルのハジキを手に入れたんだ。それに、アイケルバーガー家の連中は弾を撃ってきたやつらを外したことがない」

「気に入らないな」ぼくは厳しく言った。「これは約束に反している」

「約束なんかクソくらえだ」ヘンリーが言った。「あいつらは金を手に入れるが、サッはいない。おれはあいつらが光り玉を寄越し、妙な真似をしないように見張るだけだ」

彼と言い争っても無駄だと悟ったので、服の着替えを終えて、出かける準備をした。二人でそれぞれもう一口飲んでから、ヘンリーはさらのびんをポケットに入れ、一緒に出かけた。

エレヴェーターへ向かう廊下で、彼が低い声で説明した。「あいつらが同じことを考えてる場合に備えて、あんたを尾行するためのタクシーを表に待たせてある。おれが確かめるから、あんたは車の少ない通りをまわってくれ。浜辺の近くへ行くまで、あいつらは尾行しそうにないがね」

「きみはかなりの金を使っているはずだ、ヘンリー」ぼくは言った。エレヴェーターが来るのを待つあいだに、札入れから二十ドル紙幣をもう一枚出して、彼に渡した。彼はしぶしぶ受け取ったが、やっとその紙幣を折りたたんで、ポケットに入れた。

ぼくはヘンリーの忠告どおりにハリウッド・ブルヴァードの北の坂道をいくつか通った。まもなく、うしろで紛れもないタクシーの警笛が聞こえた。ぼくは道路脇に車をとめた。ヘンリーがタクシーからおりて、料金を払い、ぼくの車に乗って、横の助手席にすわった。

「異状なしだ」彼が言った。「尾行はない。おれは体を低くしておく。腹ごしらえをするために、どこかに立ち寄ったほうがいいぞ。あいつらと荒っぽい真似をするときは、強い体力が役に立つからな」

そういうわけで、ぼくは西へ車を走らせ、サンセット・ブルヴァードにおりて、まもなく混んでいるドライヴイン・レストランの前でとまった。ぼくたちはカウンターにすわって、オムレツとブラック・コーヒーの軽い食事を取った。そのあと、ドライヴを続けた。ベヴァリー・ヒルズに着くと、ヘンリーはぼくに住宅地区の通りをぐるぐるまわらせ、車のバック・ウィンドウから非常に注意深く背後を見つめた。

やっと納得すると、サンセット・ブルヴァードに戻って、無事にベル・エアとウェストウッドの端を抜け、〈リヴィエラ・ポロ球技場〉の近くまで来た。そこの谷間に、マンデヴィル・キャニオンという峡谷がある。非常に静かなところだ。ヘンリーはぼくにここまで車を運転させた。車をとめると、ぼくたちは彼のびんからウィスキーを少し飲んだ。そして、彼は車の後部へ移り、床の上で体を丸めると、オートマティック拳銃とびんを手の近くに置いたまま、膝掛けを体にかぶせた。そのあと、ぼくはもう一度ドライヴを再開した。

パシフィック・パリセーズは住民がかなり早く就寝するような地区である。ぼくが商業中心地と呼べるところに着いても、銀行の隣にあるドラッグストアしかあいていなかった。ぼくは車をとめた。ヘンリーは後部の膝掛けの下でずっと黙っていたが、ぼくが暗い歩道に立っているときに、ごぼごぼというかすかな音が聞こえた。ドラッグストアにはいると、そこの時計は八時十五分前を示していた。煙草を一パック買い、一本に火をつけ、あいた電話ブースの近くで待った。

ドラッグストアの店主は体格のがっしりした赤ら顔で年齢不詳の男だった。小型ラジオの音量を大きくあげて、馬鹿げた連続ドラマを聴いていた。ぼくは重要な電話を待っているので、ラジオの音量を小さくしてくれと頼んだ。店主は小さくはしてくれたが、快くしてくれたわけではなく、すぐに店の奥へ引っ込んだ。そこの小さなガラス窓から敵意に満ちた目でぼくを見ていた。

ドラッグストアの時計で八時一分前きっかりに、ブースの電話がけたたましく鳴った。ぼくはブースに飛び込み、ドアをしっかりと閉じた。意に反して少し震えながら、受話器を取った。

同じ冷たい金属的な声だった。「ゲイジか？」

「ミスター・ゲイジだ」

「言ったとおりにしたか？」

「ああ」ぼくは言った。「ポケットに金を持っているし、まったく一人きりだ」ぼくは泥棒にさえこんなにも図々しく嘘をつくのが気に入らなかったが、心を鬼にした。

「じゃあ、よく聞け。さっき来た道を三百フィート戻るんだ。消防署の横にガソリン・

スタンドがある。しまっていて、緑と赤と白のペイントが塗ってある。その横から南へ向から田舎道がある。それを四分の三マイル行ったら、角材で作った白いフェンスが道をふさいでいる。その左端の隙き間をなんとか車ですり抜けられる。ライトを暗くして、そこを抜け、小さい坂道をセージの生えている窪地のほうへおりろ。そこで車をとめて、ライトを消し、待つんだ。わかったか？」

「よくわかった」ぼくは冷淡に言った。「そのとおりにする」

「よく聞くんだ、おまえ。半マイル四方に家は一軒もないし、人間は一人もいない。そこに着くまでに時間を十分やる。おまえは今も見張られてるんだぞ。今すぐそこへ行け、一人きりでな——さもないと、無駄足になるぜ。マッチにも煙草にも火をつけちゃいけないし、懐中電灯を使ってもいけない。さあ行け」

電話が切れ、ぼくはブースを出た。ぼくがドラッグストアを出るやいなや、店主がラジオのほうへ急行し、音量を轟くほど大きくした。ぼくは車に乗り込むと、向きを変え、指示どおりにサンセット・ブルヴァードを引き返した。ヘンリーは後部の床で墓場のように静かだった。

今のぼくは非常に神経質になっているのに、酒を持っているのはヘンリーのほうだった。すぐに消防署に着き、四人の消防士がカードに興じているのがそこの正面窓から見えた。赤と緑と白のガソリン・スタンドの前を通って、右手の田舎道にはいると、ぼくの車は静かな音を立てていたが、まもなく夜は静かになった。まわりで、コオロギやアマガエルが鳴き、近くの水辺で一匹のウシガエルがしわがれ声をあげていた。

道は下り坂になってから、また上り坂になり、遠くに黄色い窓が一つ見えた。そして、月のない夜の暗闇の中で、前の道をさえぎる白いフェンスがぼんやり現われた。端の隙き間に気づいたので、ヘッドライトを暗くして、慎重にその隙き間を通り抜け、凸凹《でこぼこ》の短い下り坂を走って、楕円形の窪地におりた。そこは灌木《かんぼく》の茂みに囲まれ、大量の空びんと空き缶や紙クズが散らかっていた。しかし、この時間の暗闇ではまったく人気がなかった。車をとめると、エンジンとライトを切って、両手をハンドルに置いたまま、じっと動かずに待った。

後部からは、ヘンリーのつぶやき声も聞こえなかった。五分ぐらい待ったが、もっと長く感じられた。何も起こらなかった。非常に静かで、非常に寂しく、楽しい気分ではなかった。

やっと、後部でかすかな物音がした。後部を向くと、肘掛けの下からぼくを熟視しているヘンリーの顔がぼんやりと見えた。

彼がしわがれた声でささやいた。「何か動きはあるか、ウォルター？」

ぼくが激しく首を横に振ると、彼はまた膝掛けを頭からかぶった。ごぼごぼというかすかな音が聞こえた。

丸十五分が経ち、ぼくはあえて動くことにした。そのときには、待つあいだの緊張で体がこわばっていた。大胆にも車のドアをあけて、凸凹の地面に足を踏み出した。何も起こらなかった。両手をポケットに入れたまま、ゆっくりと歩きまわった。時間がさらに過ぎていった。三十分以上経過したので、いらいらしてきた。車のバック・ウィンドウに近づいて、車内にそっと話しかけた。

「ヘンリー、非常にずるい方法で罰を与えられたのではないかと思うんだ。昨夜きみがガンデジを殴った報復として、ガンデジが悪ふざけを仕掛けたのにちがいない。ここには誰もいないし、ここへ来る道は一つしかない。ぼくたちが予期したような取引場所ではなさそうだ」

「あの野郎め！」ヘンリーがささやき返した。車の暗闇の中でごぼごぼという音が繰り返し聞こえた。そして、膝掛けがもぞもぞと動き、彼がその下から現われた。ドアがあいて、ぼくの体に当たった。ヘンリーの頭が出てきた。彼はその姿勢のまま見渡せる限りの方向に視線を動かした。「車の踏み板にすわれよ」彼がささやいた。「おれは車から出る。あいつらが茂みの陰から見張ってるとしても、頭は一つしか見えない」

ぼくはヘンリーの提案に従い、襟を立てて、帽子の鍔《つば》を目深におろした。影のように静かに、ヘンリーは車から出て、静かにドアをしめると、ぼくの前に立って、限られた地平線を見渡した。彼の手に握られた拳銃の薄明るい反射光が見えた。ぼくたちはあと十分この状態で待ち続けた。

やがて、ヘンリーは怒り出し、大胆な行動を取った。「騙されたぞ！」彼が唸った。「どういうことかわかるか、ウォルター？」

「いや、ヘンリー、わからない」

「試してやがるんだ、きっと。あんたが指示どおりに動くかどうか確かめるために、この汚いやつらはあんたを試したんだ。それから、あのドラッグストアでもう一度試した。あんたがあそこで受け取ったのは長距離電話だというほうに、プラチナ製の自転車用車輪二つを賭けてもいい」

「うん、ヘンリー、ぼくもきみの言うとおりだと思う」ぼくは悲しげに言った。

「そうだよ、あんた。あいつらは街から一歩も出ていない。内側にフラシ天を張った痰壺の横にすわって、あんたを嘲笑ってやがるんだ。あしたにでも、この野郎はあんたに電話をかけてきて、こう言うだろう。〝きのうまでは問題なかったが、おれたちは注意をしなきゃいけなかった。今晩サン・フェルナンド・ヴァレーあたりでもう一度やってみよう。おれたちに余計な迷惑がかかったので、値段を一万ドルに吊りあげるからな〟とか何とか。おれはガンデジの店へ戻って、あいつを締めあげ、ズボンの左脚を下から見あげさせてやるぞ」

「おい、ヘンリー」ぼくは言った。「とにかく、ぼくはやつらの指示どおりには動かなかった。きみが一緒に来ると言い張ったからだ。それに、たぶんやつらはきみが考えるよりも賢いのだろう。最善策は、街へ戻って、あしたまた試してみるチャンスがあると期待することだ。きみは邪魔しないことを堅く約束してくれ」

「馬鹿げてるぞ！」ヘンリーが激怒した。「おれが一緒に行かないと、猫がカナリアを襲うみたいに、やつらはあんたを襲うぞ。あんたはやさしい男だがな、ウォルター、赤ん坊役者のベイビー・ルロイほどにはたくさんの答えを知らないんだ。あいつらは泥棒で、慎重に扱ったら二万ドルをもたらしてくれるかもしれない真珠のネックレスを持ってるんだぞ。あいつらは早く金をほしがってるが、それでもできるだけたくさんの金を搾《しぼ》り取るつもりだ。おれはあのでぶのイタ公野郎ガンデジの店へ今すぐ戻る。今まで見たこともない方法であのでぶ野郎をとっちめてやる」

「おい、ヘンリー、乱暴はよせよ」ぼくは言った。

「ええい」ヘンリーが唸った。「あいつらのせいでおれの太腿の裏が痛くなった」彼は左手でびんを口にやると、ごくごく飲んだ。彼の声はいくらか小さくなり、さっきより穏やかに聞こえた。「あんたも一口やれよ、ウォルター。パーティーはお流れだ」

それで、ぼくは大胆にも彼の横に立ち、かなりの量の燃えるような液体を喉の奥に流し込んだ。すぐに、ぼくの勇気が戻ってきた。びんをヘンリーに返すと、彼は注意深くそれを踏み板に置いた。ぼくの横に立って、大きな手の平の上で短いオートマティック拳銃を踊らせていた。

「あいつらを扱うのに武器なんか何も必要ない。こんなもんはいらない」彼は腕を振って、拳銃を茂みの中に放り込んだ。拳銃はどさっというこもった音を立てて、地面に落ちた。彼は車から離れると、両腕を腰に当て、空を見あげた。

ぼくは彼のそばに寄り、上を向いた彼の横顔を薄暗闇で観察した。奇妙な憂鬱《ゆううつ》がぼくを襲った。ヘンリーと知り合ってから短かったが、彼のことをだんだん好きになっていたのだ。

「じゃあ、ヘンリー」とうとうぼくは言った。「これからどうする？」

「家へ帰るかな」彼がゆっくりと悲しげに言った。「それから、酔っ払う」彼は両手で拳を作り、ゆっくりと両拳を振った。そして、ぼくのほうを向いた。「ああ、ほかにすることがない。家へ戻るんだ、あんた、それしかない」

「それはまだだよ、ヘンリー」ぼくはそっと言った。

ぼくは右手をポケットから出した。ぼくは大きな手をしている。右手にはその日の朝に銀行で入手した二十五セント硬貨の束を握っていた。ぼくの手はその束を握って拳を作っていた。

「おやすみ、ヘンリー」ぼくは静かに言うと、全体重をかけて拳を振った。「きみはぼくからツー・ストライクを取った」ぼくが言った。「でも、まだ大きな一発が残っていたぞ」

しかし、ヘンリーはぼくの言葉を聞いていなかった。硬貨の束を握ったぼくの拳が彼のあご先を強くまともにとらえた。彼の脚が骨なしになり、彼は前によろめき、倒れるときに、ぼくの袖口をかすめた。ぼくはすぐに彼から飛びのいた。

ヘンリー・アイケルバーガーは地面にじっと横たわっていた。ゴム手袋のようにぐったりしていた。

ぼくは少し悲しい目で彼の体を見おろして、彼が身動きするのを待ったが、彼は筋肉すら動かさなかった。彼は意識を完全に失って、じっと倒れていた。ぼくは硬貨の束をポケットに入れると、彼の体のそばに屈み、穀物の麻袋のようにひっくり返しながら、徹底的に身体検査をしたが、真珠のネックレスを見つけるまでに、長い時間がかかった。左脚の靴下の中で、足首に巻きつけてあったのだ。

「よし、ヘンリー」彼の耳には聞こえないが、ぼくは最後の台詞《せりふ》として彼に話しかけた。「きみは泥棒だが、紳士だ。きょうの午後は十回ほどあの金を取って、そのまま消えることもできた。さっき手に拳銃を持っていたときにも金を取ることができたが、それもきみの気に入らなかった。きみが拳銃を投げ捨てたあと、ぼくたちは対等だった。助けもないし、邪魔もはいらない。そのときも、きみはためらったんだ、ヘンリー。じつのところ、ヘンリー、成功した泥棒にしては少し長くためらいすぎた。でも、スポーツマン精神を備えた男としてのきみはさらに高く評価できる。さようなら、ヘンリー、幸運を祈るよ」

ぼくは札入れを出して、百ドル紙幣を抜き、ヘンリーが自分の金をしまっているポケットに慎重に入れた。それから、車に戻ると、ウィスキーのびんから一口飲み、堅くコルクの栓をして、彼のそばに置いた。右手のすぐそばに。

彼が目を覚ましたら、それを必要とするだろうと確信したからだ。

8

ぼくが自分のアパートメントに戻ったのは十時すぎだったが、すぐに電話口に向かい、エレン・マッキントッシュに電話をかけた。「ダーリン！」ぼくは声をあげた。「真珠のネックレスを取り戻したよ」

むこうの電話口で彼女が息を吸い込む音が聞こえた。「あら、ダーリン」彼女が緊張と興奮の入り混じった声で言った。「あなた、怪我していないの？　連中に怪我させられなかった、ダーリン？　連中はただお金を取って、あなたを帰らせたの？」

「〝連中〟なんかいなかったんだよ、ダーリン」ぼくは誇りに満ちた声で言った。「ミスター・ギャレモアの金はまだ無傷のままだ。ヘンリーがいただけだ」

「ヘンリーが！」彼女が非常に奇妙な声をあげた。「でも、わたしが思ったのは——すぐここへ来てよ、ウォルター・ゲイジ。それから一部始終を話し——」

「ぼくの息はウィスキーのにおいがするよ、エレン」

「ダーリン！　きっとウィスキーが必要だったんでしょうよ。すぐに来てちょうだい」

ぼくはもう一度通りに出て、キャロンデレット・パークへ急行し、まもなくペンラドックの邸宅に着いた。エレンがポーチに出てきて、ぼくを迎えた。家の人たちは床に就いているので、ぼくたちは手をつなぎながら、暗闇で静かにしゃべった。ぼくはできるだけ簡潔に事情を説明した。

「でも、ダーリン」とうとう彼女が言った。「どうやってヘンリーの仕業だとわかったの？　ヘンリーはあなたのお友だちだと思ってたわ。それに、電話をかけてきた別の男の声は——」

「ヘンリーはぼくの友人だった」ぼくは少し悲しげに言った。「それが彼を苦しめたんだ。電話をかけてきた声についてだが、それは小さな役割だし、簡単に手配できる。ヘンリーは手配するために、何度かぼくの前から姿を消した。ぼくに考えさせたのは、ある小さな出来事だった。ぼくがガンデジにアパートメントの名前を書き添えた名刺を渡したあと、ヘンリーは仲間と連絡を取り、ぼくたちがガンデジに会って、ぼくの名前と住所を教えたことを伝える必要があった。もちろん、真珠のネックレスを買い戻すつもりであることを伝えるために、ぼくが有名な裏社会の人物を訪ねるという馬鹿げた考えを、いや、それほどは馬鹿げていない考えを思いついたときに、ヘンリーはぼくにこう考えさせる機会を得た。ガンデジと話をして、ぼくたちの問題を教えた結果、真珠泥棒からの電話がかかってきたんだとね。でも、ヘンリーがガンデジとの話し合いのことを仲間に伝える機会がなかったのに、一本目の電話がぼくのアパートメントにかかってきたので、何らかの細工がなされたことは明らかだ。

そのとき、一台の車がうしろからぼくの車にぶつかり、ヘンリーがそのドライヴァーを痛めつけに行ったことを思い出した。もちろん、むこうがわざとぶつかってきたんだ。ヘンリーの仲間がその車に乗っていて、ヘンリーがわざとぶつからせたのだ。ヘンリーはその男をどなりつける振りをして、必要な情報を伝えた」

「でも、ウォルター」この説明を少々いらいらしながら聞いていたエレンが言った。「それはとっても些細なことだわ。わたしがほんとに知りたいのは、ヘンリーがやっぱり真珠のネックレスを持っていると、あなたがどうやって確信したのかってことよ」

「でも、彼が持っているときみが教えてくれたんだよ」ぼくは言った。「きみはかなり確信していた。ヘンリーは非常に屈強な男だ。警察に何をされようとも恐れていないので、真珠のネックレスをどこかに隠し、ほかの仕事を見つけて、ほとぼりが冷めてから、そのネックレスを手元に戻し、秘かにほかの州へ行くのが彼のやり方だ」

エレンはポーチの暗闇の中でいらいらと頭を横に振った。「ウォルター」彼女が鋭い口調で言った。「あなた、何か隠してるわね。あなたは確信してない限り、そんなに乱暴にヘンリーを殴ったりなんかしないでしょう。あなたのことをよく知ってるから、わかるのよ」

「そうだな、ダーリン」ぼくは謙虚に言った。「確かに小さな手がかりがあった。賢い男でも見逃すような取るに足らない馬鹿げた事柄だ。きみの知っているように、勧誘員なんかに煩わされたくないので、ぼくは通常のアパートメント・ビルディングの内線電話を使わない。ぼくが使うのは直通電話で、その番号は電話帳にも記載されていない。でも、ヘンリーの仲間からはその直通電話にかかってきた。ヘンリーはぼくのアパートメントに長くいたし、ぼくはガンデジにその番号を教えないように気をつけた。もちろん、ガンデジからは何も期待していなかったからだ。初めからヘンリーが真珠のネックレスを持っていることは完全に確信していたので、あとは彼が隠し場所から出してくるようにさせればよかったのだ」

「ああ、ダーリン」エレンが声をあげて、両腕でぼくに抱きついた。「なんて勇敢なの。あなたはあなたなりに妙なところで実際に賢いんだとほんとに思うわ。ヘンリーがわたしに恋してたってことを信じてるの？」

しかし、そのことにはぼくは何の興味もなかった。ぼくは真珠のネックレスをエレンに渡した。夜も遅いので、すぐに車でミスター・ランシング・ギャレモアの邸宅へ行き、事情を話して、彼の金を返した。

数カ月後、ホノルルの消印がある非常に質の悪い紙に書かれた手紙を受け取って嬉しかった。

なあ、おい、あんたのあの強い一撃は効いたぜ。もちろん、予期してなかったこともあるが、あんたにそんな力があるとは思わなかった。だが、素晴らしいパンチだったし、一週間は歯を磨くたびに、あんたのことを思い出した。あんたは少し風変わりなとこもあるが、やさしい男なんで、こっちが高飛びしなきゃいけなかったのは残念だ。今はオイル弁を拭いてるよりも、あんたと一緒に酔っていたいよ。おれのいるとこは、この手紙の投函場所より数千マイル離れてる。二つだけあんたに知っててもらいたいことがある。二つとも本当のことだ。おれは本当にあののっぽの金髪娘にぞっこん惚れちまった。これはおれがあの婆さんの家から暇をもらった主な理由だ。真珠のネックレスを盗むのは、男が女に夢中になると思いつく馬鹿げた考えの一つだ。真珠をパン容器みたいなちょろい金庫に保管しておくのは犯罪だぜ。おれは昔東アフリカのジブチにあるフランス人の宝石屋のとこで働いたことがあるんだが、紛い物との区別がつくくらいに真珠のことがわかるようになった。だが、おれたち二人しかいないあの窪地で決着をつける段になると、おれは何でもできたのに、情にもろくなって、取引ができなくなった。あんたがつかまえたあの金髪娘によろしくな。

敬具

ヘンリー・アイケルバーガー（偽名）より

追伸――面白いことを教えよう。あんたに電話をかけたあのチンピラめ、あんたがおれのヴェストに入れてくれた百ドルを山分けしようとしやがった。あの野郎をずいぶん痛めつけてやる必要があったぜ。

あばよ。

ヘンリー（偽名）より

作品解題

ミステリ研究家
木村二郎

本書は、二〇〇七年十月刊の『チャンドラー短篇全集2／トライ・ザ・ガール』に続く第三巻であり、チャンドラーが一九三八年から三九年前半にかけて発表した五篇の中短篇が収録されている。

パルプ・マガジンの将来に不安を感じたチャンドラーは、一九三八年の春から長篇第一作を書き始めた。かつてパルプ・マガジンに書いた中短篇を土台にして、一作の長篇に仕立てあげようと考えた。「キラー・イン・ザ・レイン」（本短篇全集1の表題作）と「カーテン」（本短篇全集2『トライ・ザ・ガール』収録）のほか、「フィンガー・マン」（『キラー・イン・ザ・レイン』収録）のごく一部を使ったが、つなぎ合わせたわけではない。中短篇のアイディアを基にして、一から書き改め、三カ月で作品を仕上げた。そのとき、チャンドラーは五十歳になっていた。

主人公の名前はマロリーでもなく、カーマディでもなく、ダルマスでもなく、フィリップ・マーロウという新しい私立探偵で、この長篇で初登場した。

こういうふうに中短篇のプロットを長篇に組み入れたことで、あのウォーターゲイト事件で悪名高きE・ハワード・ハントは「自作盗用」self-plagiarismと呼んで非難したが、五二年にハントへ書いた手紙の中でチャンドラーは「共食いされた」cannibalized作品は作者の所有物だから作者が何をしようと盗用ではないと反論した。

三九年二月にアメリカのクノップフ社は『大いなる眠り』を刊行し、チャンドラーをダシール・ハメットやジェイムズ・M・ケインの後継者として売り出した。初刷が五千部のハードカヴァー版は合計一万部以上売れ、チャンドラーは二千ドルの収入を得た。「新人」の処女長篇小説としては上出来だった。イギリス版はハミッシュ・ハミルトン社から同年三月に刊行された。

チャンドラーは三月十六日に「制作プラン」を書いた。『さらば愛しき女よ』や『高い窓』、「イギリスの夏」、「青銅の扉」などを書く予定を立てた。妻のシシーがチャンドラーのことをRaymio（レイミオ。ロミオのもじり？）と呼んで、そのプランにコメントを付け加えた。ロスアンジェルスの郊外リヴァーサイドに長く住んでいたチャンドラーとシシーは、五月初めにビッグ・ベア湖近くの丘の中腹に建つキャビンを借りた。「レイディ・イン・ザ・レイク」の舞台となるピューマ湖のモデル地の一つである。

では、第三巻に収録された作品について簡潔に紹介しよう。

「赤い風」（加賀山卓朗訳）

初出は《ダイム・ディテクティヴ》一九三八年一月号（このパルプ・マガジンは伝統的なハードボイルド探偵小説専門誌《ブラック・マスク》（BM）のライヴァル誌で、BM編集長ジョゼフ・ショーが解雇されたあと、多くの寄稿作家が移ってきた）。一人称一視点叙述で、主人公はマーロウの前身の一人となるジョン・ダルマス（通称ジョニー）。「スマートアレック・キル」（本短篇全集1『キラー・イン・ザ・レイン』収録）に登場する三人称のジョニー・ダルマスとは別人だと考えられる。五〇年刊の中短篇集 ***The Simple Art of Murder***（以下 ***Simple Art***）に収録するときに、名前がフィリップ・マーロウに変わった。九五年放映のTVドラマ「赤い風」（アニエスカ・ホランド監督、アラン・トラストマン脚色）では黒人俳優ダニー・グローヴァーがマーロウに扮した。***Five Sinister Characters***（1945）や ***Trouble Is My Business***（1953）などの中短篇集のほか、ウィリアム・キトリッジ&スティーヴン・M・クラウザー共編の ***The Great American Detective***（1978）やトニイ・ヒラーマン&ローズマリー・ハーバート共編の ***A New Omnibus of Crime***（2005）などのアンソロジーにも収録された。旧訳は『チャンドラー短編全集1／赤い風』（同題、創元推理文庫、稲葉明雄訳）や『ベイ・シティ・ブルース』（同題、河出文庫、小泉喜美子訳）で読める。

「黄色いキング」（田村義進訳）

初出は《ダイム・ディテクティヴ》一九三八年三月号。三人称ほぼ一視点叙述で、主人公はスティーヴ・グレイスという元ホテル探偵。*Spanish Blood* (1946) や *Pearls Are a Nuisance* (1958) などの中短篇集のほか、ビル・プロンジーニ＆マーティン・H・グリーンバーグ共編の *Baker's Dozen* (1984) やジョン・L・ブリーン＆エド・ゴーマン共編の *Sleuths of the Century* (2000) などのアンソロジーに収録された。旧訳は『チャンドラー短編全集2／事件屋稼業』（同題、創元推理文庫、稲葉明雄訳）で読める。

「ベイシティ・ブルース」（横山啓明訳）

初出は《ダイム・ディテクティヴ》一九三八年六月号。一人称一視点叙述で、主人公はジョン・ダルマス（通称ジョニー）。部分的に四三年刊のマーロウもの長篇第四作『湖中の女』に組み入れられたので、五〇年刊の *Simple Art* には収録されなかったが、チャンドラーの死後、六四年に刊行された中短篇集 *Killer in the Rain* には収録された（そのときも主人公の名前はダルマスのまま）。本篇のオーストリアンは『湖中の女』

のアルバート・アルモアに、ヘレン・マトスンはミルドレッド・ハビランドに、ド・スペインはデガーモに相当する。ちなみに、チャンドラー自身は各章にタイトルをつけなかったので、章タイトルは初出雑誌編集長ケン・ホワイトがつけたものと推測できる。旧訳は『チャンドラー短編全集3／待っている』(「ベイ・シティ・ブルース」、創元推理文庫、稲葉明雄訳）や『ベイ・シティ・ブルース』（同題、河出文庫、小泉喜美子訳）で読める。

「レイディ・イン・ザ・レイク」（小林宏明訳）

初出は《ダイム・ディテクティヴ》一九三九年一月号。一人称一視点叙述で、主人公はジョン・ダルマス。部分的にマーロウもの長篇『湖中の女』に組み入れられたので、五〇年刊の *Simple Art* には収録されなかったが、六四年刊の *Killer in the Rain* には収録された（そのときも主人公の名前はダルマスのまま）。本篇のハワード・メルトンは長篇版のデレイス・キングズリーに、ビル・ヘインズはビル・クロスに、ティンチフィールドはパットンに相当する。ステファン・R・ディミアノヴィッチ&ロバート・ワインバーグ&マーティン・H・グリーンバーグ共編の *Hard-Boiled Detectives* (1992) にも収録された。旧訳は『マーロウ最後の事件』（「湖中の女」、晶文社、稲葉明雄訳）で読める。

「真珠は困りもの」（木村二郎訳）

初出は《ダイム・ディテクティヴ》一九三九年四月号。一人称一視点叙述で、チャンドラーにしては珍しくコミカルなストーリー。主人公はウォルター・ゲイジという金持ちの遊び人。*Five Sinister Characters* や *The Smell of Fear* (1965) などの中短篇集にも収録された。旧訳は『チャンドラー短編全集3／待っている』（同題、創元推理文庫、稲葉明雄訳）で読める。本篇は《ミステリマガジン》二〇〇七年七月号に訳載された。

なお、本短篇全集の翻訳のほとんどはランダムハウス／ヴィンテージ刊のペイパーバック版 *The Simple Art of Murder* と *Trouble Is My Business* を底本としたが、長篇に組み入れたためにチャンドラーが生前に短篇集収録を許さなかった八篇についてはイギリス・ペンギン版 *Killer in the Rain* を底本とした。

最近では、チャンドラーの全中短篇を一冊の単行本に収録した *Collected Stories* (Everyman's Library, 2002) が出版された。また、チャンドラーが雑誌に発表したまま（つまり主人公の名前も初出のまま）の作品と比較してみたい方には、*Stories & Early Novels* (The Library of America, 1995) をおすすめする。

二〇〇七年十月

ハメットとチャンドラー

作家
逢坂　剛

記憶をたどると、わたしがハードボイルド小説に接したのは一九五七年、中学二年のときに読んだ、チャンドラーの『大いなる眠り』が最初だった、と思う。母校の図書館に、当時刊行中の世界推理小説全集（東京創元社）がそろっており、それを片端から読んだ。この全集は、B6判の天地を少し詰めたような変型判で、やや古風な落ち着いた装丁だった。同時期に刊行されていた、早川書房のポケット・ミステリ、いわゆるポケミスのシリーズが、いかにも現代風の前衛的な装丁だったのと、きわめて対照的である。

ポケミスは、天地や前小口の部分が黄色く塗られており、アメリカのペーパーバックを意識した作りだった。とはいえご本家のアメリカが、おおむね表紙に扇情的なイラストを配したのに比べ、ポケミスは抽象画風のデザインを取り込んで、しゃれたイメージを打ち出した。

おもしろいのは、古風な装丁の東京創元社版が全集の名前に、当時〈探偵小説〉の新しい呼び方だった〈推理小説〉を採用したのに、モダンな装丁のポケミスの正式シリーズ名が、当初〈世界探偵小説全集〉で始まったことだ。これは一九五九年ごろまで続き、その後〈世界ミステリシリーズ〉〈ハヤカワ・ミステリ〉と変わったが、このころから推理小説という呼称もさすがに古くなり、ミステリという呼び方が一般化してしまった。

さて、『大いなる眠り』を読んだあと感じたのは、なんだかよく分からない小説だな、もっといえばおもしろくない小説だな、ということだった。それまでわたしは、ご多分に漏れず本格探偵小説が好きで、クリスティー、カーはもちろんA・E・W・メイスン、R・オースティン・フリーマン、ロジャー・スカーレットといったマイナー？な作家まで、よく読んでいた。

そのあと、『かわいい女』も読んだような気がするが、やはりぴんとこなかった。両方とも、評論家の故中島河太郎氏が解説を書いているのだが、氏自身があまりハードボイルド派をお好みでなかったのか、海外でのチャンドラーの評判を紹介することに終始し、ご自分ではあまりほめていない。そのせいもあって、わたしにはどうもチャンドラーのよさが、分からなかったらしい。

ところが中学三年になって、今度はハメットの『マルタの鷹』を読み、頭をがつんとやられたように驚いた。ミステリだけでなく、それまで読んだあまたの本のうちで、これほど驚いたことは、めったにない。単におもしろかったとか、そういうレベルの話とは少し違う。おおげさかもしれないが、中学三年生なりに文学的ショックを受けた、といってもよい。登場人物の存在感、キャラクターがこれほどみごとに立ち上がった小説は、それまで読んだことがなかった。

そのころは、視点の問題を考える余裕はむろんなかったが、いわば撮影カメラが徹頭徹尾サム・スペードの行動を追い、しかもスペードを含む登場人物の心理描写、感覚描写をいっさいしないという、完璧な客観描写にほとほと感心した。読者は、カメラの視点で読むことを要求され、スペードはもちろん登場人物の視点で読むことは、いっさい許されない。こんな小説の書き方があるのか、と呆然としたのを覚えている。そう、これはやはりある種の文学的ショック、といっても過言ではないだろう。

次いで、同じ手法で書かれた『ガラスの鍵』も読んだが、これはネド・ボーモンの茫洋としたキャラクターに手こずり、そのよさが分かるまでには年を重ねるごとに、三度も四度も読み返さなければならなかった。その結果、わたしはハメット自身がいちばん気に入っていた、というこの『ガラスの鍵』を彼の最高傑作、と断じるにいたった。これは、いわばハメットの『長いお別れ』なのだが、チャンドラーのように分かりやすく書かれなかったために、『マルタの鷹』より人気がないだけのことである。

閑話休題。ハメットとの出会いのあと、あらためて『大いなる眠り』『かわいい女』を読み直し、さらに『さらば愛しき女よ』以下の作品に接して、ようやくチャンドラーのよさを理解することができた。すでに高校生になっていたが、やはり最初に読んだ中学二年生のころの頭では、チャンドラーの駆使する華麗なレトリックや、生きのよい会話を理解できなかったのだろう。

初期の、短篇小説を書いていた時代のチャンドラーには、確かにハメットの影響が見られる。ただし『大いなる眠り』以降、チャンドラーは意識的にハメットと異なる路線を歩み始めて、独自の世界を作り上げた。人気が出てきたのは、それ以後のことである。いずれにせよ、この二人の作家は共通点よりも、相違点の方が多い。それもあって、作家になってからわたしの二人に対する評価、スタンスは微妙に変わった。どちらも好きだが、同列には論じられない異質の作家だ、という意識が強くなった。おそらく当人同士の間にも、そうした微妙な感覚のずれがあったのではないか、と推察される。チャンドラーは、エッセイや手紙の中でハメットに触れているが、わたしの知るかぎりハメットがチャンドラーや、その作品に言及したことは一度もない。無視したとは思いたくないが、生き方自体がハードボイルドだったハメットの目に、チャンドラーが自分とは反対の女々しい男、と映ったことはありうるだろう。

わたしは、ハメットからもチャンドラーからも、多くのものを学んだ。乱暴な分け方をすれば、若いころから三人称の小説はハメットを意識し、一人称の小説はチャンドラーを意識しながら書いてきた、といってもよい。しかし、それはあくまで作者の一人よがりであって、読者にとっては関係ないことである。

ちなみに、村上春樹訳の『ロング・グッドバイ』が出たのを機会に、村上訳と清水俊二訳の『長いお別れ』、そしてペンギンブックス版の原書を並行して、読み比べる試みをした。その結果、村上訳のチャンドラーは原作に忠実なせいか、清水訳に比べて驚くほど饒舌なことが分かった。それは訳者の責任ではなく、チャンドラー自身がもともと饒舌な作家だった、ということである。その饒舌を是とするか非とするかで、チャンドラーの好き嫌いが分かれるだろう。

わたしが好きだったのは、もしかするとチャンドラーのマーロウではなく、清水俊二のマーロウだったのではないか、と思うことがある。新たに、村上春樹のマーロウが生まれたように、もしわたしがチャンドラーの長篇を訳したなら、逢坂剛のマーロウが生まれるかもしれない。

訳者によって、マーロウの人間像が微妙に変化するとすれば、チャンドラー自身のマーロウは、原書で読む以外に理解することができないだろう。

レイモンド・チャンドラー

長いお別れ
清水俊二訳

殺害容疑のかかった友を救う私立探偵フィリップ・マーロウの熱き闘い。ＭＷＡ賞受賞作

さらば愛しき女よ
清水俊二訳

出所した男がまたも犯した殺人。偶然居合わせたマーロウは警察に取り調べられてしまう

プレイバック
清水俊二訳

女を尾行するマーロウは彼女につきまとう男に気づく。二人を追ううち第二の事件が……

湖中の女
清水俊二訳

湖面に浮かぶ灰色の塊と化した女の死体。マーロウはその謎に挑むが……巨匠の異色大作

高い窓
清水俊二訳

消えた家宝の金貨の捜索依頼を受けたマーロウ。調査の先々で発見される死体の謎とは？

ハヤカワ文庫

リチャード・スターク　悪党パーカー・シリーズ

悪党パーカー／人狩り
小鷹信光訳
裏切られすべてを失ったパーカー。彼は復讐に燃え、ひるむことなく巨大組織に牙を剝く

悪党パーカー／エンジェル
木村仁良訳
現金強奪に成功するが、金の独り占めを狙う仲間が現われる。23年ぶりにパーカー復活！

悪党パーカー／ターゲット
小鷹信光訳
綿密な計画のもとカジノ船を襲撃。しかし、そんなパーカーたちを監視する一人の男が！

悪党パーカー／地獄の分け前
小鷹信光訳
銀行襲撃に成功したパーカー。しかし、仲間に裏切られ、謎の刺客をはなたれてしまう。

悪党パーカー／電子の要塞
木村二郎訳
標的は最新鋭のハイテク機器で厳重に守られた名画。着々と準備は進んでいるはずが……

ハヤカワ文庫

ロバート・B・パーカー　スペンサー・シリーズ

失投
菊池　光訳
大リーグのエースに八百長試合の疑いがかかった。現代の騎士、私立探偵スペンサー登場

ゴッドウルフの行方
菊池　光訳
大学内で起きた、中世の貴重な写本の盗難事件の行方は？　話題のヒーローのデビュー作

約束の地
アメリカ探偵作家クラブ賞受賞
菊池　光訳
依頼人夫婦それぞれのトラブルを一挙に解決しようと一計を案じるスペンサーだが……。

ユダの山羊
菊池　光訳
老富豪の妻子を殺したテロリストを捜すべくスペンサーはホークとともにヨーロッパへ！

レイチェル・ウォレスを捜せ
菊池　光訳
誘拐されたレズビアン、レイチェルを捜し出すため、スペンサーは大雪のボストンを走る

ハヤカワ文庫

ロバート・B・パーカー　スペンサー・シリーズ

初秋
菊池　光訳
孤独な少年を自立させるためにスペンサーは立ち上がる。ミステリの枠を越えた感動作。

誘拐
菊池　光訳
家出した少年を捜索中、両親の元に身代金要求状が！　スペンサーの恋人スーザン初登場

残酷な土地
菊池　光訳
不正事件を追うテレビ局の女性記者。彼女の護衛を引き受けたスペンサーの捨て身の闘い

儀式
菊池　光訳
売春組織に関わっていた噂のあるエイプリルが失踪した。スペンサーは歓楽街に潜入する

拡がる環
菊池　光訳
妻の痴態を収録したビデオを送りつけられた議員。スペンサーが政界を覆う黒い霧に挑む

ロバート・B・パーカー　スペンサー・シリーズ

告別
菊池　光訳
スーザンに別れを告げられたスペンサー。呆然とする彼に女性ダンサー捜索の依頼が……

キャッツキルの鷲
菊池　光訳
助けを求めるスーザンの手紙を受け取ったスペンサーは、ホークとともに決死の捜索行へ

海馬を馴らす
菊池　光訳
失踪したエイプリルの行方を求め、スペンサーは背徳の街で巨悪に挑む。『儀式』の続篇

蒼ざめた王たち
菊池　光訳
麻薬密売を追っていた新聞記者の死。非情なドラッグビジネスの世界に挑むスペンサー。

真紅の歓び
菊池　光訳
〝赤バラ殺人鬼〟から挑戦状を受け取ったスペンサー。やがて、魔手はスーザンに迫る。

ハヤカワ文庫

ロバート・B・パーカー　スペンサー・シリーズ

プレイメイツ
菊池　光訳
八百長事件に巻きこまれた大学バスケットボールのスターのため、一肌脱ぐスペンサー。

スターダスト
菊池　光訳
人気女優を悩ます執拗な脅迫事件は、殺人事件へ発展し……スペンサー流ハリウッド物語

晩秋
菊池　光訳
ダンサーとなったポールが、スペンサーに母親探しを依頼してきた。名作『初秋』の続篇

ダブル・デュースの対決
菊池　光訳
少年ギャング団の縄張りで起きた卑劣な殺人に、スペンサーはギャング団と直接対決を！

ペイパー・ドール
菊池　光訳
名家の女主人殺害は単なる通り魔の犯行なのか？　上流階級に潜む悲劇を追うスペンサー

ハヤカワ文庫

ジョージ・P・ペレケーノス

俺たちの日
佐藤耕士訳
親友の二人が組んだ危険な仕事は、やがて二人を敵同士に……心を震わせる男たちの物語

愚か者の誇り
松浦雅之訳
麻薬の売人の金と情婦を奪い逃げた若者二人を待つ運命は？　英国推理作家協会賞候補作

明日への契り
佐藤耕士訳
少年との出会いが、汚職警官に再生を誓わせる……男たちの姿を抒情的に謳い上げた傑作

生への帰還
佐藤耕士訳
息子を強盗に殺され、失意の底に沈んでいた男。が、いま彼は復讐に燃えて立ち上がる。

曇りなき正義
佐藤耕士訳
模範的な警官が豹変し、凶悪犯となった。その真相を探偵デレクと元警官クインが追う。

ハヤカワ文庫

ジョン・ダニング

ネロ・ウルフ賞受賞
死の蔵書
宮脇孝雄訳
腕利きの古書掘出し屋殺害の真相とは？　読書界の話題を独占した、古書ミステリの傑作

幻の特装本
宮脇孝雄訳
稀覯本を盗んで逃亡中の女を追うクリフの前に過去の連続殺人の影が！　シリーズ第二弾

失われし書庫
宮脇孝雄訳
クリフが始めた一大書庫の探索は、思わぬ悲劇と歴史の真実を招く。古書蘊蓄ミステリ。

封印された数字
松浦雅之訳
差出人不明で届いた写真には、封印された戦慄の過去への鍵が……謎に満ちたサスペンス

名もなき墓標
三川基好訳
身元不明の少女の死体が、新聞記者ウォーカーを二十年前の衝撃の事件へ導いていく……

ハヤカワ文庫

ジェフ・アボット

さよならの接吻
吉澤康子訳

チノパン・サンダル姿の判事モーズリーが、アダルト・ビデオ男優惨殺事件の謎に挑む。

海賊岬の死体
吉澤康子訳

海賊の財宝の隠し場所で起こった殺人事件。モーズリーは恋人とともに謎に挑むが……。

逃げる悪女
吉澤康子訳

自分を捨てた母がなんとギャングになっていた！　モーズリーは母を取り戻す旅に出る。

図書館の死体
佐藤耕士訳

前夜口論した婦人が殺された！　図書館の館長ジョーダンは、身の潔白を証明できるか？

図書館の美女
佐藤耕士訳

爆破事件、昔の恋人の登場、町の開発問題、そして殺人事件。難問を抱えるジョーダン。

ハヤカワ文庫

傑作サスペンス

幻の女
ウイリアム・アイリッシュ／稲葉明雄訳
死刑執行を目前にした男。唯一の証人の女はどこに？ サスペンスの詩人が放つ最高傑作

暗闇へのワルツ
ウイリアム・アイリッシュ／高橋　豊訳
花嫁が乗ったはずの船に彼女の姿はなく、代わりに見知らぬ美女が……魅惑の悪女小説。

眠れぬイヴのために上下
ジェフリー・ディーヴァー／飛田野裕子訳
裁判で不利な証言をした女へ男の復讐が始まった！ 超絶のノンストップ・サスペンス。

静寂の叫び上下
ジェフリー・ディーヴァー／飛田野裕子訳
ＦＢＩの人質解放交渉の知られざる実態をリアルかつ斬新な手法で描く、著者の最高傑作

監禁
ジェフリー・ディーヴァー／大倉貴子訳
周到な計画で少女を監禁した男の狂気に満ちた目的は？ 緊迫感あふれる傑作サスペンス

ハヤカワ文庫

ディック・フランシス/菊池 光訳

〈競馬シリーズ〉――ターフを走るサスペンス

興奮 ――For Kicks――

〔英国推理作家協会賞受賞〕牧場主のロークは厩務員に身をやつし、不正レースをあばく

大穴 ――Odds Against――

騎手生命を絶たれたシッド・ハレーは、調査員として競馬界にうごめく黒い陰謀に挑む！

重賞 ――High Stakes――

競走馬すり替え事件に巻き込まれた玩具屋スコットは愛馬の奪還をかけ、罠に立ち向かう

本命 ――Dead Cert――

親友の騎手の不可解な死を調べはじめるヨーク。書評子の絶讃を浴びたシリーズ第一作。

ハヤカワ文庫

ディック・フランシス／菊池 光訳

度胸 ―Nerve―

観客の前で自殺した騎手。次々と騎手たちを恐怖のどん底に陥れる〝怪物〟の正体は？

飛越 ―Flying Finish―

競走馬の空輸をめぐって進行する恐るべき陰謀に、ヘンリイ伯爵は孤独な闘いを開始する

血統 ―Blood Sport―

輸送中に消失した競走馬を捜してくれ――イギリス課報部員ジーンの捨て身の奪回作戦！

罰金 ―Forfeit―

〔アメリカ探偵作家クラブ賞受賞〕競馬の不正行為に加担していた記者が謎の自殺を……

査問 ―Enquiry―

八百長レースの疑いで査問会にかけられた騎手ケリイ。これは誰かが仕組んだ罠なのか？

ハヤカワ文庫

ディック・フランシス/菊池 光訳

混戦 ——Rat Race——

骨折 ——Bonecrack——

煙幕 ——Smokescreen——

暴走 ——Slay-Ride——

転倒 ——Knock Down——

ジョッキーらを乗せた小型機が不時着した直後に炎上した。命を狙われているのは誰か？

ダービーの本命馬に指定の騎手を乗せろという誘拐者の意外な要求。その真の目的とは？

不振を続ける競走馬の謎を追って俳優リンカンはアフリカへ飛ぶが、想像を絶する罠が！

売上金横領事件を追ってノルウェーを訪れた調査員デイヴィッドだが、次々と妨害が……

信用を失墜させようと企む組織に、サラブレッド仲介業者のジョウナは敢然と立ち上がる

ハヤカワ文庫

ディック・フランシス／菊池 光訳

追込 ——In the Frame——

障害 ——Risk——

試走 ——Trial Run——

利腕 ——Whip Hand——

反射 ——Reflex——

一見無関係に思えた強奪事件と放火事件。だが、唯一の共通項が馬の名画だと判明し……

障害レースで優勝したアマチュア騎手のブリトンは、レース後何者かにさらわれてしまう

謎の言葉を残して急死した騎手。調査を依頼されたドルーはモスクワに飛ぶが、死の罠が

〔アメリカ探偵作家クラブ賞／英国推理作家協会賞受賞〕隻腕調査員ハレー再登場の傑作

事故死した競馬写真家の家に強盗が！　アマチュア写真家のノアが事件の解明に乗り出す

ハヤカワ文庫

HM=Hayakawa Mystery
SF=Science Fiction
JA=Japanese Author
NV=Novel
NF=Nonfiction
FT=Fantasy

〈チャンドラー短篇全集3〉

レイディ・イン・ザ・レイク

〈HM⑦-9〉

二〇〇七年十一月十日　印刷
二〇〇七年十一月十五日　発行

（定価はカバーに表示してあります）

著　者　レイモンド・チャンドラー
訳　者　小《こ》林《ばやし》宏《ひろ》明《あき》・他
発行者　早　川　　　浩
発行所　株式会社　早　川　書　房
郵便番号　一〇一‐〇〇四六
東京都千代田区神田多町二ノ二
電話　〇三‐三二五二‐三一一一（大代表）
振替　〇〇一六〇‐三‐四七七九九
http://www.hayakawa-online.co.jp
乱丁・落丁本は小社制作部宛お送り下さい。
送料小社負担にてお取りかえいたします。

印刷・中央精版印刷株式会社　製本・株式会社川島製本所
Printed and bound in Japan
ISBN978-4-15-070459-9 C0197